HEATHER GRAHAM

DIE BRAUT DES WINDES

Roman

Aus dem Amerikanischen
von Eva Malsch

PAVILLON VERLAG
MÜNCHEN

PAVILLON TASCHENBUCH
Nr. 02/0162

Titel der Originalausgabe
BRIDE OF THE WIND

Umwelthinweis:
Dieses Buch wurde auf
chlor- und säurefreiem Papier gedruckt.

Taschenbuchausgabe 07/2001

Der Pavillon Verlag ist ein Unternehmen der
Heyne Verlagsgruppe, München
http://www.heyne.de
Printed in Germany 2001
Umschlagillustration: Oliviero Berni/Agentur Schlück
Umschlaggestaltung: Nele Schütz Design, München
Gesamtherstellung: Elsnerdruck, Berlin

ISBN: 3-453-18539-0

PROLOG

Eine Kanone explodierte, und schwarzer Pulverqualm stieg in die Luft. Nur knapp verfehlte der Schuß die *Lady May*. Eine Fontäne sprühte aus dem Wasser. Das Schiff schwankte heftig in der aufgewühlten See.

Langsam löste sich die Rauchwolke auf. Da zeigte sich die Quelle der Bedrohung, ragte hoch in den kristallklaren Himmel, flatterte im Wind, weckte kalte Angst in allen Herzen.

Der Totenschädel über gekreuzten Gebeinen. Weiß auf Schwarz. Die stolze Piratenflagge. Am Ruder stand Kapitän Niemens, sein Fernglas auf das Piratenschiff gerichtet, das die Wellen so geschmeidig zu durchpflügen schien. Mit ruhiger Stimme befahl er seinem Ersten Maat, das Feuer zu erwidern. Aber auch diese Kanonenkugel ging daneben.

Hatte der Pirat nur einen Warnschuß abgegeben? Nein, es gab keinen Zweifel. Er wollte die *Lady May* kapern. Aufmerksam studierte Kapitän Gaylord Niemens die Fahne. Denn die zahlreichen Totenschädel und Gebeine unterschieden sich voneinander, so wie die Männer, die unter diesen Flaggen segelten. Ein Schauer rann über seinen Rücken. Zum Teufel mit den Schurken! Um sein eigenes Leben bangte er nicht. Bis zum letzten Blutstropfen würde er den Feind bekämpfen.

Aber er mußte an Lady Rose denken, die ihm genauso exquisit erschien wie ihr Name, Lady Rose mit den smaragdgrünen Augen, von tintenschwarzen Wimpern umrahmt, und den klassisch schönen Zügen. Ihre Lippen glichen der Blume, nach der sie benannt war. Wenn Sonnenstrahlen auf ihr kastanienrotes Haar fielen, sprühten goldene und kupferne Funken darin. Ihre weiche Haut schimmerte elfenbeinweiß, ein verführerischer rosiger Hauch überzog die Wangen.

Für ihr Geschlecht war sie hochgewachsen und wirkte noch größer, weil sie jeder Herausforderung in aufrechter, entschlossener Haltung begegnete. Sicher hatte sie die Flagge entdeckt. Doch sie schrie nicht vor Furcht, überhäufte den Kapitän nicht mit Vorwürfen wegen eines Ereignisses, an dem er keine Schuld trug, und sank auch nicht ohnmächtig auf die Deckplanken.

Stolz und schweigend stand sie an seiner Seite und betrachtete das Piratenschiff. Ihre Augenfarbe wurde von einem dunkelgrünen Kleid betont, einer modischen Kreation mit weitem, schwingendem Rock und samtenem Oberteil. Darüber trug sie einen grünseidenen Umhang. Schwarzweiße Spitzenborten schmückten den Saum und den tiefen runden Ausschnitt, die Ärmel bauschten sich bis zu den Ellbogen. Trotz ihrer zarten Schönheit besaß sie ein leidenschaftliches Temperament. Es kam vor allem dann zum Vorschein, wenn sie jemanden verteidigte, dem ein Unrecht geschehen war. Ihre Untergebenen behandelte sie freundlich und fair. Das wußte der Kapitän, weil er ihr diente. Sie hatte das Schifffahrtsgeschäft von seinem früheren Herrn übernommen, und Niemens schätzte sie sehr. Nach seiner Ansicht konnte sich ihre innere Schönheit mit der äußeren messen. »Meine liebe Lady Rose . . .«, begann er.

»Kennt Ihr die Flagge?« unterbrach sie ihn und schaute eindringlich in seine Augen.

Er nickte. »Aber vielleicht irre ich mich. Meines Wissens greift er keine englischen Schiffe an, und unsere Farben wehen deutlich sichtbar im Wind.«

»Der Drachentöter?« Ihre Wangen wurden ein wenig bleicher, sonst zeigte sie keine Regung. Aber sie verspürte ein wachsendes Unbehagen. Seit einigen Monaten verbreitete dieser Mann Angst und Schrecken auf den Meeren. Kein Spanier oder Holländer war vor ihm sicher.

Und obwohl ein königlicher Erlaß allen Piraten den Tod verhieß, freute sich König Charles II. angeblich über jeden Sieg des Schurken, der sich bereicherte, indem er insbesondere die Spanier beraubte. Oft genug waren vornehme Damen und Herren von spanischen Schiffen entführt und gegen hohes Lösegeld wieder freigelassen worden. Was mit den Geiseln zu geschehen pflegte, konnte man haarsträubenden Gerüchten entnehmen.

Und jetzt näherte sich der Drachentöter dem englischen Schiff. Kapitän Niemens wandte sich zu seiner Herrin. »Ich begleite Euch in meine Kabine, Mylady . . .«

»Nein. Ich möchte nicht eingesperrt werden wie ein Vogel in seinem Käfig. Außerdem würde es keinen Unterschied machen, falls es zum Schlimmsten kommt. Von hier aus kann ich die Ereignisse besser beobachten.«

»Bitte, Mylady, hört auf mich! Womöglich stürzt ein Segel auf Euch herab. Oder Ihr erleidet einen Unfall, wenn wir unsere Geschütze abfeuern . . .«

»Soll ich in meiner Kabine warten, bis mich dieses schurkische Hinkebein niedermetzelt?«

Für einen Augenblick glaubte er, es wäre eine barmherzige Tat, wenn er Lady Roses Brust mit seinem eigenen Schwert durchbohrte. Andererseits würde sie gewiß am Leben bleiben, sollte tatsächlich der Drachentöter das Piratenschiff kommandieren. Noch nie hatte er seine Gefangenen getötet.

Aber was ihr bevorstehen mochte . . . Niemens wagte nicht, sich das auszumalen. Ihr Vater zählte zu den reichsten Männern in den Kolonien. Das mußte der Drachentöter wissen, und deshalb griff er die *Lady May* an. Ein englisches Schiff.

»Kapitän Niemens«, sagte Rose leise, »ich brauche ein Schwert . . .«

»Noch einmal Feuer!« befahl er seinem Ersten Maat, einem dürren Burschen mit dem Gesicht eines Totengräbers. Dann packte er Roses Arm, zog sie vom Rudergehäuse weg und die Kajüttreppe hinab. Unter Deck schob er sie in seine Kabine, einen großen Raum, über dem sich das Steuer befand.

Empört starrte sie ihn an. »Kapitän! Hier kann ich nicht bleiben, hilflos ausgeliefert!«

»Bitte, Mylady! Ich flehe Euch an, bei Eurer Ehre!«

Zum Teufel mit ihm, dachte Rose. Er schloß sie nicht ein, schaute sie nur mit seinen großen braunen Hundeaugen an und vertraute auf ihre Ehre. Verstand er denn nicht, was in ihr vorging? Sicher, wenn es zu einem Gefecht kam, würde er für sie sterben. Aber warum durfte sie sich nicht verteidigen? Sie erinnerte sich an eine Zeit, wo sie den Tod herbeigesehnt hatte. So qualvoll war der Schmerz gewesen. Doch dann hatte sie erkannt, wieviel sie besaß, wofür es sich zu leben lohnte. Und jetzt mußte sie überleben. »Kapitän!«

Er schloß die Tür, und sie hörte, wie sich seine Schritte hastig entfernten. Wieder krachte eine Explosion, die das ganze Schiff erschütterte. Der zweite Schuß hätte beinahe das Ziel getroffen. Rose taumelte und hielt sich an Niemens' Schreibtisch fest, um ihr Gleichgewicht wiederzufinden.

Dann tastete sie sich zur Bank mit dem Brokatbezug und setzte sich. Ihr Atem stockte, als sie durch ein Fenster beobachtete, wie schnell das Piratenschiff heransegelte. Nun sah sie die Flagge ganz deutlich, auch die Galionsfigur, den nackten Oberkörper einer Frau, über deren Brüsten lange Locken hingen. Diese schöne Gestalt bildete einen seltsamen Gegensatz zur häßlichen Grimasse des Totenschädels auf der Fahne.

Rose versuchte, die Kampfkraft des Piratenschiffs einzuschätzen. Steuer- und Backbords war es gut bestückt. Sie zählte je zehn Kanonen, und ihr Mut begann zu sinken. Über ihr polterten Schritte auf den Deckplanken, ein Befehl erklang. »Feuer!« Die *Lady May* schien Luft zu holen und zu erbeben, während ein Schuß abgegeben wurde, der keine Wirkung zeigte. Unaufhaltsam näherte sich das Piratenschiff.

Hier kann ich nicht bleiben, sagte sich Rose. Aber wagte sie zu kämpfen? Sie mußte nach Hause zurückkehren ...

Plötzlich schrie sie auf. Die Galionsfigur drohte das Fenster der Kapitänskajüte zu durchstoßen. Als Rose aufsprang, um vor der Gefahr zu fliehen, drehte das Schiff und rammte die *Lady May* seitwärts, durch die ein gewaltiger Ruck ging.

Rose wurde auf den Schreibtisch geworfen, dann nach links, wo sie auf das kunstvoll geschnitzte, zwischen Regalen festgemachte Bett flog.

Stählerne, knirschende Geräusche drangen in die Kabine, und sie erkannte, daß das Schiff mit Enterhaken attackiert wurde. Piraten stürmten an Bord, und sie erhob sich bestürzt auf die Knie. Eine wilde Bö schleuderte die *Lady May* gegen das feindliche Schiff, und Rose fiel aufs Bett zurück, in einem Durcheinander aus Unterröcken, Baumwolle, Samt und Seide.

An Deck erklang wütendes Gebrüll, Metall klirrte. Bald würden Leichen die Planken übersäen. Inständig hoffte sie auf Gaylord Niemens' Sieg. Doch der ehrenwerte, würdevolle Mann, ein guter Freund und tüchtiger Seefahrer, war diesen wilden Piraten wohl kaum gewachsen. Schaudernd stellte sie sich das Schicksal vor, das ihren Kapitän erwartete.

So schnell, wie der Lärm begonnen hatte, verhallte er. Der Kampf fand ein jähes Ende, die ganze Welt schien zu schweigen. Wieder auf den Knien, lauschte Rose angespannt.

Die Kabinentür öffnete sich. Nein, Kapitän Niemens war tatsächlich nicht der Sieger. Der stand nun auf der Schwelle. Der Drachentöter. Nur undeutlich sah sie die dunkle Gestalt, eine große Silhouette vor dem schwachen Lichtschein hinter der Tür. Eine Hand hatte der Pirat in die Hüfte gestemmt, die andere umklammerte ein Schwert. Das Hemd mit den weiten Ärmeln war pechschwarz, ebenso wie die enge Kniehose und die hohen Stiefel. Obwohl ein breitrandiger Hut mit einer weißen Feder das Gesicht überschattete, bemerkte Rose die schwarze Augenklappe.

Er glich einem Henker, und dieser Gedanke jagte ihr kalte Angst ein. Doch sie beschloß zu kämpfen, zu überleben. Reglos starrte er sie an. Was mochte er denken? Die Stille verdichtete sich. Plötzlich bewegte eine Brise die weiße Feder, das dunkle Haar des Piraten. Zögernd stand Rose auf. Da entdeckte sie den glänzenden, scharf geschliffenen Brieföffner auf dem Schreibtisch des Kapitäns. In ihrer Verzweiflung stürzte sie sich darauf, ohne zu überlegen, daß die schmale Klinge nichts gegen das lange Schwert ihres Feindes ausrichten konnte. Irgendwie mußte sie sich verteidigen.

Sie packte den Brieföffner, und im selben Augenblick betrat der Pirat die Kabine. Hinter ihm fiel die Tür ins Schloß. »Ich töte Euch!« warnte Rose. »Rührt mich nicht an! Ihr werdet ein beträchtliches Lösegeld erhalten, wenn Ihr . . .« Erschrocken verstummte sie, als er näher kam und das Schwert hob. Die Stahlspitze hakte sich in die Verschnürung des grünen Kleides und durchschnitt sie blitzschnell.

Samt, Baumwolle und Spitze glitten auseinander, und Rose wich zurück. Mit einer Hand hielt sie ihre Kleidung über der Brust zusammen, mit der anderen schwang sie den Brieföffner. »Ich töte Euch!« wiederholte sie und warf den Kopf in den Nacken. »Habt Ihr nicht gehört? Mein Vater wird Euch ein Vermögen bezahlen, wenn ich wohlbehalten heimkehre. Wißt Ihr, wer ich bin? Seid Ihr taub? Versteht Ihr nicht Englisch?«

Die kleine Klinge gezückt, sprang sie vor und versuchte, das Herz des Piraten zu durchbohren, aber er war schneller und verdrehte schmerzhaft ihr Handgelenk.

Der Brieföffner landete am Boden, und ihr Feind beförderte ihn mit einem Fußtritt ans andere Ende der Kabine, dann stieß er Rose von sich.

Hastig schaute sie sich nach einer anderen Waffe um. Auf dem Schreibtisch lag das Logbuch des Kapitäns, und sie ergriff es, um es dem Piraten an den Kopf zu schleudern. Doch er duckte sich, und das Wurfgeschoß verfehlte sein Ziel, ebenso wie die vollen Flaschen, die ihm folgten. Karibischer Rum, guter irischer Whisky und Roggenwhiskey aus den Kolonien flossen über die Planken.

Nach jedem erfolglosen Angriff kam der Pirat einen Schritt näher. Schließlich zerrte Rose eine Schublade aus dem Schreibtisch und wollte sie hochschwingen, doch da berührte die Schwertspitze ihren Hals, und sie sah ein überschattetes Auge unter der Hutkrempe sonderbar glänzen. »Tötet mich doch, elender Schurke!« schrie sie.

Jetzt begann er endlich zu sprechen, in akzentfreiem Englisch. »Glaubt mir, Madam, ich weiß, wer Ihr seid. Ihr wollt Euch also mit DeFortes Geld freikaufen? Das wird Euch nicht gelingen.« Die Klinge drängte Rose zum Bett, und sie sank darauf.

Diese Stimme ... Roses Herz schlug wie rasend. Nein, unmöglich. Er senkte das Schwert, riß sich die schwarze Augenklappe vom Gesicht und warf sie aufs Fußende des Betts.

Ja, er war es tatsächlich. Dichtes, lockiges kohlschwarzes Haar umrahmte ein markantes Gesicht mit silbergrauen Augen unter schöngeschwungenen Brauen. Die hohen, stark ausgeprägten Wangenknochen, die pfeilgerade Nase, die vollen Lippen, die sich so grimmig und gnadenlos zusammenpressen konnten — und so verdammt sinnlich wirkten ...

Früher war er der Wunschtraum aller junger Frauen in London gewesen, ein Freund und treuer Anhänger des Königs, reich und mächtig, ein Held zahlreicher Schlachten, in Friedenszeiten stets zu fröhlichem Gelächter bereit. Gerecht, großzügig und klug, wie man behauptet hatte. Doch das wußte Rose nicht aus eigener Erfahrung, weil von Anfang an eine schicksalhafte Feindschaft zwischen ihnen gestanden hatte.

Spöttisch verneigte er sich und nahm den Hut ab. »Du siehst aus, als hättest du einen Geist gesehen, Rose.«

Allerdings. Einen Mann, den sie für tot gehalten, der ihr zuvor alles beigebracht hatte, was sie über Leidenschaft, Sehnsucht, Kummer — und Liebe wußte. Jetzt stand er lebend vor ihr, und für einen Augenblick empfand sie heiße Freude. Ja, sie hatte ihn liebengelernt und angesichts der Todesnachricht geglaubt, ein Teil von ihr müßte sterben. Beinahe wäre sie aufgesprungen, um jubelnd an seine Brust zu sinken . . .

Nein, es war offensichtlich. Er kannte die Wahrheit nicht, mißtraute ihr wie eh und je. Nach so langer Zeit verdammte er sie immer noch. Niemals würde sie ihn wissen lassen, wie sehr sie ihn liebte. Entschlossen hob sie das Kinn. »Ja, ein Geist aus den Tiefen der Hölle.«

»In der Tat«, bestätigte er leise. »Und du wirst noch merken, daß du einen Dämon heraufbeschworen hast.«

Sie versuchte, den Zorn in seiner Stimme zu überhören. Nach allem, was geschehen war, stürmten jetzt neue Qualen auf sie ein. Viel zu lebhaft erinnerte sie sich an sein Flüstern an ihrer nackten Haut, die Berührung seiner kraftvollen Hände, die Hitze seines Körpers, den süßen Zauber in seinen Armen.

Nein, sie wäre verrückt, wenn sie ihren Stolz und ihre Würde vergessen und sich an seinen Hals werfen würde. »Ich dachte, du wärst tot.«

»Tut mir leid, daß ich dich enttäuschen muß.«

»Aber — der Drachentöter . . .«

»Man glaubte tatsächlich, der Tod hätte mich ereilt, meine Liebe.« Dieses letzte Wort war keineswegs als Kosename gemeint. »Aber das Glück stand auf meiner Seite. Ein Spanier, der ein Hühnchen mit den Engländern zu rupfen hatte, las mich auf und holte mich an Bord seines Schiffes. Tag und Nacht wurde ich geschlagen und gepeinigt. Auf diese Weise wollte man mir ewige Dankbarkeit für meine Rettung einbleuen . . .« Er schwieg eine Weile, dann fügte er bitter hinzu: »Sobald ich mich des Kapitäns entledigt und meine Freiheit wiedergewonnen hatte, verschrieb ich mich der Piraterie, um die Spanier auszurauben.«

Er war also grausam gefoltert worden. Schmerzhaft krampfte sich ihr Herz zusammen, doch sie ließ sich nichts anmerken. »Dies ist ein englisches Schiff«, erinnerte sie ihn.

»O ja, ich weiß.« Er neigte sich herab, auf das geschnitzte Fußteil des Betts gestützt, und der Arm an Roses Seite erschien ihr wie der Stahlriegel einer Gefängnistür. »Aber ich habe erfahren, daß du an Bord bist.« Seine Silberaugen jagten ihr heiße Schauer über den Rücken, erweckten ihren Körper zu neuem Leben. »Außerdem gehört das Schiff *mir.*«

»Was willst du?« fragte sie und versuchte, in möglichst kühlem Ton zu sprechen.

»Was ich will?« Er richtete sich auf, seine Lippen verzogen sich zu einem sarkastischen Lächeln, und plötzlich berührte die Schwertspitze wieder Roses Hals.

Sie zwang sich, reglos sitzen zu bleiben. »Ja. Was willst du?«

Geschickt zerschnitt er, was vom Oberteil ihres Kleids übriggeblieben war. Sie biß die Zähne zusammen, schreckte aber nicht vor ihm zurück. »Was sich jeder gute Pirat wünscht«, erwiderte er. »Reiche Beute. Schiffe mitsamt ihrer Fracht und Geiseln. Und — Rache.«

Nun schwebte die Klinge direkt über ihrem Kopf. Wütend schob sie das Schwert beiseite, und er ließ es lächelnd sinken.

»Du bist ein Narr, Pierce DeForte!« fauchte sie. »Die Leute, die dich verraten haben, sind immer noch in England. Wärst du nur ein bißchen klüger, wüßtest du, daß ich unschuldig . . .«

»Einmal habe ich an deine Unschuld geglaubt«, unterbrach er sie. »Diese Dummheit mußte ich jedoch bitter büßen.«

»Du willst die Wahrheit einfach nicht zur Kenntnis nehmen. Aber obwohl du so ein Schwachkopf bist, werde ich dein Geheimnis nicht preisgeben und niemandem erzählen, wer du bist.«

»Wie großmütig!«

»Laß mich zu meinem Vater zurückkehren und . . .«

»Hast du den Verstand verloren?«

»Er wird dich gut bezahlen. Und du sagtest doch soeben, du würdest großen Wert auf reiche Beute legen.«

»Und auf meine Rache. Die erscheint mir noch viel süßer.«

Rache — an ihr! Empört sprang sie auf. Am liebsten hätte sie in sein triumphierendes Gesicht geschlagen. Welch einen schweren Fehler er beging! Stets hatte er sie falsch beurteilt. »Laß mich gehen!« schrie sie. »Du hast kein Recht . . .«

»Doch!« Er zog sie an sich, und zum erstenmal seit einer halben Ewigkeit spürte sie wieder seinen muskulösen, schlanken Körper, seine Stärke, die sie in ihren Träumen erwärmt hatte, sein mühsam beherrschtes Temperament. Erfolglos versuchte sie, sich loszureißen. »Du warst schon immer eigensinnig«, fügte er hinzu. »Aber diesmal wird dir deine Willenskraft nichts nützen. Vielleicht schenke ich dir irgendwann deine Freiheit — wenn ich meiner Rache müde bin. Und keinesfalls, um Lösegeld zu erbeuten.«

»Bastard!« zischte sie.

»Ganz recht, Rose. Dieser Bastard wird dich so behandeln, wie es dir gebührt. Und ich werde nach England zurückkehren, um auch die anderen zur Rechenschaft zu ziehen. Das verspreche ich dir.«

»Bist du wahnsinnig? Du kannst nicht nach England zurückkehren. Man wird dich hängen.«

»Was macht es schon für einen Unterschied, ob ich wegen eines Mordes, den ich nicht verübt habe, am Galgen baumle oder ob ich als Pirat getötet werde? Und glaub mir, meine Rache ist mir jedes Wagnis wert. Es gab Zeiten, wo mich nur der Gedanke an meine Rache am Leben erhielt. Aber vorerst muß sie noch warten. Ich habe andere Geschäfte zu erledigen. Keine Bange, Rose, ich komme zurück.« Mit langen Schritten ging er zur Tür.

»Elender Schuft!« rief sie ihm nach. »Du hast kein Recht, mich festzuhalten . . .«

Sofort kehrte er zu ihr zurück und packte sie, ließ sie aufs Bett fallen und warf sich über sie. Verzweifelt wand sie sich umher und versuchte, nach ihm zu schlagen. Aber er umklammerte ihr Handgelenk. »Reiz mich nicht zu sehr, Rose!«

Sie bekämpfte ihre brennenden Tränen und das Bedürfnis, sich zu unterwerfen. Oh, seine Nähe wieder zu spüren! Wie viele Nächte hatte sie wach gelegen und unter ihrem schmerzlichen Verlust gelitten . . . Krampfhaft schluckte sie und wappnete sich. Sie würde nicht nachgeben — nicht wenn er diese Bitterkeit in seinem Herzen trug und sie so verachtete. Nicht, wenn *er* es war, der ihren Groll verdiente. »Verdammt, du hast kein Recht . . .«, wiederholte sie.

»Da täuschst du dich!« stieß er zwischen zusammengebissenen Zähnen hervor. »Ich kenne meine Rechte.« Wütend starrte er sie an, dann strichen seine Finger erstaunlich sanft über ihre Wange, ehe er die Hand ballte. »Oder hast du vergessen, daß du meine Frau bist?«

»Wie könnte ich?«

»Aber du dachtest wohl, du wärst eine steinreiche Witwe. Tut mir leid, Liebste, ich bin noch am Leben.«

»Narr!« wisperte sie. »Bastard!«

»Und immer noch dein Ehemann.« Fluchend stand er

auf und kehrte ihr den Rücken, die breiten Schultern sichtlich angespannt. Eine Zeitlang blieb er unbewegt stehen, dann eilte er zur Tür, riß sie auf und warf sie hinter sich zu. Unglücklich drehte sie sich zur Seite. Ja, sie war seine Frau. Und von Anfang an hatte sie ihn gehaßt. Und geliebt . . .

Entschlossen stand sie auf. Irgendwie mußte ihr die Flucht gelingen. Sie lief zur Tür und warf sich vergeblich dagegen, denn er hatte von außen den Riegel vorgeschoben. »Oh, ich hasse dich!« schluchzte sie und hämmerte gegen das Holz. Könnte sie doch ein Messer in Pierce DeFortes Herz stoßen . . .

Großer Gott, er lebte, wirklich und wahrhaftig. Plötzlich stieg ein heißes Glücksgefühl in ihr auf. Es war so unglaublich, so wundervoll. Und nun wollte er Rache an ihr üben. Bald würde er zurückkommen. Und bis dahin blieb ihr nichts anderes übrig, als zu warten, zu beten — und sich zu erinnern.

TEIL I

Träumer

1

Noch oft sollte Lord Pierce DeForte an seine erste Begegnung mit Mistress Rose Woodbine zurückdenken, der bürgerlichen, aber schwerreichen Tochter des Kolonialwarenhändlers Ashcroft Woodbine. Alle waren sie dabei, Anne und die Leute, die ihn verraten würden. An jenem Tag fing es an ...

Wie ihm mehrere Freunde zugetragen hatten, betrachtete Ashcroft ihn als idealen Schwiegersohn. In London hielten ihn alle Eltern heiratsfähiger Töchter für die beste Partie des Jahrzehnts. Darüber dachte er kaum nach, und er bildete sich auch nichts darauf ein. Es amüsierte ihn höchstens, denn vor nicht allzulanger Zeit hatte man den alten normannischen Namen *DeForte* verachtet — nicht nur in London, sondern in ganz England.

Erst 1649 war der Vater des jetzigen Königs erstaunlich würdevoll aufs Schafott gestiegen und enthauptet worden.

Trotz der gefährlichen Zeiten hatten die DeFortes dem Haus Stuart fast blindlings die Treue gehalten. Mit fünfzehn Jahren lernte Pierce sein Schwert im Kampf gegen Cromwells Truppen zu erproben, an der Seite seines guten Freundes, des jungen Prinzen Charles.

Nicht einmal, nachdem Pierces Vater im Bürgerkrieg sein Leben für die Stuarts geopfert hatte, schwankte der Sohn in seiner Gesinnung, folgte dem Prinzen nach Schottland und trat entschlossen für ihn ein. Er erlebte Charles' Krönung mit, dann ging er mit dem Monarchen ohne Land ins Exil, während Oliver Cromwell mit eiserner Faust über England regierte.

Alles hatte Pierce für den Freund aufs Spiel gesetzt, Adelstitel und Ländereien, Leib und Seele. Dafür erntete er nun reichen Lohn. 1660 wurde Charles, nach der Abdankung von Cromwells schwächlichem Sohn Richard, auf den englischen Thron berufen. Und er vergaß die Männer nicht, die ihn verteidigt hatten.

Am Hof herrschten etwas lockere Sitten nach französischem Vorbild. Charles liebte das Theater, die Musik, die Malerei — und schöne Frauen. Und die Frauen liebten ihn. Manche strengen Väter und angstvollen Mütter sorgten sich um ihre Töchter. Aber nach Cromwells puritanischer Herrschaft waren die meisten Leute bereit, den Mantel der Ehrbarkeit abzuwerfen und die Lebensfreude des hübschen, populären jungen Königs zu teilen.

Als einer seiner besten, treuesten Freunde genoß Pierce einen Teil der Bewunderung, die dem Monarchen galt. Er war überaus attraktiv und sehr reich, denn Charles hatte ihm nicht nur die von Cromwell enteigneten Ländereien zurückgegeben, sondern auch noch neue übertragen. Also stellte er tatsächlich eine gute Partie dar.

Ashcroft Woodbine war ein Emporkömmling. Das störte Pierce nicht. Er schätzte den Bürgerlichen, der den jungen Stuart im Exil jenseits des Atlantik unterstützt hatte, während dieser in seinem eigenen Land nicht als König Charles II. anerkannt worden war. Oft schickte Woodbine dringend benötigte Geschenke — Waffen, Rüstungen, einmal sogar eine kleine Flotte. Schon in früher Kindheit verwaist, war er später dem Armenhaus entflohen, um sich im Frachtraum eines Schiffs zu verstecken und nach Amerika zu fahren. Dort hatte er auf einigen Plantagen gearbeitet und Land gekauft. Seine Ernte gedieh prächtig, seinem ausgeprägten Geschäftssinn verdankte er den raschen Aufstieg zum Baumwoll- und Tabakkönig. Immer wieder führten ihn seine Handelsreisen nach England.

Dort heiratete er Lord Justin Renaults Tochter. Trotz der Hinrichtung dieses alten Royalisten war es Woodbine gelungen, seiner Frau eine angesehene gesellschaftliche Stellung zu verschaffen. Ein Lord als Schwiegersohn, das war allerdings ein etwas hochgestecktes Ziel, aber . . .

Immerhin respektierte Pierce den Mann. Und dessen Tochter, Mistress Rose, hätte zumindest seine Neugier erregt, wäre er nicht schon gebunden gewesen. Nach der jahrelangen Wanderschaft hatte er sich endlich entschlossen zu heiraten, und zwar Lady Anne Winter.

Nach seiner Ansicht paßten sie gut zusammen.

Anne war schön, bestens situiert, temperamentvoll und wortgewandt. Schon seit einiger Zeit erfreuten sie sich einer intimen Beziehung, und er hätte sie eigentlich längst vor den Traualtar führen müssen. Er wußte nicht recht, warum er so lange gezögert hatte. Vielleicht lag es am langjährigen unsteten Leben im Exil. Deswegen konnte er sich nur schwer an den Gedanken gewöhnen, seßhaft zu werden.

Aber nun stand sein Entschluß fest, und es erschien ihm sinnlos, Woodbines Tochter kennenzulernen.

Doch dann trafen sie sich in Hampton, wo Charles gerade hof hielt und eine Jagd arrangierte. Pierce kam mit einiger Verspätung an. In London war er von Schiffahrtsgeschäften aufgehalten worden und dann auf einer Barkasse die Themse herabgefahren. Nach seiner Rückkehr in die Heimat hatte er eine Flotte gekauft, die aus sechs Schiffen bestand.

Am Ziel angelangt, eilte er zu den Stallungen, um zu sehen, ob Beowulf gesattelt war. Der fünfzehnjährige erstklassige Araberhengst hatte ihn auf vielen Abenteuern begleitet. Hastig stieg Pierce auf, ließ sich von einem Reitknecht erklären, welche Richtung die königliche Jagdgesellschaft eingeschlagen hatte und galoppierte hinterher.

Ein wolkenloser Himmel wölbte sich über dem herbstlichen Wald, den Pierce durchquerte, und ein angenehmer Wind kühlte ihm die Wangen. Plötzlich ritt jemand aus dem Gebüsch am Wegrand, fast direkt vor Beowulfs Hufe.

Blitzschnell versuchte er, den Araber zu zügeln, doch ein Zusammenprall ließ sich nicht vermeiden. Der Hengst bäumte sich wiehernd auf, der Sattelgurt riß, und Pierce rutschte nach unten. Um nicht zertrampelt zu werden, klammerte er sich fest, dann warf er sich seitwärts zu Boden und rollte davon. Blätter und winzige Zweige verfingen sich in seinem Haar und der Kleidung, feuchte Kälte drang ihm bis auf die Haut, und er merkte, daß er in einen plätschernden Bach gefallen war. Ärgerlich schnappte er nach Luft. Während seiner zahlreichen Schlachten war er stets auf dem Pferderücken geblieben. Und nun hatte ihn ein rücksichtsloser Reiter im königlichen Forst aus dem Sattel gezwungen.

Als er sich aufrichtete, sah er die Person, die seinen Unfall verursacht hatte, heranreiten und hörte eine sanfte, etwas arrogante Mädchenstimme. »Könnt Ihr Euch bewegen, Sir? Soll ich den Hofarzt rufen?«

Natürlich konnte er sich bewegen! Sah er vielleicht wie ein tölpelhafter Greis aus? Die Knie angezogen, saß er im seichten Bach, biß die Zähne zusammen und schüttelte das Wasser aus seinem Hut.

Seine mißliche Lage schien die Reiterin nicht im mindesten zu stören. Ruhig und selbstsicher saß sie im Sattel. Ihr kastanienrotes Haar, im Nacken zu einem geflochtenen Knoten gesteckt, zeigte unter dem dunklen Baldachin des Walds an manchen Stellen goldene Lichter. Ein paar zarte, lockige Strähnchen umrahmten ein Gesicht von vollkommener Schönheit, das Pierce in einen seltsamen Bann zog — elfenbeinweiß und makellos, mit rosigen Wangen, einer geraden kleinen Nase, vollen Lippen und leuchtenden Smaragdaugen. In dunkelgrünem Samt, auf einer pechschwarzen Stute, glich die junge

Frau einer Waldnymphe, überirdisch und hinreißend — und völlig unbefangen, obwohl sie die Schuld an dem Unfall trug.

Aber Rose Woodbine war nach ihrem überstürzten Ritt nicht ganz so gelassen, wie sie sich gab. Auch sie kam verspätet zur Jagd, denn sie hatte im Zimmer der Hofdamen getrödelt, die angeregten Gespräche über Charles' Heldentaten nicht beachtet und von ihrer Heimat geträumt. Sie mochte das Königspaar und genoß das höfische Leben, aber sie sehnte sich nach Virginia. So lange war sie nicht mehr dort gewesen. Sie wollte endlich wieder über die Hügel reiten, am Flußufer im Gras liegen, die schwüle Brise warmer Sommernächte spüren.

Nun mußte sie auf die erhoffte Heimreise verzichten. Letzte Woche hatte sie in ihrer Schule außerhalb Londons eine Nachricht ihres Vaters erhalten, den Befehl, den Hof aufzusuchen. Nur zu gut wußte sie, was er von ihr wollte. »Ich kam aus dem Nichts!« hatte er ihr einmal in seinem schönen Kolonialhaus erklärt. »Und ich habe mir die Finger wund gearbeitet. Das alles wäre vergeblich gewesen, hätte ich nicht deine wunderbare Mutter kennengelernt.«

Rose erinnerte sich nicht allzu deutlich an ihre schöne, sanftmütige Mutter, die nach grünen Wiesen und Blumen geduftet hatte. Bei ihrem Versuch, Ashcroft einen Sohn zu schenken, war sie gestorben, kurz nach dem fünften Geburtstag ihrer Tochter.

Mochte Ashcroft seine Ehe auch aus gesellschaftspolitischen Gründen eingegangen sein — er hatte seine Frau vergöttert, nach ihrem Tod kein zweites Mal geheiratet und die Hoffnung auf einen Sohn begraben. Um so beharrlicher verfolgte er nun das Ziel, seiner Tochter eine Position in Adelskreisen zu verschaffen.

Rose hörte sich seine Tiraden schweigend an und tat, was ihr beliebte. Nicht, daß sie ihm unverhohlen den Gehorsam verweigerte, aber sie würde auf keinen Fall seinen Wunsch erfüllen und irgendeinen hochnäsigen Aristokraten heiraten. Eine Zeitlang wollte sie am höfischen Leben teilnehmen und dann nach Hause fahren. Glücklicherweise war der Lord, den ihr Vater ins Auge gefaßt hatte, mit Lady Anne Winter so gut wie verlobt, einer schönen, geistreichen, wohlhabenden und kultivierten Dame. Und DeForte würde sich wohl kaum für eine andere Braut entscheiden. Sobald er seine Heiratspläne bekanntgegeben hatte, konnte Rose nach Hause segeln. Auf einem Woodbine-Schiff. Ihr Vater besaß eine große Handelsflotte. Und in Virginia würde sie beweisen, daß sie das Schiffahrtsunternehmen genausogut zu führen vermochte wie ein Mann.

Doch nun drohten ihre Pläne zu scheitern. Ihr Vater hatte einem alten Freund geschrieben und ihn gebeten, die Rolle ihres Vormunds zu übernehmen, solange sie sich in England aufhielt.

Während Ashcrofts Brief den Atlantik überquert hatte, war Lord Bryant gestorben. Nun würde sein Sohn Jamison, den sie ziemlich widerwärtig fand, die Pflichten des Vaters erfüllen. Ein erschreckender Gedanke ... Wegen dieser Überlegungen hatte sie sich verspätet, war hastig in den Sattel ihrer schönen schwarzen Stute Genie gestiegen und wie der Wind durch den Wald gerast. Vielleicht hätte sie etwas besser aufpassen müssen. Doch das konnte sie genausogut diesem arroganten Kerl vorwerfen. Herausfordernd starrte sie auf ihn hinab. »Sir, wenn Ihr verletzt seid ...«

»Es geht mir ausgezeichnet, verdammt!« stieß Pierce DeForte hervor. »Was ich keineswegs Euch zu verdanken habe, Mädchen!«

Pikiert runzelte sie die Stirn. »Wie ich bereits sagte, ich hole gern den Hofarzt ...«

»Ich brauche keinen Arzt.«

Anmutig schwang sie sich vom Rücken ihrer Stute und schnitt eine Grimasse, als ihre Füße das schlammige Erdreich berührten. Sie raffte die Röcke und trat ans Ufer. »Falls Ihr nicht aufstehen könnt . . .«

»Wollt Ihr mich aus dem Wasser ziehen?« erkundigte er sich sarkastisch.

»Ich könnte jemanden herschicken . . .«

»Mädchen, Ihr könntet lernen, wie man sich höflich und vernünftig benimmt — und wie man reitet.«

»Sir, ich möchte nicht prahlen, aber ich bin eine ausgezeichnete Reiterin.«

»Was Ihr nicht sagt . . .«

»Seit meiner frühesten Jugend reite ich regelmäßig aus. Und Ihr habt nicht den geringsten Grund, an meinen Fähigkeiten zu zweifeln. Wenn Ihr außerstande seid, Euer Pferd zu kontrollieren . . .«

»Mein liebes Kind! Ich tat mein Bestes, um Euch und Eure Stute vor Schaden zu bewahren!«

»Ich bin kein Kind!« protestierte sie. »Und wie Euch nicht entgangen sein dürfte, blieb ich im Sattel, im Gegensatz zu Euch, Sir.«

Pierces Augen verengten sich. »Soeben erklärte ich . . .«

»Ja, eine sehr gute Ausrede«, unterbrach sie ihn honigsüß.

»Sie reiten so unvorsichtig wie eine Zweijährige!« rief er erbost, dann stöhnte er, als er sein Gewicht verlagerte, und ein spitzer Stein in seine Kehrseite stach. Das Mädchen kam noch etwas näher, immer noch bemüht, die zierlichen Stiefel und die Rocksäume vom Wasser fernzuhalten.

»Hört mal, ich wollte Euch nichts zuleide tun«, versicherte sie ungeduldig. »Obwohl Ihr ein arroganter Narr seid.«

»Hütet Eure Zunge!« warnte er.

»Soll ich Euch helfen?«

Grinsend entblößte er seine strahlend weißen Zähne und streckte ihr eine Hand entgegen. »Wenn Ihr mich erreichen könnt . . .«

Etwas widerwillig beugte sie sich vor und versuchte, seine Hand zu ergreifen.

Vielleicht hätte sie das nicht tun sollen. König Charles war für seine Ritterlichkeit berühmt, und er erwartete auch von seinen Höflingen ein entsprechendes Benehmen. Aber irgend etwas an dieser eleganten, unverschämten kleinen Person veranlaßte Pierce, seine gewohnten Manieren zu vergessen. Sein Lächeln vertiefte sich, als ihre hellgrün behandschuhten Finger ihn berührten, dann packte er mit aller Kraft zu und zerrte an ihrer Hand.

Kreischend landete sie auf ihm, und er unterdrückte nur mühsam seinen Lachreiz. »O Gott, wie ungeschickt ich bin!« murmelte er, während sie wütend mit ihren nassen Röcken kämpfte. Er spürte das heftige Gestrampel ihrer langen Beine, die weichen, vollen Brüste über den Korsettstangen, atmete süßen Blütenduft ein.

Für einen viel zu langen Augenblick faszinierte ihn die natürliche Sinnlichkeit der schönen Unbekannten, und er überlegte, ob die Unschuld in den smaragdgrünen Augen echt war. Die starke Wirkung, die sie auf ihn ausübte, erstaunte und ärgerte ihn. Du Narr, sagte er sich. Bald wirst du eine wunderbare Frau heiraten, die dich liebt und in deinen Nächten keine Wünsche offenläßt. Trotzdem weckte dieses Mädchen ein heißes Verlangen, wie er es nie zuvor empfunden hatte. Entschlossen biß er die Zähne zusammen, um seine Gefühle zu verdrängen.

»Oh, was für ein Tölpel Ihr seid!« schimpfte sie, riß ihn aus seiner seltsamen Trance und versuchte, sich aufzurichten.

Eisern hielt er ihre Handgelenke fest. »Oh, es tut mir ja so leid! Selbstverständlich ist es nicht meine Schuld, daß Ihr aus dem Gleichgewicht geraten seid. Aber ich will Euch helfen.« Während er scheinbar versuchte, sich zu erheben, schob er sie blitzschnell zur Seite. Nun lag sie rücklings im Wasser, die Wellen trugen ihren gefiederten

Hut davon, die Haarnadeln lösten sich aus den nassen kastanienroten Locken.

»Wie könnt Ihr es wagen!« schrie sie und wollte nach ihm schlagen, doch er kam ihr zuvor, umfaßte ihre Unterarme und warf sich auf sie.

»Bedauerlicherweise bin ich ausgerutscht«, behauptete er und lächelte boshaft. »Vor Männern, die ihre Pferde nicht in der Gewalt haben, müßt Ihr Euch in acht nehmen. Man weiß nie, was sie sonst noch alles anrichten. Es tut mir ja so leid . . .«

Ein grünes Feuer schien in ihren Augen zu brennen. »Gar nichts tut Euch leid! Das habt Ihr absichtlich getan!«

»Keineswegs. Ein Tölpel kann eben seine Bewegungen nicht kontrollieren, das ist alles. Erlaubt mir, es noch einmal zu versuchen . . .«

»Nein!« fauchte sie. »Laßt mich los und steht auf! Wie ich sehe, habt Ihr den Unfall schadlos überstanden. Euch fehlt nichts, abgesehen von dem Schwachsinn, an dem Ihr wohl schon von Geburt an leidet. Wenn Ihr mich nun von Eurer ungehobelten Wenigkeit befreien würdet . . .«

Er umklammerte ihre Arme immer noch. Ihre Finger in den hellgrünen durchnäßten Handschuhen, die sich dunkel verfärbt hatten, ballten sich zu wütenden Fäusten.

»Gewiß«, erwiderte er höflich, sprang auf und zog sie hoch. Vielleicht war er ein bißchen zu weit gegangen. Um das wieder gutzumachen, wollte er ihren Hut retten. Doch als er sie losließ, schien sie sich in eine Tigerin zu verwandeln. Sie versetzte seiner Brust einen so kraftvollen Stoß, daß er im schlammigen Bachbett ausglitt. Er schwankte nach hinten, aber ehe er stürzte, ergriff er ihren Arm und riß sie mit sich in die Wellen hinab.

Diesmal versanken sie im tieferen Wasser. Sofort tauchte Pierce wieder empor, und sein Fuß fand Halt auf einem großen Stein, der aus dem Schlamm ragte. Sein Atem stockte, denn die junge Frau war ihm entglitten, und er fürchtete, daß sie womöglich nicht schwimmen konnte.

Wieder schlug das Wasser über seinem Kopf zusammen, während er nach ihr tastete und ihre Röcke zu fassen bekam.

»Großer Gott!« prustete sie, als sie an die Oberfläche gelangten. »Wollt Ihr mich ertränken?«

»Ertränken! Ich habe mir nur gestattet, Euch das Leben zu retten!«

»Mir? Ich reite sehr viel besser als Ihr, Sir, und ich bin mir verdammt sicher, daß ich auch besser schwimmen kann . . .«

»Und besser fluchen?«

Zornesröte färbte ihre Wangen, was die Leuchtkraft ihrer grünen Augen noch verstärkte. »Oh!« zischte sie, verschwand wieder im Wasser, und als sie auftauchte, schleuderte sie ihm Schlamm ins Gesicht.

»Zur Hölle mit Euch!« schrie er, besessen von dem absurden Entschluß, diesen Kampf, so kindisch er auch sein mochte, nicht zu verlieren. »Freches kleines Balg!« Was er plante, wußte er nicht genau, aber er tauchte blitzschnell unter, um den Schlamm abzuspülen. Dann sprang er hoch, in der Absicht, seine Gegnerin zu packen.

Erschrocken kreischte sie und versuchte, das Ufer zu erreichen, wurde aber von ihren schweren Röcken behindert. Seine Arme umschlangen ihre Taille. Verbissen zerrte sie an seinen Fingern. »Laßt mich los! Augenblicklich!«

»Ihr bewerft mich mit Schlamm und fordert Eure Freiheit? Wenn Ihr Euch wie ein Kind aufführt, sollt Ihr entsprechend dafür büßen . . .«

»Solltet Ihr tatsächlich wagen, Euch an mir zu vergreifen, wird es Euch noch leid tun! Verrückter Flegel! Wartet nur, bis der König das erfährt! Dann werdet Ihr in Öl sieden, am Galgen baumeln . . .«

»Ich! Impertinentes kleines Biest!« Den einen Arm immer noch um ihre Taille gelegt, zog er sie mit sich durchs Wasser. »Wenn der König das erfährt, kleine Hexe . . .«

Verwirrt unterbrach er sich, als er lautes Gelächter vernahm.

Er brauchte Charles nicht zu informieren, denn Seine Majestät war zum Bach geritten, begleitet von Lady Anne. »Der König ist zur Stelle, meine Freunde! Und nun wollen wir unsere Neugier befriedigen und uns in allen Einzelheiten schildern lassen, was hier geschehen ist, nicht wahr, Lady Anne?«

2

In purpurnen Kniehosen und einem weinroten Wams über einem weißen Rüschenhemd saß Charles auf seinem königlichen Pferd, die dunklen Brauen hochgezogen. Seine braunen Augen funkelten belustigt, und auch Pierce hätte sich amüsiert, wäre er nur vom König ertappt worden.

Aber Charles wurde von Lady Anne begleitet. Ein Reitkleid aus fliederfarbenem Samt betonte ihre goldblonde Schönheit. Bestürzt musterte sie das Mädchen in Pierces Arm, und er seufzte verlegen. Wie sollte er ihr erklären, daß dieses jähzornige Kind eine solche Behandlung verdiente?

»Wirklich, ein faszinierender Anblick«, bemerkte Charles, zu Anne gewandt. »Ich frage mich nur, ob die beiden einander offiziell vorgestellt wurden. Rose, meine zarte kleine Blume! Ihr solltet etwas liebenswürdiger sein und es künftig unterlassen, diesen Burschen als Flegel zu bezeichnen. Er zählt zu meinen ältesten liebsten Freunden, ein Mitglied des Parlaments, Lord Pierce DeForte, Seine Gnaden, der Herzog von Werthingshire. So sehr ich es auch bedaure, ich kann ihn weder in Öl sieden noch am Galgen aufknüpfen, denn vielleicht werde ich seine Kampfkraft eines Tages wieder brauchen. Und nun zu Euch, Pierce, mein guter Junge — dieses schöne Geschöpf ist Mistress Rose Woodbine aus Virginia, ein Gast an meinem Hof. Sie hat zwar einen Vormund hier in England, aber ich fühle mich trotzdem für ihr Wohlergehen verantwortlich, ebenso wie meine Frau.« Grinsend fügte der König hinzu: »Auch ihr Vater ist mein Freund.«

Das war also Rose Woodbine! Er hätte sich's denken

können. Mit einem gezwungenen Lächeln nickte Pierce ihr zu. »Miss Woodbine . . .«

»Mylord DeForte . . .« Es klang so, als würde sie an diesem Namen ersticken.

Angelegentlich räusperte sich der König. »Nun solltet Ihr erwägen, das Mädchen loszulassen, Pierce.«

In ihren Augen glitzerte bösartiger Triumph. Er gehorchte sofort. Natürlich sank sie wieder zum Grund des Bachs hinab.

»Pierce!« rief Anne erschrocken, während er zum Ufer watete und sie unschuldig anschaute. Hinter sich hörte er Rose plätschern. »Vielleicht kann sie nicht schwimmen!«

»Doch, das kann sie.« Inzwischen hatte er Annes Pferd erreicht und lehnte sich an die Flanke.

Prustend und keuchend tauchte Rose aus dem Wasser auf. »Bastard!«

»Sie kann sowohl reiten als auch schwimmen, Anne«, fuhr er mit erhobener Stimme fort, »und zwar viel besser als ich. Charles' lieber kleiner Gast aus den Kolonien bedarf meiner Hilfe nicht.«

»Miss Woodbine, normalerweise lassen seine Manieren nicht zu wünschen übrig«, beteuerte Anne. »Vielleicht hat er sich den Kopf an einem Stein angeschlagen.«

Gewiß legte Miss Woodbine keinen Wert auf seine Manieren. Charles war vom Pferd gestiegen und half ihr fürsorglich ans Ufer. Dieser kleine Emporkömmling fand die Aufmerksamkeiten eines Königs sicher viel interessanter als alles, was ein Herzog zu bieten hatte. Ihre Smaragdaugen schienen Pierce zu durchbohren.

»Oh, seine Manieren lassen nicht zu wünschen übrig, Mylady, sie sind überhaupt nicht vorhanden.«

Pierce seufzte mitleidig. »Meine liebe Anne, ich fürchte, diese Unverschämtheit hängt mit Miss Woodbines enger Beziehung zu den Kolonien zusammen.«

Verblüfft runzelte Anne die Stirn. Noch nie war er mit Absicht grausam gewesen. Andererseits schien es Rose gar nicht zu stören, daß ihr Zuhause am anderen Ende des Atlantik lag. »Was soll das, Pierce? Ein hübsches Kind so zu verunglimpfen! Würdest du dich bitte anständig benehmen? Du wirst noch ins Gerede kommen!«

Beschämt biß er die Zähne zusammen. Sie hatte recht. Aber sie wußte nicht, wie schrecklich einem dieses hübsche Kind auf die Nerven fallen konnte. Er schaute wieder zu Rose hinüber. Ihr üppiges nasses Haar fiel bis zu den Hüften hinab. Anne irrt sich, dachte er, sie ist kein Kind, sondern eine elegante, ungewöhnlich schöne Frau, temperamentvoll und willensstark, genau der Typ, der einem Mann große Schwierigkeiten bereiten konnte . . . Trotz ihres derangierten Zustands sah sie immer noch bezaubernd aus. Und zweifellos zog sie den König in ihren Bann.

Plötzlich lächelte Pierce, und in Gedanken pflichtete er seiner Geliebten bei. Indem er mit diesem Mädchen Beleidigungen austauschte, begab er sich auf eine absurde, niedrige Ebene. »Ich glaube, ich muß die Jagd vergessen, Anne. Eurer Gnaden!« rief er Charles zu. »Wenn Ihr mich entschuldigen würdet — ich möchte zum Schloß zurückkehren und ein Bad nehmen.«

»Vielleicht sollten wir alle nach Hause reiten«, erwiderte der König, »denn ich vermute, auch meine schöne Rose hat ein Bad nötig.«

»Wie nett!« bemerkte Pierce spöttisch. »Also brechen wir gemeinsam auf.«

Sein Hohn trug ihm einen strengen Blick von Anne ein. Wenn sie sich auch gern amüsierte, so legte sie doch Wert auf gute Manieren, in allen Situationen. Rose lächelte dem König zu und ging zu ihrer Stute. Ohne auf Hilfe zu warten, stieg sie auf. »Ich brauche keine Begleitung. Majestät — Lady Anne . . .«

»O nein«, protestierte Pierce, »wir müssen unserer reizenden kleinen Amerikanerin jede nur erdenkliche Höflichkeit erweisen.« Er pfiff durch die Zähne, worauf Beowulf zu ihm trottete, sprang in den Sattel und fragte sich, welche Dämonen dieses Mädchen in ihm weckte. »Reiten wir zusammen!«

Unruhig tänzelte Roses Stute, als spürte sie den Zorn ihrer Herrin. »Mylord DeForte, jede weitere Höflichkeitsbezeigung von Eurer Seite ließe mir das Blut in den Adern gefrieren. Ich bin durchaus fähig, selber auf mich zu achten. Also braucht Ihr Euch nicht zu sorgen . . .«

»Vielleicht sorge ich mich nicht um Euch, Mistress Woodbine, sondern um ahnungslose Reisende, die Euch in die Quere kommen könnten.« Er drückte die Knie in Beowulfs Flanken, und der große Hengst trabte davon, gefolgt von Roses Stute. Etwas langsamer ritten der König und Anne hinterher.

Bald erreichten sie den Waldrand. Auf den offenen Feldern ließ Rose ihrem Pferd die Zügel schießen und galoppierte davon. Diesen Triumph gestand Pierce ihr nicht zu. Außerdem verdiente Beowulf eine Chance, seinen Herrn und sich selbst zu rächen. Nach wenigen Augenblicken fand ein stürmisches Wettrennen über die grünen Hügel statt.

Der König beobachtete die beiden und warf Lady Anne einen verwunderten Blick zu. »Was treibt er denn?«

Statt einer Antwort zuckte sie die Achseln und biß sich auf die Lippen. Dieses Verhalten sah Pierce überhaupt nicht ähnlich. Schon längst sollten wir verheiratet sein, dachte sie. Wir lieben uns doch . . .

Aber sie schätzten auch ihre Freiheit. Diese Liebesbeziehung war nicht die erste in Annes Leben und ebensowenig in seinem. Beide besaßen Vermögen, Einfluß und Lebenserfahrung, brauchten einander weder aus finanziellen noch aus gesellschaftlichen Gründen, und so hatten sie sich Zeit gelassen. Vielleicht zuviel Zeit. Plötzlich erschauerte sie und sehnte die Nacht in Pierces Armen herbei.

»Ihr zwei müßtet heiraten«, bemerkte der König, als

hätte er ihre Gedanken gelesen. Die beiden gehörten zu seinen treuesten Anhängern, und diese Ehe würde ihm nützen. Sein Entschluß, eine tolerante Herrschaft auszuüben, stand fest, obwohl er insgeheim seinem Vater zustimmte, der an die göttlichen Rechte des Monarchen glaubte. Doch der Kampf gegen die Parlamentarier hatte Charles I. das Leben gekostet, und die schmerzlichen Erinnerungen würden den Sohn stets verfolgen. Was immer Charles II. im Grunde seines Herzens denken mochte, er wollte in Übereinkunft mit dem Parlament regieren und sich duldsam zeigen. Aber vielleicht brauchte er irgendwann die Hilfe wohlhabender, mächtiger Freunde. Und Lady Annes Reichtum würde Pierce zusätzlich stärken. Als ihr Ehemann wäre er ein noch wertvollerer Verfechter der Krone.

»Ihr habt recht, wir sollten heiraten, Majestät«, bestätigte sie leise. Eigentlich dürfte sie keine Eifersucht empfinden, da Pierce die kleine Woodbine so schändlich behandelte. Doch sie konnte ihr Unbehagen nicht verdrängen. Irgend etwas schien zwischen den beiden zu vibrieren — etwas, das die Sonnenstrahlen erhitzte und die Luft flimmern ließ.

Ob Charles es auch bemerkte? Nein, seine Überlegungen galten ausschließlich Pierce. »Er ist ein guter Höfling und Parlamentarier, auf dessen Freundschaft ich zähle.« Dann schüttelte er lächelnd den Kopf. »Erstaunlich, nicht wahr? Da reitet der Mann, dessen Charme die gekrönten Häupter Europas so oft bewog, uns Obdach zu gewähren! Der Mann, der meinen Rücken vor Meuchelmördern schützte, einer der besten Schwertfechter, die ich kenne! Und jetzt ist er wild entschlossen, ein junges Mädchen beim Pferderennen zu schlagen.«

»Das wird ihm auch gelingen«, versicherte Anne.

»Ein Goldstück auf Miss Roses Sieg!« Seine Augen funkelten, denn er wettete für sein Leben gern.

»Oh, ich glaube, da täuscht Ihr Euch.«

»Sie kann ausgezeichnet reiten.«

»Aber er ist ein Mann, der kühn herausgefordert wurde.«

»Jedenfalls setze ich mein Geld auf das Mädchen.«

»Also gut, Majestät«, stimmte Anne lachend zu, »ich stimme dagegen.« Sie spornte ihr Pferd an, und sprengte belustigt hinterher.

Als sie den Schloßhof erreichten, eilten dienstbeflissene Reitknechte herbei. Pierce war als erster eingetroffen und bereits abgestiegen. Soeben schwang sich Rose Woodbine aus dem Sattel. Der König drückte eine Münze in Annes behandschuhte Hand. »Ein ungewöhnlicher Mann, Mylady, da sind wir wohl einer Meinung.«

Lächelnd nickte sie. »Aber das ist auch eine ungewöhnliche junge Frau, Majestät.« Sie musterte ihn nachdenklich. Es ging sie zwar nichts an, aber ganz London tuschelte über seine außerehelichen amourösen Abenteuer. Er war charmant und sehr zielstrebig, sobald er seine Wahl getroffen hatte. Wenn seine sinnlichen dunklen Augen einer Frau folgten, gab er ihr das Gefühl, sie wäre etwas ganz Besonderes. Vielleicht reizte ihn die junge Amerikanerin. Anne wünschte sich plötzlich, es wäre so. Dann würden Pierces Interessen erlöschen.

Charles senkte die dunklen Wimpern, dann erwiderte er vielsagend ihren Blick. »Sie ist keine — eh — intime Freundin, Lady Anne, falls diese Frage hinter Eurer schönen Stirn lauert. Ein süßes junges Ding, wirklich. Ganz unschuldig. Ich mag zwar meine Fehler haben, aber ich bin kein Wüstling.«

»Großer Gott! Natürlich nicht! Ihr seid der König.«

Immer noch triefnaß, erklärte Pierce einem Reitknecht in allen Einzelheiten, wie Beowulf gestriegelt werden mußte. Anne befürchtete, mit seinen strengen Worten würde er den Ärmsten völlig einschüchtern. Doch dann drückte er dem Burschen eine Münze in die Hand, so daß sich dieser nicht umsonst bemühen mußte. Er war ein anspruchsvoller Mann, aber überaus großzügig.

So wie Charles vergaß er niemals die mageren Jahre, oder wieviel ein bißchen Freundlichkeit für jemanden bedeuten mochte, der in weniger glücklichen Umständen lebte als er selbst.

Nun kam er zu Anne und Charles herüber, die inzwischen mit Hilfe der Reitknechte von ihrem Pferd abgestiegen waren.

Suchend schaute sich die Lady um. »Wo ist Rose?«

»Ich nehme an, die kleine Xanthippe ist in ihren Gemächern verschwunden«, entgegnete Pierce und wollte einen Arm um ihre Schultern legen, doch dann zögerte er und schnitt eine Grimasse. »Oh, ich bin völlig verschmutzt. Auch ich müßte mich sofort zurückziehen. Ihr entschuldigt mich, Euer Gnaden?«

»Gewiß«, antwortete der König. »Ihr seht grauenvoll aus, Mylord DeForte. Was ist bloß in Euch gefahren? Warum seid Ihr mit Ashcroft Woodbines Tochter schwimmen gegangen?«

»Sire, das war keineswegs mein Wunsch. Ich schwöre Euch, das Mädchen hat sich dazu entschlossen.«

Langsam verzogen sich die Lippen des Königs zu einem Lächeln, und er wandte sich kopfschüttelnd zu Anne. »Hin und wieder passiert das sogar den vernünftigsten Männern, Mylady. Sie verwandeln sich in kleine Jungen, die keinen Wettstreit verlieren können.«

»Es war kein Wettstreit«, begann Pierce, hielt aber inne, als Charles in Gelächter ausbrach. »Schon gut, Majestät, Ihr seid der König und solltet recht behalten. Begleitest du mich Anne?«

»Sehr gern«, antwortete sie.

Doch der König erhob Einwände. »Mit Miss Woodbines tatkräftiger Unterstützung habt Ihr die Jagd beendet, Pierce, und mich um einen angenehmen Zeitvertreib gebracht. Dafür muß ich entschädigt werden, und so will ich in meinen Gärten lustwandeln. Ihr leistet mir doch Gesellschaft, Lady Anne? Das soll Pierces Strafe für die groteske Rolle sein, die er in diesem ganzen Aufruhr gespielt hat.«

Pierce, der seine Geliebte hoffnungsvoll angeschaut hatte, runzelte die Stirn. Offenbar hat er erwartet, ich würde ihm den Rücken waschen, dachte sie. Nun, dann soll er am eigenen Leib spüren, wie man sich fühlt, wenn man eifersüchtig ist . . . Lächelnd nahm sie den Arm, den Charles ihr reichte. »Ein kleiner Spaziergang wird mich erquicken, Pierce. Und ich diene meinem König mit Freuden.«

»Tatsächlich?« murmelte er und beugte sich über ihre Hand. »Paß bloß auf, in welcher Weise du ihm dienst!« Lachend schlenderten sie davon und amüsierten sich auf seine Kosten, doch das konnte er verkraften.

Eine Zeitlang wanderten sie über die gepflegten Wege zwischen den Blumenbeeten. Dann entschuldigte sich Anne, die das Bad ihres Liebsten nicht vollends versäumen wollte, und eilte zu seinen Gemächern. Da sie in der Nähe ihrer eigenen lagen, waren sie bequem zu erreichen.

Bei Hof genoß sie eine angesehene Stellung, eine Erbin in ihren eigenen Rechten. Doch sie teilte ihr Vermögen mit ihrem jüngeren Halbbruder.

Beim Gedanken an Jerome seufzte sie tief auf. Nichts hatten sie miteinander gemein, und manchmal trieb er sie zur Verzweiflung. Ihr größtes Erbe stammte von ihrem Vater, doch auch die Mutter war eine Erbin gewesen. Ihren Besitz hatte sie Anne und Jerome zu gleichen Teilen hinterlassen. Da er ihnen ein beträchtliches Einkommen sicherte, sahen sie sich gezwungen, ihn gemeinsam zu verwalten. Sollte ihr etwas zustoßen, würde ihr mütterliches Erbe an ihn gehen. Und sie hatte der Mutter auf deren Totenbett sogar versprochen, ihrem Bruder — falls sie heiraten sollte — sogar die Hälfte des väterlichen Vermögens zu hinterlassen. Wenn Anne und ihr Mann starben, würde Jerome alles erben. König Charles höchstselbst hatte ihr Testament beglaubigt.

Natürlich besaß Jerome nicht das Recht, sich in die Angelegenheiten seiner Halbschwester einzumischen. Er selbst vertrat jedoch einen anderen Standpunkt. Was ihren künftigen Ehemann anging, hatte er seine eigene Wahl getroffen, die ihr mißfiel. Vielleicht zählte dies zu den Gründen, warum sie eine gewisse Sympathie für Rose Woodbine empfand.

Nach dem Tod des alten Lord Bryant fungierte Jamison Bryant als offizieller Vormund des Mädchens. Und wann immer Anne in die Nähe dieses Mannes geriet, lief ihr ein Schauer über den Rücken.

Jerome pflegte ihr einzureden, sie müsse sich geschmeichelt fühlen, weil Jamison sie allen anderen Frauen vorziehe. Dieser hinterhältige schlaue Intrigant! Jedesmal, wenn er sie anschaute, gewann sie den Eindruck, seine Augen würden sie ausziehen. Offenbar wartete er nur auf eine Gelegenheit, über sie herzufallen. Einmal hatte er es sogar schon versucht.

Vielleicht haben Pierce und ich die Trauung wirklich zu lange hinausgezögert, überlegte sie auf dem Weg durch das Schloß.

Obwohl sie Diskretion übten, wußte der ganze Hof über die Beziehung Bescheid. Pierces Eltern lebten nicht mehr, seine beiden Geschwister waren bald nach der Geburt gestorben. Niemandem schuldete er eine Erklärung, höchstens dem König, und der verlangte keine. Lächelnd folgte sie dem Flur, der zu Pierces Suite führte. Ehe sie durch die Tür schlüpfte, blickte sie vorsichtig nach beiden Seiten. Bald werden wir den Hochzeitstag festsetzen, nahm sie sich vor. Schon nächste Woche.

Lautlos schloß sie die Tür hinter sich. Pierce saß im Bad, den Rücken zu ihr gewandt. Seine Knie ragten aus dem Wasser, der dunkle Lockenkopf lehnte am Rand der Wanne. »Bist du das, Peter? Ich könnte noch einen Kessel heißes Wasser gebrauchen. Habe ich dir erzählt, wie frech diese kleine Hexe war? Sie warf mir Schlamm ins

Gesicht. Dieses verflixte Bürgermädchen! Beeil dich und wasch mir den Rücken!«

Anne schlich belustigt zur Wanne. Verflixtes Bürgermädchen? Sie selbst fand Rose sehr liebenswert und bewunderte sie trotz ihrer Eifersucht. Als Amerikanerin mochte Mistress Woodbine vielleicht etwas zu unabhängig denken, doch sie war erstaunlich couragiert.

»Peter! Bitte, bring mir endlich heißes Wasser! Warum sagst du nichts? Hat es dir die Sprache verschlagen?«

Zärtlich legte sie die Hände auf seine Schultern, kniete hinter ihm nieder und wisperte in sein Ohr: »Ich dachte, du würdest dir lieber von mir den Rücken waschen lassen. Aber wenn Peter jeden Moment zurückkommt . . .«

Pierce drückte ihre Finger an seine Haut. »Schnell, verriegle die Tür!«

Sie gehorchte, und als sie zu ihm zurückkehrte, hatte er offenbar beschlossen, auf die Säuberung seines Rückens zu verzichten.

Hoch aufgerichtet stand er in der Wanne, und sie trat zurück, um voller Entzücken seinen nackten Körper zu betrachten. Die paar Narben taten seiner männlichen Schönheit keinen Abbruch. Er war unglaublich gut gebaut, etwa zehn Zentimeter größer als der König, mit breiten Schultern und schmalen Hüften. Nachdem er jahrelang in Charles' Dienst das Schwert geschwungen hatte, wiesen seine Oberarme ausgeprägte Muskeln auf. Ein erwartungsvolles Lächeln auf den Lippen, streckte er Anne die Arme entgegen. Sein wachsendes Verlangen war unübersehbar.

Ihr Puls beschleunigte sich. »Wenn ich dir den Rücken waschen soll . . .« Verwirrt schrie sie auf, als er aus der Wanne sprang, um sie lachend in die Arme zu reißen und durch die Luft zu schwenken. »Oh, du bist schrecklich!« flüsterte sie.

»Nein, ich bin wundervoll. Gib mir eine Chance, das zu beweisen.«

»Du bist ein . . .«

»Ein Wüstling? Mag sein, noch dazu ein sehr eifersüchtiger, nachdem du unbedingt mit dem König lustwandeln mußtest.«

»Oh, er war sehr charmant«, entgegnete Anne mit Unschuldsmiene.

»Glaub mir, ich werde noch viel charmanter sein.«

»Es dürfte dir schwerfallen, das zu beweisen — nachdem du so grob mit Miss Woodbine umgesprungen bist.«

Plötzlich trat ein düsterer Ausdruck in seine Augen, der sie bestürzte. »Sie ist ein Biest!« stieß er hervor. »Aber du, meine Liebste . . . Mein Charme wird dir Freudentränen entlocken!«

»Also gut, beweise es!« forderte sie ihn heraus.

Er lächelte sie aufreizend an, und ehe sie wußte, wie ihr geschah, stand sie nackt vor ihm, spürte die betörenden Liebkosungen seiner Hände, das Feuer seiner Lippen, seiner Zungenspitze, die zwischen ihre Brüste wanderte.

Stöhnend warf sie den Kopf in den Nacken. Pierce trug sie zum Bett, wo sie seine intimen Zärtlichkeiten hingebungsvoll genoß. Sobald er sich mit ihr vereinte, glaubte sie, vor Lust zu vergehen. Als Herrin ihres eigenen Schicksals hatte sie mehrere Männer gekannt, interessante Persönlichkeiten, gute Liebhaber. Aber keiner ließ sich mit Pierce vergleichen. Keiner hatte sie zum höchsten Gipfel sinnlicher Freuden führen können, den sie auch jetzt wieder erreichte. Ein Paradies, erfüllt von schwindelerregender Ekstase . . .

Später lag sie neben ihm und sagte sich, wie grauenhaft es wäre, dies alles zu verlieren. Der Gedanke an Rose Woodbine weckte neue Eifersucht. Vielleicht würde sich Jamison in sein Mündel verlieben und das Mädchen heiraten. Nein. Das wollte Anne nicht einmal ihrer potentiellen Rivalin zumuten.

Sie schmiegte ihre Wange an Pierces bronzebraune

Brust. »Heute abend mußt du dich bei Mistress Woodbine entschuldigen.«

»Was?«

»Du bist ein bedeutender Aristokrat und guter Freund des Königs, und du müßtest am Hof ein leuchtendes Beispiel geben. Noch nie hast du dich so abscheulich benommen wie heute. Bitte, entschuldige dich bei ihr.« Sie hörte, wie er tief Luft holte. Offenbar widerstrebte es ihm, ihrem Wunsch nachzukommen. Fast alles würde er für sie tun, das wußte sie, aber nichts, was gegen seine innere Überzeugung verstieß. Das Mädchen mußte ihn wirklich furchtbar geärgert haben. Für mich ist das nur vorteilhaft, dachte sie. Also habe ich keinen Grund zur Eifersucht ... Doch es würde ihr um so größere Mühe kosten, ihn für ihre Pläne zu gewinnen.

»Pierce ...«

»Sie ist ein impertinentes kleines Biest, Anne, und man müßte ihr eine Tracht Prügel verpassen.«

»Dafür ist sie zu groß. Sicher, sie müßte ihr Temperament ein bißchen zügeln ...«

»So wie sie auf ihrer Stute dahinrast, tollkühn und leichtsinnig, könnte sie jemanden umbringen.«

»Sie ist eine hervorragende Reiterin.«

»Und sie hegt nicht den geringsten Zweifel an ihren eigenen Fähigkeiten. Aber sie verdient es, besiegt zu werden.«

»Das ist dir heute nachmittag gelungen.«

»Das war kein richtiges Wettrennen ...«

»Doch!«

»Beowulf war nun mal fest entschlossen, Miss Woodbines Stute zu überholen«, verteidigte er sich.

Lachend berührte Anne seine Nasenspitze. »Nun, du hattest deine Genugtuung. Jetzt kannst du dich ja bei ihr entschuldigen, ohne dein Gesicht zu verlieren.«

»Das werde ich nicht tun, und ich will auch nicht mit dir über diese Amerikanerin streiten.«

»Wirklich, du solltest etwas Mitleid mit ihr haben.«

»Warum denn das?«

»Ihr Vater war gut mit Lord Victor Bryant befreundet, einem Vetter seiner Frau. Deshalb bestimmte er diesen Mann zum Vormund seiner Tochter für die Dauer ihres Aufenthalts in England. Aber Bryant starb letzten Monat, und jetzt steht sie unter Jamisons Obhut.« Seufzend fügte sie hinzu: »Dieser Kerl zerrt an meinen Nerven. Er gehört zu den liebsten Freunden meines Halbbruders, und er ist — ach, ich weiß nicht! Ein sehr attraktiver Mann . . .«

»Aha!« fiel Pierce ihr ins Wort, um sie ein wenig zu necken.

Heftig schüttelte sie den Kopf. »Attraktiv — ja, aber irgendwie unheimlich. Glücklicherweise bin ich volljährig und eine Erbin in meinen eigenen Rechten, sonst müßte ich befürchten, Jerome würde mich mit Jamison vermählen. Wirklich, ich habe Angst um das Mädchen.«

Pierce zuckte die Achseln. »Ihr Vater ist noch am Leben, und ich bezweifle, daß der junge Jamison irgendwelche Rechte auf sie hat.«

»Vielleicht nicht. Trotzdem . . .«

»Außerdem verdient sie einen attraktiven, aber unheimlichen Ehemann.« Lachend richtete er sich auf, und sein Zeigefinger umkreiste eine ihrer Brüste. »Übrigens, für ihren Vater wäre ich der ideale Schwiegersohn.«

»Das habe ich gehört.« Liebevoll strich sie ihm das dunkle Haar aus der Stirn. »Und es zählt zu den Gründen, warum mir Rose Sorgen bereitet. Sie braucht einen Ehemann, aber nicht Jamison.«

»Wenn es unbedingt sein muß, kannst du sie ja im Auge behalten.«

»Das werde ich tun. Aber ich möchte dich bitten, auch deinen Einfluß geltend zu machen, zu ihrem Vorteil.«

»Meinen Einfluß! Anne, ich weiß nicht . . .«

»Du müßtest nur verlauten lassen, daß sie unter deiner Protektion steht. Dann wäre sie sicher.«

»Vor wem?«

»Vor ihrem Vormund und seinesgleichen. Jamison versteht es ebenso wie sein Busenfreund, mein lieber Halbbruder Jerome, alle möglichen üblen Tricks anzuwenden, um seine Interessen zu verfolgen.«

»Heutzutage beherrscht fast jeder am königlichen Hof solche Tricks. Dein Bruder kann ein Ekel sein, Jamison Bryant ist selbstsüchtig und unreif, und Rose, diese kleine Hexe, wird einfach nur bekommen, was sie verdient.«

»Pierce, sie ist warmherzig und tapfer . . .«

»Wie kommst du darauf?«

»Vor einigen Tagen hätte Jamison mich beinahe in die Enge getrieben«, antwortete sie zögernd. Es war viel schlimmer gewesen, aber da sie Pierces Temperament kannte, hatte sie ihm die gräßliche Begegnung mit dem Freund ihres Bruders verschwiegen.

Der König war mit einem Teil seines Hofstaats nach Süden geritten. Dabei versuchte Jamison, ihre Stute vom Weg zu drängen. Aus der Ferne beobachtete Rose, was da geschah, und galoppierte sofort heran. Als exzellente Reiterin konnte sie mühelos vorgeben, sie hätte die Kontrolle über ihr Pferd verloren. Sie hatte Jamison fast aus dem Sattel geworfen und Anne dadurch zur Flucht verholfen.

»Das hättest du sehen müssen, Pierce. Wie ein furchtloser kleiner Kavalier ritt Rose heran und verjagte den bösartigen Kerl.«

»Und was hat dir der bösartige Kerl angetan?«

Lässig winkte Anne ab. »Im Grunde gar nichts. Ich befand mich nur in einer unangenehmen Lage, aus der mich die tapfere Rose rettete. Willst du ihr nicht deine Protektion anbieten, mir zuliebe?«

Seufzend gab er sich geschlagen. »Dir zuliebe tue ich beinahe alles. Also gut, sie steht unter meinem Schutz. Wenn du sie mir nur vom Leib hältst!«

Erleichtert küßte sie seine Nasenspitze. »Das verspreche ich dir. Und jetzt . . .«

»Jetzt will ich nichts mehr von ihr hören!« Leidenschaftlich preßte er seine Lippen auf ihre, und bald hatte sie Mistress Woodbine vergessen.

Im Gegensatz zu Pierce ... Das ärgerte ihn maßlos. Sogar in diesem Moment, wo er Anne umarmte, erschien Roses Gesicht vor seinem geistigen Auge, ihr glänzendes kastanienrotes Haar, der schöngeschwungene Mund, die leuchtenden Smaragdaugen ... Plötzlich erschauerte er, erschrocken über den Hunger, der in ihm erwachte, und ein wachsendes Unbehagen erfaßte ihn. Sie war doch nur eine hübsche Bürgerliche, mehr nicht. Und doch ... Niemals durfte Anne erfahren, welch eine bezwingende Wirkung dieses Mädchen auf ihn ausübte. Irgend etwas an ihr betörte seine Sinne, verlockte und erregte ihn ... Beklemmende Schuldgefühle quälten ihn. Während er Anne liebte, dachte er an Rose Woodbine — und begehrte sie. Heißer Zorn stieg in ihm auf, doch er konnte das seltsame Verlangen nicht bezähmen. Mühsam unterdrückte er ein gequältes Stöhnen.

Wie er erfahren hatte, zeigte Rose kein Interesse an irgendwelchen englischen Männern und wollte möglichst bald nach Hause zurückkehren, in ihr kostbares Virginia. Hoffentlich würde ihr das gelingen!

3

Im Grunde sollte ich mich glücklich schätzen, dachte Jamison Bryant. Er war jung und sah gut aus mit seinen hellblauen Augen, den feinen blonden Haaren und dem schlanken, muskulösen Körper. Ja, ich müßte glücklich sein, entschied er und schaute sich in dem Zimmer um, das sein Vater bis vor kurzem bewohnt hatte und das nun ihm gehörte. Schwere Brokatvorhänge schmückten das große Eichenbett. Im kunstvoll gemeißelten Kamin loderte ein knisterndes Feuer. Endlich führte er das Regiment in Hershire Place, dem verschwenderisch ausgestatteten Herrschaftshaus. Dazu war er erzogen worden.

Aber irgendwas ist mit mir schiefgelaufen, überlegte er seufzend, während er Beths zarte weiße Haut streichelte. Seinen edelmütigen Vater hatte er nicht ausstehen können, seine hochgebildeten Lehrer sterbenslangweilig gefunden und häufig den Unterricht geschwänzt, um brennende Zweige an die Schwänze bedauernswerter Katzen zu binden. Er wußte nicht recht, welcher Charakterfehler ihn zu solch bösen Streichen trieb. Als er jünger gewesen war, hatte ihn dieses Problem eine Zeitlang gequält. Doch dann war ihm klargeworden, wie viele Menschen vom Pfad der Tugend abwichen, und die erschienen ihm wesentlich interessanter als die anderen.

»Du grübelst wieder einmal«, bemerkte Beth.

Lächelnd nickte er und betrachtete wohlgefällig ihren üppig gebauten Körper. Alles an ihr verriet das Bauernmädchen, von den breiten Hüften über die vollen Brüste bis zu den sommersprossigen Wangen.

Aber seine Beth war keineswegs dumm. Sie verstand sehr gut, was in der Welt ringsum geschah. Er vertrug sich großartig mit ihr, weil sie alle seine Wesenszüge kannte, auch seinen Hang zur Grausamkeit, den sie sogar genoß. Daß er ihr nicht einmal den Titel seiner ›Geliebten‹ zubilligte und sie bis ans Ende seiner Tage ›Hure‹ nennen würde, wußte sie. Das spielte keine Rolle, denn er sorgte für sie und überhäufte sie mit kostbaren Geschenken.

Unentwegt dachte er an Anne, auch das wußte Beth. Und sie hätte ihm gern geholfen, das Ziel seiner Wünsche zu erreichen, da er sie großzügig belohnen würde.

»Ein elendes Leben!« stöhnte er ermattet.

»Weil du Lady Anne nicht haben kannst?«

Er schnitt eine Grimasse, legte den Kopf auf ihren Busen und stellte etwas ungehalten fest, daß ihre Taille immer umfangreicher wurde. Als er sie in den Bauch kniff, kreischte sie. Dann drehte er sich auf den Rücken, die Hände hinter dem Kopf verschränkt, und starrte blicklos zum Fenster. »Schon immer habe ich Anne begehrt.«

Das stimmte. Ihre blonde Schönheit erschien ihm rein und edel, obwohl der ganze Hof wußte, daß sie mit DeForte schlief. Zum Teufel mit dem Herzog, der nicht nur die Freundschaft des Königs genoß, sondern auch noch einen ausgezeichneten Ruf als Soldat und Schiffbauer, und so weiter!

Aber die Lady . . . Jamison vergötterte sie, betete den Boden unter ihren Füßen an. Sie für sich zu gewinnen, wäre die Erfüllung seiner wunderbarsten Träume gewesen. Wenn irgendwelche guten Eigenschaften in seinem Herzen schlummerten — Anne könnte sie erwecken. Doch für ihn blieb sie unerreichbar, trotz seines ererbten Titels und gesellschaftlichen Standes. Sie hatte etwas an sich, das ihn auf Abstand hielt.

Und Rose? Ja, auch seine elegante, eigenwillige amerikanische Kusine besaß dieses gewisse Etwas, das in ihrer stolzen Haltung lag, im kühlen Klang ihrer Stimme, in ihren Gesten, ihrer Kleidung. Genau konnte er es nicht definieren. Jedenfalls war es etwas Unberührbares, und er kam an Rose genausowenig heran wie an Anne. Obwohl sich beide in seiner unmittelbaren Nähe befanden. Dafür lag er mit Beth im Bett . . .

»Heute gehen sie alle zur Jagd.« Er stand auf, trat nackt ans Fenster, als könnte er Charles und dessen Begleitung sehen. »Eine exklusive Gesellschaft, der König, DeForte, Lady Anne, meine Kusine Rose und noch ein paar andere!«

»Und weil du nicht dabei bist, haderst du mit deinem Schicksal.«

Zögernd erwiderte er: »Wenn ich Anne für mich gewänne, wäre mir das alles egal.« Es klopfte an der Tür, und er hörte, wie sich Crawly räusperte, der alte Diener seines Vaters. »Verdammt, was ist los?« schrie Jamison.

Der Alte antwortete nicht, doch nun erklang ein heiseres Gelächter, und Jamison erkannte die Stimme Jeromes, seines besten Freundes. »Ich bin's! Und es kümmert mich nicht, welchen Ausschweifungen du gerade frönst, denn ich habe eine fantastische Idee!«

Als Beth aufspringen wollte, befahl Jamison ärgerlich: »Bleib doch liegen!« Als gäbe es irgendwelche Männer, die sie noch nicht im Bett gesehen hatten . . . Hastig schlüpfte er in seine Kniehose und öffnete die Tür.

Der Besucher grinste breit und kam herein. Über seine äußere Erscheinung staunte Jamison immer wieder. In gewisser Weise ähnelte der blauäugige, blonde Jerome seiner Schwester Anne. Er war ebenso schlank wie sie, besaß die gleichen feingezeichneten Züge. Doch sein Lächeln wirkte ganz anders — kalt und bitter.

»Meine liebe Beth . . .« Zum Bett gewandt, verbeugte er sich übertrieben tief. »Tut mir leid, daß ich euch beide störe.«

Beth runzelte die Stirn, und Jamison entgegnete mürrisch: »Dazu hast du auch allen Grund.«

Ungerührt schlenderte Jerome zum Tisch, füllte ein Glas mit Jamisons bestem Whisky, dann setzte er sich und legte die Füße auf die kostbare Intarsienplatte. »Ich habe die beste Idee meines Lebens!« verkündete er.

»Und die wäre?«

Jerome kicherte leise. »Vermutlich hast du soeben neben der armen Beth gelegen und das unglaubliche Glück des verdammenswerten Pierce DeForte beklagt, der mit meiner ach so wundervollen Schwester schläft. Darüber wollen wir mal nachdenken. Dein tückisches Gehirn müßte doch irgendwas ausbrüten können, womit sich das Problem lösen ließe.«

»Nimm dich bloß in acht, Jamison!« warnte Beth.

»Verdammt, halt den Mund!« fauchte ihr Herr und wandte sich wieder zu Jerome. »Was führst du im Schilde?«

»Wir brauchen deine Hilfe, Beth«, erklärte Jerome und schenkte dem Mädchen ein Lächeln. »Sicher wird dein Gebieter dich reich belohnen.«

Interessiert hob sie die Brauen, und Jamison drängte: »Erzähl mir von deinem Plan!«

Jerome zuckte selbstgefällig die Achseln und trank seinen Whisky. »Ganz einfach. Da wäre die zauberhafte Rose — gesetzlich verpflichtet, auf dich zu hören. Dann haben wir Anne, das Ziel deiner süßen Sehnsucht, den illustren DeForte und schließlich dich, mein Freund. Zwei Frauen, zwei Männer. Jetzt müssen wir nur noch die richtigen Paare bilden.«

»Und wie willst du das anfangen?«

»Macht ihr beide mit?«

Beth nickte sofort, und nach kurzem Zaudern stimmte auch Jamison zu. Wenn er Anne erobern konnte, schreckte er vor nichts zurück.

»Also, dann paßt gut auf . . .«, begann Jerome.

Rose konnte nicht ahnen, daß sie soeben im Mittelpunkt bösartiger Gedanken stand. Und sie war auch viel zu sehr mit ihrer Schimpfkanonade gegen Lord Pierce De-

Forte beschäftigt, um im Moment an ihren Vormund zu denken.

»So schrecklich kann er doch gar nicht sein«, erwiderte die Zofe besänftigend, während sie das duftende, frisch gewaschene Haar ihrer Herrin bürstete, und verbarg ihre Belustigung.

Seit Rose ihre Mutter verloren hatte, wurde sie von Mary Kate betreut, der sie freundschaftliche Gefühle entgegenbrachte. Deshalb nahm sie auch kein Blatt vor den Mund.

»Glaub mir, der Allmächtige hat keinen gräßlicheren Menschen erschaffen! Ich ritt ihm nur versehentlich in den Weg, aber er zerrte mich mit voller Absicht in den Bach. Nie zuvor ist mir so ein Rüpel begegnet.« Erbost wandte sie sich vom Spiegel über dem Toilettentisch ab und starrte ihre Zofe mit blitzenden Smaragdaugen an. »Was für ein abscheulicher Kerl!«

Geschickt schlang Mary Kate die seidigen kastanienroten Haare zu einem Nackenknoten. »Ganz London schwärmt von ihm. Und er ist einer der besten Freunde des Königs.«

»Sogar ein grandioser Monarch wie Charles kann sich die falschen Freunde aussuchen.«

»Und ich glaube, Euer Vater hält ihn für die beste Partie in ganz England.«

Ungeduldig winkte Rose ab. »Du kennst doch meinen Vater, Mary Kate. So etwas versteht er einfach nicht. Außerdem ist er Pierce DeForte nie begegnet, sonst würde er ihn niemals als Schwiegersohn ins Auge fassen. Oh, warum hat er mich überhaupt hierher an den Hof geschickt! Damit ich wie eine Zuchtstute den passenden Deckhengst anlocke! Wie demütigend!«

»Rose!« rief die Zofe schockiert.

»Es ist doch wahr!« Nun schimmerten Tränen in Roses Augen. So innig sie ihren Vater auch liebte, die Ereignisse dieses Tages hatten ihr klargemacht, daß sie seinen

Wunsch nicht erfüllen und keinen Engländer heiraten konnte. Sie wollte nur noch eins — möglichst schnell nach Virginia zurückkehren. »Er hat einfach kein Recht, so mit mir umzuspringen! Jahrelang behandelte er mich wie eine gleichberechtigte Partnerin. Ich durfte alles über seine Geschäfte lernen, über die Schiffe und die Plantage — was immer ich wissen muß, um ihn bei seiner Arbeit zu unterstützen. Doch plötzlich schickt er mich in eine englische Schule und dann an den Hof, wo Lord Bryants ›gütiges Auge‹ über mich wachen soll, bis ein ›passender‹ Heiratskandidat auftaucht. Übrigens scheint die ganze Welt zu wissen, daß Vater mich ausgerechnet mit dem gräßlichen Menschen vermählen will, den ich heute kennengelernt habe.«

Mary Kate schüttelte den Kopf. »Seid versichert, Euer Vater liebt Euch. Und er möchte Euch gewiß nicht ins Unglück stürzen. Und als er hörte, wieviel der König von DeForte hält . . .«

»Der König ist ein Narr!« zischte Rose.

»Still! Das grenzt ja beinahe an Hochverrat!« Jetzt amüsierte sich die Zofe nicht mehr. Roses ungestümes Temperament konnte ernsthafte Schwierigkeiten heraufbeschwören.

Das Mädchen seufzte tief auf. »Oh, es ist einfach lächerlich! Ich müßte DeForte nicht hassen und keine dummen Dinge über den König sagen, wenn ich einfach nur heimfahren könnte!«

Bedrückt runzelte Mary Kate die Stirn. Noch nie hatte man Rose irgend etwas verweigert. Nun mußte sie wohl oder übel lernen, daß nicht immer alles nach ihrem Kopf ging. Ashcroft Woodbine würde ihr wohl kaum erlauben, ihren Ehemann selber auszusuchen. Das bekümmerte die Zofe, denn das Mädchen war ihr ans Herz gewachsen. Und es gab noch ein weiteres Problem. »Eins solltet Ihr nicht vergessen«, warnte sie. »Ihr habt Euch nicht nur mit Eurem Vater auseinanderzusetzen.«

Sofort wußte Rose, wen Mary Kate meinte. Lord Jamison Bryant. Sein gütiger Vater hatte sich wirklich den ungünstigsten Moment ausgesucht, um das Zeitliche zu segnen. Nun fungierte sein Sohn als ihr Vormund. Er sah attraktiv aus, war stets tadellos gekleidet, aber irgend etwas an ihm mißfiel ihr. »Ich glaube, im Grunde hat er keine Macht über mich«, erwiderte sie unbehaglich, »denn er ist ja nicht mein Vater. Offensichtlich soll er nur meine Tugend hüten, bis ich heirate. Und um die braucht er sich nicht zu sorgen.«

Die Frisur war fertig, und Mary Kate trat zurück, um ihre junge Herrin kritisch zu mustern. Der Nackenknoten saß perfekt, zarte rotgoldene Löckchen umgaben das schöne Gesicht. Das blaue Samtkleid mit dem runden Ausschnitt hatte ein enggeschnürtes Oberteil und einen weiten, an zwei Stellen gerafften Rock, der die kostbaren Unterröcke freigab.

Man munkelte, zur Zeit sei Rose die schönste Frau am königlichen Hof, und daran zweifelte die Zofe nicht. Die Dienstboten tuschelten, das reizende Bürgermädchen würde eine Märchenromanze erleben und einem hochrangigen Adelsherrn auf sein Schloß folgen, um bis zum Ende seiner Tage ein glückliches Leben zu führen.

Aber Rose will keinen Adelsherrn, erinnerte sich Mary Kate. Andererseits schien der Allmächtige die Geschicke manchmal zu lenken, den Menschen jene Gaben zu bescheren, die sie brauchten — auch wenn sie selber gar nicht wußten, was sie ersehnten. »Jetzt seid Ihr bereit, meine Liebe.«

Geistesabwesend nickte Rose. Dann platzte sie heraus: »Wirklich, Mary Kate, du hättest ihn sehen müssen! So ein Flegel!«

»Sprechen wir von Lord Bryant oder Lord DeForte?«

Da mußte Rose lachen, dann rümpfte sie die Nase. »Beide sind einfach unmöglich. Aber ich habe Lord DeForte gemeint.«

»Den will ich mir heute abend mal anschauen. Sieht er wie ein Unmensch aus?«

»Das nicht gerade . . .« Verblüfft merkte Rose, daß ihr heiße Röte in die Wangen stieg. Nein, wie ein Unmensch sah er nicht aus, obwohl er sich wie einer aufgeführt hatte. Mit seinem pechschwarzen Haar und den erstaunlichen Silberaugen bot er sogar einen sehr erfreulichen Anblick. Er war überdurchschnittlich groß und stark. Nur zu deutlich hatte sie im Bach seine Muskelkraft gespürt. Wie sie zugeben mußte, konnten seine äußeren Qualitäten durchaus Bewunderung erregen. »Nein, er sieht nicht wie ein Unmensch aus. Aber er braucht nur den Mund aufzumachen, und schon weiß man, daß er einer ist.«

»Nun, ich werde Augen und Ohren offenhalten.«

Rose warf einen Blick auf die schöne französische Uhr, die ihren Toilettentisch schmückte. »Jetzt sollte ich zum Dinner hinuntergehen. Der König wird bald erscheinen, und dann muß die ganze Gesellschaft Platz genommen haben.«

»Ich begleite Euch in den Saal, und dann esse ich mit den Dienstboten — in Eurer Nähe, falls Sie mich brauchen«, erklärte die Zofe.

Sie verließen das Zimmer und folgten einem der langen Korridore. Gedankenverloren ging Rose voraus, bis sie einen leisen Schrei hörte. Rasch drehte sie sich um und sah, daß Mary Kate über eine Ritze im Steinboden gestolpert und hingefallen war. Ein hochgewachsener Mann in einem modischen langen Jackett mit Rüschenhemd blieb neben der Zofe stehen, neigte sich hinab und berührte ihre Hand. »Seid Ihr verletzt, gute Frau? Könnt Ihr Euch erheben?«

Verlegen schaute Mary Kate zu ihm auf. »Natürlich, Mylord, es ist nicht so schlimm.«

Er half ihr fürsorglich auf die Beine, und Rose biß die Zähne zusammen, als sie den Wohltäter erkannte. Der bewußte Rüpel! Noch hatte er sie nicht entdeckt.

»Alles in Ordnung?« fragte er Mary Kate.

Die Zofe nickte stumm, und er setzte seinen Weg fort. Bei Roses Anblick verzogen sich seine Lippen zu einem spöttischen Lächeln.

»Oh, Mistress Woodbine!« Höflich verbeugte er sich. »Welch ein Vergnügen!«

»Ganz meinerseits«, entgegnete sie zuckersüß. Was sie wirklich empfanden, spielte am königlichen Hof keine Rolle. Hier mußte man den Schein wahren, unter allen Umständen.

»Falls Ihr den Speisesaal aufsuchen wollt — es wäre mir eine Ehre, Euch zu geleiten.«

Roses Kehle wurde eng, und sie fand keine Worte. Um so eifriger mischte sich Mary Kate ein. »O ja, gerade wollte Miss Rose zum Dinner gehen. Bitte, seid so freundlich und begleitet sie!«

Vorwurfsvoll starrte Rose sie an, aber die Zofe war viel zu fasziniert von dem vornehmen Herrn, um das zu bemerken.

Pierce DeForte wartete Roses Antwort nicht ab. Lächelnd nahm er ihren Arm und führte sie mit langen Schritten durch den Korridor. Zu ihrem nicht geringen Ärger geriet sie bald außer Atem. »Mylord DeForte!« fauchte sie. »Gewiß haben wir es sehr eilig, aber nicht jeder besitzt Beine wie ein Pferd.«

Sofort verlangsamte er sein Tempo. »Ah, Ihr könnt wohl besser reiten als laufen. Verzeiht mir, Mistress Woodbine. Ich dachte, zu Fuß wärt Ihr genauso schnell wie im Sattel. Aber wie charmant von Euch, mich mit einem Pferd zu vergleichen! Ich fürchtete schon, ein anderes Tier würde Euch einfallen.«

»Um die Wahrheit zu gestehen — eigentlich kam mir ein Verwandter des Pferds in den Sinn, und zwar der Esel. Doch das wollte ich nicht aussprechen. Mein Vater brachte mir bei, wie man sich manierlich benimmt.«

»Tatsächlich?« Er neigte sich herab, und sein warmer

Atem streifte ihr Ohr. Plötzlich begann ihr Herz, wie rasend zu schlagen, und dafür fand sie keine Erklärung.

»Wüßte mein Vater Bescheid über Euer Verhalten, würde er nicht von mir erwarten, daß ich Euch höflich begegne.«

»Immerhin kennt Euer Vater meinen Namen.«

»Kein Wunder . . . Die meisten Engländer, hier und in Amerika, haben von Eurer Freundschaft mit Charles erfahren.«

»Ihr nennt unseren Monarchen einfach nur Charles?«

Mühsam bezwang sie ihren Zorn. An diesem Tag hatte er sie bereits veranlaßt, sich wie ein unbeherrschtes Kind zu benehmen. Das sollte ihm kein zweites Mal gelingen. »Selbstverständlich meine ich Seine Majestät, König Charles II.«

»Ich verstehe. Also ist die Gunst, die der König mir erweist, mein einziger Vorzug?«

»Welchen könnte es denn sonst noch geben?«

Er lächelte belustigt. »Immerhin trage ich einen Adelstitel.«

»Wie so viele Narren!« erwiderte Rose in sanftem Ton.

Inzwischen hatten sie den Eingang des großen Bankettsaals erreicht, wo sich der König und seine Gäste zum Abendessen versammelten. Zuerst traten Herzöge, Grafen und Barone ein, gefolgt von Rittern mit ihren Damen. Zuletzt erschienen jene Leute, die dank ihrer kaufmännischen Fähigkeiten und prall gefüllten Börsen gewisse Privilegien genossen. Nun mußte sich Rose von Lord DeForte trennen. Zu ihrer eigenen Überraschung stiegen bittere Gefühle in ihr auf. Er würde sich zu seinesgleichen gesellen, zu Lady Anne, während sie an einem der langen Brettertische sitzen mußte, wo sich die reichen, aber gewöhnlichen Bürger einfanden. »Wenn Ihr mich entschuldigen wolltet . . .«, begann sie, doch da wurde sie von einer ironischen Männerstimme unterbrochen.

»Ah, DeForte und dein junges Mündel, Jamison!«

Rasch drehte sie sich um und erkannte die beiden, die sie in diese unangenehme Situation brachten. Da stand der neue Lord Bryant mit seinen eigenartigen hellblauen Augen, an der Seite Jerome Cherneys, dessen durchdringender Blick einen Schauer über ihren Rücken jagte.

»Wie schön!« fuhr Jamison fort. »Meine liebe Rose, zu meiner größten Freude kann ich Eurem Vater mitteilen, daß ich meine Pflicht erfüllt und für Eure Bekanntschaft mit Lord DeForte gesorgt habe.«

»Mein lieber Lord Bryant . . .«

»Nennt mich doch Jamison, teure Rose. Immerhin sind wir miteinander verwandt, wenn auch um mehrere Ecken herum.«

»Also gut — Jamison.« Ein warnender Unterton schwang in ihrer Stimme mit. »Mein Vater hat Euren nur gebeten, ein wachsames Auge auf mich zu werfen. Und da Euer lieber Vater mittlerweile verstorben ist, fühlt Euch bitte nicht für mich verantwortlich. Ich werde ohnehin nicht mehr lange in London bleiben . . .«

»Aber Rose!« unterbrach er sie. »Selbstverständlich habe ich die Verantwortung meines Vaters übernommen. Und soviel ich weiß, solltet Ihr hier einige Monate verbringen — wenn nicht in London, dann als Gast auf meinem Landsitz. Auf keinen Fall dürft Ihr London allein verlassen. Das entspräche nicht den Wünschen Eures Vaters.«

Am liebsten hätte sie in sein arrogantes Gesicht geschlagen. Wie konnte er sie nur so demütigen und auf die Absicht ihres Vaters anspielen, sie mit DeForte zu vermählen? Wo doch jeder über die intime Beziehung zwischen dem Herzog und Lady Anne Bescheid wußte! »Wenn Ihr auf diesem Standpunkt steht, Lord Bryant«, erwiderte sie eisig, »muß ich Euch über meine Pläne informieren. Ich werde sobald wie möglich nach Hause segeln — und zwar allein.«

»Meine Liebe . . .«

Energisch wurde er von DeForte unterbrochen. »Ich fürchte, Ihr strapaziert Mistress Woodbines Nerven. Vielleicht beklagt sie den Verlust Eures Vaters, so wie viele Leute in unserem Kreis. Und ich glaube, Ihr habt dem Mädchen nichts zu befehlen, Sir.«

Sein Beistand verblüffte Rose, und sie hätte sich dankbar gezeigt, wäre er kein so abscheulicher, hochnäsiger Rüpel gewesen.

»Natürlich habe ich ihr etwas zu sagen«, protestierte Jamison.

»Vielleicht könnten wir das ein andermal erörtern«, schlug Rose vor, die dieser unangenehmen Szene endlich entrinnen wollte. »Wenn Ihr mich entschuldigen würdet . . .«

Diesmal wurde sie von Lady Anne unterbrochen. Zögernd kam sie näher und schaute unbehaglich von einem zum anderen. »Pierce! Jerome, Jamison — was geht hier vor? Rose, wie frisch und munter Ihr ausseht — trotz Eures Abenteuers am Nachmittag . . . Bereiten Euch diese dreisten Herren irgendwelche Schwierigkeiten?«

»Besten Dank für Eure Besorgnis«, entgegnete Rose. »Aber alles ist in Ordnung, Mylady. Gerade wollte ich mich entschuldigen . . .«

»Das dürft Ihr nicht!« mischte sich Jerome ein. »Ihr müßt mit uns speisen.«

»Leider ist das unmöglich . . .«

»Kümmert Euch nicht um Eure gesellschaftliche Position!« Verschwörerisch zwinkerte er ihr zu. »Ihr werdet bei uns sitzen — an der Seite Lord DeFortes, Seiner Gnaden, des Herzogs von Werthingshire. Wer würde es wagen, ihn deshalb zur Rechenschaft zu ziehen?«

»Ich habe bereits andere Arrangements getroffen«, widersprach sie, aber Lady Anne berührte ihren Arm.

»Kommt doch mit uns, Rose. Ich wäre so gern mit Euch zusammen.«

Rose folgte ihr widerstrebend zur Tafel, wo sie in der

Nähe des Königs Platz nahm, zwischen Jamison und Jerome. Die Mahlzeit war eine einzige Qual, denn die beiden Männer ließen sie kaum aus den Augen. Jedesmal wenn sie nach ihrem Weinkelch griff und Jamisons Finger streifte, erschauerte sie. Und als sie nach derselben Hühnerkeule greifen wollte wie Jerome, verlor sie den letzten Rest ihres Appetits.

Glücklicherweise veranstaltete Charles ein spektakuläres Bankett. Er saß neben seiner Königin, ganz der aufmerksame, liebenswürdige Gemahl. Um für Kurzweil zu sorgen, ließ er ein Maskenspiel aufführen, ein ziemlich derbes Stück, das von einem untreuen Ehemann handelte. Danach erschien ein Sänger, der sich selbst auf einer Laute begleitete und ein klagendes Lied vortrug.

Sobald die Tafelfreuden beendet waren, fingen die Musiker auf der Galerie zu spielen an. Charles erhob sich, bot seiner Königin den Arm und führte sie an den Tischen vorbei zur Tanzfläche. Dort verneigte er sich ehrerbietig, und sie begannen zu tanzen. Andere Paare gesellten sich hinzu. Nervös erwartete Rose, von Jamison oder Jerome aufgefordert zu werden. Es wäre unhöflich gewesen, dies abzulehnen.

Aber zu ihrer Erleichterung wandte sich Jamison zu Anne und bat sie um einen Tanz. Als die Lady aufstand, hielt sie zögernd inne. »Pierce . . .« Wieder zauderte sie, und Rose fragte sich erstaunt, was der schönen blonden Frau durch den Kopf gehen mochte. Dann fügte Anne hastig hinzu: »Pierce, du mußt uns mit Mistress Woodbine folgen.«

»O nein!« rief Rose erschrocken.

DeForte warf ihr einen scharfen Blick zu, dann seiner Geliebten, deren Wunsch er jedoch erfüllte, trotz seines sichtlichen Ärgers. »Also kommt, Mistress Woodbine!« Es war ein Befehl, keine Einladung.

Ein seltsames Zittern durchlief ihre Glieder. Nein, unmöglich konnte sie mit ihm tanzen. Sie wollte nicht in seine Augen schauen, seine Hände nicht spüren ... Aber sie fand keine Gelegenheit, sich zu weigern. Er packte einfach ihre Hand und zerrte sie zu den Paaren, die sich bereits in Positur gestellt hatten.

Zu spät, dachte sie voller Panik. Doch wofür war es zu spät? Diese Frage konnte sie nicht beantworten. Nur eins wußte sie. Irgend etwas hatte an diesem Tag begonnen — etwas, das sich ihrer Kontrolle entzog.

4

Korrekt verbeugte er sich, und sie knickste. Ihre Finger berührten seine, während sie ihn umkreiste.

»Ihr hättet Euch weigern sollen, mit mir zu tanzen!« zischte sie.

Seine dunklen Brauen hoben sich. »Und was für einen Unterschied hätte das gemacht?«

»Immerhin wäre es uns erspart worden, einander Gesellschaft zu leisten.«

Gleichmütig zuckte Pierce DeForte die Achseln. »Das ist nur ein Tanz, Mistress Woodbine. Mehr nicht.«

Rose lächelte honigsüß. »Bitte, Mylord, gestatten Sie mir eine Bemerkung. Da ich noch nie einem so abscheulichen Individuum wie Euch begegnet bin, finde ich sogar diesen Tanz, so harmlos er auch sein mag, äußerst unangenehm. Natürlich spielt es keine Rolle, was ich von Euch halte, da Ihr ja eine überaus hohe Meinung von Euch selber habt. Aber falls Ihr irgend etwas über die Wünsche meines Vaters hörtet — nur keine Bange! Nicht einmal, wenn Ihr der letzte Mann auf Gottes Erden wärt, würde ich Euch heiraten, denn die Einsamkeit wäre auch dann bei weitem vorzuziehen. Nun, fühlt Ihr Euch jetzt weniger bedroht, Mylord?«

Beinahe schrie sie auf, als er ihre Finger zusammenpreßte. Ärgerte oder amüsierte er sich?

»War ich bedroht? Das wußte ich gar nicht, Mistress Woodbine. Aber *Ihr* scheint zu glauben, Ihr müßtet Euch verteidigen.«

»Keineswegs!« fauchte sie. »Ich wollte Euch nur versichern . . .«

»Eine solche Zusicherung brauche ich nicht.«

Wenn ich die Zähne noch fester zusammenbeiße, werden sie gewiß brechen, dachte sie. »Könnten wir die Tanzfläche verlassen, Lord DeForte?«

Es war ein Fehler gewesen, ihr Unbehagen zu zeigen, denn er genoß es und wollte sie leiden sehen. Sein Lächeln vertiefte sich. »Also bedeutet Euch der Klang eines Adelstitels nichts?«

»Überhaupt nichts.« Herausfordernd hob sie das Kinn. »Ich sehne nur eins herbei — den Tag, an dem ich nach Hause segeln werde. Vielleicht sind wir tatsächlich Hinterwäldler, wie uns die Leute in England so gern nennen. Aber in den Kolonien beurteilen wir einen Mann nach seinen Taten, seinem Herz und seiner Seele — nicht nach irgendeinem Titel, den seine Geburt ihm zufällig beschert hat.«

Der Griff seiner Finger, die ihre Hand umschlossen, lockerten sich ein wenig. »Ah, Mistress, und wer ist der Bursche, der keinen Titel trägt, aber Edelmut in Herz und Seele und der hehre Taten vollbringt?«

Verwirrt starrte sie ihn an. Dann erwiderte sie leicht belustigt: »Es gibt keinen Mann in meinem Leben, Mylord. Und so sehr Euch das verblüffen mag — ich ziehe diesen Zustand vor.«

»Ein Zustand, der sich ändern muß.«

»Und was habt Ihr über mein Leben zu sagen?«

»Ich? Vermutlich nicht viel. Nur daß Ihr in einem Narrenparadies zu leben scheint, wo Ihr Euch genauso erhaben fühlt wie der König . . .«

»Wie könnt Ihr es wagen?«

»Nun, da Ihr so ein unverschämtes kleines Balg seid ...«

»DeForte, Ihr braucht Euch keineswegs verpflichtet fühlen, mit einem Balg zu tanzen. Laßt mich los!«

»O nein! Vorher will ich mir das Vergnügen gönnen, Euch einiges zu erklären, Mistress. Dies ist eine Männerwelt, und darin seid Ihr nur eine kleine Schachfigur. Vielleicht hat Euer Vater versäumt, Euch davor zu warnen und Euch mitzuteilen, er sei verpflichtet, Euch männlichen Schutz zu bieten, Euer Vermögen mit einem anderen zu vereinen und auf diese Weise Eure Zukunft zu sichern.«

Erbost versuchte sie, sich loszureißen, aber das mißlang ihr. »Was mein Vater tut oder unterläßt, geht Euch nichts an! Warum redet Ihr so über ihn? Hat er Euch beleidigt?«

»Gewiß nicht. Da er mich zum Schwiegersohn gewinnen will, schätze ich ihn als klugen Mann. Denn ich bin steinreich, von Adel und kerngesund.«

Dieser verdammte arrogante Kerl, dachte sie entrüstet. Am liebsten hätte sie ihn geohrfeigt. Trotzdem strömte eine seltsame Hitze durch ihr Blut, die nicht nur mit ihrem Zorn zusammenhing. Warum übten seine Berührung und die spöttischen silbergrauen Augen eine so starke Wirkung auf sie aus? So sehr er sie auch ärgerte, in seiner Nähe gewann sie den keineswegs unangenehmen Eindruck, von überschäumendem, vibrierendem Leben erfüllt zu sein. Es gefiel ihr, daß er ihren Kampfgeist weckte. Doch sie wollte diese unwillkommenen Gefühle verdrängen. »Könnten wir diese Qual bitte beenden?« verlangte sie.

»Oh, ich finde die Tanzmusik ausgezeichnet.«

Nun, dann würden sie das Wortgefecht eben fortsetzen ... »Vorhin betontet Ihr, ich sei vermögend, DeForte.«

»Ihr *Vater* besitzt viel Geld.«

»Und ich bin sein einziges Kind, also überaus reich. Welch ein Unterschied besteht zwischen mir und Lady Anne?«

Diese Frage schien ihn zu verwundern. »Lady Anne hat ihr Vermögen bereits geerbt und muß sich nur vor dem König verantworten.«

»Und vermutlich vor Euch.«

»Was sie nur zu gern tut.«

»Hm ... Und Ihr wartet nur darauf, auch Lady Annes Vermögen zwischen die Finger zu kriegen.«

Pierce lachte laut auf. Falls er sich gekränkt fühlte, verbarg er das sehr gut. »Arme Rose!« Fast zärtlich sprach er ihren Namen aus. »So selbstbewußt und eigenwillig! Auch Euer Erbe wird in die Hände eines jungen Mannes fallen. Den Burschen bedaure ich schon jetzt. Aber obwohl es Euch vielleicht überraschen wird — ich würde mich freuen, wenn sich die Dinge so entwickeln, wie Ihr es wünscht.«

»Deutet Ihr etwa an, etwas anderes könnte geschehen?«

Er zögerte, und sie glaubte echtes Mitleid in seinen Augen zu lesen. »Sicher hat Euer Vater ganz bestimmte Pläne mit Euch, Rose. Und Jamison Bryant wird ihm mehrere Vorschläge unterbreiten. Als Euer derzeitiger Vormund könnte er eine großzügige Belohnung erwarten, wenn Ihr einen Aristokraten heiratet. In den Kolonien mögen andere Sitten herrschen, das habe ich selbst festgestellt. Aber hier werden die Ehen üblicherweise arrangiert, insbesondere für wohlhabende Mädchen.«

In ihren Augen brannten Tränen. Erfahrung und Lebensweisheit schien aus seinen Worten zu sprechen. Davon mochte sie nichts hören. »Üblicherweise — ja. Doch auf mich trifft das alles nicht zu, denn ich brauche nur heimzukehren und mit meinem Vater zu reden. Er liebt mich.«

Pierce DeForte neigte den Kopf. »Dann wünsche ich Euch viel Glück.«

»Das bezweifle ich!«

Belustigt hob er die Brauen. »Fügt Euch lieber in Euer Schicksal. Bald wird man Euch mit einem jungen Mann vermählen.«

»Niemand wird mich vermählen!« protestierte sie leidenschaftlich. »Wenn ich heirate, dann nur aus Liebe.« Sein überlegenes Lächeln galt einem dummen kleinen Kind. »Verzeiht mir!« fuhr sie leise fort. »Wie konnte ich vergessen, daß nur Männer und Frauen in Eurem reifen Alter die wahre Liebe kennen . . .«

Als er wieder in Gelächter ausbrach, klang es etwas

wehmütig, und sie überlegte, ob er vielleicht deshalb so beliebt war. Wenn er lächelte oder lachte, sah er sehr attraktiv aus. Ein Grübchen erschien in seiner linken Wange, silbrige Flammen sprühten in seinen Augen, ein sinnlicher Zug lag um seine Lippen. »Bin ich denn so alt?«

»Uralt.«

»Und einen so alten Mann könntet Ihr niemals lieben.«

»Allerdings nicht, Mylord«, bestätigte sie herablassend.

»Gott sei Dank, daß wenigstens eine alte Lady meine Gefühle erwidert!«

»Ja, tagtäglich solltet Ihr dem Himmel für Lady Anne danken.«

»O Mistress Woodbine, wie kann ein solches Engelsgesicht nur mit so spitzer Zunge reden!«

»Männer von Eurer Sorte haben meine Zunge geschärft, Lord DeForte. In englischen Adelskreisen konnte ich sehr viel lernen.«

»Tatsächlich? Nun, meine streitbare kleine Amerikanerin, nur Lady Anne zuliebe, die sehr besorgt um Euch ist, ertrage ich Eure verbalen Attacken.«

»Lady Anne ist besorgt um mich?« fragte Rose verwirrt.

»Wegen Eures Vormunds«, erklärte Pierce, sichtlich angewidert.

»Aber er kann doch nicht . . .«

»Was er kann, weiß ich nicht. Sein Vater war ein ehrenwerter Mann, aber Jamison wird von seinem schlechten Charakter und seiner Spielsucht beherrscht. Wahrscheinlich vermag er Euch keinen ernsthaften Schaden zuzufügen und will das auch gar nicht. Doch er muß immer wieder hohe Spielschulden bezahlen, und Euer Geld sticht ihm sicher ins Auge.«

»Trotzdem braucht sich Lady Anne nicht um mich zu sorgen. Ich möchte in der Nähe des Königs bleiben und möglichst bald nach Hause fahren.«

»Gewiß, Charles fühlt sich Eurem Vater verpflichtet und wird über Euch wachen. Aber eins solltet Ihr bedenken,

Rose. Er ist der König und trägt eine noch größere Verantwortung für Euch als Jamison. Falls er beschließt, Euch zu verheiraten, müßt Ihr Euch damit abfinden. Er wird es befehlen.«

»Nein, ich heirate nicht«, entgegnete sie eigensinnig.

»Also wollt Ihr arme junge Burschen zur Verzweiflung treiben und stets Euren Willen durchsetzen, wie Ihr es offensichtlich seit Jahren gewohnt seid. Doch man dürfte Euch bald eines Besseren belehren. Und ich werde voller Interesse beobachten, wohin Euch das Schicksal führen mag.«

»Nach Virginia!« zischte sie. »Und zerbrecht Euch bloß nicht den Kopf über mich. Von Euresgleichen will ich nicht bemitleidet werden.«

»Meinesgleichen? Was bin ich denn in Euren Augen?«

»Das sagte ich bereits! Ein Esel!«

Die Musik verstummte, und plötzlich zog er Rose zu sich heran. »Seid froh, daß ich nicht Euer Vormund bin, Rose! Denn ich wäre versucht, Eure Stacheln auszureißen, Euren kindischen Mund mit Seife zu waschen oder Euch eine Lektion im Heu zu erteilen!«

Mit aller Kraft versuchte sie sich zu befreien, aber er hielt ihre Handgelenke unbarmherzig fest. »Zum Glück seid Ihr nicht mein Vormund!« fuhr sie ihn an. »Für mich seid Ihr überhaupt nichts! Und jetzt laßt mich los!«

Doch er tat es nicht. Er war Lord DeForte, sie nur eine kleine Bürgerliche, ein Dorn in seinem Auge. Von ihr ließ er sich nichts befehlen. Die anderen Paare beobachteten sie und begannen zu tuscheln, während sie umherschlenderten und warteten, bis die Musik wieder einsetzte.

»Laßt mich endlich los!« In wachsender Panik trat Rose gegen Pierces Schienbein. Das war ein Fehler gewesen, denn er zog sie noch näher zu sich heran.

»Mistress Woodbine!« stieß er zwischen zusammengebissenen Zähnen hervor. Ihre Fingerknöchel berührten seine Brust, und sie spürte seinen kraftvollen Herzschlag, seinen warmen Atem auf ihrem Gesicht.

Eine seltsame, fremdartige Hitze erfüllte ihren ganzen Körper. »Bitte!« hörte sie sich flüstern.

Abrupt schob er sie von sich. Vielleicht hatte auch er diese Flamme gefühlt, die zwischen ihnen emporgelodert war — eine Warnung vor einem Feuer, das schmerzhaft und viel zu hell brennen mochte. »Fahrt nach Hause, Mistress Woodbine! Sobald wie möglich!«

»Das habe ich vor, Lord DeForte. Aber zu meinen eigenen Bedingungen.«

Ärgerlich winkte er ab. »Die unbezwingbare Mistress Rose, die ihr Schicksal selbst in die Hand nimmt! Aber das wird Euch nicht gelingen.«

»Und Ihr bezweifelt nicht, daß Ihr Herr Eures eigenen Schicksals seid!«

»Weil ich es bin«, erwiderte er im Brustton der Überzeugung. »Schon seit einiger Zeit bin ich volljährig, und ich nehme in diesem Königreich eine wichtige Position ein, die ich mir schwer genug verdient habe. Aber Ihr seid sehr jung, die Tochter Eures Vaters, und Ihr kennt das Leben noch nicht. Also solltet Ihr vorsichtig sein.«

»Ganz sicher werde ich mein Schicksal selbst bestimmen!« beharrte sie. Plötzlich stieg Angst in ihr auf, und sie wußte nicht, warum.

Was immer die böse Ahnung bedeuten mochte, sie schien auch DeForte zu befallen.

»Ihr müßt England verlassen, denn Ihr schwebt in Gefahr.« Jetzt klang seine Stimme nicht mehr höhnisch, sondern ernst und besorgt.

»Das hat nichts mit Euch zu tun, Lord DeForte.«

Verwirrt schrie sie auf, als er ihre Oberarme packte.

»Großer Gott, hoffentlich habt Ihr recht!« flüsterte er heiser.

Wieder wappnete sie sich gegen die beklemmende Wirkung, die seine Nähe ausübte. Dann ertönte eine spöttische Stimme, dicht hinter ihr. »Würdet Ihr das Mädchen loslassen, DeForte? Sie ist mein Mündel!«

Sofort gehorchte Pierce, trat zurück und verneigte sich höflich. »In der Tat, Bryant, sie ist Euer Mündel. Gebt gut auf sie acht! Offensichtlich hat sie einen Platz im Herzen des Königs erobert. Auch Lady Anne und ich werden sie im Auge behalten. Mistress Woodbine, ich wünsche Euch noch einen schönen Abend.«

Viele Blicke folgten ihm, als er sich abwandte und hoch aufgerichtet davonging.

Auch Rose starrte ihm nach, bis sie von Jamison zum Tanz aufgefordert wurde. Mechanisch paßte sie sich dem Rhythmus der Musik und seinen Schritten an. Sein berechnender Blick zerrte an ihren Nerven. Nach einer Weile riß sie sich los. »Lord Bryant, Ihr müßt mich entschuldigen. Ich habe schreckliche Kopfschmerzen. Es ist wohl besser, wenn ich mich hinlege und zu schlafen versuche.« Ohne eine Antwort abzuwarten, floh sie aus dem Saal und durch die langen Korridore zu ihrem Zimmer.

Dort traf sie Mary Kate nicht an, und sie vermutete, die Zofe würde mit den anderen Dienstboten das Tanzfest beobachten. Rose kleidete sich aus, und die Kopfschmerzen, die sie vorgeschützt hatte, begannen, sie tatsächlich zu quälen.

Rasch schlüpfte sie in ein Nachthemd aus Leinen und kroch ins Bett. Sie schloß gepeinigt die Augen, doch sie fand keinen Schlaf. Unentwegt glaubte sie, Pierce DeFortes Stimme zu hören, den brennenden Silberglanz in seinen Augen zu sehen. Sie hatte gedacht, sie wäre ihm entronnen, aber er verfolgte sie sogar hier, in der Einsamkeit ihres Zimmers.

Entschlossen zwang sie sich, an Virginia zu denken, an grüne Hügel, funkelndes kühles Wasser, den Sandstrand, die Felder. Das schöne Haus des Vaters in der warmen Sommersonne, die angenehme Brise, die vom James River heranwehte ... Und überall die süßen Düfte

... So oft hatte sie im Gras gelegen, und da sah sie sich auch jetzt. Allmählich gingen die Gedanken in einen Traum über. Plötzlich erblickte sie ihn. Langsam kam er auf sie zu und lächelte spöttisch. Unter ihrem nackten Rücken spürte sie das feuchte Gras. Auch er war nackt. Atemlos betrachtete sie seinen starken, bronzebraunen Körper ...

Dann fuhr sie entsetzt aus dem Schlaf hoch. »Verdammt!« fluchte sie und vergrub stöhnend ihr Gesicht in den Händen. Wie konnte sie nur so schreckliche Dinge träumen? Sie wollte ihn doch vergessen!

Mary Kate! Sie mußte Mary Kate finden. Die Zofe würde ihr die Schläfe mit kühlem, besänftigendem Wasser einreiben, die Schmerzen verscheuchen, die unerwünschten Gefühle. Rose sprang aus dem Bett, ergriff den schweren samtenen Morgenmantel, der am Fußende lag, und warf ihn um die Schultern. Vorsichtig öffnete sie die Tür und spähte in den Flur, wo sich niemand blicken ließ. Aber als sie aus ihrem Zimmer trat, sah sie, wie sich in einer Fensternische etwas bewegte. Vielleicht ein Liebespaar, das sich heimlich vergnügte. Nun, sie würde einfach vorbeilaufen.

Doch da trat ein Mann aus dem Alkoven, und sie hielt erschrocken inne. Sie erkannte Lord Jamison Bryant, und jetzt tauchte auch Annes Bruder Jerome auf, mit dem er sich offensichtlich unterhalten hatte. Beide starrten sie an, und sie wich unbehaglich zurück.

»Was macht Ihr um diese Stunde im Korridor, Rose?« fragte Jamison.

»Ist es schon so spät?« entgegnete sie und bemühte sich, in möglichst unschuldigem Ton zu sprechen.

»Spät genug.« Seine seltsamen, fast farblosen blauen Augen musterten ihre äußere Erscheinung, das offene Haar, das auf die Schultern fiel. Krampfhaft schluckte sie und zog den Morgenmantel noch enger um die Schultern. »Ich suche meine Zofe.«

»Oh, ich verstehe. Nun, sie ist nicht da, und Ihr solltet nicht allein hier draußen umherwandern.«

»In allen Ecken könnten Gefahren lauern«, bemerkte Jerome.

»Dann will ich in mein Zimmer zurückkehren . . .«, begann sie.

Jamison und Jerome kamen auf sie zu und blieben rechts und links von ihr stehen. Sie fühlte sich wie in einer Falle.

Würden sie ihr etwas antun? Doch nicht hier, im königlichen Schloß . . .

Ihr Vormund runzelte die Stirn. »Ich bin für Euer Wohl verantwortlich, Rose. Vielleicht sollte ich Euch in mein Haus bringen.«

»Unter dem königlichen Dach fühle ich mich völlig sicher«, erwiderte sie und trat ein paar Schritte zurück, doch sie folgten ihr. Überall sind Wachen postiert, sagte sie sich. Ich brauche nur zu schreien. Aber wenn sie ihr gar keine Gelegenheit dazu gaben?

»Eure Kopfschmerzen haben Euch also nicht ans Bett gefesselt?« erkundigte sich Jamison höflich.

»Jetzt geht es mir etwas besser.«

»Das freut mich.«

»Leider sind die Schmerzen noch nicht völlig verschwunden. Deshalb wollte ich Mary Kate ersuchen, meine Schläfen zu massieren.«

»Vielleicht sollte ich sofort mit Euch nach Hershire Place fahren. Dort würde Euch meine Haushälterin in ihre Obhut nehmen. Auch sie versteht, solche Unpäßlichkeiten zu lindern.«

»Aber ich bin an Mary Kate gewöhnt. Und es ist schon sehr spät, das habt Ihr selbst betont.«

»Rose! Ich bestehe darauf . . .« Plötzlich verstummte er und schaute an ihr vorbei. Sie wich noch weiter zurück, bis sie mit einer harten Brust zusammenstieß. Erschrocken sprang sie zur Seite.

DeForte. »Zu dieser Stunde solltet Ihr Euch nicht auf ein Tête-à-tête mit Eurem Mündel einlassen, Jamison.«

Helle Wut funkelte in Bryants blauen Augen, aber er beherrschte sich. »Da bin ich ganz Eurer Meinung. Ich wollte nur herausfinden, warum Mistress Rose mitten in der Nacht durch die Korridore wandert.«

Verlegen senkte Rose die Wimpern, als sie DeFortes spöttischen Blick spürte. Fragte er sich, ob sie auf dem Weg zu einem heimlichen Rendezvous gewesen war, nur im Nachthemd und Morgenmantel, mit gelöstem Haar? Ärgerlich biß sie sich in die Lippen. Warum sollte es sie interessieren, was er dachte?

»Vielleicht solltet Ihr in Euer Zimmer zurückkehren, Mistress Woodbine«, schlug er vor. »Und verriegelt Eure Tür.«

»Ja, natürlich.« Obwohl ihn ihre Angelegenheiten nichts angingen, war sie ihm doch dankbar, weil er ihr half, Jamison und Jerome zu entrinnen. »Gute Nacht, Mylords!« Sie eilte davon, ihr Haar und der Morgenmantel wehten hinter ihr her.

Als Rose ihre Tür öffnete, sah sie, wie alle drei Männer sie beobachteten. Hastig betrat sie ihr Zimmer, schob den Riegel vor und warf sich zitternd aufs Bett.

Bedrückt starrte Jamison Bryant in die stille Nacht. »Er braucht deine schöne Schwester nicht so dringend wie ich. Und der König hat uns seinen Segen gegeben. Wir müssen handeln, so schnell wie möglich.«

»Ja, gewiß«, versicherte Jerome lächelnd. »Und es dürfte uns nicht einmal schwerfallen. Rose Woodbine scheint DeForte höchst wirksam von Anne abzulenken.«

»Welcher Mann ließe sich nicht von ihr betören?«

»In der Tat, es klappt großartig. Gott sei Dank! Sonst würde ich wegen meiner Spielschulden bald im Gefängnis von Newgate landen.«

»Das würde Lady Anne niemals zulassen.«

»Allmählich hat sie es satt, mir Geld zu leihen.« Jerome schwieg eine Weile und betrachtete durch das Fenster den klaren Vollmond. »Wenn sie DeForte heiratet, wird er sie daran hindern, mir überhaupt noch etwas zu geben. Am liebsten würde er mich eigenhändig in ein finsteres Verlies werfen.«

»Die beiden dürfen nicht heiraten.«

Jeromes Lippen verzogen sich zu einem zufriedenen Lächeln. »Wie gesagt, wir müssen uns beeilen.«

»Morgen?« fragte Jamison.

»Morgen«, stimmte sein Freund zu.

Eine Silberwolke umnebelte den Mond.

5

Am Morgen brachte Mary Kate ihrer Herrin heiße Schokolade ans Bett. Auf dem Tablett lag eine Einladung des Königspaars zu einem Jagdausflug, der am Nachmittag beginnen und bis zum nächsten Vormittag dauern sollte.

Rose nippte an ihrer Schokolade und warf die Einladung beiseite. Sofort stürzte sich die Zofe darauf. »Habt Ihr das gelesen?«

Verdrossen nickte Rose. Eine gräßliche Nacht lag hinter ihr, und sie hatte nicht die geringste Lust, der königlichen Eskorte zu begegnen, der zweifellos auch DeForte angehören würde.

»Wollt Ihr etwa nicht mitreiten?« fragte Mary Kate ungläubig und besorgt.

Rose schüttelte entschieden den Kopf.

»Wieso denn nicht, um alles in der Welt?«

»Weil ich niemanden sehen möchte.«

Mißbilligend zog die Zofe ihre Stirn in Falten. »Oh, Ihr meint wohl, Ihr weigert Euch, Lord DeForte zu sehen.« Sie begann, die im Zimmer verstreuten Kleidungsstücke einzusammeln, und warf Rose einen vielsagenden Blick zu. »Also gut, laßt Euch nur von ihm das Leben schwermachen . . .«

»Was soll das heißen?«

Mary Kate zuckte die Achseln. »Sicher versäumt Ihr einen wundervollen Ausflug. Der König umgibt sich stets mit faszinierenden Leuten, die ihn auch diesmal begleiten werden. Und Ihr verzichtet auf dieses Vergnügen, nur weil Ihr Euch vor DeForte fürchtet.«

»Ich fürchte mich nicht vor ihm!« Empört starrte Rose ihre Dienerin an, dann begann sie zu lachen. »Du willst mich in die Defensive treiben, damit ich mitreite, um dich

Lügen zu strafen, nicht wahr?« fragte sie seufzend. Vielleicht hatte Mary Kate recht.

Nein, sie fürchtete sich nicht vor DeForte. Nicht wirklich. Rasch senkte sie die Wimpern. Sie brauchte nur an ihn zu denken, und schon erfaßte jenes sonderbare Fieber ihren ganzen Körper. Natürlich — weil sie sich über seine gebieterische Art, seine Arroganz und seine grauenhaften Manieren ärgerte. Andererseits hatte er sie letzte Nacht vor Jamison und Jerome gerettet.

Sie betrachtete wieder die Einladung. Da Charles II. von seinem Vater die Liebe zur Kunst und Wissenschaft geerbt hatte, schätzte er tatsächlich die Gesellschaft begabter Männer und Frauen. Sicher würden an diesem Nachmittag interessante Leute mit ihm reiten, darunter ein Porträtmaler und ein Astronom. Man würde in einem pittoresken normannischen Gasthof übernachten, tief in den Wäldern.

»Also werdet Ihr doch mitkommen!« rief Mary Kate triumphierend.

»Vielleicht.«

»Oh, wie aufregend! Euer Vater wird ja so stolz auf Euch sein!«

»Falls ich mich wirklich dazu entschließe . . .«

»Wenn Ihr eine Einladung des Königs ablehnt, wird Euer Vater bald auf englischem Boden erscheinen und von Euch verlangen, den erstbesten alten Fettwanst mit Adelstitel zu heiraten«, warnte die Zofe.

Lächelnd schüttelte Rose den Kopf. »Manchmal strapazierst du meine Nerven genauso wie Vater! Meinetwegen, ich gebe mich geschlagen. Aber bilde dir bloß nichts auf deine Überredungskunst ein!« Die Zofe eilte zum Bett, und sie umarmten sich. »Oh, wie kann ich nur nach Hause gelangen? Warum hat Vater mich in diese schreckliche Lage gebracht?«

»Irgendwie wird sich alles zum Guten wenden. Und jetzt laßt mich sehen . . .« Mary Kate ging zum Schrank, wo die Garderobe ihrer Herrin hing. »Die richtige Aufmachung ...«

Rose sprang aus dem Bett und streckte sich. »Möchtest du mich begleiten? Das wäre eigentlich überflüssig, denn ich bin durchaus fähig, allein für mich zu sorgen. Und da die Königin mit dem König reitet, brauche ich keine Anstandsdame.«

»Ob ich mitkommen will? Natürlich!« Mary Kate zwinkerte ihr zu. »Keinen einzigen Augenblick möchte ich verpassen. Sicher wird mir einiges entgehen, da ich mich der königlichen Dienerschaft anschließen und im Hintergrund bleiben muß. Aber ich bin so neugierig auf den Gasthof. Vielleicht sollte ich sofort allen mitteilen, daß Ihr mitkommen werdet.« Sie legte Unterwäsche, ein Reitkostüm und Stiefel bereit, dann lief sie zur Tür. »Zieht Euch an, meine Liebe! Allzuviel Zeit habt Ihr nicht mehr.«

Rose runzelte die Stirn, starrte die Tür an, die sich hinter ihrer Zofe geschlossen hatte, und überlegte, warum sie plötzlich den Eindruck gewann, eisige Finger würden über ihren Rücken streichen. Rasch schüttelte sie das Gefühl ab. Mary Kate hatte recht. Es müßte ein schöner Tag werden.

Und so ging sie zum Toilettentisch, wo sie einen Krug mit warmem Wasser und Seife fand, von der fürsorglichen Zofe vorbereitet. Während sie ihr Gesicht wusch, wappnete sie sich gegen die Herausforderungen, die sie erwarten mochten. Sollte DeForte nur versuchen, ihr Ärger zu machen!

Hoch erfreut, weil Rose nun doch am Reitausflug teilnehmen wollte, folgte Mary Kate dem Korridor. Als sie Schritte hinter sich hörte, schaute sie über die Schulter und sah Lord Jamison Bryant, der sie rasch einholte und an ihrer linken Seite weiterging. Zu ihrer rechten erschien sein Freund Jerome. »Einen schönen Tag, Mylords«, grüßte sie unbehaglich. Warum versuchten die beiden, sie in die Zange zu nehmen?

»In der Tat, ein schöner Tag, gute Frau«, entgegnete Lord Bryant. »Hat deine Herrin beschlossen, uns bei der Jagd mit ihrer Anwesenheit zu beglücken?«

»Ich glaube schon«, antwortete Mary Kate beklommen. Wieso sahen sie diese Männer so merkwürdig an?

»Ah, dann wirst du sicher mitkommen, um deine Herrin zu bedienen, nicht wahr?« fragte Jerome.

»Allerdings!« Was mochten die zwei Schurken nur im Schilde führen? Sie erreichten einen der unzähligen Alkoven, und zu ihrem Entsetzen wurde Mary Kate plötzlich hineingeschoben. »Aber Mylords . . .«, begann sie nervös.

»Leider können wir dir nicht gestatten, deiner Herrin heute abend zu dienen«, erklärte Jamison in tief traurigem Ton.

»Nein, wirklich nicht«, bekräftigte Jerome.

Mary Kate bedachte Jamison Bryant mit einem strengen Blick. »Ich muß doch sehr bitten, Mylords . . .« Irgend etwas wurde über ihren Kopf geworfen, und der empörte Protest erstickte in ihrer Kehle.

Inzwischen hatte Rose sich angezogen und wählte gerade die Sachen aus, die sie für die Übernachtung im Gasthaus brauchte, als ihr bewußt wurde, daß Mary Kate schon sehr lange wegblieb. Sie trat in den Flur hinaus, wo sie die Frau nirgends entdeckte. Seufzend kehrte sie ins Zimmer zurück.

Wo mochte die Zofe stecken? Wenn sie nicht bald auftauchte, würde Rose das Schloß verlassen müssen, ohne sich von ihr zu verabschieden. Aber sie würden sich wiedersehen, wenn sie abends im Gasthof eintrafen.

Wenig später klopfte es, und sie öffnete lächelnd die Tür. Aber es war nicht Mary Kate, die vor ihr stand, sondern Jamison in elegantem Samt mit Rüschen besetztem

Hemd. »Seid gegrüßt, liebe Kusine! Ihr nehmt doch die Einladung des Königs zum Jagdausflug an?«

»Ja.«

»Dann darf ich Euch geleiten? Man versammelt sich bereits im Hof, zum Aufbruch bereit. Sind Eure Sachen gepackt? Wenn Ihr es erlaubt, wird mein Diener Beckman Euer Gepäck nach unten bringen.«

»Ich bin noch nicht ganz fertig . . .«

»Oh, ich kann warten, Rose.«

»Eigentlich wollte ich hierbleiben, bis Mary Kate zurückkommt.«

»In letzter Zeit scheint Ihr die Frau ziemlich oft aus den Augen zu verlieren«, bemerkte er. »Konntet Ihr sie letzte Nacht finden? Euer Vater hätte Euch vielleicht eine verläßlichere Dienerin zur Seite stellen sollen.«

Sie lächelte kühl. »Oh, Mary Kate ist überaus verläßlich.«

»Aber nicht hier. Und Ihr seid eingeladen, mit dem König zu reiten. Bedenkt doch, wie unglücklich Euer Vater wäre, wenn Ihr Euch wegen einer säumigen Dienerin weigern müßtet, einer Einladung Seiner Majestät zu folgen.«

»Gewiß wird sie mich nicht mehr lange warten lassen, Lord Bryant. Geht nur ohne mich voraus, und sobald sie wieder da ist, komme ich Euch nach.«

»Nein, ich warte mit Euch«, beharrte er.

Rose zögerte. An diesem Abend würde sie Kate ohnehin wiedersehen. Und sie wollte nicht mit ihrem Vormund allein sein. »Also gut, Lord Bryant, Euer Diener soll meine Sachen holen. Ihr habt recht, meine Zofe wird uns später folgen.«

Zufrieden lächelte er, und sie biß sich unbehaglich auf die Lippen. Sobald sie vom Tod des älteren Bryant verständigt worden war, hatte sie ihrem Vater geschrieben, in der Gewißheit, er würde sie einem seriöserem Vormund anvertrauen als Jamison. Aber obwohl viele Schiffe auf dem Atlantik verkehrten, konnte es drei Monate dauern, bis ihr Vater das Schreiben erhielt und seine Antwort die englische Küste erreichte. Also mußte sie vorsichtig taktieren, ihre eigenen Wege gehen und Jamison trotzdem höflich behandeln, um den Eindruck zu erwecken, sie würde auf ihn hören.

»Rose?« Er bot ihr den Arm, während sein Diener ihre Ledertaschen ergriff, und sie ließ sich aus dem Zimmer führen.

Während der Tag anbrach, eilte Beth zu einer winzigen Hütte, tief im Wald. Sie gestand sich ihre Angst ein, denn seit der Kindheit hörte sie die Geschichten, die man über Madame Bonnies erzählte. Sie konnte eine Frau von einem unerwünschten Kind befreien, die Liebe der Männer wecken, den Tod eines Feindes bewirken. Eine mächtige Zauberin, so stark wie ein Mann, weshalb Beth sie fürchtete und zugleich bewunderte . . .

In den Bäumen vor der Hütte hingen Glöckchen aus Gebeinen und andere Markenzeichen, die von Madame Bonnies Fähigkeiten kündeten. Sicher wäre es ein leichtes gewesen, sie der Hexerei zu überführen. In den Tagen von James I. hätte man sie vermutlich gehängt, denn er war ein erbitterter Gegner aller Hexen gewesen.

Aber Madame Bonnie hatte Charles I. und Cromwell überlebt, und der überaus tolerante neue König verfolgte die Hexen nicht. Vielleicht glaubte er nicht einmal an Magie. Doch da irrte er sich, das wußte Beth. Die Zauberkraft existierte tatsächlich, und man konnte sie auch kaufen.

Zögernd blieb sie vor der Tür stehen. Zuvor hatte sie Madame Bonnie nur ein einziges Mal aufgesucht, als sie jung und dumm genug gewesen war, sich mit einem Stallknecht im Heu einzulassen. Die Folgen hätten beinahe ihr Leben zerstört. Ihre gesamten Ersparnisse hatte sie verwendet, um die Magie der weisen Frau zu nutzen.

Nun trug sie Lord Jamison Bryants Goldmünzen in der Tasche und konnte sich's leisten, die wunderbarsten Dinge zu erwerben.

Noch ehe sie anklopfen konnte, glitt die Tür an knarrenden Angeln nach innen, ein langer, knochiger Finger bedeutete ihr einzutreten. »Kommt nur herein!«

Sie betrat die Hütte und schaute sich um. An den Deckenbalken hingen kleine tote Tiere, irgend etwas brodelte in einem Kessel über dem Feuer. Der Boden bestand aus festgestampftem Erdreich, die Fensterläden waren geschlossen, und das muffige Halbdunkel roch so gräßlich wie Madame Bonnie in ihrer schmutzigen braunen Robe aussah. Graue Haarsträhnen umrahmten das Gesicht. Die Augen wirkten wie pechschwarze Höhlen in der aschfahlen Haut. »Nun, so sprecht!« befahl sie.

»Ich brauche einen besonderen Trank.«

»Wozu?«

»Es soll betäuben und verführen — irgend etwas, das stark genug ist, den Geist zu umnebeln und gleichzeitig Begierde zu entfachen . . .«

»Ihr verlangt sehr viel! Ein Opiat und ein Aphrodisiakum! Was Ihr sucht, ist gefährlich. Wagt Ihr, mit dem Leben zu spielen?«

Beth hielt den Atem an. Plötzlich schien sich der Raum zu verkleinern und zu verdüstern. Das Aroma der Kräuter, die im Kessel siedeten, drohte sie zu ersticken. Doch sie nahm ihren ganzen Mut zusammen und holte Jamisons Goldmünzen aus der Tasche.

Madame Bonnies schwarze Augen funkelten. Sie ergriff eine Münze, biß hinein, dann starrte sie Beth wieder an.

»Gebt mir einen Trank!« flehte das Mädchen. »Er muß wirken! Und ich brauche genug für drei Personen. Etwas, das ich ihnen beim Dinner in den Wein schütten kann. Es soll sie einschläfern und später wecken, sinnliches Verlangen erregen und ihnen vorgaukeln, sie wären mit dem Menschen zusammen, den sie lieben.«

»Dafür gibt es keine Garantie«, warnte Madame Bonnie, die einen ihrer gekrümmten knochigen Finger auf Beth richtete.

»Oh, Ihr müßt mir helfen! Mein Herr ist ein mächtiger Lord. Wenn Ihr versagt, läßt er Euch hängen und wenn uns Euer Trank zum Erfolg verhilft, wird er mir noch viel mehr Gold für Euch geben!«

Madame Bonnie wandte sich ab, nahm ein Gefäß von einem Regal und schüttete ein Pulver ins Feuer. Die Flammen loderten hell empor, sprühten Funken und nahmen verwirrende Farben an. Verblüfft beobachtete Beth das gleißende Spektakel.

Drogen, dachte Madame Bonnie. Dieses Bauernmädchen benötigt also eine besondere Magie. Da kommt es nur auf die richtige Alchemie an. Der Wein müßte eine brauchbare Basis sowohl für das Opiat als auch für das Aphrodisiakum bilden ... Also mußte sie nur die richtige Mischung aus ihren reichhaltigen Vorräten beifügen. Sie dachte nach, und dafür fand sie Zeit genug, denn das Farbenspiel des Feuers zog das Mädchen völlig in seinen Bann.

Schließlich suchte sie verschiedene Fläschchen und Tiegel zusammen und braute über den Flammen einen farblosen Trank. Auch dafür ließ sie sich Zeit, murmelte Beschwörungsformeln, und ehe sie ihrer Kundin das Gefäß reichte, träufelte sie einen Tropfen Fledermausblut hinein.

»Vergeßt es nicht, alte Frau!« mahnte Beth. »Sollte der Trank seine Wirkung verfehlen, werdet Ihr hängen!« Doch das klang nicht überzeugend. Es drängte sie, diesen Ort des Grauens endlich zu verlassen.

Grinsend hob Madame Bonnie einen dürren Finger. »Droht mir nicht, Mädchen! Den Tod herbeizurufen — das ist die einfachste Magie von allen!« Gackernd begann sie zu kichern, und Beth ergriff die Flucht.

Es war einer der schönsten Tage, an die Rose sich erinnern konnte. Der König und die Königin, in zärtlicher Eintracht wie ein junges Liebespaar, führten die Jagdgesellschaft durch den Wald. Mehrere Hirsche wurden gesichtet und erlegt. Auch Charles traf eines der Tiere mit einem gutgezielten Pfeil. Und wie Rose feststellte, stand ihm der stets unfehlbare Lord DeForte in nichts nach.

Sie fand den italienischen Astronomen, Lionel Triolio, attraktiv und charmant. Er war schlank und dunkelhaarig, mit blitzenden braunen Augen. Seit er ihr in den Sattel geholfen hatte, las sie unverhohlene Bewunderung in seinem Blick. Sie ritt an seiner Seite und hörte interessiert zu, während er die Bewegung der Gestirne am Himmel schilderte und erklärte, warum der Mond so hell und kreisrund strahlte. Sein fremdartiger Akzent gefiel ihr.

Der Architekt hieß Jason Padraic, ein Schüler Sir Christopher Wrens, und auch er wußte unterhaltsam zu plaudern. Er hatte blondes Haar und freundliche haselnußbraune Augen, die ebenfalls bewundernd leuchteten, wann immer er sie musterte. Außerdem hatte sich Lord Samuel Newburg angeschlossen, ein junger Graf aus Yorkshire. Alle schienen um Roses Aufmerksamkeit zu wetteifern, und sie amüsierte sich großartig, obwohl Jamison dicht hinter ihr ritt.

Nur eins verdarb den angenehmen Tag — die Anwesenheit DeFortes. Immer wieder spürte sie, wie er sie beobachtete, und begegnete dem Blick seiner spöttischen silbergrauen Augen.

Einmal lenkte er seinen Hengst zu ihr. »Ihr habt beachtliche Verehrer um Euch geschart, Mistress Rose. Mal sehen — ein Graf, ein Architekt, ein Sterngucker! Diese armen Kerle liegen Euch zu Füßen, wie junge Hündchen, die um Brosamen aus Eurer schönen Hand flehen . . .«

»Würdet Ihr Euch bitte um Eure eigenen Angelegenheiten kümmern, DeForte?«

»Ich darf diese Burschen, die Ihr so mutwillig herausfordert, doch wohl bedauern?«

»Sicher werden sie's überleben.«

»Vielleicht — vielleicht auch nicht.« In plötzlichem Ernst betrachtete er ihr Gesicht.

»Habt Ihr eine Ahnung, was Ihr den Männern antut? Oh, vielleicht wißt Ihr nur zu genau, welche Macht Ihr ausübt, und genießt die stürmischen Gefühle, die Ihr entfesselt.«

»Ich tue nichts dergleichen«, protestierte sie verärgert und unbehaglich. »Ich genieße ganz einfach nur die Gesellschaft dieser Gentlemen, eine erfreuliche Abwechslung zu gewissen Leuten, die ich am Hof kennenlernen mußte! Sie sind zuvorkommend, höflich, kultiviert . . .«

»Aber sie haben ganz andere Dinge im Sinn als geistvolle Gespräche. Ihr seid so verführerisch wie ein vollkommen schöner Apfel, Rose, an einem tiefhängenden Zweig. Allein schon der Glanz in Euren Augen . . .«

Mühsam rang sie nach Fassung. Denn sie konnte unmöglich ihrem heftigen Impuls folgen, sich auf ihn zu werfen und mit beiden Fäusten gegen seine Brust zu trommeln. Würdevoll hob sie die Brauen. »Was stört Euch so sehr an mir, Lord DeForte? An diesem Hof wird unentwegt geflirtet. Gibt es irgend etwas, das Ihr begehrt, und fürchtet Ihr, ich könnte es anderen zu freizügig schenken?«

»Etwas, das ich begehre?« Er lächelte überlegen. »Liebe Mistress Woodbine, Ihr vergeßt, daß ich der Herzog von Werthingshire bin. Wenn ich etwas haben will, nehme ich es mir.«

»Oh, der grandiose DeForte! Da bin ich ganz anderer Meinung. Wie ich bereits erwähnte, halte ich nichts von Adelstiteln. Die Macht, Mylord, liegt im Herzen. Und wenn ich etwas will, dann bekomme ich es.«

»Mistress Woodbine, Ihr seid ein faszinierendes Geschöpf. Ein zierliches kleines Mädchen, und Ihr glaubt, die ganze Welt würde Euch gehören. Wenn Ihr mich also heiraten wolltet, würdet Ihr es tun?«

Ihr Herz hämmerte schmerzhaft gegen die Rippen. Sie wußte, daß sie ihn viel zu sehr herausforderte, doch sie konnte der Versuchung nicht widerstehen. »Wenn ich es wollte, würde es geschehen, Sir. Aber keine Bange! Noch nie im Leben ist mir ein so arroganter, eingebildeter Kerl wie Ihr über den Weg gelaufen — mit oder ohne Titel! Lieber heirate ich einen Affen!«

Erschrocken zuckte sie zusammen, als sein Hengst ihre Stute streifte und seine Hand auf ihren Arm herabsank. »Ich bin also arrogant?« Seine eindringliche Miene trieb ihr das Blut in die Wangen. Er muß es fühlen, dachte sie. Ja, er würde die sonderbare Hitze wahrnehmen, die er in ihr zu entzünden wußte, die in der Luft zwischen ihnen zitterte.

Eine Zeitlang hielt sein Blick ihre Augen fest, wanderte dann hinab zu ihren Lippen, zu ihren Brüsten. »Hört auf!« zischte sie. »Laßt mich los!«

»Ich wollte Euch nur empfehlen, nicht zu offenherzig zu flirten.«

»Ich brauche Eure Warnung nicht!«

»Macht Euch nichts vor, Mistress Woodbine. Ein Mann muß Euch nur ansehen, um zu erkennen, daß er in Euren Armen das Paradies erreichen könnte.«

»Jeder Mann?« spottete sie. »Auch Ihr, Mylord DeForte?«

Die Frage schien ihn zu verwirren, dann lächelte er belustigt. »Also gut, Rose. Ja. Wenn ich das Feuer in Euren Augen sehe, die samtenen Wangen und das glänzende Haar, steigen gewisse sinnliche Gefühle in mir auf. Das muß ich zugeben. Jeder Mann würde so etwas empfinden. Aber nehmt Euch in acht! Irgendwann werdet Ihr das Spiel zu weit treiben, obwohl ihr es gar nicht wollt, und in ernsthafte Schwierigkeiten geraten.«

»Wie könnt Ihr es wagen!« rief sie und schüttelte seine

Hand ab. »Ich werde mich niemals in unerwünschten Situationen befinden. Sorgt Euch nicht um mich! Ihr solltet Euch lieber um Lady Anne kümmern. Aber vielleicht wird Euch ein gottgesandter Jäger für einen Hirsch halten und die ärmste von Euch befreien!«

»Ein Hirsch?« fragte er sardonisch. »Bald werdet Ihr mich in eine komplette Menagerie verwandeln, Rose. Erst bin ich ein Roß, dann ein Esel und jetzt ein Hirsch.«

»Im Grunde seid Ihr immer nur ein Esel, Lord DeForte.« Sie spornte ihr Pferd an, das verwirrt vorwärts sprang. Lautes Gelächter folgte ihr.

Später machten sie Rast in einem kleinen Bauerndorf, um Ale zu trinken, und zu ihrer Verblüffung bemerkte Rose, wie Pierce DeForte sie erneut beobachtete. In seinen Augen las sie eine eigenartige Frage, dann verneigte er sich vor ihr, nahm Lady Annes Arm und führte sie zu den Pferden zurück. Ein unerklärlicher Schmerz brannte in ihrer Brust. Rasch schwang sie sich in den Sattel, und als Jason Padraic ihr höflich seine Begleitung anbot, schenkte sie ihm ein warmherziges, einladendes Lächeln.

Der historische Gasthof lag mitten im Wald. Früher war er eine kleine Festung gewesen, uneinnehmbar, im normannischen Stil erbaut. Lange Flure führten zu den Gästezimmern, eine geräumige Halle diente als Gemeinschaftsraum. Die Jagdgesellschaft nahm an schlichten Holztischen Platz, während die Dienerschaft das Gepäck nach oben brachte. Eifrig eilte der rundliche Wirt hin und her, hell entzückt über die illustre Schar, die er verköstigen durfte. Seine freudestrahlende Tochter half ihm und schleppte große Platten mit gebratenem Geflügel, neuen Kartoffeln und Kohl heran.

Rose schaute sich um und überlegte, mit wem sie speisen sollte. Plötzlich umfaßte Jamisons Hand ihren Arm, und er führte sie zu dem Tisch, wo Lady Anne mit Lord DeForte saß.

Annes Lächeln hieß sie so liebenswürdig willkommen, daß Rose nicht protestieren konnte. Also nahm sie neben dem Bruder der Lady Platz, der sie unverschämt angrinste. Immer wieder schafften es diese Leute, ihr den Appetit zu verderben. Nun, wenigstens würde sie am königlichen Hof nicht zunehmen.

»Bring uns Wein, Mädchen!« rief Jamison der Wirtstochter zu. »Meine Kehle ist staubtrocken. Darf ich Euch einschenken, schöne Rose? Auch Euch, liebe Anne, und Mylord DeForte?«

Zunächst sah es so aus, als wollte DeForte widersprechen, ganz einfach, weil er Jamison verabscheute. Aber Anne bemühte sich, Frieden zu stiften, warf ihm einen besänftigenden Blick zu, und er nickte kaum merklich. »Gut, Bryant, gieß nur ein.«

Rose biß sich auf die Unterlippe. Wie höflich er Anne behandelte. Unwillkürlich fragte sie sich, wie es wohl wäre, würde er auch ihr so freundlich begegnen.

Nachdem Jamison die Becher gefüllt hatte, wies er auf verschiedene Antiquitäten in der Halle hin und erklärte Rose, sein eigenes Heim sei kurz nach der normannischen Invasion errichtet worden. Dieses Gespräch schien DeForte nicht zu interessieren. Offensichtlich ertrug er Jamisons und Jeromes Gesellschaft nur Anne zuliebe. Während er seinen Becher mehrmals leerte, unterhielt er sich ausschließlich mit Anne, in leisem Ton.

Aufmerksam beobachtete Jerome seine Schwester, und nach einer Weile begann er, Rose neugierig zu mustern. Sie bemühte sich, sein Lächeln zu erwidern.

Nun wurden die Speisen serviert, und sie versuchte zu essen. Wieder einmal ließ ihr Appetit zu wünschen übrig — vielleicht, weil sie etwas zuviel Wein trank. Unentwegt spürte sie Jamisons prüfenden Blick, immer wieder füllte er ihren Becher.

Der König erhob sich, hielt eine kurze Rede und widmete den Abend seiner Frau, die ihm errötend dankte.

Flüchtig fragte sich Rose, ob die Königin von seiner Untreue wußte. Möglicherweise nahm sie dies alles klaglos hin, ihrer Position zuliebe. Außerdem gab es wohl kaum einen zärtlicheren Mann als Charles — auch wenn er seine Zärtlichkeit sehr großzügig verschenkte.

Hitze erfüllte den Raum, und Rose hörte das Knistern des Kaminfeuers überdeutlich. Wie laut die Leute redeten und lachten . . . Ein Harfenspieler trat auf, dann erloschen die Lichter, und ein Puppenspieler führte hinter einer gespannten Leinwand ein Schattenspiel vor. Mühsam konzentrierte sie sich auf die Handlung des Stücks. Diese unerträgliche Hitze . . . Und alles ringsum kam ihr viel zu klar, fast gnadenlos zu Bewußtsein. Sogar das schwache Licht brannte in ihren Augen. Wie müde sie war! Ihre Lider senkten sich.

Was geschah mit ihr? Sie hatte zuviel Wein getrunken, aber das allein konnte ihren Zustand nicht verursacht haben. Dann entglitt ihr diese Frage. Im Grunde war es unwichtig. Sie fühlte sich erschöpft, aber gleichzeitig sehr wohl. Vielleicht sollte sie sich hinlegen. Sie mußte aufstehen, ins Bett gehen. Irgendwo hatte man ein Zimmer für sie vorbereitet, und dort würde Mary Kate sie erwarten. Sie versuchte zu sprechen.

»Ich — ich möchte mich ausruhen«, flüsterte sie und wandte sich hilfesuchend zu Anne. Doch die Lady hatte sie nicht gehört. Ihre Augen wirkten glasig, glänzten unnatürlich im Feuerschein.

»Ja, wir brauchen unseren Schlaf«, meinte DeForte. Er sah genauso seltsam aus wie Anne und starrte Rose an. Ausnahmsweise schien er sie nicht zu verurteilen. Vielleicht liegt es am Wein, dachte sie. Auch er hatte vermutlich zuviel getrunken, und jetzt empfand er diese gleiche sonderbare Hilflosigkeit. Seine Stirn war gerunzelt, er schien irgendeine Gefahr zu spüren, sich ernsthaft um sie zu sorgen. Natürlich. Sie saßen am selben Tisch wie Jamison und Jerome, und das bedrückte Pierce DeForte.

Aber warum? Plötzlich verblaßten alle Erinnerungen. Sie fühlte sich so friedlich, so schwerelos.

»Anne und ich werden Euch in Euer Zimmer begleiten . . .«, begann er, dann verstummte er, denn er merkte verwundert, daß er nicht aufstehen konnte.

Wie aus weiter Ferne sah Rose ihn vornübersinken, sein Gesicht fiel auf den Tisch. Ah, der große DeForte! Eigentlich müßte sie diese Szene genießen und amüsant finden. Doch sie vermochte nichts zu denken, nichts zu spüren, außer jenen körperlichen Dingen, die so intensiv wirkten, die ungewöhnliche Hitze, die auf ihrer Haut glühte.

»Ich bringe Euch in Euer Zimmer«, sagte irgend jemand.

Jamison! In ihrem Kopf dröhnte eine Alarmglocke, doch darauf konnte sie nicht achten. Langsam erhob sie sich, stürzte und wurde aufgefangen. Und dann hörte sie, wie er eine unverständliche Erklärung abgab. »Nein«, würgte sie hervor.

»Alles in Ordnung, wir holen Mary Kate«, versprach er ihr. Irgendwie ergab das einen Sinn. Bald würde ihr die Zofe beistehen.

Hatte sie so viel Wein getrunken? Die ganze Welt drehte sich. Und da drang ein Flüstern zu ihr. »Nicht so ungeschickt, auch das Hemd! Zieh sie nackt aus.«

Die Kleidung wurde von ihrem Körper gezerrt, und sie glaubte, in einem silbrigen Nebel dahinzuschweben, in einem Traum. Mary Kate. Die Zofe war da und half ihr ins Bett.

»Mary Kate . . .« Ihre Lippen versuchten, den Namen zu formen.

»Ja, ja. Bewegt Euren Arm — so, ja, so ist es gut.«

Plötzlich fror sie und stammelte: »Kalt — so kalt . . .«

»Bald werdet Ihr Euch erwärmen.« Sie glaubte, ein Kichern zu hören. Eine Frau. Das mußte Mary Kate sein, obwohl sie im Halbdunkel ein wenig sonderbar aussah und ihre Herrin ungewohnt grob anfaßte.

Dann hörte sie wieder eine Stimme. »Bist du sicher, daß *er* vorerst außer Gefecht ist?«

»Die Hexe hat versprochen, der Trank würde seine Wirkung nicht verfehlen.«

»Und Anne?«

»Die kommt gleich dran . . .«

Eine Zeitlang blieb es still, schwarze Schatten schienen Rose zu umwallen. Wie friedlich sie schlief.

Und dann begann sie zu träumen. Ein wilder, aufwühlender, unglaublicher Traum. Jetzt fror sie nicht mehr. Neben sich spürte sie etwas Weiches, Warmes. Etwas, das ihre Haut berührte, Hitze ausstrahlte. Und diese Hitze durchströmte ihren ganzen Körper.

»Meine Liebste . . .«

Sie glaubte, ein Flüstern zu hören, ging auf Wolken, auf Silberwolken, neben einem Bach, in dem silbrige Wellen plätscherten. Noch war er Rose in ihrem Traum nicht zu nahe getreten. Nackt wanderte er neben ihr her, in seiner Brust und seinen Schultern bewegten sich harte, bronzebraune Muskeln. Er hatte so lange, kraftvolle Beine. Als sie in seine Augen zu schauen versuchte, glitt ihr Blick wie von selbst zu seinem Körper zurück — doch deshalb brauchte sie sich nicht zu schämen, denn der silbrige Nebel hüllte ihn ein.

»Ich begehre dich, o Gott, ich begehre dich. So müde bin ich — aber ich begehre dich. Immer werde ich dich begehren . . .«

Arme umschlangen Rose, zogen sie an eine starke breite Brust. Hände berührten sie, Finger liebkosten sie, rauhe, schwielige, männliche Hände auf ihrer nackten Haut, ringsum loderten Flammenzungen . . .

Der Silbernebel löste sich auf, und sie versank in tiefem Dunkel. Sie lag auf den Wolken, sah aber das Feuer auf der Erde brennen, so weit entfernt.

Nun erkannte sie DeForte — in ihrem Traum. Bedrückt stöhnte sie. Solche Dinge hatte sie sich niemals vorstellen können — nicht, bevor sie ihm begegnet war. Und dann hatte sie begonnen, diese eigenartigen Gefühle zu entdecken. Die Hitze, der Schmerz, das Verlangen nach irgend etwas, das ihr noch nie bewußt gewesen war, irgend etwas, das sie verlockte und erregte.

O nein. Lieber Gott, nein. Nicht DeForte. Aber er war es. Hart wie Stahl, sengend in seiner Hitze. DeForte berührte und streichelte sie. Nackt lag sie an seiner Seite.

Wie sie sich vage entsann, hatte sie schon einmal von ihm geträumt. Konnte ihr in diesen dekadenten Träumen auch ein anderer erscheinen? Oder träumte sie nur von ihm, weil sie sich nach ihm sehnte? Weil sie sich wünschte, bei ihm zu liegen?

Nein, o nein.

Ja.

Zärtlich erforschten seine Hände ihren Körper. Sein Kuß und sein Flüstern atmeten Feuer an ihren Lippen. Reines Entzücken erwachte in ihr, Ekstase und Verlangen, schmerzliche Sehnsucht. Stöhnend wand sie sich umher. Seine Finger schlangen sich in ihr Haar, und sie preßte sich an ihn, um noch mehr zu fordern.

Ihr Mund öffnete sich unter seinem, seine begierige Zunge entfachte flüssige Flammen. Die Hitze in ihr wuchs mit jedem Augenblick, brannte zwischen ihren Schenkeln.

Seine Lippen wanderten von ihrem Mund zum Hals hinab, warm und feucht und verführerisch, kosteten die zarte Haut. Dann umfaßte er eine ihrer Brüste, und als sein Daumen über die harte Spitze strich, schrie sie beinahe. Aufreizend setzte seine Zunge die Liebkosung fort, die sein Daumen begonnen hatte.

»O nein . . .« Hatte sie diesen leisen Protest ausgesprochen oder nur geträumt? Konnte sie sich den Feuerstrahl nur einbilden, der ihren Körper durchfuhr, während er hungrig an ihrer Brust saugte? Sie bäumte sich auf, und im Zentrum ihres Seins spürte sie wilde, drängende Wünsche.

Sein dunkles Haar streichelte sie, als sein Mund zur anderen Brust hinüberglitt. O Gott, sie mußte dagegen ankämpfen. Dieser Traum war so wirklich. Diese seidigen, betörenden Zärtlichkeiten, seine heiße Zunge . . . Keine anständige Frau hatte solche Träume! Aber diesem konnte sie nicht entrinnen. Sie bemühte sich, klar zu denken, an ihre Vernunft zu appellieren. Das alles war einfach nicht richtig.

Aber nichts war ihr je zuvor so richtig erschienen, so gut. Der verhaßte, arrogante DeForte! Und doch so großartig gebaut, so hitzig, so kraftvoll. Allein schon sein muskulöser Schenkel, der auf ihrem lag, entfesselte eine unwiderstehliche Sehnsucht, die sich mit jedem Herzschlag steigerte.

Jetzt strichen seine Hände über ihre Beine, ihre Hüften, gefolgt von seinen feurigen Lippen, seinen berückenden Küssen. Ihre Finger gruben sich in sein Haar, berührten die angespannten Muskeln in seinen Schultern. Immer wieder stockte ihr Atem, und sie zitterte heftig, während seine Zunge über ihren Bauch nach unten glitt. Jetzt mußte sie doch endlich erwachen . . .

Sie versuchte, die Augen zu öffnen, doch ihre Lider waren zu schwer. Sie wollte die übermächtigen Gefühle bekämpfen, doch es gelang ihr nicht. Und dann spürte sie seine Hand zwischen ihren Schenkeln, eine immer intimere Liebkosung, den Hauch eines Kusses über dem Knie. Seine Zunge bewegte sich nach oben, höher und höher, und Rose krallte die Finger ins Laken. Unmöglich! Diese Berührung verwandelte ihr Blut in Flammenströme. Nie hatte sie geahnt, daß sie so etwas empfinden könnte, so leidenschaftliche bezwingende Gefühle. Geschmolzener Honig schien durch ihren ganzen Körper zu fließen, unerträglich süß. Sie kämpfte dagegen, hob die Hüften, wand sich umher, doch die aufwühlende

Zunge drang nur noch tiefer in sie ein. Der Sturm, der in ihrem Innern losgebrochen war, riß sie einfach mit sich fort. Während die Wellen dieser unbezähmbaren Gefühle über sie hinwegspülten, erschreckend und berauschend, schrie sie auf. Und dann lag sie wie betäubt da, erstaunt und erschüttert über den brennenden Glanz, der sie ganz und gar erfüllte. Nun glaubte sie wieder, in einem silbrigen Nebel zu schweben.

Und plötzlich nahm sie eine gewaltige Kraft wahr, die ihre die Schenkel auseinanderschob. Trotz der Silberwolken war der Schmerz übergroß. Ein gebieterischer Kuß erstickte ihren Schrei, und der Schmerz nahm kein Ende. Sie bekämpfte ihn, versuchte, dem Kuß zu entkommen, dem Gewicht des schweren Männerkörpers.

Wie ein Schwert drang die fremde Macht in sie ein. Sie zerrte an den muskulösen Schultern, stemmte sich gegen die harte Brust, doch jede Bewegung schien ihn noch enger mit ihr zu verschmelzen. Tränen brannten in ihren Augen, und in ihrem Traum schmeckte sie das Salz so deutlich wie die Küsse ihres Liebhabers. Nein, Träume konnten nicht solche Schmerzen bereiten, nicht die sinnliche Ekstase hervorrufen, die sie zuvor erlebt hatte.

»Meine Liebste«, flüsterte er. »Ganz ruhig, meine Liebste ...« Es war seine Stimme. So zärtlich. Ein Schluchzen stieg in ihrer Kehle auf. Nein, es gab kein Entrinnen. Sie hatte die Schönheit des Traums genossen, und nun mußte sie auch das hinnehmen ...

»Nein!« wisperte sie. Ihre Finger schlangen sich wieder in sein dichtes Haar und strichen über seine Wangen. Vom Silberdunkel eingehüllt, wirkte er faszinierend in seiner Kraft und Nacktheit. Langsam wanderten ihre Hände über seine Schultern.

»Ganz ruhig«, wiederholte er, und sie spürte seine Lippen an ihrem Ohrläppchen, dann am Puls, der in ihrem Hals pochte. »Sei ganz ruhig ...« Und dann nahm sie seine Bewegung wahr, so vorsichtig, so langsam, so verführerisch.

Ihr Atem stockte. Immer noch nahm sie den Schmerz wahr, aber auch etwas anderes, in den Tiefen ihrer Seele. Über sich sah sie die Umrisse seiner aufgerichteten Gestalt, nachgezeichnet vom schwachen goldenen Feuerschein. Immer wieder spannte er seine Muskeln an, der Rhythmus beschleunigte sich. Allmählich ließ der Schmerz nach und wurde von dieser neuen süßen Sehnsucht verdrängt. Rose fuhr mit der Zunge über ihre trockenen Lippen und spürte das Wunder, das in ihr entstand und anzuschwellen schien. Die Augen geschlossen, überließ sie sich völlig ihren Gefühlen. Da stürmte er wieder auf sie ein, dieser wirbelnde, wilde, süße Zauber, eine Macht, unter deren Angriff sie zu bersten glaubte ... Tiefer denn je drang er in sie ein, erschauerte heftig, dann lag er reglos auf ihr.

Ein Traum ...

Ein Traum, der sich so seltsam schwer anfühlte. Ein Traum, der jetzt langsam von ihr herabglitt, aber ein Arm lag über ihrer Brust wie ein Eisenstab. Ein Traum, der sie völlig erschöpft hatte und jetzt auch den Schmerz zurückbrachte ...

Ihre Lider senkten sich. Oder waren sie die ganze Zeit geschlossen gewesen? Sie wußte es nicht, sah nur das Silber, das in düsteres Grau überging. Dann versank sie in schwarzem Dunkel und tiefem Schlaf.

Eine Ewigkeit später glaubte sie, ein Klopfen zu hören, donnernde Fäuste gegen Holz. Jemand rief nach ihr, und sie versuchte zu erwachen. Es kam ihr so vor, als müßte sie sich aus einem bodenlosen Abgrund emporkämpfen. Doch sie fand nicht die Kraft, um sich zu bewegen. Der Wein, dachte sie. Daher rühren diese quälenden Kopfschmerzen und die gräßliche Lethargie ...

Eine Zeitlang lag sie einfach nur da, in einem lähmenden Halbschlaf und spürte nur das heftige Pochen in ihrem Kopf. O Gott, sie hatte schon öfter Wein getrunken, aber so elend war ihr noch nie zumute gewesen. Vergeblich versuchte sie, sich zu rühren. Ihr ganzer Körper schmerzte, ihre Glieder . . .

Plötzlich spürte sie eine Bewegung neben sich. Wie rasend begann ihr Herz zu schlagen. Sie war nicht allein, sie lag mit einem Mann im Bett, auf weißen Laken. Und sie fror, denn das Kaminfeuer war erloschen. Ein großer brauner Arm umschlang ihre Taille, ein muskulöses Bein ihre Hüften. Beinahe hätte sie aufgeschrien. Es war kein Traum gewesen. Da lag sie, und sie wußte nicht einmal, wo — aber sie wußte, mit wem.

DeForte! Wieder hörte sie das Klopfen, dann eine vertraute Stimme. »Seid Ihr noch am Leben, meine Freundin? Raus aus den Federn! Bald ist Mittag. Geht es Euch gut?«

Die Tür flog auf, und kaltes Entsetzen nahm Rose den Atem, als sie den König erkannte. Wie erstarrt blieb er auf der Schwelle stehen. »Eh — oh — entschuldigt mich!« rief er verwirrt.

DeForte preßte die Hände an seine Schläfen, und in wachsender Panik beobachtete Rose, wie er sich aufrichtete. Splitternackt saß er neben ihr. Auch er schien gegen dunkle Wellen anzukämpfen und fuhr sich mit allen Fingern durchs Haar. »Eure Majestät«, würgte er hervor.

»Wir sprechen uns später!« versicherte Charles hastig und schaute Rose prüfend an. Verzweifelt erwiderte sie den Blick, wollte protestieren — wollte sterben.

Ohne ein weiteres Wort verschwand der König. Erst jetzt wandte sich DeForte zu Rose. »Was? Ihr?« Abrupt sprang er aus dem Bett und schaute sich verwundert um.

Das ist sein Zimmer, sagte sich Rose zutiefst erschrocken, und ich liege in seinem Bett. Über dem großen Stuhl vor dem Kamin hingen seine Kleider, sein Schwert lehnte an der Wand. Schwankend umklammerte er den Bettpfosten. In wilder Wut biß er die Zähne zusammen, nachdem er zu einer schrecklichen Erkenntnis gelangt war.

Wieder starrte er Rose an, die Augen voller Haß, so daß sie sich sehr beherrschen mußte, um nicht schreiend in den Flur hinauszulaufen, trotz ihrer Nacktheit.

Sie hatte ihn mit einem Pferd, einem Esel und einem Hirsch verglichen. Aber jetzt erinnerte er sie an einen gefährlichen, zornigen Löwen.

Er ließ den Bettpfosten los, kam auf sie zu, und sie sah das bebende Muskelspiel in seinen Armen, während er die Hände ballte und wieder öffnete. Offensichtlich fiel es ihm schwer, sich zurückzuhalten, die Finger nicht um ihren Hals zu legen. »Mein Gott!« stieß er hervor. »Was hast du mir angetan?«

»Ich?« Empört fuhr sie hoch und warf sich wie eine Furie auf ihn, fest entschlossen, ihm die Augen auszukratzen. »Ich! Oh, du Bastard! Und was hast du mir angetan?«

Doch er war viel zu stark. Ihre Fingernägel konnten nur ein paar rote Striemen über seine breite Brust ziehen, dann umklammerte er ihre Oberarme, hob sie hoch, und sein Blick schien sie zu durchbohren. »Du kleine Hexe! Du sagtest, du würdest mich kriegen, wenn du mich wolltest!«

»Niemals wollte ich dich. Ich hasse dich, ich verabscheue dich, ich . . .«

»Was hast du mit mir gemacht?«

»Nichts!« kreischte sie. Kalte Angst trieb ihr Tränen in die Augen.

Als er ihren nackten Körper so dicht an seinem spürte, fluchte er, und ließ sie zurück aufs Bett fallen. Erst jetzt bemerkte sie die Blutflecken auf dem weißen Laken, die ihr bewiesen, daß die vergangene Nacht tatsächlich kein Traum gewesen war. Entsetzt hielt sie ihren Atem an.

»Was hast du mit mir angestellt?« Er beugte sich drohend zu ihr herab. »Was hast du mir in den Wein getan?« Mit aller Kraft schlug sie in sein Gesicht, und er packte sie wieder und schüttelte sie. »Wenn du das noch einmal wagst! Dann wirst du den Tag bereuen, an dem du geboren wurdest!«

»Laß mich los! Ich schreie und rufe den König . . .«

»Den König! Genau das hast du beabsichtigt, nicht wahr, meine schöne kleine Rose? Doch du wirst dein Ziel nicht erreichen. Niemals heirate ich dich . . .«

»Glaubst du allen Ernstes, ich will deine Frau werden, DeForte? Ich kenne keinen Menschen, der mir widerlicher wäre als du! Lieber heirate ich einen Leprakranken! Ich verachte dich! Oh, du Idiot, das alles wollte ich nicht! O Gott, was hast du mir zuleide getan . . .« Nun begann sie, am ganzen Körper zu zittern. Am liebsten hätte sie sich im Bett verkrochen, die Augen geschlossen, um nie wieder zu erwachen, um zu sterben.

Wieder klopfte es an der Tür, ein Räuspern erklang. Der König war zurückgekehrt. »Pierce, ich muß Euch sprechen!«

DeForte ließ sie los und richtete sich auf. Eisiger Zorn funkelte in seinen Silberaugen. Glaubte er denn wirklich, sie hätte ihn in eine Ehefalle gelockt? Sein Blick fiel auf die Blutflecken, dann schaute er sie wieder an, und sie las in seiner Miene, wie unbarmherzig er sie verdammte.

So schnell wie möglich wickelte sie sich in die Bettdecke. »Sei versichert«, zischte sie und kämpfte mit den Tränen, »ich verabscheue dich! Und ich möchte dich nicht heiraten. Elender Narr! Was du mir angetan hast, ist unverzeihlich. *Ich* bin es, die etwas verloren hat, nicht du. Allmächtiger Gott . . .« Von brennender Scham erfaßt, erinnerte sie sich an die vergangene Nacht. »Wie gern würde ich dich hängen und gevierteilt sehen! Ich sage dir, mit alldem hatte ich nichts zu tun.«

Er wandte sich ab, schlüpfte in seine Hose und verschnürte sie über den Hüften. »Bete darum, daß du unschuldig bist! Denn wenn ich herausfinde, daß du eine Rolle in dieser Intrige gespielt hast, wirst du es bitter büßen. Das schwöre ich dir!« Mit langen Schritten rannte er aus dem Zimmer, krachend fiel die Tür hinter ihm ins Schloß.

6

Pierce folgte dem König die Treppe hinab. Sofort verscheuchte Charles die Dienerschaft, die heiße Schokolade serviert hatte, und setzte sich vor den Kamin. »Ich glaube zu verstehen, was geschehen ist«, begann er mit müder Stimme. »Offensichtlich ist Lord Bryant mit Anne verschwunden.«

»Er hat sie entführt? Ich werde sie finden!« Pierce wandte sich zur Tür.

»Wartet!« rief der König.

»Das kann ich nicht.«

»Verdammt, hört mir zu! Ich kehre augenblicklich an den Hof zurück. Wenn Ihr Euch beruhigt habt, könntet Ihr mich dort antreffen. Und seid auf der Hut, wenn Ihr die beiden aufspürt! Ich will Euch nicht wegen Mordes hängen sehen. Also solltet Ihr Euer Temperament im Zaum halten.«

Angst und Schuldgefühle quälten Pierce. Er mußte unbedingt nach Anne suchen. »Verzeiht mir, Majestät.« Nach einer tiefen Verbeugung verließ er den Gasthof und eilte in den Stall. Dort verzichtete er auf die Hilfe der Reitknechte, sattelte Beowulf selbst und ritt davon.

Stundenlang durchstreifte er London und die nähere Umgebung, versuchte zu ergründen, was sich ereignet hatte. Immer noch war er von heftigen Gefühlen bewegt.

Mittlerweile gab ihm die Situation kein Rätsel mehr auf. Er war — ebenso wie seine Geliebte — mühelos hereingelegt worden, neben Rose Woodbine erwacht, und Jamison hatte Anne irgendwohin gebracht — sicher mit Jeromes Hilfe. Nun bangte Pierce um ihre Sicherheit. Und er konnte nur hoffen, er würde sie so bald wie möglich finden.

An die vergangene Nacht wollte er nicht denken und sich nicht an sein übermächtiges Verlangen nach der jungen Amerikanerin erinnern. Ein unwiderstehlicher Zauber war von ihr ausgegangen, viel stärker als in seiner Fantasie, die ihm so verlockende sinnliche Bilder vorgegaukelt hatte.

Nie zuvor war er so wütend und so beschämt gewesen. Rose Woodbine hatte ihm erklärt, wenn sie ihn haben wollte, würde sie ihn für sich gewinnen. Hatte sie sich dafür entschieden, an der Intrige mitgewirkt, und beteuerte sie nun ihre Unschuld, nachdem die anderen geflohen waren? Aber so leicht sollte sie nicht davonkommen. Er würde Anne finden, Jamison und Jerome, und dann würde er den Schuldigen heimzahlen, was sie angerichtet hatten. Sie waren wirklich zu weit gegangen.

Unterwegs sprach er mehrere Leute an, bedrohte oder bestach sie, aber niemand vermochte ihm zu sagen, wohin man Anne gebracht hatte. Sie befand sich weder im nördlich gelegenen Landhaus, dessen Besitz sie sich mit Jerome teilte, noch in Jamisons Hershire Place oder in seinem Londoner Stadtpalais.

Endlich begegnete ihm eine Zeugin, ein Bauernmädchen, das drei Meilen vom normannischen Gasthof entfernt fünf Reiter in schweren Umhängen gesehen hatte. Aber welche Richtung sie genommen hatten, wußte sie nicht mehr.

Auf sich allein gestellt, würde er sie niemals finden. Also mußte er an den Hof zurückkehren, und Hilfe von Charles erbitten. Erst jetzt, wo die Erschöpfung seinen Zorn verdrängte, wurde ihm bewußt, daß der König sicher Suchtrupps losgeschickt hatte, die seine verschwundenen Untertanen aufstöbern sollten.

Todmüde, voller Sehnsucht nach einem Bad und einer Rasur, kehrte Pierce in seine Gemächer am Hof zurück. Sobald er Beowulf einem Reitknecht übergeben hatte, erreichte ihn die Nachricht, er möge vor Charles erscheinen, wenn er sich frisch gemacht hatte. Wenig später saß er im heißen Badewasser, von neuen Schuldgefühlen gepeinigt. Inständig hoffte er, Anne würde nicht allzuschlimme Qualen erleiden. Und er fragte sich zum hundertstenmal, ob Rose Woodbine ebenso hintergangen worden war wie er selbst oder sich am Ränkespiel beteiligt hatte. Die Augen geschlossen, versuchte er, sich an jedes einzelne ihrer Worte zu erinnern. Klar und deutlich hatte sie gesagt, wenn sie ihn wollte, würde sie ihn bekommen. Doch sie hatte auch betont, lieber würde sie einen Affen oder Leprakranken heiraten als ihn.

Unglücklich tauchte er seinen dunklen Kopf ins Wasser. Was mochte Anne erduldet haben, während er im süßen Traum seiner Ekstase versunken war? Jamison vergötterte sie. Niemals würde er ihr ein Leid zufügen. Jerome ist der Übeltäter, dachte Pierce seufzend. Sicher hat er das alles geplant. Doch von wem die Idee stammte, spielte letztlich keine Rolle. An beiden würde er sich bitter rächen. Das wußten sie, und deshalb hatten sie das Weite gesucht.

Und Rose Woodbine ... Ein seltsamer Schauer überlief ihn. Unwillkürlich dachte er wieder an die Nacht. Dieser eigenartige Nebel ... Er war so müde gewesen, hatte einen Frauenkörper neben sich gespürt. Natürlich. Anne. Doch es war nicht Anne gewesen, sondern Rose. Und er hatte zu träumen geglaubt, während der leidenschaftlichen Vereinigung keine Schuldgefühle verspürt, nur wilde Begierde. Welch ein unbezähmbares Verlangen ... Roses Duft, der Geschmack ihrer Lippen, die seidige Haut unter seinen Fingern, die wellenförmigen Bewegungen ihrer Hüften, ihre exquisite Gestalt ... Am Tag zuvor hatte er sich eingestanden, daß er sie begehrte, trotz des hellen Zorns, den sie immer wieder in ihm erregte.

Und dann das grauenhafte Erwachen an ihrer Seite, der Anblick des Königs, ihr nackter Körper, das dunkle, feurige Haar auf dem Kissen ausgebreitet, die schön geschwungenen Hüften, die vollen Brüste mit den dunkelroten Knospen . . .

Laut stöhnte er auf. Sie war nicht mit Jerome und Jamison verschwunden. Vielleicht bewies das ihre Unschuld, aber nicht unbedingt. Verzweifelt legte er einen dampfenden Lappen über seine Lider.

»Euer Gnaden, Verzeihung . . .« Der Lappen wurde von seinem Gesicht gezogen, und er starrte in das alte, runzlige Gesicht Garth McCandricks, der bereits seinem Vater gedient hatte. Er begleitete Pierce nur selten. Meistens blieb er auf Castle DeForte, um das Landgut gemeinsam mit dem Vogt zu verwalten.

Verwirrt schaute Pierce ihn an. Er hatte geglaubt, die Diener des Königs würden ihm das Bad bereiten. Doch er freute sich, Garth wiederzusehen. Der Mann hatte sanfte braune Augen und zählte zu den freundlichsten Menschen, die er kannte. In unerschütterlicher Treue war er seinem Herrn ergeben, besaß ein ruhiges, angenehmes Wesen und erstaunlichen Scharfsinn.

»Garth, alter Junge! Was für eine nette Überraschung!«

»Ihr seht müde aus, Mylord«, bemerkte Garth und faltete ein großes leinernes Badetuch auseinander.

Pierces Augen verengten sich. »Dafür gibt's auch einen guten Grund.«

»Das habe ich gehört. Der gute König Charles beorderte mich hierher, Mylord.«

»Tatsächlich? Warum denn?« Offenbar führte Charles irgend etwas im Schilde.

Garth trat zurück, als sein Herr aus der Wanne stieg. »Das wird Euch Seine Majestät sicher erklären, Mylord. Jedenfalls bin ich bei Eurem Anblick froh, daß ich hierhergekommen bin. Nun werde ich Euch rasieren so schnell es geht und Euch bei der Toilette helfen, denn Ihr solltet den König nicht warten lassen. Eure Kleider liegen schon bereit. Setzt Euch bitte vors Kaminfeuer, dann will ich mit der Rasur beginnen.«

Rasch zog Pierce sich an, und während er sich rasieren ließ, berichtete er, Lady Anne sei mit ihrem Bruder und Lord Bryant verschwunden. Rose Woodbines Namen erwähnte er nicht, denn er nahm an, daß Charles niemandem von ihrer Rolle in dieser ganzen Affäre erzählt hatte, und deshalb wollte auch er darüber schweigen.

»Gewiß wird Euch der König in dieser Notlage beistehen, Mylord«, meinte Garth.

»Ja, natürlich.« Pierce schnallte seinen Waffengurt um. Seit dem Krieg trug er sein Schwert stets bei sich. Er setzte seinen breitrandigen Federhut auf, nickte dem Diener zu und verließ seine Gemächer. In den langen Korridoren begegnete er Freunden und Bekannten, begrüßte sie und biß die Zähne zusammen, wenn er die Leute tuscheln hörte. Inzwischen mußte ganz England wissen, daß man Lady Anne entführt hatte und Lord DeForte vor Wut außer sich war.

Charles erwartete ihn in seinen Privaträumen. Ein Diener ließ den Besucher eintreten, und zu seiner Überraschung sah Pierce den König an einem Tisch beim Fenster speisen — allein, einem zweiten Gedeck gegenüber.

Zögernd blieb Pierce stehen. Der König aß nicht immer mit der Königin, und wenn er es nicht tat, pflegte eine höchst charmante Person ihren Platz einzunehmen. »Erwartet Ihr jemanden, Majestät?«

Charles zeigte auf den leeren Stuhl. »In der Tat. Euch, mein Freund.«

Der Gast setzte sich, und ein Diener schenkte ihm Wein ein.

Nachdenklich betrachtete Pierce die rote Flüssigkeit. Sicher waren sie am Vorabend alle von einer Droge im Wein betäubt worden.

»Nun, was habt Ihr herausgefunden?« fragte Charles.

»So gut wie gar nichts. Nur eins weiß ich. Jerome und Jamison müssen ihre Intrige bis in alle Einzelheiten geplant haben. Jetzt sind sie wie vom Erdboden verschwunden.« Pierce beugte sich vor. »Ich brauche Eure Hilfe, um Anne zu finden, Majestät.«

Der König strich über die Serviette in seinem Schoß und seufzte. »Tut mir leid, DeForte. Nur ungern schlage ich Euch eine Bitte ab. Aber ich kann nichts für Euch tun.«

»Selbstverständlich erwarte ich kein Wunder. Aber in Euren Diensten stehen so viele Männer. Sie könnten mir helfen, die Flüchtlinge aufzuspüren . . .«

»Pierce, hört mir bitte zu. Heute morgen wurden Lady Anne und Lord Bryant in der Kapelle auf Hershire Place getraut, und zwar von Vater Curry, dem katholischen Priester, der eine Zeitlang die Papisten auf Jamisons Familiensitz betreut hat. Ob Lady Anne unter Zwang stand oder nicht — allem Anschein nach ist die Heirat legal.«

Ungläubig runzelte Pierce die Stirn, dann nahm er einen Schluck Wein. »Die beiden haben ohne Eure Erlaubnis geheiratet! Mit einer katholischen Zeremonie! Also könnt Ihr eine Scheidung erwirken.«

»Eine legale Scheidung läßt sich nicht so leicht durchführen — nicht einmal, wenn der König Euer treuer Freund ist, Pierce. Ich müßte mich an die katholische Kirche und die Kirche von England wenden . . .«

»Zum Teufel mit der Kirche!«

»Pierce! Ich kann unmöglich die Kirche brüskieren. Keine Kirche! Hört mich an. Ich beabsichtige, unsere Kirche und auch alle anderen zu respektieren. Wenn ich an die Männer und Frauen denke, die in diesem Land während der Religionskämpfe enthauptet und verbrannt wurden, fühle ich mich elend. An der Kirche von England halte ich fest, weil ich meinen Thron nicht aufs Spiel setzen und jenen überlassen will, die seit den Tagen der blutigen Maria die Papisten hassen. Ebensowenig sollen die Katholiken in diesem Land meinen Kopf rollen sehen. Die beiden haben geheiratet, und die Ehe ist gültig. Ganz gleichgültig, ob sie von einem katholischen oder einem anderen Geistlichen geschlossen wurde.«

»Trotzdem werde ich Anne zurückholen. Sie ist sicher nicht freiwillig Jamisons Frau geworden.«

Entschlossen straffte der König die Schultern. »Das verbiete ich Euch.«

»Ihr verbietet es? Ich bin Euch von England nach Schottland und dann auf den Kontinent gefolgt, Majestät. Und jetzt verweigert Ihr mir . . .«

»Ich möchte Euch am Leben erhalten, Pierce! Wenn diese Feiglinge Mittel und Wege finden, würden sie Euch kaltblütig ermorden lassen. Und wenn Ihr ihnen in Eurem jetzigen Zustand begegnet, würdet Ihr einen Mord begehen, und nicht einmal ich könnte Euch vor dem Galgen retten.«

»Großer Gott!« Krachend landete Pierces Faust auf dem Tisch. Charles zuckte nicht mit der Wimper, aber sein Diener sprang erschrocken zurück. »Was verlangt Ihr von mir, Majestät?« Pierce erhob sich und begann umherzuwandern. »Soll ich alles vergessen, hier am Hof bleiben, tanzen und lachen, während Anne . . .«

»Sie hat Euch geschrieben.«

»Was?«

Charles zog einen Brief aus einer Tasche seines langen Brokatmantels. Sofort erkannte Pierce das Wachssiegel seiner Geliebten. Er ergriff das Pergament, riß es auseinander, und sein Herz schlug wie rasend. Rasch überflog er die schwungvolle Handschrift. »Liebster Pierce, verzeih mir diese Nachricht! Zweifle nicht an meiner Liebe, aber nun hat sich das Leben verändert. Ich werde Jamison heiraten, der mir sein Herz wahrhaft und ehrlich zu Füßen legt. Da mein Bruder diese Verbindung billigt, werde ich sie eingehen, nicht zuletzt, um Frieden zwischen den Menschen zu stiften, die mir etwas bedeuten. Ich bitte Dich, keine Rache zu üben, denn ich ertrüge es nicht, wenn jemand meinetwegen sterben müßte. Hochachtungsvoll, Anne.«

Der Brief glitt aus Pierces Fingern und fiel zu Boden.

Hatte man sie gezwungen, das zu schreiben? Vielleicht nicht. Mit aller Macht würde Anne versuchen, Mord und Totschlag zu verhindern. Er kniete nieder, hob das Pergament auf, las die wenigen Zeilen noch einmal. Die Handschrift wirkte kein bißchen zittrig. Offenbar hatte sie keine Folterqualen erlitten.

»Wißt Ihr, was in diesem Brief steht?« fragte er den König.

»Da ich Anne kenne, kann ich's mir vorstellen. Sie bittet Euch, sie zu vergessen und ein neues Leben zu beginnen. Und genau das müßt Ihr tun.«

»Großer Gott! Und diese Schurken sollen ihre Tat nicht büßen?«

»Jederzeit werden Ehen arrangiert«, erwiderte Charles tonlos. »Und wenn ich Euch daran erinnern darf — auch ich verdanke mein Eheglück einem Arrangement.« Nach kurzem Zögern fügte er hinzu: »Und Lady Anne ist eine reife Frau, die gewisse Erfahrungen gesammelt hat.«

»Was soll das heißen?«

Charles seufzte. »Nun, daß sie einige Liebhaber hatte . . .«

»Das gibt niemandem das Recht, sie zu entführen.«

»Nein. Aber sie wird gut mit Jamison zurechtkommen. Was immer in dieser letzten Nacht geschehen ist — offensichtlich hat sie sich mit ihm versöhnt. Und wenn Ihr das Unrecht aus der Welt zu schaffen sucht, werdet Ihr eine Tragödie heraufbeschwören. Auch Ihr müßt heiraten, um des lieben Friedens und Anstands willen, so wie es Lady Anne getan hat.«

Pierce holte tief Atem. »Und ich bin der Freund des Königs! Wie mag er erst seine Feinde behandeln?«

»Als leutseliger, kluger Monarch will ich diese Bemerkung ignorieren. Wieso seid gerade Ihr, mein stets getreuer und tapferer Soldat, so blind? Stundenlang habt Ihr nach Anne gesucht. Eine anständige, noble Geste, und Ihr habt sie geliebt, das weiß ich. Was diese niederträchtigen Kerle Euch beiden antaten, verabscheue ich zutiefst. Aber es ist nun mal geschehen. Nun befinde ich mich in einer verzwickten Lage. Bei dieser Affäre wurde noch eine weitere Person geschädigt.«

Pierce zuckte zusammen. »Rose Woodbine?«

»Sehr gut. Also erinnert Ihr Euch an das Mädchen!« Ironisch klatschte Charles Beifall.

»Womöglich war sie an der Intrige beteiligt.«

»Unsinn!«

»Ihr Vater ist ein gerissener, überaus geschäftstüchtiger Kaufmann. Von Anfang an wollte er mir seine Tochter verkaufen.«

Der König hob die Brauen. »Immerhin ist er reicher als Midas. Und man darf Rose wohl kaum als häßliche alte Hexe bezeichnen. Immerhin habe ich an meinem Hof kein schöneres Mädchen gesehen.«

»Dann sollte ich ihr vielleicht nicht zu nahe treten, Majestät . . .«

»Das habt Ihr bereits getan. Zuvor war sie tugendhaft und unschuldig.« Durchdringend schaute Charles in die Augen seines Untertans. »Als Euer König ersuche ich Euch, das Mädchen zu heiraten. Wenn es ans Licht der Öffentlichkeit käme, daß Ihr Mistress Woodbine entjungfert und dann verlassen habt, gäbe es einen Skandal, den ich mir nicht leisten kann.«

Pierce setzte sich wieder und starrte den König wütend an. »Ich möchte nicht heiraten.«

Bedrückt schloß Charles die Augen. Es tat ihm in tiefster Seele weh, einen guten, loyalen Freund so schmerzlich verletzen zu müssen. Doch er war der König, den man nach seiner jahrelangen Wanderschaft durch Europa in die englische Heimat zurückgeholt hatte. Jetzt wollte er den mühsam errungenen Thron behalten, in dieser neuen Welt, wo die Kaufmannsklasse emporstieg, wo die Bedeutung von Männern wie Ashcroft Woodbine zusehends wuchs. Und es konnte dem Monarchen nur nützen, solche Freunde zu gewinnen. Wenn es ihn auch keineswegs stören würde, Männer wie Jerome und Jamison im Tower zu sehen, es würden sich einige finden, die bereit wären, die beiden zu verteidigen. Dann würde Blut fließen. Und er war der Kämpfe müde. Seine Finger trommelten auf die Tischplatte. »Fast mein Leben lang kenne ich Euch. Ihr seid großmütig und freundlich, sogar zum geringsten aller Straßenjungen. Aber jetzt scheint Ihr Eure Güte und Euren Anstand zu vergessen. Wie könnt Ihr nur so hartherzig sein? Der armen Rose Woodbine ist ein schlimmes Unrecht geschehen.«

»Das könnte man auch anders sehen.«

»Was meint Ihr?«

Pierce beugte sich wieder vor. »Wenige Stunden vor dieser unseligen Nacht erklärte sie mir, sie würde immer alles bekommen, was sie sich wünsche. Auch mich, sollte sie mich jemals begehren.«

»Ihr glaubt also, sie hatte ihre Hand im Spiel?«

»Immerhin besteht diese Möglichkeit.«

Der König schüttelte den Kopf. »Das bezweifle ich. Sie hat mich nicht aufgesucht, um irgendwelche Forderungen an Euch zu stellen.«

»Die schöne kleine Unschuld!« spottet Pierce. »Wahrscheinlich wußte sie, daß sie sich diese Mühe ersparen konnte.«

»Ich bin nicht Henry VIII., und ich drohe Euch nicht. Aber ich bitte Euch als mein Freund und treuer Untertan, als den Mann, der für meinen Thron fast ebenso hart gekämpft hat wie ich selbst, das Mädchen zu heiraten.«

Wütend biß Pierce die Zähne zusammen. Was Charles da verlangte, war einfach unmöglich. Doch er konnte nicht anders handeln. Unter dem Dach des Königs war ein Unrecht an dem Mädchen begangen worden, das ließ sich nicht leugnen. Und nun mußte er sein Bestes tun, um es wiedergutzumachen.

»Übrigens behauptet Rose Woodbine, mich zu hassen

und mich zu verabscheuen«, teilte Pierce dem König trocken mit. »Lieber würde sie einen Affen heiraten.«

Gelassen winkte Charles ab. »Sicher wird sie ihre feindseligen Gefühle überwinden. Auch sie müßte wissen, daß die meisten Ehen arrangiert werden.«

»Ich fürchte, damit findet sie sich nicht ab.«

»Gewiß wird sie tun, was ich ihr befehle.«

»Charles, ich kann nicht vergessen, was geschehen ist!«

»Dazu fordere ich Euch auch gar nicht auf. Ich bitte Euch nur, so zu handeln, wie es richtig ist.«

Mühsam schluckte Pierce. Gut. Er würde sie also heiraten, in irgendeinen verdammten Turm sperren und den Schlüssel wegwerfen. »Auch mir ist Euer Wunsch Befehl, Majestät«, entgegnete er mit belegter Stimme.

»Sehr schön.« Charles stand auf und wandte sich zu seinem Dienstboten. »Hol Vater Martin und die Papiere, die ich vorbereitet habe. Anstelle ihres Vaters werde ich Euch mit Rose Woodbine verheiraten, Pierce. Mein Diener Damon und Lady Bower sollen als Trauzeugen fungieren. Noch heute abend wird die Zeremonie stattfinden. Ihr dürft jetzt Eure Braut holen, Pierce.«

»Ich soll sie holen, um sie hier und jetzt zu heiraten?« Ungläubig starrte Pierce den König an.

Offenbar hatte Charles seine Arrangements getroffen, sobald er über Annes Verschwinden informiert worden war. Aber warum? Weil Rose Woodbines Vater in den Kolonien eine bedeutende Position einnahm — und wegen seines Geldes. Charles war ein vorsichtiger König, der seine Krone und seinen Kopf behalten wollte. Deshalb würde er seinen Freund mit der Tochter des einflußreichen Handelsherrn vermählen,. noch an diesem Abend. Pierce preßte die Lippen zusammen. Also würde sie seine Frau sein. Stets verfügbar . . . Seine Liebe war verloren, die Leidenschaft blieb bestehen. Wurde sie von Begierde bestimmt? Oder von wildem Zorn? Er stand auf. »Nun, Majestät, dann erlaubt mir, meine zauberhafte kleine Braut zu holen.« Nach einer tiefen Verbeugung verließ er das königliche Gemach. Welch einen Bräutigam würde er abgeben, in seiner gegenwärtigen Gemütsverfassung! Im Flur blieb er stehen und lachte laut auf. Es klang hohl und ironisch. Nun wußte er, warum Charles nach Garth geschickt hatte. Der Diener sollte alle nötigen Vorbereitungen für die Hochzeitsnacht treffen.

Aber er brauchte sich nicht zu bemühen. Pierce beabsichtigte, den Mann nach Hause zurückzuschicken. Am Hof würde er nicht bleiben. Sobald er Rose geheiratet hatte, würde er sie ins Castle DeForte bringen. Und falls sie an der Verschwörung beteiligt gewesen war, würde sie ihre Wünsche erfüllt sehen und das Leben einer Ehefrau führen, mit allem, was dazugehörte!

Rose legte das letzte ihrer zusammengefalteten Kleider in die Truhe, dann setzte sie sich ans Fußende des Betts. Seit dem verhängnisvollen Jagdausflug war ihr kaum eine Menschenseele begegnet, und sie wollte auch niemanden außer Mary Kate sehen. Die Sorge um ihre treue Freundin und Zofe lastete schwer auf ihrer Seele, obwohl der König versprochen hatte, die Frau zu finden. Nach den Informationen zu schließen, die seine Leute bisher gesammelt hatten, war sie bereits an Bord eines Schiffes gebracht worden, das zu den Kolonien fuhr — bewußtlos, als kränkelnde ältere Tante irgendeines Passagiers.

Wie gut Jerome und Jamison ihre Intrige geplant hatten! Und DeForte erdreistete sich tatsächlich, Rose vorzuwerfen, sie habe damit zu tun! Ein Zittern erfaßte ihren ganzen Körper. Nein, sie wollte nicht an ihn denken. Wie sie von einem freundlichen Wachtposten erfahren hatte, sollte an diesem Abend ein Schiff den Londoner Hafen verlassen, um Jamestown in der Virginia-Kolonie anzusteuern. Und sie war fest entschlossen abzureisen — mit oder ohne königliche Erlaubnis.

Sie stand auf, um einen Diener zu suchen, der ihr Gepäck nach unten tragen würde. Aber als sie die Tür zum Flur öffnete, erschien eine dunkle Gestalt, hoch aufgerichtet und so bedrohlich, daß sie in ihr Zimmer zurückwich. DeForte! Unbarmherzig folgte er ihr, und die demütigende Erinnerung an jene Nacht kehrte mit aller Macht zurück.

Sein Blick fiel auf die gepackten Truhen an der Wand. »Ihr wollt uns verlassen, Mistress Woodbine?«

»Verschwindet!« befahl sie.

Die Hände in die Hüften gestemmt, trat er einen Schritt näher. Doch sie sprang zurück und starrte ihn voller Haß an. »Was zum Teufel ist los mit Euch?« fragte er ärgerlich. »Ich habe Euch nichts angetan.«

»Ihr habt mir nichts . . .«, begann sie, dann kreischte sie entrüstet: »Oh! Raus mit Euch! Wie könnt Ihr es wagen hierherzukommen? Ich will Euch nicht sehen — nie wieder! Und ich dachte, das hätte ich deutlich genug gesagt!«

»Mistress Woodbine, es ist mir völlig gleichgültig, was Euch beliebt oder mißhagt. Der König wünscht Euch zu empfangen, gemeinsam mit mir.«

»Warum?«

»Warum? Was für eine arrogante kleine Hexe Ihr seid! Er ist der König, und ich soll Euch zu ihm geleiten.«

»Warum?« zischte sie.

Er riß seinen Hut vom Kopf, verneigte sich tief und formvollendet. Als sie den Blick seiner durchdringenden silbergrauen Augen erwiderte, wurden neue unwillkommene Erinnerungen heraufbeschworen. An seiner Seite zu erwachen, seine Berührung zu spüren, so intim . . .

»Noch heute abend soll eine Hochzeit stattfinden«, erklärte er.

»Welche?«

»Unsere.«

»Unsere!«

»In der Tat, Mistress! Wie erfreulich, daß Ihr nicht

schwerhörig seid! Und Ihr habt auch schon gepackt. Das finde ich ebenso angenehm. Es wird uns Zeit ersparen.«

»Zeit?«

»Wir reiten nach Hause, noch heute nacht.«

»Mein Zuhause liegt jenseits des Atlantiks.«

»Meines südlich von London, nur eine Reitstunde entfernt.«

Heftig schüttelte sie den Kopf. »Das soll wohl ein Witz sein! Ich werde Euch niemals heiraten.«

»Gut. Dann teilt es dem König mit, doch das wird ihn kaum umstimmen.«

Meinte er es wirklich ernst? Wie sollten sie jemals eine Ehe führen, wo sie doch zusammen paßten wie Feuer und Öl, eine Verbindung, die jederzeit zu einer unheiligen Explosion führen konnte? »Und Lady Anne?« fragte sie.

Seine grauen Augen verdunkelten sich. »Anne hat Lord Bryant geheiratet.«

Ihr Atem stockte, und sie stammelte verwirrt: »Aber — aber doch nicht freiwillig?«

Offenbar hatte sie etwas Falsches gesagt, denn er schaute noch zorniger drein. »Der König betrachtet diese Ehe als legal.«

Großer Gott . . . Sie fühlte sich elend. Nun hat er Anne für immer verloren, dachte sie, und er will mich nicht heiraten. Aber er wird es tun. Sollen wir die Hölle auf Erden erleben? »Ich werde mit Charles reden.« Entschlossen eilte sie an ihm vorbei und verließ das Zimmer. Er blieb ihr auf den Fersen, und sie begann zu laufen, doch da hielt er ihren Arm fest. »Rührt mich nicht an!« fauchte sie.

»Macht Euch nicht lächerlich. Ich habe schon viel mehr von Euch berührt als nur einen Arm.«

»Und das werde ich Euch niemals verzeihen.«

»Wirklich nicht?«

Wütend versuchte sie, sich loszureißen, aber er zog sie einfach mit sich. Als sie das königliche Schlafzimmer erreichten, klopfte er an, und ein Diener ließ sie eintreten.

Charles kam Rose mit ausgestreckten Armen entgegen. »Meine teure Freundin! Ich hoffe, DeForte hat Euch bereits von unseren Plänen berichtet. An der Stelle Eures Vaters werde ich Euch mit dem Herzog vermählen. Hier seht Ihr den guten Vater Martin, der Euch trauen wird. Lady Bower wird für Eure Bedürfnisse sorgen, und Pierces Diener Garth trifft in der Schlafkammer seines Herrn bereits alle nötigen Vorbereitungen für die Hochzeitsnacht.«

Ein Schauer rann über Roses Rücken. Es stimmte also, der Entschluß des Königs stand fest. Vielleicht glaubt er, mir wäre ein Unrecht geschehen, überlegte sie. Ein unschuldiges Mädchen — entehrt, ruiniert. Aber er beurteilte die Situation ganz falsch. Sie mochte den Verlust ihrer Jungfräulichkeit beklagen, aber gewiß nicht so schmerzlich, daß sie deshalb DeForte heiraten würde. »Majestät, verzeiht mir. Natürlich weiß ich Eure freundliche Fürsorge zu schätzen. Aber ich will ihn nicht heiraten.«

»Unsinn. Es ist der Wunsch Eures Vaters.«

»Ich will nicht . . .«

»Rose, ein so ranghoher Aristokrat heiratet nur selten eine Bürgerliche. Dankt dem Allmächtigen für Euer Glück.«

Angesichts seiner Beharrlichkeit begann sie zu zittern. Aber sie mußte kämpfen. Sie war es gewohnt, ihren Willen durchzusetzen, und gerade jetzt stand so viel auf dem Spiel. »Eure Majestät, bitte! In meiner Heimat legen wir keinen so großen Wert auf Adelstitel. Mit Lord DeForte und mir wurde ein grausames Ränkespiel getrieben. Sicher, es ist eine edle Geste von Euch, unsere Hochzeit zu befehlen. Doch ich möchte ihn wirklich nicht heiraten. Bitte . . .« Beschwörend starrte sie Pierce an. Wenn er doch endlich etwas sagen würde!

Aber er schwieg und lächelte — wie ein Kater, der sich

jeden Augenblick auf ein wehrloses Vögelchen stürzen wollte.

Sie holte tief Atem. »Majestät, ich habe keinen allzuschlimmen Schaden erlitten. Noch heute abend werde ich die Heimreise antreten . . .«

»Meine kleine Schönheit, ich kann Euch unmöglich gestatten, nach Virginia zurückzukehren — kein Mädchen mehr und noch immer keine Ehefrau. Was würde Euer guter Vater denken?«

»Mit meinem Vater kann ich reden.«

»Mag sein. Aber jetzt sind wir hier in England. Ich bin der König, und ich befehle diese Hochzeit.« Er umfaßte ihr Handgelenk und winkte den Priester zu sich, der aus einer dunklen Ecke hervortrat. Auch ein paar Hofdamen näherten sich, darunter eine rundliche, lächelnde ältere Frau.

Die Falle drohte endgültig zuzuschnappen. »Eure Majestät, ich bin Eure treue Untertanin!« rief Rose. »In allen Belangen, nur nicht in diesem Fall! Sire, ich flehe Euch an . . .«

Besänftigend nickte Charles ihr zu und küßte ihre Fingerspitzen, dann wandte er sich an den Geistlichen. »Lest nun die heiligen Worte aus der Bibel vor. Eine kurze Zeremonie dürfte genügen. Solange sie vor dem Allmächtigen Geltung hat.«

Rose versuchte verzweifelt, die Hand des Königs abzuschütteln, aber er zog sie gnadenlos zu DeForte hinüber, der sie hochhob und über seine Schulter warf.

»Nun, dann möge die Trauung beginnen.« Der König lächelte den Priester liebenswürdig an.

Kalte Panik stieg in Rose auf, während Vater Martin zu sprechen begann. Mit beiden Fäusten trommelte sie auf DeFortes Rücken, doch er hielt sie eisern über seiner Schulter fest. »Macht dieser Farce ein Ende!« verlangte sie.

»Oh, ich habe mich bereits damit abgefunden.«

Um den Wortwechsel zu übertönen, fuhr der Priester mit erhobener Stimme fort, und Pierce stellte Rose auf die Beine. Ehe sie fliehen konnte, umklammerte er ihre Hand. »Oh, verdammt, warum erhebt Ihr keine Einwände?«

»Vielleicht, um Euch alles heimzuzahlen«, flüsterte er. Dann sagte er klar und deutlich: »Ja, ich will.«

»Und Ihr, Rose Woodbine . . .«, begann der Priester.

»Es gibt nichts, was Ihr mir heimzahlen müßtet! *Ich* bin es, der ein Leid geschehen ist. Begreift Ihr das denn nicht?«

»Mistress Woodbine?« fragte Vater Martin.

»Sagt: ›Ja, ich will!‹« befahl Pierce, und seine Silberaugen schienen zu brennen.

Entschieden schüttelte sie den Kopf. »Aber ich will nicht . . .« Mit einem Schrei unterbrach sie sich, als ein gestiefelter Fuß ihre Zehen traf. Verblüfft schaute sie nach links. Es war der Fuß des Königs gewesen, und er lächelte sie freundlich an.

»Sie will«, teilte er dem Priester mit. »Habt Ihr's nicht gehört? Ich schon, ganz klar. Also, dann bringt die Zeremonie zu Ende, mein Guter!«

Wenig später wurden sie zu Mann und Frau erklärt. Der König legte die Papiere vor, die er abgefaßt hatte, und Rose unterzeichnete sie, wie von einer fremden Macht getrieben. Auch Charles setzte seine Unterschrift darunter.

Die Ehe war vor Gott und dem König geschlossen worden. Was konnte Rose noch enger an DeForte ketten? Sie starrte ihren Gemahl an, der immer noch so aussah, als würde er sie am liebsten erdrosseln. Niemand konnte in dieser Situation glücklich sein, weder die Braut noch der Bräutigam. Nur ihr Vater! O ja, er würde vor Freude strahlen. Endlich war er am Ziel seiner Wünsche. Während sie selbst soeben einen Mann geheiratet hatte, der sie haßte.

»Ein Hochzeitstoast!« rief der König. »Auf den großartigsten meiner Höflinge — und die schönste Frau in meinem Reich! Ein langes Leben, starke, gesunde Söhne und Töchter, alles Glück dieser Welt!«

Wein wurde eingeschenkt. Wie gern hätte Rose ihren Becher dem so überaus charmanten englischen König ins Gesicht geworfen! Doch sie beherrschte sich und nahm einen kleinen Schluck. »Bitte, meine Liebe, eines Tages werdet Ihr mir danken!« flüsterte Charles ihr zu. Daran zweifelte sie, doch sie wehrte sich nicht, als er ihre Wange küßte.

Alle Anwesenden gratulierten ihr, und sie nahm es kaum wahr, denn sie fühlte sich wie betäubt. Dann ergriff Pierce wieder ihre Hand. »Wenn Ihr uns jetzt entschuldigen würdet ... Ich möchte meine Braut noch heute nach Hause bringen. Wir danken allen, die bei diesem freudigen Anlaß zugegen waren. Gestattet uns nun, Abschied zu nehmen.«

»Pierce, ich dachte, Ihr würdet hierbleiben«, erwiderte der König verwirrt.

Rasch schaute Rose von einem zum anderen. Charles fürchtete offensichtlich, Lord DeForte würde trotz seiner Hochzeit versuchen, Lady Anne zurückzugewinnen und die Entführung zu rächen. Und sie selbst war nur eine Schachfigur in diesem Spiel, das der König seinem Freund hingeworfen hatte wie seinem Lieblingshund einen Knochen, um ihn von seinen finsteren Plänen abzulenken.

»Hoffentlich versteht Ihr, Sire, daß ich meine Ehe in meinem eigenen Heim beginnen möchte«, entgegnete Pierce.

»Es wäre doch viel netter, wenn wir hierblieben«, protestierte Rose. Plötzlich fand sie es ratsam, in der Nähe des Königs zu bleiben. Am Hof würde Pierce wenigstens nicht wagen, sie zu erwürgen.

Seine leise, drohende Antwort war nur für ihre Ohren bestimmt. »Ich schlage dir vor, mir zuzustimmen. Es sei denn, du möchtest von diesen schönen Damen entkleidet werden und Charles zu einer offiziellen Hochzeitsnacht einladen.«

Das Blut wich aus ihren Wangen. Ja, es war ihm durchaus zuzutrauen, all diese Leute in seine Gemächer am Hof zu bitten.

»Komm jetzt mit mir!« befahl er.

Der König küßte sie noch einmal auf die Wange, und sie verabschiedeten sich von allen Anwesenden. In Windeseile zog Pierce seine Frau durch die langen Korridore, und sie mußte laufen, um mit ihm Schritt zu halten. »Meine Sachen . . .«, begann sie atemlos.

»Dafür sorgt mein Diener.«

Draußen, im Dunkel der Nacht, befahl er einem Stallknecht, sein Pferd zu holen. Ehe sie wußte, wie ihr geschah, saß sie auf dem großen Beowulf und DeForte dicht hinter ihr. Beklommen erschauerte sie. Nun würde er sie in sein Schloß bringen, weg von London, weg vom Hafen, von dem Schiff, das ihr zur Flucht in die Heimat verholfen hätte. »Bitte!« stieß sie hervor, während sie in die Finsternis ritten.

»Was willst du?«

»Bring mich nicht fort von hier!«

Er schwieg, und seine Arme umschlangen sie noch fester. In halsbrecherischer Geschwindigkeit galoppierten sie dahin, der Wind blies ihr ins Gesicht.

Nach einer Weile zügelte er den Hengst und stieg ab. In der Nähe hörte sie einen Bach rauschen. Durch dichtes Unterholz führte er das Pferd zum Ufer, und während es trank, glitt Rose aus dem Sattel. Angstvoll schaute sie sich im Dunkel um — bereit, überallhin zu fliehen, nur weg von Pierce. Aber ehe sie sich von der Stelle rühren konnte, packte er ihren Arm. »Was hast du vor?«

»Du willst mich nicht!« rief sie. »Laß mich einfach laufen, ich flehe dich an! Irgendwie finde ich den Weg nach London und gehe an Bord eines Schiffs . . .«

»Bist du verrückt? Niemals würde ich dich hier im Wald, mitten in der Nacht, deinem Schicksal überantworten.«

»Aber . . .«

»Verstehst du denn nicht?« Ungläubig schüttelte er den Kopf. »Wir sind verheiratet, du bist meine Frau. Deshalb wirst du tun, was ich dir sage, und dahin gehen, wo auch ich hingehe.«

»Ich will nach Hause! Irgendwie werde ich dir entkommen!«

»Heute nacht auf keinen Fall.« Er hob sie hoch und setzte sie wieder in den Sattel. Dann stieg er hinter ihr auf, und sie galoppierten weiter. In der nächtlichen Finsternis sah sie nur wenig vom großen Landsitz seiner Ahnen, nur einen Turm, der hoch in den Sternenhimmel hinaufragte. Sie ritten über eine Zugbrücke, und im Hof rannte ein Junge herbei, um Beowulf zu übernehmen.

Pierce half ihr vom Pferd und führte sie in die Halle. Dort wartete ein alter Mann, der erschöpft wirkte. »Mylady!« begrüßte er sie und verbeugte sich tief. »Seid gegrüßt! Von ganzem Herzen heißen wir Euch willkommen. Jeder Eurer Wünsche soll erfüllt werden.«

»Danke, Garth«, sagte Pierce ungeduldig. »Es war ein langer Tag. Lady Rose wird den Haushalt morgen früh kennenlernen. Jetzt mußt du uns entschuldigen . . .« Statt seine Frau höflich die breite Treppe hinaufzugeleiten, zerrte er sie einfach hinter sich her.

Sie betraten die verschwenderisch ausgestattete Herrschaftssuite. An das große Wohnzimmer grenzte das Schlafgemach. Ein hoher Baldachin mit Vorhängen wölbte sich über dem Bett. Im Kamin knisterten helle Flammen.

Die Bettdecke war zurückgeschlagen, ein dünnes Nachthemd lag bereit. Auf einem schwarzen Bärenfell vor dem Feuer standen eine Weinflasche und Gläser. Während Rose das alles sah, wurde ihr schmerzlicher denn je bewußt, in welcher Lage sie sich befand. Allein mit ihm. Gefangen in seinem Schloß. In seinen Privaträumen. Seine Frau. Es gab kein Entrinnen. Das verriet sein Blick nur allzu deutlich. Ohne sie aus den Augen zu lassen, schlenderte er zum Kamin und nahm einen großen Schluck aus der Weinflasche.

»Du Bastard!« fauchte sie ihn an. »Wie konntest du das zulassen?«

»Wie ich bereits sagte — ich habe mich damit abgefunden.«

»Weil du mich bestrafen willst!« klagte sie ihn an.

Er hob die dunklen Brauen. »Würdest du's verdienen?«

»Du Narr!« Zornestränen brannten in ihren Augen. »Bis in alle Ewigkeit werde ich dich hassen. Wie kannst du nur so dumm sein und glauben, ich hätte mich an dieser Intrige beteiligt? Das ist nicht wahr!«

Die Verzweiflung in ihrer Stimme ließ ihn aufhorchen. Falls sie tatsächlich an der Verschwörung mitgewirkt hatte, war sie eine grandiose Schauspielerin. »Wie auch immer«, murmelte er, »jetzt bist du meine Frau. Als er auf sie zutrat, wich sie zurück und starrte ihn mit funkelnden Smaragdaugen an.

»Komm mir nicht zu nahe!«

»Bilde dir bloß nicht ein, du könntest mich herumkommandieren, Rose. Ich werde stets tun, was mir beliebt. Deinem steinreichen Vater ist es gelungen, dich zu verkaufen. Jetzt gehörst du mir. Vor dem Gesetz. Du bist Lady DeForte. Und ich werde dich verdammt noch mal anrühren, so oft ich will.«

»Nein!« kreischte sie.

Er streckte eine Hand nach ihr aus, und sie wandte sich ab, um die Flucht zu ergreifen. Doch er packte ihren Arm und schleuderte die Weinflasche in den Kamin. Gleißende Flammenzungen schnellten empor. Er riß Rose an sich, und sobald er ihren weichen Körper unter dem Seidenkleid spürte, wuchs seine Erregung. Zum Teufel mit ihr! Was mochte nur in ihr stecken, das immer wieder dieses heiße Verlangen weckte?

»Nein!« Mit aller Kraft wehrte sie sich, aber er hielt sie fest umklammert. Schließlich erkannte sie die Vergeblichkeit ihres Kampfes und starrte ihn atemlos an.

»Soeben wurden wir getraut.«

»Du — du kannst das nicht tun!«

»Was?«

»Mit mir zusammensein — wie ein Ehemann mit seiner Frau!« Neue Tränen glänzten in ihren Augen. »Ich hasse dich, und du verabscheust mich. Und weil du mich so schrecklicher Dinge bezichtigst, verachte ich dich um so mehr. Wieso glaubst du, ich würde . . .«

»Großer Gott!« donnerte er. Und zu ihrer Verblüffung nahm er plötzlich ihr Gesicht in beide Hände. »Was ich in diesem Moment denke oder empfinde, weiß ich nicht. So viel hast du mir angetan . . .«

»Ich — dir?« rief sie entgeistert und suchte nach Worten, um ihre Gefühle zu beschreiben. Er spielte auf die gemeinsame Nacht an, den Traum, den Alptraum. »Du bist an solche Dinge gewöhnt. Für dich war es bedeutungslos, für mich eine Katastrophe.«

»Tatsächlich? Du hast mich doch verführt. In tiefem Schlaf lag ich da, und dann spürte ich diese betörende Wärme deines Körpers. Du hast mich aus dem Nebel meiner Träume emporgeholt . . .«

»O nein, ich habe dich nicht verführt!« Wütend versuchte sie, sich den Händen zu entziehen, die ihre Oberarme umschlossen. »Lieber würde ich einen ganzen Pygmäenstamm verführen!«

Lächelnd schüttelte er den Kopf. »Du bist wirklich in einer bedauernswerten Lage, Lady. Statt eines Affen mußtest du mich heiraten, und jetzt wird es dir auch noch verwehrt, Pygmäen zu verführen.«

»Bitte, laß mich nach Hause fahren!«

»Du bist zu Hause.«

»Aber ich kann nicht deine Frau sein.«

»Trotzdem bist du es.«

»Du willst mich nicht . . .«

»Da täuschst du dich. Als ich dich berührte, entdeckte ich ein Feuer, das mich zum Himmel emportrug. Nach allen Regeln der Kunst verführtest du mich. Und doch behauptest du, damit hättest du nichts zu tun, und spielst die verkannte Unschuld. Ich weiß nicht, was ich denken oder glauben soll. Manchmal bin ich so zornig, daß ich dir die Kehle zudrücken könnte. Und im nächsten Augenblick begehre ich dich.«

»Laß mich gehen!« flehte sie. Der sonderbare Ausdruck in seinen Augen, diese unerwartete Aufrichtigkeit, erschienen ihr unerträglich. Und nun wurde sie von den gleichen Hitzewellen durchströmt wie in ihrem Traum.

»Damals habe ich dir nicht weh getan, Rose«, betonte er. »Und ich will es auch jetzt nicht tun. Glaub mir, auch du wirst mich wieder begehren.«

»Nein! Ich stand unter dem Einfluß der Droge!«

Langsam ließ er die Hände sinken, trat zurück, und Roses Anblick steigerte sein Verlangen. Diese verlockenden Brüste — nur zu gut wußte er, wie sie sich anfühlten, voll und rund und fest, mit harten kleinen Spitzen. Und er erinnerte sich auch an den Schwung ihrer Hüften, die wohlgeformten langen Beine . . .

Seine nachdenkliche Miene erschreckte sie. »Nachdem du auf dieser Ehe bestanden hast, solltest du genug Anstand beweisen und mir zugestehen, daß wir nur dem Namen nach verheiratet sind.«

Er runzelte die Stirn und strich über sein Kinn, als würde er diese Möglichkeit ernsthaft in Betracht ziehen. Dann entgegnete er: »Nein, tut mir leid.«

»Aber wo wir uns doch verabscheuen!«

»Traurig, nicht wahr?« Als er auf sie zukam, hob sie abwehrend eine Hand, und er ergriff ihr Handgelenk. »Du solltest nicht versuchen, mich zu schlagen!« warnte er.

»Noch lieber würde ich dich mit einem Schwert durchbohren!« fauchte sie.

»Daran zweifle ich. Und ich glaube auch nicht, daß du wirklich so unglücklich bist, wie du vorgibst. Deine Lippen öffneten sich meinem Kuß, dein Körper erwachte unter meiner Zärtlichkeit. Und wie süß deine Beine mich umschlangen . . .«

»Nur wegen der Droge!« wisperte sie.

»Nicht nur deshalb.«

»Ich werde mich wehren, mit aller Kraft!« versprach sie.

»Wohl kaum. Doch das spielt keine Rolle. Jetzt sind wir Mann und Frau.« Plötzlich preßte er sie an sich, schlang die Finger in ihr Haar, bog ihren Kopf nach hinten. Ein leidenschaftlicher Kuß erstickte ihren Protest, hungrig erforschte seine Zunge ihren süßen Mund. Ohne die Fäuste zu beachten, die sie gegen seine Brust stemmte, küßte er sie, bis ihr der Atem wegblieb, bis sie keinen Widerstand mehr leistete. Erst dann hob er den Kopf. »In jener Nacht habe ich dich zu nichts gezwungen.«

»Ich sagte doch, es lag an der Droge!« stieß sie verzweifelt hervor.

»O nein. Ich glaube, in dir schwelt ein erregendes Feuer. Und ich kann es aufspüren und schüren, magst du mich auch noch so sehr verabscheuen. Übrigens, ich habe eine Idee.«

»Und die wäre?«

Er ließ sie los, begann umherzuwandern, dann wandte er sich wieder zu ihr. »Finden wir doch einfach heraus, was mit der Droge zusammenhing und was nicht.«

Rose gab keine Antwort. Unbeweglich stand sie da und erwiderte seinen Blick, vom Feuerschein umhüllt. Erneut weckte ihr Anblick heiße Lust. Goldenes Licht rahmte ihre Gestalt ein, zauberte rote Funken in ihr Haar, das wie flüssige Flammen über ihre Schultern hing. Die schöne Bürgerstochter . . . War sie schuldlos an der Ehefalle, in die man ihn gelockt hatte? Aber was hatte das schon zu bedeuten? Seine Kehle wurde eng, seine Lenden brannten, und er kannte nur noch einen einzigen Gedanken — er begehrte sie. Mochte es Zorn sein oder Leidenschaft oder beides — und noch mehr . . .

Langsam ging er wieder auf Rose zu. Sie hätte fliehen können, aber sie rührte sich nicht. Sichtbar pochte der Puls in ihrem Hals. Dicht vor ihr blieb Pierce stehen ohne sie anzufassen und wartete. Ihr Duft erschien ihm so süß wie die Blume, nach der sie benannt war. In faszinierendem Rhythmus hoben und senkten sich ihre Brüste. Ihre Smaragdaugen spiegelten all die heftigen Gefühle wider, die in ihr tobten, und hielten seinem Blick stand.

»Lag der Zauber nur im Wein?« fragte er leise. »Oder vielleicht noch anderswo? Das wollen wir jetzt feststellen.« Als er sie wieder an sich zog, schrie sie erschrocken auf, und ihr Körper versteifte sich. »Jetzt bist du meine Frau, Rose Woodbine«, flüsterte er an ihren Lippen. »Du wolltest stets Herrin deines eigenen Schicksals sein. Aber in dieser Nacht bin *ich* der Herr, Lady, und ich schwöre dir — ich werde mein Bestes tun, um dich zu beglücken.«

Ungeduldig nahm er sie auf die Arme und trug sie zum Hochzeitsbett.

7

Sofort spürte er wieder diesen seltsamen Zauber. Welche Macht mochte sie ausüben, die eine so heiße Sehnsucht entfachte, daß alle klaren Gedanken verdrängt wurden? Das wußte er nicht, und er wollte sich auch nicht mit solchen Fragen befassen. Er sank mit ihr aufs Bett. Ob sie sich nun an die gemeinsame Nacht erinnerte oder nicht — offensichtlich widerstrebte es ihr, jenen Sturm der Gefühle zu wiederholen. Entschlossen wand sie sich unter ihm hin und her, versuchte, sich vom Gewicht seines Körpers zu befreien. Diese aufreizenden Bewegungen schürten sein Verlangen nur noch. »Rose!« Er schlang seine Finger in ihre. Zu beiden Seiten ihres Kopfs drückte er ihre Hände ins Kissen.

Ihre Blicke trafen sich. Aus Roses Augen sprach Zorn und noch etwas anderes — etwas, das sie zu verbergen trachtete. Unbehagen und Furcht?

Rittlings saß er auf ihren Hüften, neigte sich lächelnd hinab, um ihre Lippen wieder zu kosten. Ehe sie sich zur Seite drehen konnte, verschloß er ihr den Mund mit einem Kuß, nicht leidenschaftlich und fordernd, sondern zart und verführerisch. Dann richtete er sich wieder auf und las in ihrem Gesicht eine andere Angst. Sie erinnerte sich.

»Warum bekämpfst du mich?« fragte er heiser.

»Das ist keine richtige Ehe.«

»Oh, doch. Der König nahm an unserer Hochzeit teil. Was dachtest du denn? Daß du mich heiraten und danach einfach deiner Wege gehen könntest?«

»Du liebst Lady Anne immer noch.«

Gequält seufzte er. Er hatte Anne tatsächlich vergessen. Obwohl sich Rose wie eine Tigerin gegen ihn wehrte, vermochten ihre Nähe und ihr süßer Duft, alle Gedanken an seine Liebste zu verscheuchen. Anne! Für ihn war sie verloren, verheiratet mit Jamison, und Charles billigte die Verbindung, deren Bestand er sichern würde.

Zum Teufel mit dem König! Allein schon um seiner Ehre willen sah Pierce sich gezwungen, die beiden aufzusuchen. Aus Annes eigenem Mund mußte er hören, sie wolle ihr Schicksal hinnehmen und Bryants Frau bleiben.

Später. Nicht heute nacht. Er hatte Anne geliebt. Doch jetzt konnte er nichts unternehmen. Und er war selbst verheiratet. »Lieg still« befahl er und umklammerte Roses Finger noch fester.

Krampfhaft schluckte sie. »Also ist unsere Ehe legal«, flüsterte sie unglücklich. »Trotzdem wirst du zu Anne und Jamison gehen. Darauf bereitet er sich gewiß vor, und du wirst in deiner Wut alle Vorsicht fahren lassen. Er ist tückisch. Sicher findet er Mittel und Wege, um dich zu töten. Dann . . .«

»Dann wärst du eine schwerreiche Witwe.«

»Oder vielleicht bringst du ihn um, und der König müßte dich zum Tod am Galgen verurteilen. Aber möglicherweise berücksichtigt er deine hohe Stellung, und ein fachkundiger Henker wird sein Beil schwingen, um dich zu enthaupten.«

»Wie auch immer, du wärst eine reiche Witwe.«

»Jedenfalls liebst du Anne nach wie vor.«

Frauen! Was für unbegreifliche Geschöpfe! Besonders dieser kleine Freigeist aus den Kolonien! Er stand auf, ging zum Kamin und umfaßte das Sims. Seine Schultern spannten sich an. Eine Zeitlang beobachtete er die Flammen, dann lehnte er sich an den Marmor. Fasziniert von Annes sanfter, ätherischer Schönheit, hatte er seit der ersten Begegnung beabsichtigt, sie eines Tages zu heiraten. Und jetzt war dieses kleine Biest seine Frau. Allerdings ein hinreißendes Biest . . . »Verdammt will ich sein«, erklärte er mit leiser, beherrschter Stimme, »wenn ich mich an diese Farce eines Ehevertrags gebunden fühlen soll und *nicht* mit der Frau schlafe, die mir aufgezwungen wurde.«

Als er zum Bett zurückkehrte, setzte Rose sich auf — zur Flucht bereit. Fluchend ließ er seinen langen Umhang von den Schultern gleiten und zerrte sich das Hemd über den Kopf. Nie hatte er geglaubt, daß seine Hochzeitsnacht so verlaufen würde, daß er seine Angetraute zwingen mußte, ihre ehelichen Pflichten zu erfüllen.

Er hatte geplant, behutsam mit ihr umzugehen. Aber ehe er sie in die Arme nehmen konnte, warf sie sich auf die andere Seite des Betts. »Wenn du Gewalt anwendest, wirst du dafür zahlen, das schwöre ich!« drohte sie. Welch einen gebieterischen Ton sie anschlug! Wie eine geborene Herzogin!

Nun gab er seine guten Vorsätze endgültig auf. »Ich habe bereits bezahlt, Lady. Und jetzt gehört die Ware mir. Als Tochter eines Kaufmanns müßtest du das eigentlich verstehen.«

Sie wurde blaß, und sofort bereute er seine beleidigenden Worte. Doch sie ließen sich nicht mehr zurücknehmen. »Mögest du in der tiefsten Hölle schmoren!« zischte sie. Blitzschnell sprang sie auf und lief zur Tür, ohne zu bedenken, wohin sie fliehen sollte.

Schon nach wenigen Schritten holte Pierce sie ein, zerrte sie mit sich und stieß sie unsanft aufs Bett. Keuchend richtete sie sich auf, während er seine Stiefel und die Hose auszog. Er trat zielstrebig zu ihr, und sie betrachtete unwillkürlich seinen nackten Körper. Das Blut stieg ihr in die Wangen, sie zuckte zurück. Hätte er ihr nicht den Weg versperrt, wäre sie erneut davongelaufen. Doch sie konnte ihn nicht daran hindern, ihre Hüften zwischen seine Schenkel zu nehmen, obwohl sie sich verzweifelt aufbäumte. In ihren Augen schimmerten Tränen. Zornig schlug sie gegen seine nackte Brust. »DeForte . . .«

Aber er duldetet keinen weiteren Protest, packte ihre

Handgelenke und drückte sie aufs Bett zurück. »Halt still!«

Reglos starrte sie ihn an, und nach einer Weile ließ er ihre Handgelenke los, um ihr Gesicht zu umfassen. Langsam und sinnlich wanderten seine Lippen von ihrem Mund zum Hals hinab und berührten den Puls. Sie schrie halb erstickt auf, stemmte sich erneut gegen seine Brust.

»Nein«, widersprach er leise und preßte ihre Hände wieder ins Kissen. Sie erschauerte und senkte die Wimpern. »Woran genau erinnerst du dich?« fragte er leise. »Was weißt du noch von jener Nacht? Ja, es war Betrug — aber auch süße Magie.«

»Vielleicht für dich . . .«, wisperte sie.

»Und auch für dich, meine Liebe.«

»Du schmeichelst dir selbst!«

»Tatsächlich?«

»Ich fühlte mich elend.«

»Diesmal wird dir nichts weh tun«, beteuerte er. Mit großen Augen erwiderte sie seinen Blick, schien zu staunen, weil er sich ihrer Schmerzen entsann, vielleicht hatte sie diese Erinnerung verdrängt. Er löste die Verschnürung am Oberteil ihres eleganten Kleids. Vergeblich versuchte sie, seine Hände wegzuschieben.

Nachdem er ihre Schultern entblößt hatte, zerrte er ungeduldig am Leinenkorsett. »Die Frauen haben viel zuviel an!« murmelte er.

»Vielleicht ist es dir zu mühsam . . .«

»O nein, das nehme ich gerne in Kauf«, entgegnete er und zerrte an den feinen Seidenbändchen.

Endlich hielt er das hinderliche Kleidungsstück in den Händen und richtete sich auf, um ihr auch die restlichen Sachen auszuziehen. Diesen Moment nutzte sie, um sich unter ihm hervorzuzwängen und aus dem Bett zu springen. Doch sie stolperte über ihre eigenen Unterröcke und stürzte zu Boden.

Rasch rutschte Pierce zum Bettrand und starrte auf sie hinab. Leicht benommen lag sie da und rang nach Atem. Dann spürte sie seinen Blick und versuchte aufzustehen, war aber im Durcheinander ihrer Kleidung gefangen. Lächelnd erhob er sich und beobachtete ihren sinnlosen Kampf. Nach einer Weile ergriff er ihre Hände, zog sie auf die Beine und streifte alle Röcke nach unten. Der Anblick ihres nackten Körpers beschleunigte seinen Herzschlag. Wie wunderschön sie war, makellos von Kopf bis Fuß, mit einer Haut wie elfenbeinweiße Seide und formvollendeten Brüsten — gertenschlank, aber an den richtigen Stellen sinnlich gerundet ... Das wild zerzauste kastanienrote Haar mit den Kupferfunken fiel auf den Rücken hinunter, umrahmte die bleichen, klassisch gezeichneten Gesichtszüge. Er sah, wie heftig der Puls in ihrem Hals pochte und las in ihren Augen, daß sie erneut geflohen wäre, hätte er ihre Hände nicht festgehalten.

»Wohin würdest du dich wenden, wenn ich dich gehen ließe?« fragte er. »Für dich gibt es keinen Zufluchtsort.« Sie öffnete den Mund, brachte aber kein Wort hervor. Da umarmte er sie. Rasch hoben und senkten sich ihre Brüste. Ihr Herz schien zu rasen. Wie aus eigenem Antrieb glitten ihre Finger über seine Schulter, und diese leichte Berührung sandte Feuerströme durch seine Adern. »Ich werde dir nicht weh tun«, versprach er noch einmal, »und deine Gefühle berücksichtigen.«

Als er sie wieder aufs Bett legte, schloß sie die Augen. Die Lippen an ihrem Hals, streichelte er eine ihrer Brustwarzen, dann nahm er sie in den Mund. Aufreizend spielte seine Zunge mit der harten Spitze, und Rose stöhnte leise. Seine Hand wanderte über ihren Körper, während er immer wieder ihre Lippen küßte, ihre Ohrläppchen, ihre Schultern. Jetzt wehrte sie sich nicht mehr, blieb aber passiv, trotz der aufreizenden Liebkosungen. Seine Hand glitt über ihren Bauch und die Oberschenkel, zog erotische Kreise rings um das feuerrote Dreieck zwischen ihren Beinen, das er schließlich berührte — zunächst nur ganz vorsichtig, dann immer intimer. Bald suchten und fanden seine Finger Einlaß, und als er die feuchte Wärme spürte, die Antwort auf den sinnlichen Angriff, die Rose so verzweifelt bekämpfte, konnte Pierce sein Verlangen kaum noch bezähmen.

Während er die erregenden Zärtlichkeiten fortsetzte, küßte er wieder ihr Lippen, die sie unwillkürlich öffnete. Dann hob er den Kopf, und sie schlug endlich die Augen auf, wollte die Hand wegschieben, die ihre Sinne so bezwingend verführte. Lächelnd schob er sein Knie zwischen ihre Schenkel. »Lieg doch still!«

Sie stieß einen zitternden Seufzer hervor, ihre Lippen bemühten sich, Worte zu formen, doch sie brachte nur ein ersticktes »Nein!« hervor.

Wieder küßte er ihre Lippen, dann zog seine Zunge eine feuchte Linie durch das Tal zwischen ihren Brüsten, über den Nabel, tiefer und tiefer hinab, bis sie die intimste Stelle berührte, nur ganz sanft. In süßer Qual bäumte Rose sich auf.

»Halt doch still!« bat er leise, dann lächelte er, als er erkannte, daß sie nicht mehr fähig dazu war. Heftig wand sie sich umher, und er umfaßte ihre Hüften, spürte die wilden Zuckungen, die ihren Körper durchströmten. Er richtete sich hoch auf und betrachtete prüfend ihr Gesicht, bevor er in die verlockende Hitze zwischen ihren Schenkeln eindrang. Bereitwillig schien sie ihn aufzunehmen. Ein wohliger Schauer überlief ihn, und zunächst genügte es ihm, einfach nur diese exquisite Wärme zu spüren.

Dann forderte seine wachsende Begierde ihr Recht, und er begann, sich zu bewegen. Roses verschleierte Augen konnten seinem Blick nicht standhalten. Sie wollte den Kopf zur Seite drehen, doch das verhinderte er, indem er seine Lippen auf ihre preßte. Beide Hände in ihre geschlungen, beschleunigte er seinen Rhythmus. Ihr

Atem stockte, wie von selbst hoben sich ihre Hüften, und sie schrie leise auf. Dies alles entfesselte das Feuer seiner Leidenschaft. Er biß die Zähne zusammen, warf den Kopf in den Nacken und beherrschte sich mühevoll, denn er wollte seine Frau mitnehmen, wenn er den Gipfel erreichte.

Deutlich spürte er, wie sich ihr bebender Körper unter ihm anspannte, Hitze schien ihn einzuhüllen wie geschmolzener Nektar und jagte ihn unwiderstehlich ins Paradies empor.

Es war reine Ekstase, die übermächtig von seinem Innersten in ihres überging. Mit beiden Armen hielt er sie umschlungen, preßte sie an sich, bis die Erschütterungen verebbten. Dann sank er langsam an ihrer Seite hinab, zutiefst verwundert über das Entzücken, das er empfunden hatte.

Offensichtlich wurde seine Braut von anderen Gefühlen bewegt. Abrupt kehrte sie ihm den Rücken und krümmte sich zusammen. Er runzelte die Stirn und beobachtete sie, auf einen Ellbogen gestützt. »Ganz sicher habe ich dir nicht weh getan, das weiß ich«, flüsterte er verärgert.

Schweigend schüttelte sie den Kopf.

»Was um Himmels willen ist dann los mit dir?« Er umfaßte ihre Schulter, drehte sie zu sich herum und sah Tränen in ihren Augen.

Mit gepreßter Stimme erwiderte sie: »Nun habe ich meine Pflichten als deine Frau hinreichend erfüllt. Würdest du mich jetzt gehen lassen? Vielleicht wärst du so freundlich, mir eine eigene Suite zuzuteilen. Wie ich gehört habe, sind getrennte Schlafzimmer in arrangierten Ehen durchaus üblich.«

Verwirrt starrte er sie an. In dieser Nacht war sie mindestens einmal zum Höhepunkt sinnlicher Lust gelangt. Und sie begann, das Ausmaß ihrer eigenen Sexualität zu entdecken. Daran zweifelte er nicht. Aber sie haßte ihn um so mehr, weil er sie veranlaßte, die körperliche Vereinigung zu genießen, statt einfach nur in kühler Würde zu ertragen.

»Heute nacht bleibst du hier.« Er streckte sich neben ihr aus und legte einen Arm um ihre Taille. Seine Brust schmiegte sich an ihren Rücken. Unter seinem Kinn spürte er ihr duftendes Haar, das ihn in der Nase kitzelte. Sie versteifte sich, versuchte, seine Hand von ihrem Bauch zu ziehen, aber als sie erkannte, daß er sie nicht loslassen würde, gab sie sich geschlagen.

»Wirst du mir später eigene Räume zur Verfügung stellen?«

»Wenn du jetzt nett zu mir bist und mich glücklich machst, bin ich vielleicht zu einigen Zugeständnissen bereit.«

»Würdest du auch herausfinden, was mit Mary Kate geschehen ist? Ich mache mir solche Sorgen um sie. Man erzählte mir, sie sei an Bord eines Schiffes gebracht worden, das die Kolonien ansteuert. Wenn das wirklich stimmt . . .«

Pierce seufzte. »Das hat mir der König mitgeteilt. Einige meiner Schiffe sind auf dem Atlantik unterwegs, und die Kapitäne könnten Nachforschungen anstellen. Jedenfalls glaube ich, daß es deiner Zofe gutgeht. Bald wird sie bei deinem Vater in Virginia eintreffen.«

»Könntest du das für mich in Erfahrung bringen?« Sie drehte sich zu ihm um und schaute ihn flehend an. Sein Herz krampfte sich zusammen. Die stolze, eigensinnige, mutwillige Rose, das kleine Biest, das ständig an seinen Nerven zerrte . . . Aber sie liebte ihre Dienerin aufrichtig, und das rührte ihn.

»Ja, ich werde mein Bestes tun.«

»Danke«, flüsterte sie.

»Versuch jetzt zu schlafen.«

Sie kehrte ihm wieder den Rücken, und er zog sie an sich.

Aber vorerst fand sie keinen Schlaf. »Wenn du Anne liebst ...«

»Was dann?« fragte er müde.

»Wie kannst du dann mit mir zusammensein?«

Ja, wie konnte er das? Nie zuvor war er Anne untreu geworden. Weder auf seinen Reisen mit dem König noch am Hof. Auch nicht, wenn sich seine Freunde nach einem Theaterbesuch mit den schönsten Dirnen der Stadt vergnügt hatten. Niemals waren ihm Zweifel an seiner Liebe zu Anne gekommen.

Aber noch nie im Leben hatte er so überwältigende Gefühle empfunden wie das Verlangen nach dieser rothaarigen kleinen Hexe, mit der er jetzt verheiratet war. Niemals durfte er sie merken lassen, welch eine ungeheure Wirkung sie auf seine Sinne ausübte — und auf seine Seele.

»Darüber will ich jetzt nicht reden«, antwortete er ärgerlich.

»Aber ...«

»Schluß jetzt! Du, meine schöne Herzogin, bist anscheinend mein Trostpreis, nachdem ich Anne nicht bekommen konnte. Und du solltest meine Geduld nicht auf eine allzuharte Probe stellen. Wenn du mich noch lange vom Schlaf abhältst, könnte ich in Versuchung geraten und meine ehelichen Rechte erneut fordern.«

Da verstummte sie endgültig, lag reglos neben ihm, und er spürte nur noch ihren Herzschlag.

Wenn er doch endlich einschliefe ... Doch seine rastlosen Gedanken gönnten ihm keine Ruhe. Irgendwann verrieten ihm Roses tiefe Atemzüge, daß sie eingeschlummert war.

Der Duft ihres Haars stieg ihm in die Nase, und die warme, seidige Haut ihres Rückens, an seine Brust gedrückt, weckte ein neues Verlangen. Wieso war es ihr gelungen, ihn dermaßen zu verhexen? Würde diese Leidenschaft jemals erlöschen?

Er strich über ihren Kopf, berührte ihre Wange, spürte etwas Feuchtes. Die arrogante, trotzige Rose hatte sich also lautlos in den Schlaf geweint.

Zärtlich drückte er sie an sich und hauchte einen Kuß auf ihre Schulter. Aber er gestand sich nicht ein, daß er sie zu lieben begann.

8

Sonnenschein fiel auf Pierces Ahnensitz, Castle DeForte. Es war bald nach der Ankunft Williams, des normannischen Eroberers, in England gebaut worden, eine Trutzburg aus Erdreich und Stein, stark genug, um alle Angelsachsen zu entmutigen, die nach der Schlacht von Hastings in den Wäldern gelauert hatten. Im Lauf der Jahre wurde die Festung verändert. Nachdem sich die Gefahr feindlicher Angriffe verringerte, entstanden Fenster in den dicken Mauern. Die Familie nutzte ihren Reichtum, indem sie komfortable Wohnräume einrichtete. Elegante Gobelins schmückten die kalten Wände, Perserteppiche bedeckten die Böden, bunte Glasfenster verliehen den Eichen- und Mahagonimöbeln einen besonderen Glanz.

Die DeFortes hatten die blutige Herrschaft der letzten Plantagenets überlebt, die Tudors, bis in die Zeiten der Stuarts hinein, und einen Großteil ihres Besitzes erhalten. Sogar als Cromwell Lord Protektor geworden und Pierces Vater wegen seiner Königstreue aufs Schafott steigen mußte, hatte man die Ländereien der Familie nicht angetastet. Das Volk hätte rebelliert, wäre Pierces schöne, gütige Mutter aus ihrem Heim vertrieben worden. Cromwell war klug genug gewesen, in die andere Richtung zu schauen — mit jenem scharfen Verstand begabt, der dem Bürgerlichen die Herrschaft über ganz England ermöglicht hatte. Er ließ Lady DeForte in Ruhe. So konnte sie den Familiensitz verwalten, regelmäßig ihrem Sohn schreiben, der sich mit Charles II. in Schottland und auf dem europäischen Festland aufhielt, und ihn über die Ereignisse in England informieren.

Erst bei seiner triumphalen Heimkehr mit dem König erfuhr er von der Krankheit seiner Mutter. Offenbar hatte sie nur noch auf seine Ankunft gewartet. In der großen Schloßhalle sank sie in seine Arme, litt während der Nacht an hohem Fieber und erklärte, nun könne sie in Frieden sterben, nachdem er nach Hause gekommen sei, und seinem Vater im Himmel die erfreuliche Nachricht überbringen. Er ließ die besten königlichen Ärzte rufen, aber niemand vermochte sie zu retten. Als er sie verzweifelt an seine Brust drückte, hauchte sie ihr Leben aus.

Vielleicht standen sich Pierce und Charles auch deshalb so nahe, weil beide die liebsten Menschen verloren hatten. Dies mochte das Band der Freundschaft zusätzlich gefestigt haben.

Ein wahrer Freund, dachte Pierce jetzt ironisch. Ein Freund, der mich zur Heirat gezwungen hat . . .

Mittlerweile hatte er einige Tage im unerwünschten Ehestand verbracht, und seine Emotionen befanden sich in heftigerem Aufruhr denn je. Er starrte durch ein Fenster seiner Buchhalterei, in der er sich heimischer fühlte als in seinen Privatgemächern. Hier verwahrte er alle Unterlagen, die seine Geschäfte betrafen, die verpachteten Ländereien, den Viehbestand, die Ernteerträge und die Schiffe. Wann immer er Zuflucht suchte, saß er an seinem wuchtigen Schreibtisch aus Eichenholz. Wenn er müde war, legte er seine Füße auf die Tischplatte, lehnte sich im Sessel zurück und schloß die Augen. Die Schubladen enthielten Schreibutensilien und edle Schnäpse aus aller Welt. An der Wand stand ein mit gelbem Brokat bezogenes Sofa, ein Geschenk des Prinzen von Oranien, Charles' Schwager. Einige Gemälde stammten von van Dyke. Charles I. hatte sie Pierces Vater verehrt.

Nun blickte er über sein geliebtes Reich hinweg, dann wandte er sich zu dem Mann, der den Raum soeben betreten hatte.

Geoffrey Daraunte — fast so groß wie er selbst, mit dunklen Augen und braunem Haar — war in Brügge geboren worden und in verschiedenen Heeren Söldner gewesen. Er verdankte Pierce sein Leben, denn dieser hatte während eines Scharmützels den Feind niedergestreckt, der drauf und dran gewesen war, Geoffreys Kehle zu durchschneiden.

Später hatte Pierce den intelligenten, grundehrlichen Mann nach England mitgenommen, und seither diente Geoffrey ihm als rechte Hand. »Der Kapitän der *Lady Fair* steuerte westwärts«, berichtete er nun, »und bald, nachdem er den Londoner Hafen verlassen hatte, holte er die *Yancy* ein. Deren Besatzung bestätigte, die Dienerin Eurer Gemahlin sei tatsächlich an Bord, auf dem Weg nach Virginia. Wegen der stürmischen See erschien es nicht ratsam, die Frau zurückzuholen. Ich wartete im Hafen, erhielt vor kurzem diese Nachricht und ritt natürlich sofort hierher.«

»Das sind gute Neuigkeiten«, meinte Pierce. »Jamison Bryant ist wirklich ein übler Schurke.« Vor Geoffrey konnte er offen sprechen, denn der Mann kannte den Adelskreis, in dem sich sein Herr bewegte. »Und Jerome! Nur Anne zuliebe habe ich ihn stets ertragen. Aber jetzt . . .«

»Die Zofe ist unverletzt. Und seiner eigenen Schwester wird er gewiß nichts zuleide tun.«

Da war sich Pierce nicht so sicher, denn der machthungrige und geldgierige Jerome hatte es auf Annes Anteil an den Familienländereien abgesehen, auch wenn er im Falle ihres Todes einiges an den Witwer Jamison abtreten müßte.

»Hast du sonst noch etwas herausgefunden?« fragte Pierce.

Geoffrey schüttelte den Kopf. »Vermutlich erhieltet Ihr die nützlichste Information, als Ihr die kleine Taverne südlich von hier aufsuchtet, Mylord. Der Wirt erwähnte einige Reiter, die in aller Eile Reiseproviant verlangt und sich dann in die Richtung des Kanals gewandt hatten.«

»Aber wohin genau?« Pierce verschränkte die Hände hinter dem Rücken und blickte wieder durch das hohe

Fenster mit den Mittel- und Längspfosten auf sanft gerundete Hügel, grüne Wiesen und Wälder, gelbe Weizenfelder und violettes Heidekraut. Sein schöner Familiensitz lag einen Stundenritt von London entfernt. Um den Kanal zu erreichen, brauchte man mehrere Stunden.

Plötzlich sah er eine Gestalt im langen Umhang mit Kapuze zum Wald hinaufreiten. Das Pferd wurde gezügelt, der Mann warf einen Blick über die Schulter. Der Mann? Verdammt, das ist meine Frau, dachte er, erbost und belustigt zugleich. »Entschuldige mich, Geoffrey, ich bin gleich wieder da.«

Er rannte aus dem Schloß, die steinerne Eingangstreppe hinab und durch den Hof zum Stall. Grimmig nickte er dem Reitknecht zu, der dienstbeflissen herbeieilte. »Ich komme schon allein zurecht, mein Junge«, sagte er und nahm Beowulfs Zaumzeug von einem Wandhaken. »Hat sich die Herzogin ein Pferd geholt?«

»Ja, Mylord, sie möchte die Ländereien besichtigen.«

Die Ländereien! Viel eher würde sie sich für ein Schiff interessieren, das die Kolonien ansteuerte.

»Mylord, verzeiht mir, wenn ich eine Dummheit gemacht habe«, bat der junge Stallknecht ängstlich.

»Nein, du brauchst dir nichts vorzuwerfen.« Ich habe sie unterschätzt, klagte Pierce sich an. Um keine Zeit zu verschwenden, sattelte er Beowulf nicht, legte nur das Zaumzeug an und stieg auf. Der Hengst schien die Stimmung seines Herrn zu spüren, denn er tänzelte rastlos, dann galoppierte er aus dem Stall und über den Schloßhof.

Roses Vorsprung war beträchtlich, aber Pierce befand sich im Vorteil. Er kannte das Terrain, und sie wußte nicht, daß sie verfolgt wurde. Bald hatte er die Felder überquert und erreichte den Wald. Dichtes Unterholz zwang ihn, die Geschwindigkeit zu drosseln. Mehrere abgebrochene Zweige wiesen ihm den Weg, den seine Frau genommen hatte. Er ritt durch kühle, dunkelgrüne

Schatten, bis er sie endlich entdeckte. Auf einer kleinen Lichtung hatte sie angehalten, um sich zu orientieren.

Als sie einen Zweig unter Beowulfs Huf knacken hörte, schien sie in Panik zu geraten. Ohne zurückzuschauen, spornte sie ihr Pferd an und sprengte davon. »Eigensinnige kleine Närrin!« murmelte Pierce und jagte hinter ihr her. Der große, kraftvolle Hengst holte sie mühelos ein.

»Du wirst dich umbringen!« schrie Pierce, während er an ihre Seite ritt. Angstvoll starrte sie ihn an. In dem Moment ging ihr erschrockenes Pferd durch und raste kopfscheu auf dicke Baumstämme zu, die eng beisammenstanden. Sie mochte die beste Reiterin von der Welt sein, aber er bezweifelte, daß es ihr gelingen würde, das nervöse Tier rechtzeitig zu zügeln. »Verdammt!« fluchte er, umfing sie mit beiden Armen und riß sie auf Beowulfs Rücken hinüber. Die Stute raste weiter, und der Hengst blieb gehorsam stehen. Alles wäre in bester Ordnung gewesen, hätte Rose sich nicht so verbissen gegen die Umklammerung gewehrt. Gemeinsam fielen sie von dem großen Streitroß herunter, Pierce landete auf dem Rücken, und Rose lag auf ihm.

»Was treibst du denn?« keuchte sie.

Ungläubig blinzelte er. »Ich war so frei, dein Leben zu retten!«

»Hättest du mich nicht verfolgt . . .«

»Und hättest du nicht versucht, dich klammheimlich davonzustehlen . . .«

»Ich wollte nur ausreiten.« Doch das war eine Lüge, und sie wußten es beide. Roses Wangen färbten sich feuerrot.

Spöttisch verzog er die Lippen. »Und was genau hattest du vor?«

Sie versuchte aufzustehen. Aber seine Hände umspannten ihre Taille. »Ich wollte mir nur die Gegend anschauen.«

Ohne sie loszulassen, richtete er sich langsam und vorsichtig auf. Er wußte nicht, ob irgendwelche Knochen gebrochen waren. Jedenfalls tat ihm alles weh. Das durfte Rose jedoch nicht erfahren. Wenn er nicht aufpaßte, würde sie ihn wieder als alten Mann bezeichnen. Während er sie hochstemmte, hörte er etwas klingeln. Sie nutzte seine Hilfe, sprang auf und wich instinktiv zurück. Blitzschnell war er auf den Beinen und folgte ihr. »Meine Liebste, was könnte das für ein Geräusch sein?«

»Nichts!«

Er schob ihren Umhang beiseite. Darunter trug sie ein schlichtes Baumwollkleid, und das Klingeln drang aus der Rocktasche. Er faßte hinein und zog einen kleinen Beutel hervor. Unwillkürlich griff Rose danach, erkannte aber, daß sie der Kraft ihres Mannes nicht gewachsen wäre.

Lächelnd hielt er den Beutel an die Ohren, schwenkte ihn hin und her. »Wie erstaunlich! Das müßten ziemlich viele Münzen sein.«

Sie wurde rot, hielt aber seinem Blick stand. »Es ist mein Geld.«

»Vielleicht. Vielleicht auch nicht.«

»Ich bin sehr reich.«

»Vielleicht. Vielleicht auch nicht. Dein Vater schuldet mir eine beträchtliche Mitgift. Aber darauf kommt es nicht an, meine Liebe. Wohin wolltest du? Nach London? An Bord des erstbesten Schiffs, das die Neue Welt ansteuert?«

Wieder stieg ihr das Blut in die Wangen und verriet die Wahrheit. Mühsam bezwang er seinen Zorn, seine Angst. Diese Ehe mochte nicht im Himmel geschlossen worden sein, aber jetzt war Rose seine Frau. In wenigen Tagen hatte sie es geschafft, ihn mit ihrem Zauber zu umgarnen.

Als er sich vorstellte, welche Gefahren ihr in London auflauern würden, wenn sie die Stadt ohne Anstandsdame aufsuchte — eine so wunderschöne junge Lady mit einem Beutel voller Gold, fühlte er sich elend. »Eigentlich müßte ich dich grün und blau schlagen und in den höchsten Turm sperren.«

Sie begann zu zittern, zuckte aber nicht zurück. »Warum? Du reitest doch auch, wohin du willst. Und vielleicht hatte ich wirklich nichts anderes im Sinn, als deine Ländereien zu besichtigen.«

»Mit einem Beutel voller Goldmünzen?«

»Die waren für die Armen bestimmt. Nun hast du mich schon wieder zu Unrecht beschuldigt!« Erneut bewunderte er ihre schauspielerischen Fähigkeiten. »Rücksichtslos hast du mich von meinem Pferd gerissen, und jetzt klagst du mich böser Absichten an . . .«

»Ich mußte dein Leben retten«, unterbrach er sie ärgerlich.

»Du kannst es einfach nicht akzeptieren, daß ich besser reite als du!«

»Ebensowenig glaube ich an deinen wohltätigen Plan, dieses Geld unter den Armen zu verteilen.«

»Was erdreistest du dich? Ich bin sehr großzügig . . .«

»Wirklich?« Belustigt umfaßte er ihren Ellbogen. »Dann komm mit mir.«

»Wohin?«

»Mit mir, auf Beowulf.«

»Und wohin reiten wir?« fragte sie mißtrauisch. Er hob sie auf sein Pferd und stieg hinter ihr auf. Seine Arme berührten ihre Hüften, als er nach den Zügeln griff.

»Ich habe meine eigene Stute«, protestierte Rose, »und sie ist völlig verängstigt . . .«

»Armes Ding. Sicher wird sie nach Hause laufen.«

»Und wir?«

»Nun, ich werde dir helfen, dein Gold den Armen zu spenden.«

»Aber . . .«, begann sie, dann verstummte sie. Pierce grinste triumphierend. Vermutlich enthielt dieser Beutel das gesamte Geld, das sie bei sich trug. Natürlich war sie steinreich. Aber es würde ihr schwerfallen, das einem Schiffskapitän zu beweisen, wenn diese Münzen verschwunden waren.

Rasch ritt er mit ihr durch den Wald zu einem kleinen Dorf. In der Mitte stand eine kleine Holzkirche. Kühe, Hühner und Ziegen tummelten sich zwischen Torffeuerstellen, die ätzenden Rauch verbreiteten. Vorzeitig gealterte Frauen und Männer gaben während ihrer Arbeit auf schmutzige kleine Kinder acht. Erstaunt trat ein junger Priester vor, bis auf den weißen Kragen ganz in Schwarz gekleidet. »Mylord DeForte!« rief er und lächelte freundlich. »Welch eine Ehre! Was führt Euch zu uns?«

»Vater Flagherty, Ihr müßt meine Frau kennenlernen, Lady Rose«, erwiderte Pierce ohne abzusteigen. »Sie hat ein Geschenk für diese guten Menschen mitgebracht«, erklärte er und warf dem Geistlichen den Beutel zu.

Bestürzt beobachtete Rose, was da geschah. Außer diesen Goldmünzen besaß sie kein Geld, zumindest nicht hier in England.

Vater Flagherty öffnete den Beutel. Sein Atem stockte, dann schaute er zu ihr auf, die Augen voller Dankbarkeit, so daß sie sich schämte. Wenn sie das Gold auch verloren hatte — beim Anblick dieser armen Leute erkannte sie, daß es einen edlen Zweck erfüllte. Dafür hatte Pierce gesorgt, aber nur, um ihr einen Strich durch die Rechnung zu machen.

»Mylady!« Sichtlich gerührt, verneigte sich Flagherty. »Wie gütig von Euch, den Herzog zu einem so großmütigen Geschenk zu veranlassen . . .«

»Diese Gabe stammt von meiner Frau, Vater«, unterbrach ihn Pierce.

»Dann erweise ich Euch meinen innigsten Dank, Mylady, und der Allmächtige möge Euch segnen . . .«

Am liebsten hätte sich Rose unter dem Pferd verkrochen. »Oh, bitte, Vater . . . Diese Münzen sind Euch und allen in diesem Dorf von ganzem Herzen vergönnt.«

»Steigt doch ab, Mylord, Mylady und brecht Brot mit uns . . .«

»Leider ist das unmöglich, Vater, denn ich muß zu meinen Geschäften zurückkehren. Lebt wohl!« Pierce schwang Beowulf herum, und sie ritten in die Richtung des Schlosses. »Bist du jetzt glücklich, meine Liebe?« fragte er herausfordernd.

Sie versuchte, sich möglichst weit vorzubeugen, um seine harte muskulöse Brust nicht an ihrem Rücken zu spüren. *Glücklich!* Nun hätte sie erwidern können, nachts würde sie oft wach liegen, von stürmischen Empfindungen und Selbstvorwürfen geplagt, weil sie sich auf so absurde Weise *glücklich* fühlte.

Was in ihrer eigenen Seele vorging, verstand sie nicht. Jede Nacht schlief er mit ihr. Und jeden Tag verschwand er schon bei Sonnenaufgang. Wie sie wußte, suchte er nach Anne. Und wenn sie der Lady auch das Allerbeste wünschte — sie ertrug es nicht, wie ungeduldig sie auf die Nächte zu warten begann, wie sie sich nach Pierces Heimkehr sehnte. Ein Trostpreis, so hatte er sie genannt. Sein Herz gehörte Anne.

»Jetzt befinden sich diese Münzen im Besitz guter Menschen, die ihrer bedürfen«, entgegnete sie.

»Doch das lag nicht in deiner Absicht, oder?«

»Ich wollte einfach nur ausreiten, und ich begreife nicht, warum mir das verwehrt wird, während du deine Tage damit zubringst . . .«

»Womit?« fragte er in scharfem Ton.

»Mit der Suche nach einer anderen Frau!« fauchte sie und wappnete sich gegen einen Wutausbruch, der jedoch nicht erfolgte.

Sie kehrten ins Schloß zurück, und er lenkte Beowulf zum Stall. Der junge Reitknecht lief ihnen entgegen. »Mylord, Myladys Stute kam zurück! Wir hatten solche Angst . . .«

»Ah, meiner Lady geht es gut«, versicherte Pierce.

»Aber sie kennt sich in dieser Gegend noch nicht so gut aus. In Zukunft wird sie kein Pferd mehr benutzen, es sei denn, in meiner Gesellschaft.«

Er sprang vom Rücken seines Hengstes und hob seine Frau herunter. Sie starrte ihn wütend an. Wortlos wandte sie sich ab und rannte zum Eingang des Hauptturms. »Rose!« rief er ihr nach. Sie beachtete ihn nicht, eilte weiter, und er holte sie erst in der Halle ein. »Verdammt . . .«

»Also bin ich deine Gefangene?« fuhr sie ihn an. »Oh, du bist abscheulich!« Mit beiden Fäusten trommelte sie gegen seine Brust, und es juckte ihn in den Fingern, sie zu ohrfeigen. Doch er beherrschte sich, weil Geoffrey, Garth und andere Diener in der Halle erschienen, um zu sehen, was das Geschrei bedeuten mochte. Und die Tränen in Roses Augen bewegten irgendwie sein Herz.

»Laß den Unsinn, Rose!« befahl er und packte ihre Handgelenke. »Ja, ich habe Anne gesucht. Aber ich ritt auch nach London und beauftragte meine Kapitäne, das Schicksal deiner Zofe zu erforschen. Heute bekam ich die Antwort. Deine Mary Kate ist in Sicherheit, auf der Reise zu deinem Vater.«

Sie hielt den Atem an und trat zurück. Dann errötete sie, als sie merkte, daß Geoffrey und andere Dienstboten die Szene beobachtet hatten.

»Ja, das stimmt, Mylady«, bestätigte Geoffrey Daraunte.

An eine Steinmauer gelehnt, verschränkte Pierce die Arme vor der Brust und starrte seine junge Frau an.

Garth räusperte sich. »Wenn ich nicht mehr gebraucht werde . . .?«

»Danke, Garth, du darfst gehen«, erwiderte Pierce, ohne Rose aus den Augen zu lassen, und die Dienstboten entfernten sich.

Sein Puls schlug schneller. Seit einer knappen Woche bewohnten sie gemeinsam sein Schloß. Jeden Tag ritt er aus, aber er verbrachte alle Nächte mit ihr. Und es war jedesmal anders gewesen. Zweimal hatte sie versucht, mit ihm zu streiten, sich zweimal schlafend gestellt und zweimal ihr Bestes getan, um wie eine Tote dazuliegen und keine Gefühlsregung zu zeigen. Jetzt stand die nächste Nacht bevor. Gleichgültig wie sie sich bei seiner Ankunft im Schlafzimmer verhalten würde — er begehrte sie jedesmal. Nicht einmal die Sorge um Anne konnte sein Verlangen nach Rose verringern. In den ersten Tagen hatte er geplant, seine ehelichen Rechte immer wieder zu beanspruchen, bis die Faszination erlöschen würde. Doch das geschah nicht. Im Gegenteil, mit jeder Nacht schien die Begierde zu wachsen.

Nun senkte sie den Kopf, dann erwiderte sie seinen Blick. »Du hast wirklich deine Schiffe ausgesandt, um nach Mary Kates Verbleib zu forschen?«

»O ja. Was du auch denken magst und wie es in deinem Herzen aussieht — du bist meine Frau. Und wenn dir irgend etwas Kummer bereitet, werde ich mich bemühen, das Problem zu lösen. Obwohl du unentwegt versuchst, mir meine Nächte zu vergällen.«

Sie wurde blaß. »Was Mary Kate betrifft, bin ich dir sehr dankbar für deine Hilfe.« Plötzlich stürmte sie an ihm vorbei, die Treppe hinauf.

Während er ihr nachschaute, bemerkte er, daß er nicht allein war. Garth stand im Torbogen, der zur Küche führte. »Jetzt möchte ich zu Abend essen«, teilte Pierce ihm mit. »In der Buchhalterei.«

»Wenn ich so kühn sein darf, Mylord . . .« Garth räusperte sich. »Ihr könntet oben speisen, am Tisch aus Kirschbaumholz, am Fußende Eures Betts. Dort pflegt die Herzogin ihr Abendessen einzunehmen.« Pierce ignorierte den vorwurfsvollen Ton seines Dieners. Zum Teufel mit ihnen allen! Diese Narren fingen schon an, sich in seine Frau zu verlieben. »Ich esse in der Buchhalterei.«

»Wie Ihr wünscht, Mylord«, antwortete Garth und setzte eine übertriebene Duldermiene auf.

Pierce fluchte leise und betrat die Buchhalterei, wo er

eine Schublade öffnete und eine Flasche von seinem besten karibischen Rum herausnahm. Den Hammeleintopf, den Garth ihm servierte, rührte er kaum an. Um so öfter setzte er die Rumflasche an die Lippen. Doch er trank nicht zuviel. Es war spät geworden, als er endlich vom Schreibtisch aufstand, in die Halle ging und die breite, geschwungene Treppe hinaufstieg.

Was mochte ihn heute nacht erwarten? Um diese vorgeschrittene Stunde würde Rose sich schlafend stellen und die Zähne zusammenbeißen, wenn er sie berührte. Doch letzen Endes würde er seinen stillen Triumph genießen, denn so entschlossen sie auch dagegen ankämpfte, er kannte die Zeichen ihrer Lust, hörte ihr leises Stöhnen, spürte die süßen Bewegungen ihrer Hüften. Sie wollte es nicht wahrhaben, doch sie war von Natur aus sinnlich und konnte ihre Leidenschaft nicht unterdrücken.

Doch er war dieses Spiels müde. Seufzend ging er ins Schlafgemach und schloß die schwere alte Tür hinter sich. Ein schwaches Feuer brannte im Kamin. Davor standen zwei große Lehnstühle, von Bücherregalen umgeben. Pierce schlüpfte aus seinem langen Mantel und legte ihn über einen Sessel neben der Tür. Dann setzte er sich aufs Fußende des Betts, um die Stiefel auszuziehen.

Als er aufstand, hielt er verwirrt inne. Rose lag nicht im Bett. Wütend blickte er sich um. War sie närrisch genug gewesen, einen neuen Fluchtversuch zu wagen? Wie rasend begann sein Herz zu schlagen, doch ehe der Zorn ihn übermannen konnte, entdeckte er sie — zusammengerollt in einem der Lehnstühle vor dem Kamin, eingehüllt in einen Schlafrock aus dunkelblauem Samt. Ihr schimmerndes kastanienrotes Haar hing über einer Armstütze des Sessels, ein Buch, das sie gelesen hatte, war zu Boden gefallen.

Unglaublich — sie hatte auf ihn gewartet. Und ausnahmsweise täuschte sie ihren Schlaf nicht vor. Er kniete neben ihr nieder. »Rose!« Behutsam strich er ihr das zerzauste Haar aus der Stirn. »So kannst du nicht schlafen. Du würdest mit schlimmen Rückenschmerzen aufwachen.« Sie bewegte sich, und er stand auf, um sie hochzuheben. Dabei bemerkte er, daß sie unter dem dunkelblauen Samtmantel nackt war.

Sie hatte gebadet und ihr Haar gewaschen, ihre Haut verströmte sanften Blumenduft. Sofort verflog Pierces Müdigkeit. Hatte sie beabsichtigt, ihn zu verführen?

Als sie auf seinen Armen lag, öffnete sie die Augen, starrte ihn erschrocken an, dann schlang sie erstaunlicherweise die Arme um seinen Hals. Er trug sie zum Bett und legte sie hin. Aber während er sein Hemd und die Hose auszog, stand sie rasch auf. Sie eilte zu ihm, legte wieder die Arme um seinen Nacken, und der Schlafrock klaffte auseinander. An seiner Brust spürte er ihren weichen Busen, aufreizend schmiegte sie ihren ganzen Körper an ihn. Ihre Lippen glitten über seine Schulter, seinen Hals.

Pierce rührte sich nicht. Wie verzaubert stand er da, als Rose sich auf die Zehenspitzen stellte und mit ihrer Zungenspitze die Konturen seines Mundes nachzeichnete. Da riß er sie in die Arme, küßte sie hingebungsvoll und ließ sie sein wachsendes Verlangen spüren. Heiß durchströmte ihn der Drang, sie ganz und gar zu besitzen. Doch dagegen wehrte er sich, denn er mußte abwarten, was sie nun plante.

Ihre Lippen wanderten an seinem Hals hinab, ihre Finger streichelten seine Brust, verfolgt von einem verlockenden Zungentanz. Immer noch wartete Pierce und hielt den Atem an. Er glaubte, nur noch aus seiner wilden Sehnsucht zu bestehen. Langsam streifte er ihr den Schlafrock von den Schultern, und der blaue Samt fiel zu Boden. Er strich über ihren Rücken, fühlte ihren heißen Atem an seinem Hals, das seidige Haar. Laut stöhnte er auf, wollte ihr zuflüstern, sie sei eine raffinierte Verführerin, wollte sie an sich drücken und mit ihr aufs Bett sinken. Doch da spürte er das erregende Spiel ihrer Zunge auf seiner Brust, auf seinem Bauch, während sie allmählich in die Knie ging. Nun begann sie ihn intim zu liebkosen, erst zögernd, dann immer kühner.

Sie vergrub das Gesicht im Kraushaar zwischen seinen Schenkeln. Vor Verblüffung stieß er einen leisen Schrei aus, als ihre warme, flackernde Zunge eine unglaublich erotische Magie ausübte. Schon nach kurzer Zeit gelangte er zu einem überwältigenden Höhepunkt. Atemlos fluchte er, zog Rose nach oben und starrte sie ungläubig an.

Sein verzerrtes Gesicht jagte ihr Angst ein. »Ich wollte dir Freude bereiten«, wisperte sie. In seinen Armen glich ihr Körper, vom Feuerschein umflossen, einer goldenen Flamme.

So viel hatte sie ihm gegeben. Doch er wünschte sich noch mehr. Ihre Nähe weckte ein süßes Entzücken, das ihm neue Kraft spendete. Während er sie auf Bett gleiten ließ, widerstrebte ihm ein längeres Vorspiel. Es drängte ihn, in ihr zu ertrinken, in ihr zu vergehen. Und so verschmolz er mit ihr. Wilder Hunger drohte ihn zu besiegen, doch er bezähmte ihn und zwang sich zu einem langsamen Rhythmus, um Roses Gesicht zu beobachten, ihre Atemzüge, die sich beschleunigten, alle Regungen ihres Körpers wahrzunehmen. Auf die Ellbogen gestützt, sah er, wie sie seinen Blick suchte, dann senkte sie die Lider. Hingerissen betrachtete er die Stelle, wo sich sein Körper mit dem ihren vereinte, den formvollendeten Schwung ihrer Hüften. Jetzt bewegte er sich immer schneller und warf den Kopf in den Nacken. Heftig bäumte sie sich auf, und er hörte einen halberstickten Schrei, ein leises Schluchzen. Während er selbst Erfüllung fand, hielt er sie fest umschlungen. Zum zweitenmal erreichte er den Gipfel seiner Leidenschaft, nicht so explosionsartig wie zuvor, aber ebenso exquisit.

Er lauschte seinen und ihren Atemzügen, die sich in der nächtlichen Stille allmählich beruhigten. Dann ließ er

Rose los, stand auf und ging zum Kaminfeuer, um eine Kerze neben dem Bett zu entzünden.

Unbehaglich holte Rose ihren blauen Samtmantel und schlüpfte hinein. Sobald sie Pierces Blick spürte, senkte sie den Kopf und biß sich auf die Lippen.

Und dann schnappte sie erschrocken nach Luft, als er sie auf die Arme nahm, zum Kamin trug und sich in einen Lehnstuhl setzte. Er hielt sie auf seinem Schoß fest und hob mit einem Finger ihr Kinn. »Verzeih mir, aber meine Neugier läßt mir keine Ruhe. In all den Tagen hättest du mir am liebsten die Kehle durchgeschnitten. Und heute nacht entführst du mich ins Paradies. Was steckt dahinter?«

Nun berührte er ihr Kinn nicht mehr. Sie drehte den Kopf zur Seite und starrte ins Kaminfeuer. »Du hast Mary Kate suchen lassen . . .«

Im rötlichen Licht erschien ihm ihr Gesicht schöner denn je. Wie blutjung sie war, seine unfreiwillige Ehefrau, wie zauberhaft und verführerisch . . . Vielleicht gab es eine Zukunft für sie beide, trotz aller widrigen Umstände.

»Du wolltest dich also bedanken, Lady? Dann muß ich mein Bestes tun, um mir deine ewige Dankbarkeit zu sichern.«

Errötend senkte sie die Wimpern. »Du verstehst mich nicht . . .«

Er legte einen Finger auf ihre Lippen. »Doch.«

»Seit meiner frühen Kindheit lebt Mary Kate bei mir, und sie bedeutet mir sehr viel. Nachdem du mir versichert hast, ihre Heimreise sei ungefährdet, würde sich mein Vater sicher gern erkenntlich zeigen und dir ein Schiff schenken. Aber du hast ja schon mehrere.«

Pierce lachte leise, schaute prüfend in ihre Augen und fragte sich, ob sie es ernst meinte oder ihn hänselte. »Trotzdem schuldest du mir mindestens ein Schiff und eine Menge Geld. Von Einzelheiten weiß ich nichts, aber ich rechne mit einer beträchtlichen Mitgift. Wie auch immer — die Dankbarkeit, die du mir heute nacht bewiesen hast, ist mir viel wichtiger.«

»Verspotte mich nicht! Ich wollte dir nur zeigen, daß ich deine Bemühungen zu schätzen weiß.«

»Und das ist dir vollauf gelungen.« Zärtlich streichelte er ihre weiche Wange. »Ist das Leben mit mir wirklich so furchtbar?«

»Bitte — nicht . . .«

»Sag mir die Wahrheit, Rose.«

Unsicher wich sie seinem Blick aus und zuckte die Achseln. »Bis jetzt habe ich mir die Pulsadern noch nicht aufgeschlitzt.«

»Oh, was für eine unglaubliche Liebeserklärung!« neckte er sie.

Er glaubte, sie wäre wieder rot geworden, doch er sah es nicht, denn sie hatte den Kopf auf seine Brust gelegt. Das glänzende Haar verdeckte ihr Gesicht. Nach einer Weile trug er sie zum Bett zurück. Diesmal liebte er sie sanft, mit verhaltener Leidenschaft, ließ sich Zeit, streichelte und erregte sie ganz behutsam. Er wollte ihr Verlangen zur süßen, unerträglichen Qual steigern, und ihre Ekstase sollte sie in nie gekannte Höhen emportragen. Völlig selbstlos wollte er sie lieben, ohne irgend etwas für sich zu fordern . . .

Trotzdem überwältigte ihn die Magie von neuem. Rose weckte die wildesten Dämonen in seiner Seele. Und er war unfähig, nichts von ihr zu verlangen. »Flüstere meinen Namen!« drängte er.

»Pierce . . .« Ungeduldig wand sie sich unter ihm. »Pierce, bitte . . .«

Seine Finger in ihre geschlungen, vereinte er sich mit ihr und erstickte ihren Lustschrei mit einem glühenden Kuß.

In dieser Nacht schlief er tief und fest, an den warmen, seidenweichen Körper seiner Frau geschmiegt. Das Smaragdfeuer ihrer Augen verfolgte ihn in seinen Träumen, hatte ihn für immer gefesselt.

9

»Für mich ist das der schönste Ort von der Welt.« Pierce lehnte am Stamm einer hohen Eiche, deren Äste über einen schmalen, plätschernden Bach hinwegragten, und beobachtete die Wellen. An beiden Ufern wuchs saftiges Gras. Das Wasser schimmerte hellblau und bildete weiße Schaumkronen, wenn es über den Steinen dahintanzte. Nur wenige Sonnenstrahlen durchdrangen das dichte Laub und erzeugten ein magisches grüngoldenes Licht. Obwohl Castle DeForte ganz in der Nähe auf einem Hügel emporragte, glaubte Rose, sie befände sich in einem fremdartigen kühlen Paradies.

Sie saß auf dem Jackett, das Pierce im samtweichen Gras am Rand des Bachs ausgebreitet hatte, schlang die Arme um ihre angezogenen Knie und schaute sich lächelnd um. Wie hübsch und friedlich es hier war ... Als sie dem Blick ihres Mannes begegnete, wurde ihr warm ums Herz. Du darfst ihn nicht lieben, ermahnte sie sich. Doch diese Warnung kam ebenso zu spät wie ihre stillschweigende Hingabe während der ersten Nacht. Es war so einfach, ihn zu lieben. Mochte er auch arrogant, selbstherrlich und gebieterisch sein — sie geriet viel zu schnell in den Bann seiner Persönlichkeit. Aber er liebte eine andere. Deshalb wollte sie nichts für ihn empfinden, denn sie wußte, daß ihr solche Gefühle nur Kummer bereiten würden.

In letzter Zeit wurde die Ehe von einer gewissen Zärtlichkeit begleitet. Zumindestens fürchtete Rose jetzt nicht mehr, er würde sie der Mitschuld an jenem Komplott verdächtigen. Könnte sie doch die Augen schließen und sich vorgaukeln, es gäbe keine Vergangenheit! Denn die Gegenwart war so süß und wundervoll wie die saubere Luft, die vom Wasser heranwehte.

Aber sie durfte nicht vergessen, daß Pierce eine andere Frau liebte. Was würde geschehen, wenn er herausfand, wohin Anne entführt worden war? Und was sollte aus der Leidenschaft und Liebe werden, die Roses Leben so sehr veränderte? Seit jener Nacht, wo sie im Lehnstuhl auf ihn gewartet hatte, vertiefte sich die eheliche Beziehung. Wenn der Tag anbrach, lag Pierce immer noch neben ihr, streichelte ihre Schulter, flüsterte ihr betörende Worte ins Ohr. Er ließ ihr ausrichten, er würde mit ihr essen, gab ihr Bescheid, wenn er aus geschäftlichen Gründen nach London ritt, teilte ihr mit, wann er zurückkehren würde.

Die letzte Nacht hatte er außerhalb des Schlosses verbracht und bei seiner Rückkehr an diesem Vormittag sofort Garth zu ihr geschickt, um sie zu bitten, sie möge mit ihm ausreiten. So waren sie zu diesem Bach gekommen. Offenbar liebte er dieses Fleckchen Erde. Während sie ihn jetzt beobachtete, gewann sie den Eindruck, er würde ihr einen Teil seiner Seele öffnen. Leise wiederholte er: »Der schönste Ort von der Welt. Auf meiner Wanderschaft mit Charles fragte ich mich oft, ob ich jemals wieder heimkehren würde. Ich vermißte weniger mein Schloß als dieses idyllische Plätzchen.«

Sie verstand sehr gut, was in ihm vorging. Träumerisch lächelte sie. »Ja, hier ist es schön. Aber nicht der schönste Ort auf Erden . . .«

Belustigt wandte er sich zu ihr. »Und wo ist es am allerschönsten, meine weitgereiste Lady?«

»In Virginia.«

»Im Haus deines Vaters?«

Rose schüttelte den Kopf. »Das Plätzchen, das ich meine, sieht so ähnlich aus wie das hier. Das Haus meines Vaters steht am Fluß, wo die Schiffe anlegen können. Aber landeinwärts fließt ein Bach durch eine flache Gegend in üppigem Grün. Im Herbst färbt sich das Laub goldgelb und blutrot. Das Wasser rauscht vorbei, man kann es trinken, und es schmeckt unglaublich süß. Ich weiß, was die meisten Engländer von den Kolonien halten. Sie denken, dort würden wilde, barbarische Sitten herrschen. Aber so ist es nicht mehr.«

»Und wie ist es?« Pierce setzte sich zu ihr auf das Jackett, pflückte einen Grashalm und begann, daran zu kauen.

»Mein Zuhause?« Sie zögerte ein wenig. »Vor vielen Jahren, kurz nach der Ankunft der ersten Siedler in Jamestown, rebellierten die Pamunkey-Indianer unter Powhatan. Viele Siedler wurden massakriert. Danach kämpften die Weißen mit aller Macht und zwangen die Indianer, sich weiter landeinwärts zurückzuziehen. Sicher, wir stahlen ihnen ihr Land. Das war nicht richtig. Trotzdem leben viele in unserer Mitte. Inzwischen gibt es zahlreiche blonde Menschen mit Indianerblut. In unserer einsamen Wildnis sind sehr bald Mischehen geschlossen worden.«

»Erzähl mir noch mehr von deinem Paradies. Es muß fantastisch sein, nachdem du Leib und Leben riskiert hast, um mir zu entkommen und in deine Heimat zurückzukehren.«

»Pierce, ich . . .«

»Schon gut«, unterbrach er sie lächelnd. »Erzähl mir davon.«

»Allzuviel gibt's da nicht zu erzählen. Nach und nach ließ sich mein Vater einige tausend Morgen Land überschreiben. Von Anfang an wollte er reich werden. Und so stellte er zahlreiche Leute ein, lockte sie mit dem Versprechen in die Wildnis, eines Tages würde er ihnen Grundstücke zuteilen. Jetzt leben mehrere hundert Menschen in seinem Imperium, das er wie ein kleiner König regiert. Natürlich ist er ein Bürgerlicher, aber nun hofft er auf einen Adelstitel. Er erwartet, Charles würde ihn wegen treuer Dienste zum Ritter schlagen. Dann hieße er Sir Ashcroft Woodbine. Ob Charles tatsächlich solche Absichten hegt, weiß ich nicht. Aber Vater wäre überglücklich darüber, auch wenn es in Virginia keine große Rolle spielen würde. Dort nennen ihn alle Leute ohnehin ›Mylord‹, und wo immer er auftaucht, katzbuckeln sie alle. Er besitzt riesengroße Baumwoll-, Zucker- und Tabakfelder. Für einen Tyrannen ist er sehr freundlich und großzügig. Und er glaubt an absolute religiöse Freiheit, im Gegensatz zu den Puritanern in der Kolonie Massachusetts.«

Sie seufzte. »Nicht, daß Vater theologische Interessen hätte. Mit religiösen Problemen will er einfach nicht behelligt werden, und so toleriert er alle Glaubensbekenntnisse. Die meisten hochgestellten Mitglieder unserer Gemeinde sind Anhänger der anglikanischen Kirche.«

Auf einen Ellbogen gestützt schaute Pierce sie nachdenklich an. »Das alles kann ich mir gut vorstellen. Dein Vater regiert wie ein König, also bist du eine Prinzessin. Nun weiß ich, warum du nicht allzutief beeindruckt warst, als du einen einfachen Herzog geheiratet hast.«

»Ich habe den Großteil meines Lebens bei einfachen Menschen verbracht. Und ich fand viele ungewöhnlich tapfer, gütig, voller Rücksicht auf andere. In solchen Eigenschaften erkenne ich wahren Adel.«

»Bravo! So spricht eine echte Prinzessin«, neckte er sie. »Aber gefällt dir Virginia tatsächlich besser als diese Gegend hier?«

»Es würde mir schwerfallen, meine Wahl zu treffen«, antwortete sie höflich.

Pierce schaute wieder ins sprudelnde Wasser. »Irgendwie muß ich dir recht geben.«

»Kennst du Virginia?«

»Immerhin besitze ich mehrere Schiffe.«

»Und du hast Seereisen unternommen?«

»An der amerikanischen Küste hinauf und hinunter, hinab zu den Inseln. Und was ich von Virginia sah, faszinierte mich.«

»Oh!« Plötzlich stieß sie gegen seinen Ellbogen, so daß

er flach auf den Rücken fiel, und sprang hoch. »Da läßt du mich reden und reden — und dabei kennst du meine Heimat ohnehin und machst dich lustig über mich!«

»He, Mylady!« Er setzte sich auf, zog an ihrem Rock, und sie sank in seinen Schoß. »Ich wollte dich keineswegs verspotten. Ich war nur neugierig auf dein früheres Leben. Bisher wußte ich von meiner jungen Frau nur, daß sie ein schrecklicher Dickkopf ist. Ich bedachte nicht, daß du unter Heimweh leiden und deinen Vater vermissen mußt. Meiner fehlte mir ganz furchtbar — nach seinem Tod. Nun, hast du Sehnsucht nach Zuhause?«

»Ein bißchen schon«, erwiderte sie unbehaglich.

Sanft strich er ihr das Haar aus der Stirn. »Vielleicht ist mein Bach nicht schöner als deiner. In den Kolonien sind die Dinge eben anders als hier — und in mancher Hinsicht besser. Eins steht jedenfalls fest. In meinem ganzen Leben habe ich keine schönere Frau gesehen als dich, Rose. Deine Augen sprühen grünes Feuer, Kupfer funkelt in deinem Haar, dein Haut ist wie Seide. Und du strahlst immer noch eine unglaubliche Unschuld aus. Kann das alles Wirklichkeit sein?« Ringsum raschelte eine sanfte Brise in den Blättern, die Zweige bogen sich leicht. Pierce hauchte einen Kuß auf Roses Lippen und streckte sich mit ihr auf dem Jackett aus. Dann löste er die Verschnürung am Oberteil ihres Kleides und beobachtete ihr Gesicht. »Warum hast du mich geheiratet?« fragte er unvermittelt.

»Weil mir der König auf die Zehen trat«, erwiderte sie wahrheitsgemäß, und er lachte.

Seine Hand glitt in ihren Ausschnitt und umschloß eine ihrer Brüste. Krampfhaft schluckte sie, beinahe überwältigt von heftigen Gefühlen. »Es ist hellichter Tag«, erinnerte sie ihn.

»Was macht das schon aus? Ich habe dich in mein eigenes kleines Reich entführt. Niemand würde es wagen, mich hier zu stören.« Wieder küßte er ihre Lippen. »Sag mir — abgesehen vom Fußtritt des Königs, gibt es auch einen anderen Grund, warum du mich geheiratet hast?«

Es fiel ihr schwer, zu antworten, die Wärme zu ignorieren, die ihren Körper durchströmte. Aufreizend liebkosten seine Finger ihre Brustwarze, und sie schloß die Augen. »Einen anderen Grund gibt es nicht. Du warst entschlossen, der König war entschlossen. Diese Hochzeit fand ohne meine Einwilligung statt.« Nun hob sie die Augen und schaute ihm eindringlich ins Gesicht. »Mit jener Intrige hatte ich nichts zu tun. Mich trifft keine Schuld, das schwöre ich. Bitteres Unrecht ist mir geschehen.«

Kein Engel hat jemals unschuldiger ausgesehen, dachte er und betrachtete ihr schönes Gesicht. Ihr seidiges Haar lag ausgebreitet im Gras, sanft hoben und senkten sich die nackten Brüste über dem Brokat ihres Kleides. Pierce spürte wieder einmal den berückenden Zauber, der von ihr ausging. So einfach war es, die bösen Drohungen zu vergessen, die sie ausgestoßen hatte — das Versprechen, er würde büßen, was ihr widerfahren war . . .

Wenn er nur wüßte, was sie dachte und empfand, welche Geheimnisse in den verführerischen smaragdgrünen Tiefen ihrer Augen lauerten!

Ihr Rosenduft mischte sich mit dem frischen Aroma der Grashalme. Nun konnte Pierce nicht länger widerstehen und schob eine Hand unter ihren Rocksaum.

Erschrocken zuckte sie zusammen. »Wir können doch nicht . . .«

»Oh, doch«, entgegnete er.

Sie richtete sich auf, schaute beklommen nach allen Seiten, aber er drückte sie wieder zu Boden, und sein Kuß erstickte ihren Protest. Unter ihrem Rock wanderte seine Hand nach oben, über die Strumpfbänder hinweg und streichelte die Schenkel. Bald fand er die weichen Löckchen auf ihrem Venusberg. Langsam und verführerisch drangen seine Finger zwischen die exquisiten Blütenblätter, entdeckten das Zentrum ihrer sinnlichen Gefühle und erregten es mit rhythmischen Liebkosungen.

»O Gott!« wisperte sie an seinem Mund. Ihre Verletzlichkeit wirkte unfaßbar süß und berauschend. Pierce schob die hinderlichen Röcke hoch, öffnete hastig seine Hose und verschmolz mit seiner Frau. Durch halbgesenkte Wimpern erwiderte sie seinen Blick, schlang vertrauensvoll die Arme um seinen Hals. Er hörte den Bach plätschern, spürte die kühle Brise auf seinen erhitzten Wangen, die schwachen Sonnenstrahlen zwischen den Blättern, atmete den intensiven Geruch der Erde ein. Umgeben von den Geräuschen der Natur, liebte er Rose in hungrigem, schnellem Rhythmus, und sie begleitete ihn willig ins Paradies der höchsten Erfüllung.

Danach lag er neben ihr, schloß seine Hose, glättete ihre Röcke. Die Gefühle, die er ihr entgegenbrachte, hatte er nie zuvor empfunden. Und sie? Wollte sie ihn immer noch hängen und gevierteilt sehen? Oder ging endlich eine Veränderung in ihr vor? Wenn er es bloß wüßte! Selbst wenn sie sich hingab, blieb sie stolz und unabhängig. Das lag wohl an den Eindrücken, die sie jahrelang in den Kolonien gewonnen hatte.

Plötzlich hörte er, wie sich jemand in einiger Entfernung diskret räusperte. Rose setzte sich bestürzt auf, schnürte rasch ihr Oberteil zu, und Pierce legte ihr sein Jackett um die Schultern. »Ich dachte, dieses Fleckchen Erde gehört nur dir«, bemerkte sie vorwurfsvoll.

»Es ist nur Geoffrey«, versicherte er, doch das beruhigte sie keineswegs. Er erhob sich, zog sie auf die Beine, dann eilte er zu seinem Diener, der geduldig neben einem großen grauen Pferd wartete.

Rose zog das Jackett enger um ihren Körper und fragte sich, was Geoffrey hierherführen mochte. Die Brise, eben noch so sanft und angenehm, kam ihr plötzlich eiskalt vor. In wachsender Sorge beobachtete sie, wie die beiden Männer miteinander sprachen. Pierce runzelte die Stirn, dann schien er zu fluchen. Rasch wandte er sich ab und rannte zu Beowulf, den er an einem Zweig festgebunden hatte. Offenbar erinnerte er sich erst beim Anblick der Stute an Roses Existenz. »Geoffrey, kümmere dich um meine Frau!« rief er, sprang in den Sattel und galoppierte zum Schloß.

Wie konnte er sie nur in eine so peinliche Lage bringen? Wütend preßte sie die Lippen zusammen.

Er hatte sich nicht einmal die Zeit genommen, ihr zu erklären, was geschehen war.

»Mylady . . .«, begann Geoffrey höflich.

»Ich kann sehr gut für mich selber sorgen.« So würdevoll wie möglich ging sie an ihm vorbei, zu ihrer Stute. Doch dann drehte sie sich um. »Geoffrey, was ist geschehen?«

Unbehaglich trat er von einem Fuß auf den anderen.

»Geoffrey?«

»*Je ne sais* . . .«

»Untersteht Euch zu behaupten, Ihr wüßtet es nicht! Deshalb seid Ihr doch hierhergekommen.«

Unglücklich seufzte er. »Eigentlich dürfte ich Euch's nicht sagen, Mylady.«

»Aber ich muß es erfahren!« rief sie.

»Wie ich soeben hörte«, antwortete er zögernd, »halten sich Lord und Lady Bryant in der Nähe von Dover auf.«

Sie hielt den Atem an. Nun löste sich das närrische Paradies, das sie so beglückt hatte, in Luft auf. Pierce würde Anne bald wiedersehen und sich entsinnen, wie sehr er sie liebte. Und vielleicht versuchte er, Jamison zu töten . . . »O Gott!« flüsterte sie. »Warum mußtet Ihr ihm das erzählen?«

Als Geoffrey Tränen in ihren Augen glänzen sah, flog ihr sein Herz entgegen. »Ich diene ihm«, erwiderte er, »und er wollte es wissen.«

Nur mühsam konnte sie ein Schluchzen unterdrücken.

»Jetzt wird er hinreiten und in seinem Zorn alle Vorsicht vergessen.«

»Ich begleite Ihn, Mylady, das schwöre ich Euch, und ich stehe ihm bei. Versetzt Euch doch in seine Lage! Er muß sich vergewissern, daß es ihr gutgeht . . .« Seine Stimme erstarb.

O ja, dachte sie müde, das ist er seiner Ehre schuldig. Bedrückt senkte sie den Kopf. Auch sie wünschte Anne nur das Allerbeste. Doch sie hatte schreckliche Angst. Welch eine Ironie! Vor nicht allzulanger Zeit hatte sie sich eingeredet, Pierces Berührung sei unerträglich. Und nun glaubte sie, ohne ihn würde sie nicht weiterleben können.

Sie stieg in den Sattel, drückte die Fersen in die Flanken der Stute und galoppierte zum Schloß. Im Hof übergab sie das Pferd einem jungen Reitknecht und stürmte in die Halle. Garth kam ihr entgegen. Doch sie beachtete ihn nicht und rannte die Treppe hinauf, ins eheliche Schlafgemach. Dort stopfte Pierce gerade ein sauberes Hemd in seine Hose und schlang den Waffengurt um seine Taille. Sie blieb auf der Schwelle stehen und beobachtete ihn. Als er sie anschaute, vermochte sie nicht zu deuten, was sie in seinem düsteren Blick las. »Geh nicht!« wisperte sie.

»Ich habe keine Wahl.«

»Deine Gefühle sind in Aufruhr . . .« Sie zögerte. »Weil du Anne immer noch liebst. Und du darfst weder Jamison noch Jerome töten! Dafür würdest du hängen. Nicht einmal der König könnte dich retten. Ganz England weiß, wie sehr du die beiden verabscheust.«

Er hob die Brauen und lächelte wehmütig. »Hast du dir nicht gewünscht, mich am Galgen baumeln zu sehen?«

»Bitte, Pierce, nicht!« flehte sie.

Nachdem er in ein langes Jackett geschlüpft war, setzte er seinen breitrandigen Kavaliershut auf, dann bewaffnete er sich mit seinem Schwert und einer Pistole. Als Rose ihm den Weg aus dem Zimmer versperrte, beschwor er sie: »Ich muß gehen! Bei Gott, das bin ich ihr schuldig!«

Ihre Beine drohten sie nicht länger zu tragen, und sie lehnte sich an den Türrahmen. »Womöglich tappst du in eine Falle. Du weißt nicht genau, wohin du dich wenden sollst, und ...« Dann verstummte sie, denn sie konnte die Worte nicht aussprechen, die ihr auf der Seele brannten. ›Bitte, geh nicht, verlaß mich nicht, denn ich beginne, dich zu lieben und möchte mein Leben mit dir verbringen ...‹

»Verdammt, Rose! Ich muß meine Pflicht erfüllen. Begreifst du das nicht? Geh mir aus dem Weg!«

Nein, es war sinnlos, jene Worte auszusprechen. »Du darfst nicht kaltblütig töten!«

»Das habe ich noch nie getan.«

»Weil du noch nie so zornig warst!«

»Bildest du dir ein, du könntest meine jeweilige Stimmung unfehlbar ergründen, Rose Woodbine?«

Rose Woodbine. Offenbar hatte er bereits vergessen, daß sie seine Frau war. Sie klammerte sich an den Türpfosten. »Dann mach doch, was du willst!« fauchte sie.

Zögernd betrachtete er ihr Gesicht und umfaßte ihr Kinn. »Rose«, flüsterte er, »du mußt es verstehen ...«

Darum bemühte sie sich. Wieder kämpfte sie mit den Tränen. Er empfand etwas für sie, aber nicht genug, um jetzt bei ihr zu bleiben. Erbost riß sie sich los. »Dann geh doch! Bring Jamison oder Jerome um oder laß dich erstechen! Räche uns alle — und baumle am Galgen!«

»Zum Teufel mit dir, Rose!«

»Oh, ich hasse dich!« wisperte sie mit tränenerstickter Stimme.

Spöttisch verneigte er sich. »Das hast du schon mehrmals gesagt.« Doch dann riß er sie in die Arme, seine Lippen suchten ihre, und er küßte sie voller Leidenschaft, schmeckte das Salz der Tränen, die sie so mühsam zurückhielt. Abrupt ließ er sie los, eilte die Treppe hinab und rief nach Garth.

In plötzlicher Entschlossenheit ballte sie die Hände. Nein, sie konnte ihn nicht sterben lassen. Auch sie würde nach Dover reiten.

Anne blieb auf der Treppe stehen, die zur großen Halle von Huntington Manor hinabführte. Erfolglos versuchte sie, ihr Grauen zu verbergen. Jamison erwartete sie bereits. Nach der Hochzeit hatte sie ihr Bestes getan, um diese grauenvolle Ehe zu erdulden, denn sonst würde jemand sterben — das wußte sie. Sobald Pierce den Eindruck gewann, daß sie Höllenqualen erlitt, würde er zu ihr kommen. Obwohl er jetzt mit Rose Woodbine verheiratet war.

Wenn ihm seine Ehre auch gebot, Anne aufzuspüren, so mußte er sich mit seiner Ehe abfinden. Rose war schön und leidenschaftlich. Und Anne hatte die Funken zwischen den beiden fliegen sehen, als es ihnen selbst noch nicht bewußt gewesen war.

Ja, Pierce war verheiratet. Aber Jamison fürchtete ihn immer noch. Das spürte Anne. Er wollte nach London zurückkehren, doch er wagte es nicht. So sehr er sie auch vergötterte, er schien seine Geliebte zu vermissen. Einmal hatte er unwillkürlich den Namen ›Beth‹ ausgesprochen, und Anne bezweifelte nicht, daß diese Frau ihn bei dem niederträchtigen Komplott unterstützt hatte.

Nach der Hochzeit hatte er es kaum erwarten können, London zu verlassen, und einige Vergünstigungen eingefordert, die gewisse Leute seinem Vater schuldeten. Man hatte ihm dieses Haus angeboten, das seinen Zwecken entsprach, denn es glich einer Festung. Es wurde streng bewacht, von mindestens einem Dutzend Männern, und er hatte seine Leute in Hershire Place beauftragt, nach Pierce DeForte Ausschau zu halten.

An diesem Morgen stand Jamison in der Halle seines Gastgebers am Fenster und starrte aufs Meer. Ein kalter Schauer rann über Annes Rücken. Er war ein attraktiver

Mann, groß und blond, mit aristokratischen Zügen. Irgend etwas müßte sie für ihn empfinden, wenigstens Mitleid. Und sie tat wirklich ihr Bestes. Als er ihre Schritte hörte, drehte er sich um. Er trug einen der schönen Schlafröcke seines Gönners und hielt einen Becher Whisky in der Hand. »Ah, da kommt meine tugendhafte Frau!« rief er und prostete ihr zu.

Ohne ihn zu beachten, ging sie zu einem Eichentisch, wo eine Wasserkaraffe stand, füllte einen Becher und trank. Erst dann wandte sie sich zu Jamison. »Du sagst, du würdest mich lieben. Wenn das stimmt, solltest du aufhören, mich bei jeder Gelegenheit zu verhöhnen. Oder mußt du mit aller Macht deine Angst überspielen?«

»Angst? Vor dir?« fragte er hochmütig.

»Angst vor Pierce.«

Verächtlich schüttelte er den Kopf. »Der wird bald sterben.«

Mühsam bezwang sie ihr Entsetzen. »Du wirst ihn niemals töten.«

»Aber man wird ihn in einen Hinterhalt locken, Lady. Sobald er hier auftaucht, um sich an mir zu rächen. Sehr bedauerlich ... Aber wie jeder Mann weiß, hat er die wildesten Drohungen gegen mich ausgestoßen.«

Ihre Hände zitterten, und sie umklammerte die Tischplatte. »Du bist ein Narr!«

»Der Mann muß aus meinem Leben verschwinden.«

»Natürlich wird er irgendwann hierherkommen, Jamison. Begreifst du das nicht? Du mußt mir erlauben, mit ihm zu reden. Verdammt, Jamison, weißt du denn nicht, warum ich dich geheiratet habe?«

»Weil du von Drogen betäubt warst.«

»Weil ich verhindern wollte, daß irgend jemand stirbt!« entgegnete sie. Jetzt empfand sie tatsächlich Mitleid und sogar eine gewisse Zuneigung für ihn. So sehr hatte er sich um sie bemüht ... Sie ging zu ihm, nahm den Whisky aus seiner Hand und stellte den Becher auf den Tisch.

»Es ist noch zu früh, um so viel zu trinken. Hör mir nun zu. Ich werde Pierce und Rose eine Nachricht senden und allein mit ihnen sprechen.«

»Was willst du sagen?« Er griff nach ihrer Hand und hielt sie fest.

»Ich werde versichern, ich sei glücklich mit dir, und auch ihnen alles Gute wünschen. Danach können wir vielleicht wieder alle gemeinsam am königlichen Hof erscheinen.«

»Ist dir das so wichtig?«

Anne zögerte. Ja, ihre Position bedeutete ihr sehr viel. Solche Dinge gehörten zu ihrem Leben, und sie war entschlossen, trotz der unliebsamen Veränderungen, das Leben zu führen, das sie sich vorstellte. »Ja«, bestätigte sie lächelnd. Sie würden ganz gut miteinander auskommen, solange Jerome sich fernhielt. »Bestell uns das Frühstück. Ich werde nun den Brief schreiben.«

Gedankenverloren starrte Jamison in das Kaminfeuer, als er ihren Schrei hörte. Kalte Angst erfaßte ihn. Er rannte zu den Stufen und sah seine Frau die lange Treppenflucht herabstürzen, wie eine zerbrochene Puppe.

»Anne!« stieß er hervor.

Ihr Kopf schlug auf der letzten Stufe auf, reglos blieb sie liegen. Jamison kniete nieder und nahm sie vorsichtig in die Arme. Wie still sie war ... »Anne!« rief er verzweifelt. Ihr Kopf sank so seltsam nach hinten, und er drückte sie an seine Schulter. Da sah er das Blut. Es tropfte auf die unterste Stufe aus einer Platzwunde an Annes Schläfe.

Immer wieder schrie er ihren Namen und schüttelte sie. Dann preßte er ein Ohr an ihre Brust, legte sie auf den Boden, berührte ihre Wangen, versuchte, ihren Mund zu küssen, Leben zu spüren. Doch er schmeckte nur Blut.

Endlich erkannte er die Wahrheit. Nie wieder würde er sein Eheglück genießen. Und Pierce DeForte konnte sie ihm auch nicht mehr wegnehmen.

Wie schön und friedlich ihr Gesicht im Tod wirkte ... Blut rann immer noch durch das goldblonde Engelshaar. »O Gott!« flüsterte er zitternd.

Was würde geschehen, wen Pierce ihn fand? Niemals würde der Herzog an einen Unfall glauben, ebensowenig wie die anderen.

Würde man Jamison hängen? Das würde Pierce nicht gestatten. Sobald er erfuhr, was Anne zugestoßen war, würde er sich den Teufel um das Gesetz scheren und grausame Rache an Jamison üben. Der Tod am Galgen wäre eine Gnade.

»O Anne!« klagte er. »Sieh doch, was aus uns geworden ist! Ich habe dich wirklich geliebt, bei Gott, das schwöre ich dir!«

Neues Entsetzen verdrängte seine tiefe Trauer. Auch DeForte hatte sie geliebt — und während des blutigen Bürgerkriegs zahlreiche Männer getötet, im Kampf gegen die puritanischen Rundköpfe. Er fürchtete nichts und niemanden.

Aber ich werde von meinen Söldnern und Schwertkämpfern bewacht, erinnerte er sich. Nein, das würde ihm nichts nützen. Er kannte DeForte.

Plötzlich hörte er Schritte und erstarrte. Die Wachtposten hatten versagt, jemand eilte die steinernen Eingangsstufen herauf, zur Halle. Zu ihm ...

10

Mit leeren Augen schaute Jamison Bryant den bleichen Mann an, der sein Freund und Komplize gewesen war — bis zu diesem Moment. Jeromes Halbschwester lag tot am Boden.

Mit Feuereifer hatte Jerome die Intrige geplant, um Anne von DeForte zu trennen und mit Jamison zu verheiraten, begierig auf das Erbteil, das dann in seine Hände fallen würde. Aber jetzt . . .

Fassungslos starrte er ihren blutbefleckten blonden Kopf an, dann wandte er sich zu Jamison, der neben ihr kniete. »Heilige Mutter Gottes!« Seine Augen verengten sich. »Was ist geschehen?«

»Sie ist gestürzt. Glaub mir doch! Niemals tat ich ihr etwas zuleide. Ich liebte sie.«

Wieder betrachtete Jerome das reglose Gesicht seiner Schwester. Trotz aller seiner Macht- und Habgier — niemals wäre er auf den Gedanken gekommen, ihren Tod zu wünschen. Und wie er soeben gehört hatte, ritt Pierce DeForte zur Küste. Vermutlich wußte er noch nicht, wo sie sich aufhielten. Das Haus gehörte einem alten Aristokraten, der mit dem verstorbenen Lord Bryant gut befreundet gewesen war.

Derzeit hielt sich der Eigentümer des Landsitzes an der schottischen Grenze auf, um in einer Heilquelle zu baden und seine Gicht zu lindern. Unter dem Siegel der Verschwiegenheit hatten sie den alten Mann um Gastfreundschaft gebeten und ihn vor Lady Bryants halb verrücktem einstigem Verlobten gewarnt, der ihnen folgen könnte.

Vorerst wird uns keine Gefahr in diesen festen Mauern drohen, dachte er. Natürlich würde Pierce sie finden, und deshalb hatten sie fünf kräftige französische Meuchelmörder engagiert.

Jamison hatte Anne in die Arme genommen, wiegte sie hin und her, wie von Sinnen. »Das wollte ich nicht. Ich liebte sie. Über alles . . .«

Großer Gott, sagte sich Jerome, er umarmt sie so zärtlich, als würde sie noch atmen. Verliert er den Verstand? Das muß verhindert werden.

Jerome zwang sich zur Ruhe und begann, die Situation vernünftig zu überdenken. Gewiß, Annes Tod war bedauerlich. Oder vielleicht doch nicht. Hätte sie nicht geheiratet, würde er nun ihren gesamten Besitz erben. Aber jetzt fiel die Hälfte ihres Vermögens väterlicherseits an diesen Narren. Wie ungerecht . . . Ihr Blut hatte Jamison befleckt. Könnte er des Mordes überführt werden? Hm ... Dann würde man sein Vermögen konfiszieren. Jamison — der Mörder seiner Frau . . . Vielleicht ein Verbrechen aus Leidenschaft. Eifersucht. Jeder wußte von ihrer früheren Affäre mit DeForte.

Andererseits — wenn es zu einer Gerichtsverhandlung kam — würde Jamison ausplaudern, welchen Plan Jerome geschmiedet hatte, um Anne zu entführen und Rose Woodbine zu kompromittieren. Außerdem mußte Jerome mit Pierce DeFortes wilder Rachsucht rechnen. Eiseskälte kroch durch seine Adern.

Doch die Lösung des Problems lag direkt vor seinen Augen. Eine einfache Lösung. Das gesamte Vermögen würde in seinen Besitz gelangen, und DeFortes wegen brauchte er sich nicht länger zu sorgen, denn der würde am Galgen baumeln.

In seinem Stiefelschaft trug er ein scharfes Jagdmesser, dessen Klinge er regelmäßig schliff. Manchmal bewegte er sich in einer Schattenwelt voller Halsabschneider und Huren, und dort war er stets auf das Schlimmste gefaßt. Er kniete an Jamisons Seite nieder. »Alles wird gut. Leg meine Schwester jetzt hin.«

»Und DeForte?« murmelte Jamison. »Er wird mich in Stücke reißen.«

»Unsinn, er wird gar nicht an dich herankommen. Leg sie hin.«

Behutsam bettete Jamison seine tote Frau auf den Marmorboden. Und während er sich über sie beugte, nutzte Jerome die günstige Gelegenheit. Blitzschnell riß er das Messer aus dem Stiefel und stieß es dem unglücklichen Lord in den Rücken.

Jamison gab keinen Laut von sich. Blutüberströmt fiel der Tote auf Anne hinab. »Nun seid ihr endgültig vereint, meine Lieben«, flüsterte Jerome und wischte die Klinge mit Annes Rock ab.

Dann wartete er auf Reuegefühle, doch sie erfaßten ihn nicht. Das Verbrechen war zu perfekt. Bald würde er sich eines Reichtums erfreuen, den er mit niemandem teilen mußte. Und keiner konnte ihm gefährlich werden. Er mußte nur veranlassen, daß Pierce DeForte über die beiden Leichen stolperte, ehe jemand anderer auftauchte. Und ganz England wußte, welch einen mörderischen Zorn der Herzog gegen Jamison Bryant hegte.

Natürlich mußte auch der Constable rechtzeitig hierherkommen, um DeForte gleichsam auf frischer Tat zu ertappen und festzunehmen.

Nachdenklich runzelte Jerome die Stirn. Wie sollte er das alles inszenieren? Ah, das Mädchen! Die schöne Kleine, die schon einmal eine erfolgreiche Marionette in seinem Intrigenspiel gewesen war . . . Mit einem letzten Blick auf die tödliche Umarmung seiner Schwester und Jamisons verließ er die Halle.

Nachdem Rose beschlossen hatte, Pierce zu folgen, verschwendete sie keine Zeit mehr. Da sie nicht mehr über ihre Münzen verfügte, nahm sie einige goldene Juwelen aus einer Truhe. Dann zog sie ein schlichtes Baumwollkleid an, und im Schrank ihres Mannes fand sie einen weitgeschnittenen dunkelgrünen Umhang. In dieser Vermummung rannte sie die Treppe hinab und stieß beinahe mit Garth zusammen.

»Mylady! Wohin geht Ihr?«

»Ich reite nach Dover. Garth, laßt mich vorbei, ich muß meinem Mann folgen.« Als er sich nicht von der Stelle rührte, beschwor sie ihn: »Bitte! Ich will verhindern, daß er getötet wird — oder etwas unternimmt, das ihn nach Newgate bringen würde. Oder an den Galgen!«

»Und wenn Euch etwas zustößt, Mylady, lande ich auf der Straße. In meinem Alter!«

Entschossen rannte sie an ihm vorbei, und er schaute ihr nach. Dann rief er die Dienerin Sally zu sich, die gerade zur Küche ging. »Komm her, gute Frau! Jetzt mußt du das Haus verwalten. Die Lady ist unserem Herrn gefolgt, und ich fürchte, mir bleibt nichts anderes übrig, als den beiden nachzureiten.«

Pierce erreichte Dover bei Einbruch der Dunkelheit, aber im Hafen tummelten sich immer noch viele Fischer und Seeleute. Manche saßen bei einem Becher Grog zusammen, alte Lieder erfüllten die Luft mit trunkenem Mißklang. Vor den Schiffen warteten Huren, um ihr Gewerbe auszuüben. Musik, Gelächter und Geschrei drangen aus den Tavernen.

Aus dunklen Schatten tauchten fragwürdige Gestalten auf. Erst nachts erwachten Diebe und Mörder zu neuem Leben. Tagsüber gewannen ehrlich Männer die Oberhand in dieser Gegend. Aber in der Finsternis . . .

Ehrliche Männer interessierten Pierce nicht. Geoffrey Daraunte deckte ihm den Rücken, sein eigenes Schwert und die Pistole steckten griffbereit im Waffengurt. Eine Zeitlang ritten sie durch schäbige Straßen, dann nickte er seinem Diener zu, und sie stiegen ab, um eine Taverne zu betreten.

Im großen Schankraum quollen Rauchschwaden aus

einem schlecht gelüfteten Kamin und den Pfeifen, die tätowierte Seemänner mit Tabak aus der Neuen Welt gestopft hatten. Auf einer Bühne sang eine vollbusige Dirne mit tintenschwarzem Haar ein obszönes Lied über die Abenteuer, die Kapitän Jack mit seiner ›großen Rute‹ erlebte. Ale und Rum flossen in Strömen, serviert von erschöpften, entnervten Kellnerinnen. Ständig mußten die Mädchen den zudringlichen Händen ihrer lüsternen Gäste ausweichen.

Sobald Pierce mit Geoffrey eintrat, spürte er, wie sich die Atmosphäre im Raum veränderte. Man entdeckte sie sofort, und trotz ihrer unscheinbaren dunklen Umhänge mit den Kapuzen schien man zu merken, daß sie nicht zu den üblichen Besuchern zählten. Am Ende eines roh gezimmerten Tisches fanden sie Platz und setzten sich einander gegenüber.

Sofort erschien eine Kellnerin mit einem Krug Ale und lächelte einladend. »Guten Abend, Mylords, was führt Euch zu uns? Nicht, daß Ihr unwillkommen wärt, aber Euresgleichen beehrt uns nur selten . . .« Sie neigte den Kopf und fuhr in diskretem Ton fort: »Sucht Ihr nach besonderen Frauen, nach gewissen Vergnügungen, die Ihr mit Euren vornehmen Damen nicht genießen könnt?« Das lebhafte, sommersprossige Mädchen mit dem langen roten Haar war viel zu klein und zierlich, um die schweren Krüge zu tragen. »Was immer Ihr mir bezahlen wollt, Mylords, es soll Euch nicht gereuen. Viel müßt Ihr mir ohnehin nicht geben, denn Ihr seid gesund und habt schöne Zähne!«

Pierce nahm eine Goldmünze aus dem kleinen Lederbeutel, der an seinem Gürtel hing, und legte sie auf den Tisch.

Da strahlten die Augen des Mädchens. »Mylord, was Ihr auch wünschen mögt, ich werde es Euch beschaffen. Blutjunge Mädchen oder Knaben. Beides! Alles, was Ihr erträumt! Ich heiße Molly, stets zu Euren Diensten!«

Ungeduldig schüttelte er den Kopf. »Ich brauche Informationen. Vor kurzem sind ein reicher Lord und seine Frau in diese Gegend übersiedelt. Gewiß führen sie ein zurückgezogenes Leben, aber in einem solchen Hafen muß sich einiges herumsprechen. Außerdem haben sie vermutlich Waren gekauft und Dienstboten eingestellt. Ein Freund hält sich bei ihnen auf, der ganz sicher die Vergnügungen sucht, die Ihr mir angeboten habt.«

Die Augen des Mädchens glitzerten immer noch voller Habgier. »Was genau wollt Ihr wissen, Mylord? Ich erzähle Euch alles, was Ihr hören möchtet . . .«

Seine Finger umklammerten ihr Handgelenk. »Die Wahrheit! Treibt jemanden auf, der diesen Herrschaften gedient oder Lebensmittel verkauft hat. Oder vielleicht kennt irgendein Mädchen einen Gentleman, der mit seinen Eroberungen prahlt.«

Verständnisvoll nickte sie. »Wollt Ihr Ale trinken, während Ihr wartet?« Zustimmend nickte er, und sie füllte zwei Becher. »Vertraut mir, ich werde herausfinden, was Ihr erfahren wollt. Für diese Goldmünze prügle ich's sogar aus den Rinnsteinratten heraus!« Er schaute ihr belustigt nach, während sie sich zwischen den gröhlenden Männern hindurchdrängte, dann lehnte er sich zurück und trank sein Ale. Wenn man bedachte, in welch einer elenden Kneipe er gelandet war, schmeckte es nicht einmal übel.

Geoffrey beugte sich vor. »Was tun wir jetzt?«

»Vorerst müssen wir warten.« Pierce prostete ihm zu. »Genießt Euer Ale.« Die Augen halb geschlossen, bemerkte er, wie die Seefahrer ihn beobachteten und ihre Chancen abzuwägen schienen. Würden Sie es wagen, ihn anzugreifen, um des geringfügigen Eigentums willen, das er bei sich trug? Es waren zu viele. Doch sie mußten bedenken, daß er ein reicher, mächtiger Lord war, der womöglich einen bewaffneten Trupp nahe der Taverne postiert hatte. Oder sie mußten die grausame Rache des

Gesetzes fürchten, wenn sie eine einflußreiche Persönlichkeit im dunklen Hinterzimmer einer Hafentaverne verschwinden ließen. Wie auch immer, sie wahrten Abstand und warteten.

Nach einer Weile näherte sich ein zerlumpter Seemann von der Seite, und Pierce fuhr herum. Sein Schwert berührte das Kinn des Mannes, ehe dieser seine Pistole heben konnte. »Laßt die Waffe fallen, mein Junge. Oder ich beweise Euch, wie gut ich meine Klinge zu schwingen vermag.«

Sofort landete die Pistole am Boden, und der Mann kratzte sein bärtiges Kinn. Er war etwa fünfundzwanzig, sah aber doppelt so alt aus. Diesen Tribut hatte ein hartes Leben gefordert. »Tut mir nichts zuleide, Mylord!« bat er. Nachdem er sich vorsichtig umgeschaut hatte, trat er näher an den Tisch heran. »Vielleicht habe ich interessante Informationen für Euch.« Er setzte sich neben Pierce und begann, mit leiser Stimme zu sprechen.

Rose wußte nicht genau, was sie unternehmen sollte und war froh, daß der alte Garth sie begleitete. Eine Zeitlang war er hinter ihr geritten, doch sie hatte den Verfolger bald bemerkt und ihm in einem Hinterhalt aufgelauert. Mahnend hob er einen Finger — natürlich mit allem gebotenem Respekt — und behauptete, er sei über ihr plötzliches Auftauchen dermaßen erschrocken, daß sein bejahrtes Herz beinahe zu schlagen aufgehört habe. Sie befahl ihm, nach Hause zurückzukehren, aber er verweigerte ihr den Gehorsam und erklärte höflich, jede Frau, die allein durch die Nacht reite, sei eine leichte Beute für übles Gesindel. Seufzend hatte sie sich geschlagen gegeben, was sie nicht bereute.

Allmählich wurde ihr bewußt, wie leichtsinnig sie gehandelt hatte, als sie ganz allein ihrem Mann nachgeritten war. Im Gegensatz zu Garth kannte sie diese Küste nicht. Er führte sie zu einem respektablen Gasthof, wo

Adelige abzusteigen pflegten, ehe sie den Kanal überquerten. Während er ein Gästezimmer herrichten ließ, wartete sie auf ihrer Stute. Dann bestellte er eine Mahlzeit und bat sie einzutreten.

Das ließ sie sich nicht zweimal sagen. Trotz ihrer Sorge um Pierce war sie hungrig. Sie setzte sich vor ein knisterndes Kaminfeuer und bestand darauf, daß Garth ihr gegenüber Platz nahm, obwohl er in der Küche mit den Dienstboten essen wollte. »Was glaubt Ihr, wo Pierce steckt?« fragte sie.

Unglücklich hob er die Schultern. »Wahrscheinlich irgendwo in der Hafengegend, Mylady, in einer viel fragwürdigeren Umgebung als hier. Und ich nehme an, er besticht irgendwelche Leute, um zu erfahren, was er wissen will.«

»Gut. Wenn wir gegessen haben . . .«

»O nein, Mylady. Diesen Halsabschneidern werdet Ihr Euch nicht ausliefern!«

»Das muß ich, wenn ich Pierce finden will.«

»Aber er wird später sicher hierherkommen. In dieser Nacht kann er nichts mehr unternehmen. Habt Geduld, Mylady.«

Seufzend beobachtete sie, wie er die Hammelkeule beiseite legte, an der er genagt hatte, und vors Kaminfeuer trat, um sich die Hände zu wärmen. Und dann bemerkte sie eine seltsame Gestalt in der Tür, einen Mann in grauer Mönchskutte mit geflochtenem Gürtel. Eine große Kapuze verdeckte seinen Kopf.

Verstohlen legte er einen Finger an seine Lippen und wandte sich ab. Wenig später trat der Wirt ein. Nach einem kurzen Blick auf den alten Mann, der ihm den Rücken zuwandte, gab er Rose ein Pergament, das sie rasch auseinanderrollte. »Ich bin ein Freund, der Neuigkeiten zu berichten hat«, las sie, »und ich muß Euch unbedingt sprechen. Aber ich habe Angst. Ich flehe Euch an – wenn Ihr Lady Anne jemals wiedersehen wollt, habt

Mitleid mit mir! Geht in Euer Zimmer, dort werde ich Euch aufsuchen.«

Möglichst unauffällig ließ sie die Nachricht in ihrer Rocktasche verschwinden und schaute zu Garth hinüber, der sich die Hände rieb. Dann strich er über seinen gebeugten Nacken und murmelte müde: »Für das alles bin ich zu alt.«

Sie sprang auf und legte einen Arm um seine Schultern. »Ja, Ihr habt recht. Ich mute Euch zuviel zu. Geht ins Bett. Ich werde mich jetzt in mein Zimmer zurückziehen und warten, so wie Ihr mir's empfohlen habt.«

Mißtrauisch hob er die Brauen. Obwohl er ihr erst seit kurzer Zeit diente, kannte er doch ihre ungeheure Willenskraft. Wenn sie sich etwas vorgenommen hatte, ließ sie sich nicht so leicht davon abbringen. »Ich sollte vor Eurer Tür schlafen, Mylady.«

»Hat der Wirt kein Bett für Euch?« fragte sie unschuldig.

»Darauf kommt es nicht an. Ich muß Euch beschützen, Mylady.« Entschlossen straffte er die Schultern, und sie lächelte ihn beschwichtigend an.

»Wenn das wirklich ein respektabler Gasthof ist, gibt es sicher einen Riegel an meiner Tür. Außerdem trage ich ein Messer in meiner Rocktasche, und ich schrecke nicht davor zurück, es zu benutzen. Schlaft im Bett, Garth, nicht auf dem kalten Boden. Mir wird sicher nichts zustoßen.«

Unglücklich schüttelte er den Kopf. »Das gefällt mir nicht, Mylady. Wenn Mylord jemals erfährt, daß ich Euch erlaubt habe, das Schloß zu verlassen . . .«

»Wie solltet Ihr mich denn zurückhalten?«

»Ich hätte Euch im Turm einsperren müssen.«

»Nun, das wäre Euch kaum gelungen«, erwiderte sie belustigt. »Legt Euch jetzt hin, mein guter Mann. Ich gehe sofort in mein Zimmer.«

»Schwört Ihr mir das?«

»Natürlich.«

Als er sich abwandte, verspürte Rose Gewissensbisse. Aber seit ihrem Entschluß, Pierce zu folgen, fand sie es unmöglich, sich vernünftig zu benehmen oder so, wie es die Schicklichkeit verlangte. Sie mußte ganz einfach jeder Spur folgen, die zu Anne führen mochte.

Nachdem sie die schmale Treppe hinaufgeeilt war, fand sie mühelos die Kammer, die man ihr zugeteilt hatte. Wie erwartet, war die Tür mit einem schweren Riegel versehen, den sie hinter sich vorschob. Das Bett sah nicht besonders bequem aus, genügte aber ihren Ansprüchen. Vielleicht würde sie nicht einmal Wanzen darin antreffen. Als es an der Tür klopfte, zuckte sie zusammen. »Wer ist da?« rief sie leise.

»Mylady DeForte! Ich muß Euch unter vier Augen sprechen! Jetzt gleich!«

Zögernd schaute sie sich um. Sie besaß zwar ihr Messer, aber sicherheitshalber ging sie zum Kamin und ergriff den Schürhaken. »Wer seid Ihr?«

»Ein Freund. Wenn Ihr auch daran zweifeln mögt, es ist die reine Wahrheit. Ich flehe Euch an, öffnet die Tür! Lady Annes Leben steht auf dem Spiel.«

Immer noch voller Argwohn, schob sie den Riegel zurück. Dann sprang sie nach hinten, den Schürhaken in den erhobenen Händen. Der graugekleidete Pilger trat ein und wollte die Tür hinter sich schließen. »Nein!« protestierte Rose.

»Also gut. Aber schreit nicht, wenn Ihr mein Gesicht seht!« warnte er sie. »Sollte Pierces treuer alter Diener mich finden, wäre alles verloren.«

»Ihr kennt Garth . . .«, begann sie, dann stockte ihr Atem, denn er streifte seine Kapuze vom Kopf. Jerome.

»Schurke!« zischte sie und schwang den Schürhaken hoch. »Wie könnt Ihr es wagen, in meine Nähe zu kommen, Sorge um Eure Schwester zu heucheln und Euer Gesicht zu zeigen? Pierce wird Euch töten!«

»Ja, Lady, ich habe Euch Unrecht getan. Und Euer Haß

gegen mich ist durchaus verständlich. Aber ich bitte Euch, hört mich an!«

Am liebsten hätte sie den Schürhaken auf seinen Kopf geschlagen, doch sie beherrschte sich. »Wie habt Ihr mich gefunden?«

»Ich wollte versuchen, Euch in Castle DeForte zu sprechen. Doch dann erfuhr ich, Pierce sei auf dem Weg nach Süden — und seine Frau würde ihm folgen. Ich kenne diesen Gasthof, und ich dachte mir, Ihr würdet hier absteigen.«

»Was wollt Ihr von mir?«

Seufzend faltete er die zitternden Hände. »Mylady, ich ersuche Euch, mit Pierce zu reden. Er muß meine Schwester retten. O Gott, Rose, damals wußte ich nicht, was ich tat. Tag und Nacht klagte mir Jamison sein Liebesleid. Er vergötterte Anne, die ihm unerreichbar erschien, und erregte mein Mitgefühl. Sicher, ich half ihm auch aus eigennützigen Gründen, sie zu entführen. Er bot mir Geld an. Aber nun kommt es mir so vor, als wäre ich von Judas geküßt worden. Wie elend fühlte ich mich, während ich die schrecklichen Ereignisse beobachten mußte! Er ist ein Ungeheuer, Rose, und er geht so grausam mit Anne um. Unentwegt streiten die beiden, und ich fürchte, er wird sie töten.«

Langsam sank der Schürhaken in Roses Händen herab. Jeromes Gesicht war wachsbleich, in seinen hellblauen Augen schienen Tränen zu glänzen. Ihre Knie wurden weich. Arme Anne ... »Was kann ich tun?« flüsterte sie unglücklich.

»Ihr müßt Pierce finden. Ich selbst kann nicht zu ihm gehen, denn er würde mich sofort töten, ohne mir zuzuhören.«

»Mit gutem Grund.«

»Erzählt ihm, was Ihr von mir erfahren habt.«

»Und dann?«

»Er muß Anne vor diesem Monstrum retten. Gewiß

kann er es mühelos mit Jamison aufnehmen. Bitte, Mylady, erfüllt meinen Wunsch! Vielleicht habe ich Euer aller Leben zerstört, und möglicherweise ist es zu spät, um alles wiedergutzumachen. Aber Pierce muß Anne aus dieser Hölle befreien. Wir dürfen keine Zeit verlieren. Jeden Augenblick könnte Jamison sie umbringen. Sie erklärte ihm nämlich, ein Vergleich zwischen ihrem einstigen Geliebten und ihrem Ehemann würde stets zu dessen Ungunsten ausfallen, und nun tobt er vor Eifersucht. Sobald sie gerettet ist, bringe ich sie nach Frankreich. Dort haben wir Verwandte. Man könnte eine Scheidung arrangieren. Sie helfen mir doch, Rose? Wenn Ihr Euch weigert, wird Jamison meine Schwester ermorden.«

»Und Pierce könnte am Galgen enden, wenn er Jamison bei seinem Rettungsversuch tötet.«

»Keineswegs. Ich wäre dabei.«

»Wie kann ich Euch trauen?«

»Und wie könnt Ihr so kaltblütig Annes Leben riskieren? Ihr müßt mir trauen.«

Ihre Beine trugen sie nicht länger, sie taumelte nach hinten und sank aufs Bett. Mit bebenden Fingern umklammerte sie einen Pfosten. »Und wo findet Pierce Eure Schwester?«

»Ich weiß, wo die beiden sind.« In Jeromes Augen glänzten immer noch Tränen. Offenbar hatte er auch seine guten Seiten. Er liebte seine Schwester.

Aber wie sollte sie es ertragen, wenn Pierce sein Leben wagte? »Sagt mir, wo sie sind.«

Jerome eilte lächelnd zu ihr und küßte ihre Hand. »Oh, ich danke Euch, Rose! Gott segne Euch!«

Hastig entzog sie ihm ihre Hand. »Nur Anne zuliebe werde ich mich an meinen Mann wenden. Euch verzeihe ich niemals.«

In geheuchelter Demut senkte er den Kopf, und sie sah sein spöttisches Grinsen nicht.

Pierce saß in der verrauchten Taverne und hörte dem Mann zu, der gekommen war, um ihm Informationen zu geben.

»Eine Dirne erzählte mir von einem Gentleman, der sie vor ein paar Tagen großzügig entlohnt hatte. Den ganzen Abend prahlte er und erklärte, endlich habe er sein Glück gemacht. Sie forderte ihn auf, die Nacht bei ihr zu verbringen, aber er erklärte, er werde in einem Herrschaftshaus am Stadtrand erwartet. Der Besitzer sei verreist, und nun würden seine Freunde dort wohnen, ein junger Lord mit seiner Gemahlin.«

»Was ist das für ein Haus?« fragte Pierce.

»Den Namen kenne ich nicht, aber es liegt sicher ganz in der Nähe.«

Obwohl der Mann weitersprach, wurde Pierces Aufmerksamkeit abgelenkt. Sein Blick fiel auf einen Neuankömmling in einem weiten Umhang, mit einer tief in die Stirn gezogenen Kapuze.

Sein Umhang. Ein unverwechselbares Dunkelgrün.

»Wer um Himmels willen . . .«, begann er. Dann wußte er es. Rose war ihm gefolgt. Ungläubig erhob er sich, dann sank er sofort wieder auf seinen Stuhl zurück.

Bis zu diesem Augenblick hatten ihm die zwielichtigen Gäste der Taverne keine Sorgen bereitet. Aber wenn einer dieser Kerle Rose zu Gesicht bekam . . . Großer Gott, warum war ihm das verrückte Mädchen nachgeritten? Er wandte sich zu Geoffrey, der die Gefahr noch nicht bemerkt hatte. »Gebt diesem Burschen eine Münze. Ich glaube, ich habe einen weiteren Informanten entdeckt.« Rasch stand er auf und ging um die Menschenmenge herum.

Rose war in ihrem voluminösen Umhang stehengeblieben und starrte die Sängerin an, die nun girrend ein Lied über gewisse männliche Körperteile zum besten gab. Als er von hinten einen Arm um seine Frau schlang, wollte sie aufschreien, doch er flüsterte ihr hastig ins Ohr: »Sei still! Willst du ausgerechnet hier einen Aufruhr entfesseln? Soll ich deiner Ehre zuliebe ein Dutzend Männer niedermetzeln?«

»Ich muß mit dir reden«, erklärte sie und drehte sich um, gegen seinen Zorn gewappnet.

Wie er nun feststellte, verbarg die Kapuze nicht allzuviel von ihrem schönen Gesicht. Wenn sie das Interesse der Gäste erregte, würde es zweifellos Ärger geben. »Nicht hier, Mylady.«

»Es geht um Anne.«

»Erst muß ich dich von hier wegbringen.«

Ein Betrunkener rempelte Rose an, und die Kapuze glitt von ihrem Kopf. Das Haar fiel ihr auf den Rücken, in seiner ganzen feurigen Pracht. Und alle konnten auch ihr makelloses, alabasterweißes Gesicht sehen.

»Wer ist denn diese neue Hure?« rief jemand.

»Verdammt!« fluchte Pierce und schob sie rasch hinter sich. »Geoffrey!« Sein Freund war bereits aufgesprungen und eilte zu ihm.

Um die Männer zu warnen, die bedrohlich näher kamen, zog Pierce sein Schwert.

»Zum Teufel mit Gold und Geld!« brüllte einer der Gäste. »Dieses Mädchen ist ein Vermögen wert!«

Ein Seemann fletschte seine abgebrochenen Zähne, drängte sich vor und schwang einen Dolch, die Augen voller Mordlust. Notgedrungen streckte Pierce ihn nieder. Die anderen wichen zurück, und hinter ihm stieß Rose einen halberstickten Schrei aus. Geschieht ihr recht, dachte er ärgerlich. Warum muß sie auch hierherkommen und einen Tumult entfachen? »Laßt uns hinaus!« befahl er mit durchdringender Stimme. »Sonst werden bald noch mehr Tote am Boden liegen!«

»Gegen unsere Übermacht kann er nicht kämpfen!« lallte ein grauhaariger Strolch. »Greift an, Jungs, macht ihn fertig!«

Glücklicherweise hörten nicht alle auf ihn. Ein paar

schwangen ihre Waffen, aber Pierce und Geoffrey konnten sie zurückschlagen, während sie Rose abschirmten und zur Tür drängten.

Aus den Augenwinkeln sah Pierce einen Mann, der sich von der Seite näherte, und ehe er ihn abwehren konnte, hob Rose einen Stuhl hoch und schmetterte ihn auf den Kopf seines Gegners.

Eine zarte Blume ist meine Frau gewiß nicht, überlegte er trotz allem amüsiert. Eine Rose — das schon, aber mit spitzen Dornen.

Frische Luft wehte in seinen Nacken. Sie hatten den Ausgang erreicht. Rasch schob er Rose und Geoffrey hinaus, dann warf er die Tür hinter sich zu. Er hob seine Frau auf Beowulf, stieg hinter ihr auf und spornte den Hengst an. Dicht gefolgt von Geoffrey, galoppierte er durch die Stadt.

In einer stillen Straße, weit entfernt von der Taverne und nahe dem respektablen Gasthof, wo Rose abgestiegen war, zügelte er sein Pferd. Er sprang aus dem Sattel, zerrte sie auf den Boden herab und schüttelte sie wütend. »Was zum Teufel ist dir da bloß eingefallen?«

»Ich mußte dich finden!« stieß sie zwischen zusammengebissenen Zähnen hervor.

»Um mich aufzuhalten! Aber das wird dir nicht gelingen. Beinahe wärst du vergewaltigt worden.«

Obwohl sie blaß wurde, hob sie würdevoll das Kinn. »Ich bin nicht gekommen, um dich aufzuhalten, sondern um dir zu sagen, daß ich weiß, wo Anne ist. Du mußt sie vor Jamison retten, so schnell wie möglich.«

Verwirrt runzelte er die Stirn. »Und wieso weißt du, wo sie ist?«

»Jerome suchte mich im Gasthof auf. Er bereut zutiefst, was er getan hat, und nun fürchtet er um Annes Leben. Offenbar hat sie Jamison mit dir verglichen, zu seinen Ungunsten. In seiner wütenden Eifersucht könnte er sie töten.«

»O Gott!« flüsterte Pierce.

»Du mußt vorsichtig sein!« Tränen schimmerten in ihren Augen.

»Wo ist sie?«

»Im Huntington Manor.«

»Das kenne ich. Einmal fand der König dort Zuflucht. Sobald ich dich in Sicherheit gebracht habe, werde ich hinreiten.«

»Ich habe ein Zimmer im Gasthof. Garth ist bei mir.«

Dankbar nickte Pierce. Was für ein guter, treuer Diener ... »Komm jetzt.« Er hob sie wieder in den Sattel, stieg auf, und sie ritten zum Gasthof. Während er seine Frau in ihr Zimmer führte, wartete Geoffrey draußen bei den Pferden.

Trotz seiner Eile umarmte er sie, und als er in ihre smaragdgrünen Augen schaute, fühlte er sich wie verzaubert. Nein, nicht verzaubert. Er liebte sie. In jener Nacht hatte sie ihre Unschuld an ihn verloren, aber auch etwas von ihm genommen. Nun war er für immer ihr Gefangener. Stets würde ihn ihr Bild begleiten. »Ich muß gehen«, sagte er leise.

Sie nickte und erwiderte seinen zärtlichen Kuß. »Pierce — komm zu mir zurück. Bitte!«

11

Der Ritt zum Huntington Manor dauerte eine gute Stunde. Ausnahmsweise schonte Pierce seinen Hengst nicht und trieb ihn unentwegt zur Höchstgeschwindigkeit an. Geoffrey hatte alle Mühe, ihm zu folgen.

Als sie die Außenmauer erreichten, ließ sich niemand blicken. Pierce sah Licht im Pförtnerhaus, aber sein Ruf wurde nicht beantwortet, und er hämmerte vergeblich gegen das Tor. Besorgt schaute er seinen Diener an, und die böse Vorahnung, die ihn auf dem ganzen Weg begleitet hatte, verstärkte sich. Zwischen den alten Mauersteinen entdeckte er Haltegriffe, und so kletterte er hinauf, während Geoffrey den Hengst seines Herrn hütete.

Ohne seine blutigen Finger zu beachten, schwang sich Pierce über den Mauerrand und sprang in den Hof hinab. Merkwürdige Stille erfüllte das Haus. Er schob den Riegel des Hoftors zurück, ließ Geoffrey hereinreiten, der Beowulf am Zügel führte, und eilte zur schweren Eichentür des Hauses. Von wachsendem Unbehagen erfaßt, hob er eine Hand, um anzuklopfen, doch das war überflüssig.

Sobald er die Tür berührte, schwang sie auf. Er betrat die Halle. Im Hintergrund sah er einen Torbogen aus Marmor, eine breite Treppe. Niemand trat ihm in den Weg, kein Laut durchbrach das tiefe Schweigen. Das Schwert gezogen, ging er vorsichtig weiter und bedeutete Geoffrey, der ihm folgte, zu warten. Langsam näherte er sich der Treppe, und dann fiel ihm die Waffe aus der Hand. Alle Kraft wich aus seinem Arm, seinem Körper, seiner Seele. Vor Entsetzen stockte ihm der Atem. Wie gelähmt starrte er auf das Paar hinab, das am Boden lag. Nein ... Er sprach das Wort nicht aus, aber es gellte in seinem Herzen, in seinem Gehirn.

Endlich gehorchte ihm seine Stimme wieder, die Erstarrung fiel von ihm ab. »Allmächtiger!« rief er, steckte sein Schwert in die Scheide und lief zu den beiden hinüber. Verzweifelt zerrte er Jamisons Körper von Anne weg, erwartete halb und halb, der blutüberströmte Mann würde zu neuem Leben erwachen.

Aber Jamison sank auf den kalten Marmor, blicklos starrten die hellblauen Augen zum Hallengewölbe hinauf. Es gab keinen Zweifel, Lord Bryant war tot. Ebenso wie Anne.

Schöne, süße, sanftmütige Anne ... Behutsam nahm Pierce sie in die Arme und achtete nicht auf das getrocknete Blut, das seinen Mantel befleckte. Er strich ihr das goldblonde Haar aus der Stirn, berührte die leblosen Wangen. Heißer Zorn stieg in ihm auf, während er sie mit aller Kraft an sich preßte.

»Mein Gott«, flüsterte er, »was haben sie mit dir gemacht, Anne?« Der Tod hatte sie ereilt, trotz ihrer Jugend und Schönheit. Ich hätte früher kommen müssen, dachte Pierce, keine einzige Stunde lang hätte ich ruhen und rasten dürfen ... Seltsamerweise drückte ihr zartes Gesicht inneren Frieden aus. Jetzt konnte ihr niemand mehr ein Leid zufügen.

Wie aus weiter Ferne hörte er hastige Schritte und Geoffreys angstvolle Stimme. »Mylord! Reiter sind in den Hof gekommen! Im Dunkel konnte ich die Flaggen nicht sehen, aber ich glaube, es ist der Lord Constable mit seiner Truppe. Mylord DeForte, wir müssen weg von hier!«

»Ich kann sie nicht verlassen.«

»Aber sie ist tot, Mylord!« Geoffrey kniete neben seinem Herrn nieder. »Der Himmlische Vater hat sie zu sich genommen, und Ihr könnt nichts mehr für sie tun. Kommt mit mir, Mylord!« Eindringlich fuhr er fort, als Pierce sich nicht rührte: »Man wird glauben, Ihr hättet die beiden ermordet. So viele Drohungen habt Ihr gegen Jamison Bryant ausgestoßen! Offensichtlich wurde der

Lord Constable von irgend jemandem hierhergeholt. O Gott, hört mich doch an, Mylord! Wir müssen wegreiten, sonst nimmt man Euch fest. Nicht einmal der König wäre imstande, Euch zu retten ...« Er hielt kurz inne, um nach den richtigen Worten zu suchen. »Wie wollt Ihr Lady Annes Tod rächen, wenn Ihr am Galgen baumelt, wie den Mörder finden und die Wahrheit ans Licht bringen?«

Dieses Argument überzeugte Pierce. Langsam richtete er sich auf und legte Anne ganz sacht auf den Boden. Nein, er konnte wirklich nichts mehr für sie tun. Himmel und Hölle hätte er in Bewegung setzen müssen, um sie vor diesem grausigen Schicksal zu bewahren. Aber da war Rose gewesen ... Tiefer Schmerz erfüllte seine Brust. Rose, die ihm getrotzt, die sich unaufhaltsam einen Weg in sein Leben und sein Herz gebahnt — und ihm versprochen hatte, er würde büßen ...

Und in dieser Nacht hatte sie ihn hierhergeschickt, nach ihrer Begegnung mit Jerome. Und wie klug sie vorgegangen war! »Komm zu mir zurück!« hatte sie ihn angefleht. Gerade, als er bereit gewesen war, an ihre Unschuld zu glauben und sich einzugestehen, der Zauber müsse Liebe sein, hatte sie ihn ins Verderben reiten lassen. Nach Huntington Manor, wo der Constable ihn antreffen würde.

»Mylord, bitte, kommt mit mir!« drängte Geoffrey. Langsam nickte Pierce, und nach einem letzten Blick auf seine tote Geliebte stand er auf.

Kaum hatten sie das Haus verlassen, als ihnen auch schon der Weg von sechs Reitern versperrt wurde. Einen der Männer erkannte Pierce — Constable Thayer Harrison, einen tüchtigen Beamten, der bereits Charles I. gedient hatte. Nun war er ein alter, würdevoller Soldat mit wettergegerbtem Gesicht und grauem Bart, aber immer noch kerzengeradem Rücken.

Geoffrey hat recht, dachte Pierce. Ich darf mich nicht gefangennehmen lassen. Niemand in ganz England würde bezweifeln, daß ich diese beiden schrecklichen Morde begangen habe. Zwei Reiter stiegen ab und rannten ins Haus, während Pierce im Hof zur Seite wich und sein Schwert zog. »Wenn es zu einem Kampf kommt, mußt du fliehen, sobald ich dir ein Zeichen gebe!« rief er Geoffrey leise zu.

»Niemals, bei meiner Ehre, Mylord! Wie stünde ich denn da?«

»Wie ein Mann, der mir später beistehen könnte. Wir kämpfen, solange es die Vernunft erlaubt, und wenn es klüger ist, die Flucht zu ergreifen, reiten wir auf getrennten Wegen davon. Du erwartest mich im Castle DeForte.«

Wieder wollte Geoffrey protestieren, doch da stürmten Harrisons Leute aus dem Haus.

»Großer Gott, die Frau hat er auch getötet, Mylord!« schrie der eine Soldat. »Da liegt sie verkrümmt am Boden, in ihrem Blut gebadet!«

»Um Himmels willen, DeForte!« stieß Harrison hervor.

»Ich bin unschuldig, Lord Constable!« beteuerte Pierce. »Glaubt mir, man hat mich in eine Falle gelockt, um mir das Verbrechen anzuhängen.«

»Immer wieder habt Ihr den Mann bedroht.«

»Ja, aber nicht die Lady. Ich liebte sie.«

»Und die Eifersucht trieb Euch zu dieser blutigen Tat!«

»Gott ist mein Zeuge, ich habe nichts damit zu tun, Harrison.«

»Dann tretet vor den König und beweist Eure Unschuld.«

»Wie soll ich das anfangen, wenn ich in Newgate oder im Tower sitze?« Pierce zwang sich, mit ruhiger Stimme zu sprechen. »Nun werde ich an Euch vorbeigehen. Ich will niemanden verletzen, aber auch nicht in diesem Hof sterben, denn ich muß am Leben bleiben, um die Wahrheit herauszufinden. Jeder, der sich mir entgegenstellt, sei gewarnt! Um meiner Freiheit willen würde ich nicht zögern, ihn zu töten, so sehr ich das auch bedaure. Lord

Constable! Schickt Eure Leute nicht gegen mich in den Kampf!«

Unglücklich schüttelte Thayer Harrison den Kopf. »Ich kann Euch nicht gehen lassen. Seid doch nicht töricht! Es ist meine Pflicht, Euch festzunehmen, das wißt Ihr, Euer Gnaden.« Für einen Augenblick ließ er die Förmlichkeit außer acht. »Pierce, mein guter Freund, wir sind zu sechst!«

»Die Gerechtigkeit wird mir Kraft geben.« Entschlossen schwang Pierce sein Schwert in die Nacht empor. »Wenn Ihr mich bekämpfen wollt, so kommt nur!«

Mit gezücktem Schwert sprang der erste Mann vor, aber Pierces Klinge sandte es in die andere Hofecke. Nun stürzten sich zwei weitere Soldaten auf den Herzog — tapfere, aber unerfahren Burschen, die er mühelos entwaffnete. Währenddessen beobachtete er aus den Augenwinkeln, wie zwei weitere herbeiliefen, doch sie wurden von Geoffrey niedergestreckt.

Pierce rannte zu seinem Hengst, sprang in den Sattel und sah Harrison heranreiten. Doch er wollte den alten Mann nicht verletzen. »Es würde mir das Herz brechen, wenn ich Euch töten müßte, altes Schlachtroß! Aber Ihr werdet mich nicht aufhalten.«

Beowulf rammte das Pferd des Constables, das sein Gleichgewicht verlor und stürzte. Im letzten Moment konnte der Reiter abspringen, so daß er vom Gewicht des Tiers nicht erdrückt wurde.

Während Harrison sich aufrappelte, schob Pierce sein Schwert in die Scheide, hebelte eine Kugel in den Lauf seiner Pistole und feuerte in die Luft. Sofort gingen die Pferde des Trupps durch, stoben verängstigt in die Finsternis. Nun hatte er wenigstens ein bißchen Zeit gewonnen.

Auch Beowulf tänzelte nervös umher, durch den Schuß aufgeschreckt. Rasch lenkte Pierce ihn zu seinem alten Freund. »Ich habe es nicht getan, Harrison, das schwöre ich.« Dann spornte er den Hengst an und gab Geoffrey einen Wink.

Bis sie von der Dunkelheit verschluckt wurden, blieben sie beisammen. Dann wandten sie sich in verschiedene Richtungen, und niemand konnte erkennen, wer welchen Weg genommen hatte.

»Großer Gott, Lord Constable!« rief einer der jungen Soldaten, der mühsam auf die Beine kam. »Wie er mit seinem Schwert umgehen kann, unglaublich! In der Tat, er muß ein großer Kavalier gewesen sein, ein wackerer Kämpfer an der Seite unseres Königs. Wie traurig, daß er jetzt zum Mörder geworden ist!«

»Hm . . .« Harrison wischte den Staub von seiner Kleidung, schob den jungen Alwin Anderson beiseite und betrat das Haus. In der Halle dachte er, sein Herz würde stehenbleiben. Erschüttert kniete er neben Lady Anne nieder. Welch einen grauenvollen Tod die schöne Frau gefunden hatte . . . Dann warf er einen kurzen Blick auf Jamison, kratzte sich am Kinn und kehrte in den Hof zurück.

»Sollen wir dem Herzog nachreiten?« fragte Anderson. »In welche Richtung, Mylord?«

»Oh, Ihr verdammten Narren!« schimpfte Harrison. »Wollt Ihr mit aller Macht seinen Stahl schmecken? Vorerst seid Ihr nur unverletzt, weil er es so wollte.«

»Aber, Mylord!« wandte Anderson bestürzt ein. »Diese Mordtaten . . .“

»Mein Leben wette ich darauf, daß Lord DeForte sie nicht begangen hat.«

»Nun, er bedrohte Lord Bryant, und wir wurden beauftragt, ihn festzunehmen. Meine Order . . .«

»Ich warne Euch, junger Mann. Gemeinsam mit DeForte kämpfte ich im Bürgerkrieg. Ich kannte ihn in Kriegs- und Friedenszeiten. Er hat Bryant nicht getötet.«

»Wieso wißt Ihr das?«

»Weil er niemals in all den Jahren einen Mann, Freund

oder Feind, in den Rücken stach. Und nicht einmal in rasender Eifersucht hätte er Lady Anne etwas zuleide getan. Wir werden ihn aufspüren, und ich werde ihm klarmachen, daß er vor dem König erscheinen muß. Alles zu seiner Zeit. Und jetzt deckt um Himmels willen die gute Lady Anne zu! Auch wenn es nichts mehr gibt, was sie erwärmen könnte . . .«

Rastlos wanderte Rose im kleinen Zimmer des Gasthofs umher und malte sich aus, was geschehen mochte. Vor ihrem geistigen Auge sah sie Pierce, der Anne in die Arme riß und gelobte, sie zu befreien.

Und dann warf sich Jamison auf ihn, ein heftiger Kampf entbrannte. Niemals würde er Pierce bezwingen, aber wenn seine Wachtposten eingriffen . . .

Schließlich verbot sich Rose, noch länger nachzudenken, sonst würde sie den Verstand verlieren. Sie setzte sich, um einen Becher Wein zu trinken, und hoffte, das würde ihre Nerven beruhigen. Nach einer Weile kleidete sie sich aus, nahm ein weißes Hemd aus ihrer Reisetasche, zog es an und legte sich ins Bett. Doch sie fand keinen Schlaf. Bald stand sie wieder auf, trank noch etwas Wein und ging wieder umher.

Aber schon nach wenigen Schritten sank sie erschöpft in einen Sessel vor dem Kaminfeuer und beobachtete die Flammen. Sie legte den Kopf auf die Armstütze, die Augen fielen ihr zu.

Offenbar war sie eingenickt, denn als sie die Lider hob, stand ein Mann vor der geschlossenen Tür und betrachtete sie.

»Pierce!« rief sie verwirrt.

»Ja, Rose.« In seiner Stimme schwang ein seltsamer Unterton mit, und er kam nicht näher.

Sie sprang auf, rannte zu ihm und schlang die Arme um seinen Hals. »Du bist wieder da! Und hoffentlich unverletzt!« Rasch tastete sie seine Brust und seinen Rücken ab, so besorgt um sein Wohl, daß sie seine steife Haltung nicht bemerkte.

»Hast du mich nicht erwartet?«

»Ich dachte . . . Anne! Du hast Anne gefunden?«

»Allerdings, meine Liebe.«

»Trotzdem bist du zurückgekommen?« wisperte sie.

»Trotzdem«, bestätigte er. »Damit hast du nicht gerechnet, oder? Gib es zu!«

Verständnislos starrte sie ihn an. »Nein, aber es war mein sehnlicher Wunsch. Das schwöre ich dir.« Was mochte sein düsterer Blick bedeuten? Erschrocken wich sie zurück.

»O Rose — Rose . . .« Er trat vor, packte ihre Schultern, und ihr Kopf sank in den Nacken. Nun sah sie ihn lächeln, doch das spendete ihr keinen Trost. Dieses Lächeln wirkte genauso spöttisch wie die Liebkosung seiner Finger, die über ihr Gesicht strichen. Er hauchte einen Kuß auf ihre Lippen, dann griff er plötzlich in den Ausschnitt ihres Nachthemds und riß es entzwei.

Verblüfft schrie sie auf, taumelte nach hinten und versuchte, das zerfetzte Hemd vor der Brust zusammenzuhalten. Pierce folgte ihr entschlossen, immer noch lächelnd. Welch ein beängstigendes Lächeln — so kalt wie der Tod . . .

»Du dachtest also nicht, ich würde zu meiner schönen, verführerischen, bezaubernden Frau zurückkehren«, flüsterte er. »Zu dieser süßen Unschuld.« Es gab kein Entrinnen. Schmerzhaft umklammerte er ihre Handgelenke, so daß sie das zerrissenen Nachthemd loslassen mußte. »Du wirst dich doch nicht vor mir schämen, Lady? Zeig mir die ganze Schönheit, die meine Sinne benebelt hat!«

»Wovon redest du?« fragte sie in wachsender Furcht. »Und warum hast du mein Hemd zerrissen?«

»Das sagte ich doch schon. Um deine Schönheit zu bewundern. Ich will mich an den Smaragdglanz deiner Augen erinnern, an das Feuer in deinem Haar, an deine vollen roten Lippen. Und natürlich auch an alles andere.« Mit bebenden Fingern streichelte er eine ihrer Brüste. »Ich möchte mir einprägen, wie sich deine elfenbeinweiße Haut anfühlt, wie es ist, meinen Mund an deinen Hals zu pressen, in der Unschuld deines Blicks zu ertrinken ...«

Inzwischen hatte er sie zum Bett gedrängt, und sie fiel darauf, immer noch überrascht. Anfangs war sie zu verwirrt gewesen, um sich zu wehren. Aber nun wurde sie von wachsendem Zorn erfaßt. Was stimmte nicht mit ihm? Großer Gott, was redete er da? Was hatte er herausgefunden? »Pierce, laß mich aufstehen! Was ist denn bloß in dich gefahren?«

»Unschuldig bis zum bitteren Ende!« Er schob ein Knie zwischen ihre Schenkel, und sie versuchte erfolglos, ihn von sich zu stoßen.

Nie hatte sie sich so verletzlich gefühlt. »Hör auf!«

»Aber du wolltest mich doch wiederhaben, liebste Gemahlin.« Das Gewicht seines Körpers preßte sie unbarmherzig auf die Matratze.

»Bitte, Pierce ...«

»Hast du dich denn nicht nach mir gesehnt?« Seine Finger glitten durch ihr Haar und legten sich dann um ihren Hals. »Du wolltest mich doch wiederhaben?«

»Nicht so!« rief sie, den Tränen nahe, und stemmte sich gegen seine Brust.

»Immer war ich nur zärtlich zu dir.«

»Nein, verdammt, Pierce, nein ...«

Seine Lippen fanden ihre, und als sie sich zur Seite drehen wollte, hielt er ihren Kopf mit beiden Händen fest. Spielerisch schob er seine Zunge in ihren Mund, aufreizend und verführerisch. Der Kuß schien eine halbe Ewigkeit zu dauern — bis der süße Nektar ungebeten durch ihre Glieder rann, bis ihr der Atem ausging und ihre Willenskraft erlahmte. Zu oft hatte sie diese Liebkosungen genossen, um ihnen zu widerstehen ...

Die Fäuste immer noch gegen seine Brust gepreßt, spürte sie die sonderbare, entfesselte Leidenschaft seines Kusses und fragte sich verzweifelt, was in seinem Herzen und in seinem Gehirn vorgehen mochte. Rasch löste er die Verschnürung seiner Hose, während seine Zunge die Konturen ihrer Lippen nachzeichnete. Nur für einen kurzen Augenblick fühlte sie seine Finger zwischen ihren Schenkeln, dann die bezwingende Kraft seiner Körpers, der mit ihrem verschmolz.

Ein Schrei blieb ihr in der Kehle stecken. Vergeblich versuchte sie, sich loszureißen, dem plötzlichen verwirrenden Liebesakt zu entkommen. Doch er fesselte sie mit seinem Gewicht, mit seinem Mund, mit einem Kuß, der immer noch eine merkwürdige Zärtlichkeit ausdrückte, dann eine wachsende Leidenschaft, die sich dem wilden Rhythmus seiner Hüften anpaßte.

Nein, gelobte sie sich, dieses Feuer würde keine Funken in ihr entzünden, nachdem er so wütend und rücksichtslos in sie eingedrungen war. Diesmal wollte sie nicht nachgeben . . .

Aber seine Lippen preßten sich hungrig an ihren Hals, an eine ihrer Brüste, und sein heißer Atem entfachte die Flammen. Mit aller Macht wehrte sich Rose gegen diese Gefühle, dann schluchzte sie, denn sie konnte Pierce nicht widerstehen.

Die süße Magie ließ sich nicht abwehren, und auf dem Gipfel der Erfüllung glaubte Rose zu sterben. Statt dessen schienen Sterne zu bersten. Heftige Erschütterungen durchströmten ihren ganzen Körper, dann fiel Pierce keuchend auf sie herab.

Schon im nächsten Augenblick fuhr er hoch, als hätte er sich verbrannt, und verschloß seine Hose. Er stand auf, trat vom Bett zurück, und sie krümmte sich fröstelnd zusammen. Entgeistert beobachtete sie ihn. »O ja, Lady, ich werde mich an dich erinnern«, versprach er. »An dich und deinen Verrat, bis zu meinen letzten Atemzug.«

Da sprang sie aus dem Bett, wickelte sich in die Reste ihres Nachthemds und starrte ihn ungläubig an. »Was für einen Verrat meinst du? Bei Gott, ich weiß nicht, was das alles heißen soll!« Hinter ihren Lidern brannten Tränen. »Du tust mir Unrecht, das schwöre ich beim Himmel, du arroganter Bastard! Willst du mir nicht endlich sagen, was geschehen ist? Hast du Anne gefunden?«

Er ging zur Tür. »Allerdings.«

»Und?«

Erbost fuhr er zu ihr herum. »Als ob du das nicht wüßtest! Ich fand sie tot!«

»Tot!« wiederholte sie tonlos. Alle Farbe wich aus ihren Wangen.

»Ja, Lady, tot und kalt am Boden, das goldblonde Haar voller Blut.«

»Oh, mein Gott! Also hat Jamison . . .«

»Du hast mich dorthin geschickt, in eine Falle. Und ich gab diesem Idioten Jamison die Schuld. Nun, auch dieser verdammte Narr liegt tot in der Halle von Huntington Manor. Das habt ihr beide ausgeheckt, du und Jerome! Und du schicktest mich hin, weil der Constable mich bei den Leichen ertappen sollte!«

Langsam schüttelte Rose den Kopf. Ihre Zähne begannen zu klappern. Jamison und Anne — tot. Und nun glaubte Pierce, sie hätte gemeinsam mit Jerome den Doppelmord geplant, um das Verbrechen ihrem Mann anzulasten . . .

Plötzlich erklangen Hufschläge auf der Straße. Pierce starrte in Roses bleiches Gesicht und hob die dunklen Brauen.

»Wie raffiniert! Du sagtest, ich solle zu dir zurückkommen. Damit ich hier geschnappt werde, falls ich dem Constable im Huntington Manor entkomme!«

»Nein!« fauchte sie, während er sein Schwert zog. »O nein, du Idiot!«

Schritte polterten im Treppenhaus, die Tür flog auf.

Kreischend riß Rose die Decke vom Bett und schlang sie um ihren Körper.

Ein junger Mann erschien im Türrahmen, sein Schwert gezückt. Ein paar andere folgten ihm. »Er wird Euch nicht verletzen, Mylady!« rief er. »Dank Eurer rechtzeitigen Nachricht sind wir zur Stelle, und wir werden ihn überwältigen.«

»Eine Nachricht?« Pierce warf ihr einen kurzen Blick zu, dann versetzte er der schweren Eichentür einen kräftigen Fußtritt, und die Männer, die sich auf der Schwelle drängten, stürzten zu Boden. Unsanft riß er Rose in die Arme. »Mylady, jetzt bin *ich* an der Reihe. Dafür wirst *du* zahlen, bei Gott!«

»Nein!« schrie sie voller Angst und Wut. »Ich . . .«

Er stieß sie von sich, und die Männer sprangen auf, um ihn anzugreifen. Ihr Gebrüll und das klirrende Metall erzeugten einen ohrenbetäubenden Lärm, während Pierce verbissen gegen die Überzahl focht. Er lief zum Kamin, schwang den großen Stuhl hoch und schleuderte ihn auf seine Gegner. Für einen Augenblick verloren sie das Gleichgewicht, und er sprang zum Fenster, riß die Vorhänge auseinander, hielt kurz inne — bereit, zur Straße hinabzuspringen.

Ein Häscher stürmte hinterher, um ihm mit seinem Schwert den Rücken zu durchbohren. »Pierce!« schrie Rose. »Hinter dir!« Da fuhr er herum, und im letzten Augenblick fügte er dem Arm seines Angreifers eine Schnittwunde zu, die einen weiteren Kampf verhinderte. Noch einmal schaute er seine Frau an, dann sprang er, und sie hörte ihn auf der Straße landen.

»Ihm nach, Männer!« ertönte ein Befehl, und in ihrer Hast stolperten die Soldaten übereinander.

»Nein!« rief Rose. »Laßt ihn laufen!« Ohne zu bedenken, daß nur das zerfetzte Nachthemd und die Bettdecke ihre Blößen verhüllten, eilte sie hinter den Männer die Treppe hinab, hinaus in die kühle Nachtluft. Barfuß rannte sie hinter den Verfolgern über die Sandstraßen, zum Hafen hinunter.

Immer wieder blieb Pierce stehen, drehte sich um und parierte die Schwerthiebe seiner Feinde, verletzte ein Handgelenk oder einen Arm. Jeden einzelnen Soldaten schlug er zurück. Doch er streckte keinen nieder.

Erkennen sie denn nicht seine Unschuld, fragte sich Rose verzweifelt. Nein, denn sie trieben ihn immer näher zum Rand des schwarzen Wassers. Seine Füße fanden kaum noch Halt, doch er bekämpfte die Soldaten immer noch. Mondlicht spiegelte sich in seiner hoch erhobenen Klinge. »Gerechtigkeit!« donnerte er, und seine Stimme schien durch die ganze Stadt zu hallen. Dann drehte er sich um und sprang in die kalten Wellen.

Verzweifelt stand Rose da, schrie und schrie und konnte nicht mehr zu schreien aufhören ...

Stunden später erzählte man ihr, er sei tot. Mehrere Männer waren hinter ihm ins Wasser gesprungen, hatten ihn aber nicht gefunden. Damit gab man sich zufrieden. Niemand hätte es genossen, den großen, mächtigen Herzog hängen zu sehen.

Ein älterer Mann war zu Rose gekommen, hatte ihr seinen Umhang um die zitternden Schultern gelegt und sie in den Gasthof zurückgeführt. Dort drückte er sie in einen Sessel vor dem Kaminfeuer, zwang sie, Whisky zu trinken, und die feurige Flüssigkeit weckte ihre Lebensgeister wieder.

Nein, Pierce durfte nicht tot sein — nicht, nachdem sie begonnen hatte, ihn mehr als ihr Leben zu lieben. Nein, ich hasse ihn, redete sie sich ein, ich hasse ihn, weil er niemals an mich geglaubt hat ...

Statt dessen war er zu der Überzeugung gelangt, sie hätte ihn verraten. Wie mochte das alles zusammenhängen? Man behauptete, sie habe dem Lord Constable eine Nachricht gesandt und ihm mitgeteilt, Lord DeForte sei im Gasthof zu finden, sollte ihm die Flucht aus dem Huntington Manor gelingen. Das mußte Jeromes Werk sein.

»Vielleicht ist es so am besten«, meinte der freundliche Constable und flößte ihr noch mehr Whisky ein.

Nein, so war es keineswegs am besten. Anne tot, Jamison tot. Und Pierce ...

Aber Jerome lebte, und sie gelobte sich zitternd, seine Schuld zu beweisen. Dieser Entschluß würde ihr Kraft geben. Aber nicht mehr in dieser Nacht.

Tränen stiegen ihr in die Augen, und sie nahm noch einen Schluck Whisky, der in ihrer Kehle brannte — wenn auch längst nicht so schmerzhaft wie die Leere in ihrem Herzen. »Er war unschuldig«, versicherte sie dem Constable, »denn er liebte Anne.«

Seufzend umfaßte er ihre Hände. »Ja, Mylady, vielleicht hat er sich ungezähmter Leidenschaft und übermäßigem Hochmut schuldig gemacht, aber er war weder Annes noch Lord Bryants Mörder.«

»Und das werde ich beweisen«, versprach sie, die Augen voller Tränen.

»Erst einmal müßt Ihr schlafen, Mylady«, versuchte er sie zu beruhigen. Doch sie saß noch stundenlang vor dem Kamin und starrte in die Flammen. Im Morgengrauen begann sie zu schluchzen. Nun zweifelte sie nicht mehr an Pierces Tod.

12

Unaufhaltsam versank er in einem bodenlosen Abgrund. Das Wasser war eisig gewesen und hatte seine Gefühle betäubt. Und so spürte er seinen Körper nicht mehr — nicht einmal seine Seele.

Und dann die Schwärze, wo weder Leben noch Tod irgend etwas bedeuteten, ein Dunkel, das alles umfaßte ...

Doch dann wurde er aus dieser Finsternis gerissen. Etwas berührte seinen Brustkorb, die Schmerzen und Ängste kehrten sofort zurück. Heftig erschauerte er, triefnaß in der kalten Nachtluft. Bleierne Müdigkeit lastete in seinen Armen, seine Lunge brannte vom Wasser, das er mit jedem Atemzug geschluckt hatte. Seine Zunge schmeckte immer noch das Meeressalz.

Nun spürte er eine Klinge an seinen Rippen, ein kleines Messer, wie es ein Angler benutzte, wenn er einen Fisch ausweidete. Ein Mann redete, der offenbar glaubte, Pierce wäre immer noch bewußtlos. »Das muß ein ganz vornehmer Herr sein, Jake. Schau doch, was er anhat! Eine Hose aus edlem Stoff, ein Hemd aus reiner Seide ...«

»Dann können wir Lösegeld für ihn verlangen, Billy.«

Nun öffnete Pierce die Augen einen Spaltbreit. Salz brannte darin und verschleierte ihm zunächst den Blick. Er spürte ein heftiges Schaukeln. Offenbar lag er in einem Boot. In einem Fischerboot, das in später Nacht aufs Meer gefahren war. Mit zwei fragwürdigen Burschen an Bord. Vermutlich hielten sie nach Schiffswracks Ausschau, die sie plündern konnten.

»Ja, der ist sicher steinreich«, meinte der Mann namens Billy. Um die fünfzig Jahre alt, entschied Pierce. Endlich konnte er etwas sehen, nachdem der stechende Schmerz in seinen Augen nachgelassen hatte. Schwarze und weiße Bartstoppeln bedeckten Billys Wangen. Wahrscheinlich rasierte er sich nur gelegentlich und wußte nicht recht, ob er es wirklich tun sollte. Er war knochendürr und glich einem hungrigen Hai.

»Also steckt eine Menge Lösegeld drin.« Jake war jünger und wirkte noch niederträchtiger, dunkelhaarig und bleich, glatt rasiert, mit einer häßlichen Narbe über der linken Wange.

»Oder vielleicht . . .«, begann Billy.

»Vielleicht ist er ein Verräter. Dann würden der König oder die Gesetzeshüter eine hohe Belohnung für ihn zahlen. Was glaubst du?«

»Stehlen wir ihm das Geld und sein Hemd, dann werfen wir ihn über Bord, bevor er wieder zu sich kommt. Auf einen Kampf sollten wir uns nicht einlassen. Er ist sehr kräftig gebaut.«

»Lassen wir ihn ertrinken?«

»Genau. Zieh ihm die Hose aus.«

Inständig hoffte Pierce, seine Kräfte würden ihm nicht im Stich lassen. Sobald er spürte, wie zwei Hände an ihm zerrten, rammte er seine Faust gegen Billys Kinn.

»Jesus und heilige Jungfrau!« schrie Billy und fiel nach hinten.

»Dieser hochwohlgeborene Lord ist doch fast tot!« fauchte Jake wütend. Ein Ruder in den erhobenen Händen, stand er über Pierce. »Dem schlage ich den Schädel ein!«

Jetzt muß ich blitzschnell handeln, dachte Pierce. In dieser Nacht hatte er schon genug gekämpft, dem Tod ins Auge geblickt und wäre beinahe ertrunken. Aber noch war das Maß seiner Leiden nicht voll. Ehe das Ruder herabsauste, wälzte er sich zur Seite, sein Arm stieß gegen die Bootswand. Immerhin konnte er noch Schmerzen empfinden.

»Mach ihn fertig!« wurde Jake von Billy ermutigt.

Erneut schwang das Ruder hoch, und im gleichen Augenblick wurde das kleine Boot gerammt.

Jake schwankte, das Ruder flog ihm aus den Händen. Wild gestikulierte er mit beiden Armen, dann stürzte er ins tintenschwarze Wasser. Pierce versuchte aufzustehen. Ein anderes Boot war gegen den kleinen Kahn geprallt. Kein Fischerboot, sondern das Beiboot eines Schiffs. Schattenhaft sah er weiter draußen im tiefen Wasser die Umrisse der Segel vor dem Nachthimmel.

»*Hola*!« rief jemand.

Ein spanisches Schiff, erkannte Pierce. Ein Spanier — in englischen Gewässern?

»Antwortet, Engländer!« befahl eine Stimme mit starkem Akzent, und ein Gesicht mit dunklem Schnurrbart erschien in Pierces Blickfeld. Er versuchte zu sprechen, aber in seinem Kopf begann es zu dröhnen, und er sank zurück in die willkommene Umarmung des schwarzen Abgrunds.

Als er erwachte, saß er zusammengesunken auf einem harten Stuhl. Ringsum flackerte Kerzenschein. Das Licht schmerzte in seinen Augen, während er sie langsam öffnete.

In einer Kapitänskajüte, an einem massiven Schreibtisch, saß ihm ein untadelig gekleideter Spanier gegenüber. Pierce starrte in ein bleiches Gesicht mit braunen Augen und spitzem Kinn, von dunklem Haar umrahmt.

»Also habt Ihr das Bewußtsein wiedererlangt, Engländer. Wer seid Ihr?«

Pierce fuhr sich mit der Zunge über seine trockenen, rissigen Lippen. »Wer seid Ihr — und was hat ein spanisches Kriegsschiff in englischen Gewässern zu suchen?«

»Wir führen keinen Krieg«, erwiderte der Mann schnell. »Nun, wer seid Ihr?«

»Das spielt keine Rolle.«

Der Spanier sprang auf und schüttelte den Kopf. Nun

bemerkte Pierce die Männer, die hinter ihm standen und auf die Befehle des Kapitäns warteten. An seinen Schreibtisch gelehnt, musterte er seinen Gefangenen. »Ihr seid vornehm gekleidet, aber da Ihr Euren Namen verschweigt, muß ich Euch für einen Halsabschneider halten, für einen Piraten wie die beiden anderen . . .«

». . . was ein Irrtum wäre.«

»Seid Ihr ein hohes Lösegeld wert?«

»Nein.«

»Dann seid Ihr ein Pirat.«

»Was habt Ihr mit dem alten Billy gemacht?« erkundigte sich Pierce höflich.

Der Spanier lächelte eisig. »Er schläft mit seinem Freund auf dem finsteren Meeresgrund. Und was soll ich nun mit Euch anfangen?«

»Ich bin kein Pirat.«

»Aber ein Mann mit Vergangenheit, der sich fragt, warum ich mein Schiff in diese Gewässer gesteuert habe. Hm . . .«

»Tötet ihn!« schlug einer der Männer vor. »Er ist nichts Besseres als die zwei anderen.«

»Oh, doch.« Nachdenklich ergriff der Kapitän einen eleganten silbernen Brieföffner und klopfte damit gegen seine Wange. »Er ist groß und stark«, fuhr er fort und neigte sich lächelnd zu Pierce hinab. »Also kann er auf diesem Schiff seinen Lebensunterhalt verdienen. Fesselt ihn an Händen und Füßen! Um so bereitwilliger wird er arbeiten, wenn wir ihn losbinden — und irgendwann reden. Falls nicht . . .« Er zuckte die Schultern. »Dann können wir ihn immer noch den Haien vorwerfen.«

Der Kapitän war ihm zu nahe gekommen, und in Pierce erwachten neue Lebensgeister. Kraftvoll landete seine Faust auf dem spitzen Kinn. Fluchend taumelte der Mann seitwärts, Blut quoll aus seinem Mund und den Nasenlöchern. »Fesselt ihn!« befahl er seinen Leuten. »Bindet ihn an den Großmast und verpaßt ihm vierzig

Peitschenhiebe, so wie sie unser Herr Jesus erlitten hat! Wir werden diese protestantischen Heiden schon noch lehren, zum wahren Glauben zurückzufinden!«

Begierig stürzten sich die Spanier auf Pierce. Es waren zu viele. Trotzdem versuchte er, sie abzuwehren, aber die Kräfte verließen ihn wieder. Während des Kampfes glaubte er, ein oder zwei Knochen zu brechen. Doch letzten Endes wurde er überwältigt. Vergeblich bemühte er sich, die Hände abzuschütteln, die ihn aufs Deck hinauszerrten und an den Großmast banden. Das Hemd wurde von seinem Rücken gerissen, dann spürte er die Peitschenhiebe. O Gott, der Tod wäre eine Gnade . . .

Aber Pierce starb nicht. Immer wieder landete die unbarmherzige Peitsche auf seinem Rücken, und bei jedem Schlag sah er ihr Gesicht, hörte ihren Namen. Rose . . . Bald spürte er nichts mehr. Beim zweiunddreißigsten Peitschenhieb verlor er die Besinnung, taucht wieder hinab in süßes Vergessen.

Tagelang befand er sich auf der Schwelle des Todes, kam immer nur kurzfristig zu sich, spürte Sonnenlicht, sah Finsternis. Eine freundliche Seele wusch ihn mit kühlem Wasser, wenn das Fieber zu sehr anstieg, und fütterte ihn mit Haferschleim. Dann erschienen Engel in weißen Gewändern. Aber einer war nackt, kam zu ihm, flüsterte seinen Namen. Rose — nur vom feurigen Glanz ihres Haares eingehüllt, wunderschön . . . Könnte er sie doch berühren! Rose mit ihrem unschuldigen Lächeln und den Smaragdaugen voller Tränen . . . »Komm zu mir zurück!« wisperte sie.

Er war zu ihr zurückgekommen — und von den Hütern des Gesetzes erwartet worden.

O Rose . . .

Die Engelsvision verblaßte, er sank in die Hölle hinab und hörte blechernes Gelächter. Auch das verklang nach einer Weile.

Allmählich erlebte er die Momente seines Bewußtseins

immer öfter, und sie verlängerten sich. An Fußknöcheln und Handgelenken spürte er kalten Stahl. Eines Morgens erwachte er, und die Schwärze schwand endgültig dahin. Er lebte, das Fieber war überwunden.

Doch er lebte in einer Hölle. Wieder dachte er an Rose, an ihre Bitte, zu ihr zurückzukehren. Rose, die dem Constable jene verhängnisvolle Nachricht geschickt hatte ...

»Die Hecken gedeihen prächtig, nicht wahr, Rose?« fragte der König.

Es fiel ihr schwer, eine höfliche Antwort zu finden. Zu lange hatte sie auf diese Audienz bei Charles warten müssen, der doch angeblich ihr Freund war.

Mittlerweile akzeptierte sie die Ereignisse. So viele schlaflose Nächte lagen hinter ihr — Nächte voll tiefster Verzweiflung. Pierce hatte geglaubt, sie sei mit Jerome im Bunde gewesen und habe ihn ins Huntington Manor geschickt, wo er Annes und Jamisons Leichen finden sollte. Und er verdächtigte sie auch, den Constable verständigt und dessen Männer in den Gasthof bestellt zu haben, um ihren Mann festnehmen zu lassen, falls die Verhaftung im Manor mißlungen wäre.

In der Überzeugung, sie hätte ihn verraten, war Pierce gestorben. Könnte sie ihn doch wiedersehen, nur um ihm ins Gesicht zu schreien, er tue ihr bitter Unrecht!

Mit der ganzen Kraft ihres Herzens hatte sie ihm gegrollt. Doch dann erlosch der Zorn, der Schmerz kehrte zurück. Trotz ihrer hellen Empörung hatte sie ihn lieben gelernt. Und deshalb ließ der Kummer nicht nach.

Jetzt war sie entschlossen, die Ehre seines Namens zu retten. Er hatte keinen Mord begangen, und das wollte sie beweisen, ganz gleichgültig, wieviel Zeit es kosten würde.

Der König hatte lange gezaudert, ehe er ihr eine Audienz gewährte. Und nun widerstrebte es ihm offensichtlich, über das heikle Thema zu reden.

Doch sie wußte, daß ihn der gepflegte Garten nicht so brennend interessierte, wie er es vorgab. Hin und wieder blieb er stehen, um ein Blatt zu berühren. Seine dunklen Augen musterten Rose forschend. »Also, was meint Ihr?«

»Ja, die Hecken sind wundervoll, Majestät«, erwiderte sie leise. »Ebenso weiß ich Eure Maskenbälle und Euren Kunstverstand zu würdigen, und England darf sich glücklich schätzen, weil sein Monarch die Wissenschaften fördert. Aber was die Angelegenheit betrifft, die mich zu Euch geführt hat . . .«

Er nickte, wandte sich ab und schlenderte wieder die Hecke entlang. »Ihr habt den Trauergottesdienst für Anne besucht?«

Vor kurzem war die Lady in Westminster Abbey bestattet worden, in der Nähe von Königin Elizabeths königlichem Grab. Das hatte Charles angeordnet und einen grandiosen Marmorsarkophag bestellt, geschmückt mit einer Totenmaske, die Annes sanfte Schönheit für immer festhielt.

»Ja, ich war bei der Messe. Wie ich höre, wurde Jamison auf seinem Familiensitz beerdigt.«

»Das stimmt.« Lord Bryant war in Charles' Abwesenheit begraben worden. Wie jeder wußte, hatte Jamison das Mißfallen des Königs erregt.

»Nun liegen beide unter der Erde, Gott sei ihren Seelen gnädig!« Lächelnd nahm der Monarch Roses Arm. »Damit wäre diese Sache beendet . . .«

»Keineswegs!« unterbrach sie ihn. »Auf grausame Weise wurde Pierce beschuldigt . . .«

»Pierce ist tot«, stieß er hervor, dann schlug er einen milderen Ton an. »Nur aus einem einzigen Grund empfange ich Euch erst heute, Mylady. Ich brauchte Zeit, ihn suchen zu lassen, in der Hoffnung, er wäre noch am Leben. Doch nun muß ich Euch bedauerlicherweise versichern, daß wir ihn für immer verloren haben.«

Ihre Augen brannten. Während der letzten Wochen hatte sie so oft geweint und geglaubt, keine Tränen mehr zu besitzen. Doch nun mußte sie erneut damit kämpfen, weil in der Stimme des Königs die gleiche Trauer mitschwang, die sie selbst empfand.

»Er ist tot — aber unschuldig!« beharrte sie.

Wieder blieb Charles stehen und schaute ihr eindringlich ins Gesicht. »Findet Euch mit den Tatsachen ab! Pierce hat Anne gewiß nicht in wilder Eifersucht getötet. Das war wohl eher das Werk des närrischen Jamison, und vielleicht tat er es nicht einmal mit Absicht. Es könnte ein Unfall gewesen sein, wer weiß? Aber da lag sie in ihrem Blut, Pierce fand sie und erstach ihren Mann. Oft genug hatte er gedroht, sich an Bryant zu rächen.«

»Majestät, Ihr irrt Euch! Der wahre Mörder heißt Jerome. Daran zweifle ich nicht. Er kam zu mir und beschwor mich, Pierce zum Huntington Manor zu schicken. Diese Intrige war genauso schlau und niederträchtig wie alles andere, was er plante. Wer profitiert denn von diesen Todesfällen? Jerome! Wie könnt Ihr Pierce für Jamisons Mörder halten? Niemals hätte er einen Mann hinterrücks erstochen.«

»O Rose . . .«, begann der König seufzend.

»Ich sage Euch . . .«

»Rose!« Er drückte ihre Finger, und sie verstummte, den Blick gesenkt. »Überlegt doch, wie man diesen Fall vor Gericht behandeln würde. Immerhin hatte Pierce jene Drohungen ausgestoßen. Sicher, Jerome kam zu Euch und behauptete, Anne müsse in ihrer Ehe gräßliche Qualen erdulden. Aber dann erschien Pierce am Tatort und . . .«

»Trotzdem hat er Jamison nicht kaltblütig ermordet.«

»Ich kann es ja selber nicht glauben. Aber Pierce ist außerstande, die Wahrheit zu erzählen.«

»Deshalb muß ich für ihn sprechen. Majestät, bisher habe ich geschwiegen, aus Angst, einen meiner Dienstboten zu gefährden. Dieser Mann ritt mit Pierce nach

Huntington Manor. Und er sah, daß Anne und Jamison zu diesem Zeitpunkt bereits tot waren.«

»Ach ja«, murmelte Charles, »der Bursche, der mit Pierce gegen den Constable kämpfte und dann verschwand.«

Verwirrt runzelte Rose die Stirn, dann erkannte sie, daß sie den König unterschätzt hatte. Pierce war sein guter Freund gewesen, lieb und teuer wie ein Bruder. Sicher hatte Charles gründliche Nachforschungen angestellt und vielleicht sogar herausgefunden, daß sie Geoffrey versteckt hielt, um ihn zu schützen. »Er heißt Darauntes . . .«

»Ich kenne Geoffrey«, fiel er ihr ins Wort. »Während meiner Wanderschaft durch Europa gehörte er zu meinem Gefolge, ebenso wie Pierce.«

»Dann wißt Ihr, daß er die Wahrheit sagte . . .«

»Natürlich, Rose. Wenn Pierce noch lebte, müßte ich ihn vor Gericht stellen. Sein Wort stünde gegen die Aussage Jeromes, des trauernden Bruders und Schwagers, der auch die Behauptung Geoffrey Darauntes, eines Ausländers, ganz sicher entkräften könnte. Trotzdem ließe sich Pierces Unschuld vielleicht beweisen, würde er wie durch ein Wunder von den Toten auferstehen. Und möglicherweise würde man Jerome schuldig sprechen. Aber hinter Pierce blieb eine zu deutliche Blutspur zurück. Die Beweise gegen ihn sind übermächtig.«

»Ja, *Ihr* seht das so!« flüsterte sie. Würde der Allmächtige doch nur einen Blitzstrahl herabschicken und Jerome treffen, der nun in Freiheit und Wohlstand lebte . . . Doch der liebe Gott schien die Gerechtigkeit nicht zu verfechten.

»Rose, ich bedaure es zutiefst, aber mir sind die Hände gebunden. Vielleicht kann ich später, wenn sich die Aufregung über den Skandal etwas gelegt hat, irgend etwas unternehmen, um Pierces Namen reinzuwaschen. Er wurde niemals verurteilt, und ich erlaube niemandem, seine Ländereien und sein Vermögen zu konfiszieren.

Wenn ich auch annehme, daß Ihr nach Hause zurückkehren wollt — Castle DeForte gehört nach wie vor Euch. Könnt Ihr die Dinge vorerst nicht auf sich beruhen lassen?«

»Nein, Majestät!« Sie holte tief Atem. »Da ich Pierces Kind erwarte, muß er für unschuldig erklärt werden. Wenn man ihn weiterhin für einen Mörder hält, würde seine Tochter niemals einen Ehemann finden. Und erst sein Sohn! Kein Aristokrat würde ihm die Hand reichen. Bitte, Majestät!«

»Nun, ich will mein Bestes tun, aber es wird einige Zeit dauern.« Bedrückt küßte Charles ihre Stirn. »Fahrt nach Hause, Rose — in die Wildnis, die Ihr Eure Heimat nennt und so sehr liebt. Wenn Euer Kind geboren ist, übernehme ich die Patenschaft, und niemand wird es wagen, ein böses Wort über Pierces Erben zu sagen. Und ich verspreche Euch, Mittel und Wege zu finden, um die Unschuld meines toten Freundes zu beweisen. Aber seid geduldig, Rose. Diese Lektion mußte ich auf grausame Weise lernen, in all den Jahren, als ich wegen dieses verwerflichen Cromwell durch Europa reisen mußte.«

Schweigend nickte Rose. Sie mußte ihm vorerst vertrauen. Am liebsten hätte sie eigenhändig ein Messer in Jeromes verräterisches schwarzes Herz gestoßen. Doch das durfte sie nicht wagen.

Bei Annes Begräbnis war er in heuchlerischem Seelenschmerz erschienen, die Schultern tief gebeugt. Als Rose versuchte, ihn zur Rede zu stellen, rief er den Trauergästen zu, sie sei die Komplizin eines Mörders. Ihre Rettung verdankte sie nur der Geistesgegenwart Geoffreys, der sie in seinen Umhang hüllte und zur Kutsche zerrte.

Er war ein braver, anständiger Mann, ihre Stütze in jenen ersten schrecklichen Tagen nach der Tragödie. Auch Garth — nach Pierces grauenvollem Ende selber dem Tode nahe — hatte ihr tapfer beigestanden. Wie drei Gespenster irrten sie durch das Schloß, und keiner wußte, wie er weiterleben sollte.

Dann erwachte Rose langsam aus ihrer Lethargie und nahm Veränderungen in ihrem Körper wahr. Morgens wurde ihr oft übel, und bald gab es keinen Zweifel mehr. Da gewann das Leben eine neue Bedeutung. Sie wollte ihr Kind gebären, Pierces Kind. Und sie war entschlossen, wieder zu kämpfen, ihre Naivität endgültig abzuschütteln und sich nie wieder von so niederträchtigen Leuten wie Jerome ausnutzen zu lassen. Vielleicht würde sie nie mehr glücklich sein — aber stark. Das Geschöpf, das unter ihrem Herzen wuchs, verlieh ihr neue Kräfte.

Als sie Garth von ihrer Schwangerschaft erzählte, verjüngte er sich um zehn Jahre. Seine Augen begann zu strahlen, sein gebeugter Rücken straffte sich, und sein Lächeln verriet, wie sehr er sich auf den Erben seines geliebten Herrn freute. Sicher rechnete er mit einem Sohn, der genauso aussehen würde wie Pierce. Aber Rose war entschlossen, auch eine Tochter zur Erbin und Herzogin zu erziehen, die ihre Macht ausüben und sich niemals betrügen lassen würde . . .

Das alles lag in ferner Zukunft. Nun wurde sie von Charles um Geduld gebeten. Er wollte die Patenschaft für ihr Kind übernehmen, und plötzlich bezweifelte sie nicht mehr, daß es auch ihm wichtig war, die Unschuld seines Freundes zu beweisen. Er würde Wort halten, sobald er den Zeitpunkt für richtig hielt. Mehr konnte sie nicht verlangen.

Er preßte ihre Hand an seine Lippen. »O Rose, meine schöne kleine amerikanische Blume mit all den Dornen und Stacheln! Verliert nicht den Mut! Seid versichert, ich tue alles, was in meiner Macht steht. Aber jetzt darf ich nicht länger in Eurer bezaubernden Gesellschaft verweilen. Ein langer, anstrengender Tag steht mir bevor. Mein Bruder James hat mir alle möglichen ermüdenden Pflichten aufgebürdet. Ich mußte ihm versprechen, eine Rede vor den Mitgliedern der Königlichen Akademie der Wissenschaften zu halten. Außerdem verlangt der spanische Gesandte eine Audienz. Edward Hyde, mein oberster Minister und Schwiegervater meines Bruders, bat mich, ihm eine Stunde von meiner kostbaren Zeit zu opfern. Meiner Frau versprach ich das Dinner, Lord Walton ein erfrischendes Tennisspiel. Beim letzten Segelwettbewerb besiegte mich mein Bruder, und deshalb möchte ich auch noch meine Schiffe in der königlichen Werft inspizieren. Ah, ich lese es in Euren schönen Augen, Rose während Ihr von gerechtem Zorn erfüllt seid, denke ich an meine Schiffe! Aber nachdem ich diesen Sport in meinem Land eingeführt habe, muß ich ihm wohl oder übel huldigen. Und noch eins dürft Ihr nicht vergessen. Das Leben geht weiter, denn dies liegt in seiner Natur. Verzeiht Ihr mir, meine kleine Blume?«

Mühsam schluckte sie. Kleine Blume . . . Wie sehr der König sie an Pierce erinnerte!

»Ihr bleibt doch hoffentlich noch eine Weile bei uns am Hof, Rose?«

Sie schüttelte den Kopf. »Nur heute nacht. Ich fühle mich nicht sehr gut und halte mich wohl besser im Castle DeForte auf. Bald segle ich nach Virginia. Da Pierce nicht mehr bei mir ist, würde ich das Kind gern im Haus meines Vaters zur Welt bringen.«

»Das verstehe ich«, antwortete der König. »Aber heute nacht werdet Ihr Eure Gemächer an meinem Hof sicher angenehm und komfortabel finden. Hat Geoffrey Daraunte Euch begleitet?« Als sie nickte, fragte Charles: »Erwartet er Euch, jetzt?«

»An der Gartenpforte, falls ich ihn brauche. Er ist bereit, alles zu beschwören, was er im Huntington Manor gesehen hat.«

Charles nickte. »Dann schickt ihn bitte zu mir, Mylady.«

Verwundert knickste sie. »Danke, Majestät.« Sie eilte zum Gartenausgang, wo Geoffrey hinter den königlichen

Wachtposten stand, und erklärte ihm: »Wie seltsam — er wünscht Euch zu sehen.«

»Endlich kann ich ihm schwören . . .«, begann er.

»Oh, er zweifelt keineswegs an Eurer Ehrlichkeit, und er weiß, daß Pierce unschuldig war. Er versprach, mir zu helfen, betonte aber, es würde einige Zeit dauern. Das spielt keine Rolle. Diese Zeit gebe ich ihm. Ein Jahr. Wenn er bis dahin nichts unternommen hat, werde ich . . .« Abrupt verstummte sie.

»Was habt Ihr dann vor, Mylady?«

Langsam schüttelte sie den Kopf. »Da bin ich mir nicht sicher. Irgendwie muß ich Jerome eine Falle stellen.« Sie erschauerte und senkte rasch den Kopf, um ihre Miene zu verbergen. Wie weh es ihrem Herzen immer noch tat, daß Pierce im Haß gegen sie gestorben war . . .

»Mylady, ich werde den König sofort aufsuchen. Und wenn Ihr mich braucht, ich bleibe in Eurer Nähe.«

Sie nickte ihm zu, eilte in die Halle und in die Gemächer, die sie schon bei ihrem ersten Aufenthalt im Schloß bewohnt hatte. Als sie die Tür öffnen wollte, hörte sie Garth leisen Ruf und sah den alten Mann durch den Flur auf sich zukommen. »Ah, da seid Ihr ja, Mylady. Ich habe alles für den Abend vorbereitet und mir schon Sorgen gemacht, weil Ihr so lange weggblieben seid.«

»Aber wo . . .«

»Natürlich bewohnt Ihr jetzt die Suite Eures verstorbenen Gemahls.«

»Ja, natürlich«, flüsterte sie und folgte ihm.

In beiden Räumen flackerte ein Kaminfeuer. Rose schaute sich um, dankte Garth für seine freundlichen Dienste und erklärte, nun müsse sie sich ausruhen. Im Schlafzimmer legte sie sich auf das große Bett und starrte in die Flammen. Erinnerungen kehrten zurück, Tränen rannen über ihre Wangen. In dieser Nacht würde sie hemmungslos weinen — und dann nie wieder. Von nun an mußte sie an ihr Kind denken. Sie beide würden dem

Namen seines Vaters zu neuer Ehre verhelfen — und Rache üben, irgendwie. Vorher wollte sie nach Virginia zurückkehren, ihre Wunden lecken, neue Kräfte sammeln.

Geoffrey Daraunte hatte seinen Monarchen nicht mehr aus der Nähe gesehen, seit er mit ihm vom europäischen Kontinent nach England zurückgekehrt war. Aber Charles besaß ein gutes Gedächtnis. Rasch umfaßte er den Arm des Mannes, der vor ihm niederkniete, und half ihm aufzustehen. »Erhebt Euch, alter Freund! Die Vergangenheit begleitet mich immer noch, und ich werde Eure treuen Dienste niemals vergessen. Nun sagt mir . . .«

»Als wir ins Huntington Manor kamen, waren Lord und Lady Bryant tot, das schwöre ich, Majestät.«

»Und Ihr seid keinen Augenblick lang von Lord DeFortes Seite gewichen?«

Geoffrey zögerte kurz. »An der Tür bat er mich zu warten — aber er tötete keinen von beiden. Dazu hätte die Zeit nicht gereicht, und es lag auch nicht in seiner Absicht. Möge der Allmächtige . . .«

»Schon gut«, unterbrach der König den leidenschaftlichen Wortschwall. »Ich glaube an Pierces Unschuld. Nicht einmal den Teufel hätte er in den Rücken gestochen.«

Verwirrt starrte Geoffrey ihn an. »Also hegt Ihr keinen Zweifel. Aber . . .«

»Mit der Zeit werden wir die Wahrheit beweisen. Und nun möchte ich hören, was Ihr sonst noch über jene Nacht wißt.«

»Nachdem wir das Manor verlassen hatten, befahl mir Lord DeForte, in eine andere Richtung zu reiten. Wie mir inzwischen klargeworden ist, wollte er seine Lady aufsuchen. Ich wandte mich in die Richtung von Castle DeForte. Deshalb folgten einige der Männer, die ihn festnehmen sollten, nicht ihm, sondern mir. Inständig hoffte ich, ihm dadurch einen gewissen Vorsprung zu verschaffen.

Doch dann fanden sie ihn trotzdem. Einige Leute behaupten, meine Herrin habe die Gesetzeshüter in den Gasthof gerufen, aber das ist nicht wahr, Majestät.«

»Davon bin ich fest überzeugt, mein guter Junge. Sprecht weiter.«

»Ich war nicht dabei und erfuhr erst später, wie tapfer er sich gegen seine Angreifer gewehrt hatte, ohne auch nur einen einzigen zu töten. Doch es waren zu viele. Und dann . . .«

»Und dann?« wurde Geoffrey von Charles ermutigt.

»Dann ertrank er.«

Nachdenklich rieb sich der König das Kinn. »Bis jetzt wurde die Leiche nicht gefunden . . .«

»Ihr glaubt, er wäre noch am Leben?« Trauer und neue Hoffnung schwangen in Geoffreys Stimme mit, und Charles wünschte, er hätte diesen Gedanken für sich behalten.

»Kein Wort zu Lady DeForte, verstanden? Womöglich würde sie eine neue bittere Enttäuschung erleiden, wenn sie an eine solche Möglichkeit glaubt. Aber . . .« Er zuckte die Achseln. »Auf dieser Welt geschehen die wundersamsten Dinge, mein Freund. Solltet Ihr herausfinden, daß Lord DeForte lebt und ihm begegnen, müßt Ihr ihn warnen. In diesem Land hier gilt er als Flüchtling, der sich dem Gesetz entzogen hat. Und weist ihn mit allem Nachdruck auf Jeromes Tücke hin. Pierce muß sehr vorsichtig zu Werke gehen und darf sich vorerst nicht zeigen, wenn er nach England zurückkehrt. Und sagt ihm noch etwas . . .«

»Ja, Eure Majestät?«

Charles schwieg eine Weile und strich über die Blätter der Buchsbaumhecke. »Versichert ihm, daß sein König ihn liebt und ihn weder vergessen noch im Stich gelassen hat.«

»Das werde ich tun, Majestät!« Geoffrey fiel wieder auf ein Knie und küßte ihm die Hand.

»Erhebt Euch doch, mein Guter!« befahl der König. »Und versprecht mir, Lady Rose nichts von unserer Unterredung zu erzählen.«

»Kein Wort!« Geoffrey sprang auf. »Und ich schwöre, Sire, ich werde Euch dienen bis . . .«

»Wenn Ihr mir dienen wollt, paßt auf Lady Rose auf. Damit habt Ihr gewiß alle Hände voll zu tun.«

13

Der Kapitän hieß Roderigo Suarez de la Luz, wie Pierce bald herausfand. Ein englischer Pirat hatte vor einigen Jahren ein Schiff gekapert, als der Vater des Spaniers an Bord gewesen war.

Der Sohn hatte ihn nie wiedergesehen, und nun rächte er sich, indem er vor der englischen Küste kreuzte, Engländer gefangennahm und auf seinem Schiff zu harter Arbeit zwang.

Um den äußeren Schein zu wahren, spielte er den ehrlichen Kaufmann. Und er trieb tatsächlich Handel. Er beförderte Stoffe und Metallwaren von den besten europäischen Handwerkern in die Neue Welt, und aus den Kolonien brachte er exotische Früchte, Reis, Tabak und Baumwolle nach Europa. Wenn er unterwegs ausländische Schiffe traf, insbesondere englische, bedrohte er sie mit seinen Geschützen und enterte sie, um sie zu plündern und niederzubrennen. Ehe er die Besatzung und die Passagiere freiließ, verlangte er ein hohes Lösegeld — falls überhaupt jemand am Leben geblieben war.

Pierce sah nichts von diesen Aktivitäten, denn er wurde unter Deck festgehalten, in einem stickigen kleinen Laderaum. Aber wann immer ein Schiff brannte, roch er den Rauch und spürte die Feuerhitze. Er hörte sogar das Geschrei der Sterbenden, doch er konnte nichts weiter tun, als sich gegen die Tür zu werfen, die von außen verriegelt war.

Dieses Höllenloch teilte er mit drei anderen Männern. Roderigo hielt Jay Chanbee gefangen, seit dessen Schiff bei den Bermuda-Inseln gesunken war. Die beiden anderen, Sean Drake und Joshua Townsend, hatte er ihren Entführern in einem englischen Hafen abgekauft. Jay, ein älterer Mann mit gebräuntem, wettergegerbtem Gesicht, nahm sein schlimmes Schicksal in fast stoischer Ruhe hin. Sean und Joshua, zwei kräftige, kerngesunde junge Burschen, hatten aus Abenteuerlust zur See fahren wollen. Daß sie durch widrige Umstände auf dem spanischen Schiff gelandet waren, entsprach keineswegs ihren Wunschträumen.

Seans Haß gegen Roderigo grenzte an Besessenheit. Und auch Pierce, der längst wußte, wie gern der Kapitän seine Gefangenen auspeitschen ließ, verabscheute ihn zutiefst. Wenn sie nicht gezwungen wurden, den Anker oder die Segel zu bemannen, lagen sie in Ketten. Sie lebten von den Brosamen, die der Koch ihnen zuwarf. Für gewisse Bedürfnisse stand ein Eimer zur Verfügung, und während scheinbar endlose Tage verstrichen, mußten die vier Männer den grauenhaften Gestank des winzigen Laderaums einatmen.

Die schwere Arbeit an Bord kräftigte Pierces Muskeln, und die wachsende Freundschaft mit seinen Leidensgenossen half ihm, seinen klaren Verstand zu behalten.

Nur ein einziger Gefängniswärter zeigte menschliche Züge — Manuel Vaquez, der Gehilfe des Kochs. Er hatte Pierce in jenen schrecklichen ersten Wochen am Leben erhalten. Nun tat er sein Bestes, um alle vier mit Brot zu versorgen, in dem nicht allzuviele Getreidekäfer steckten. Und er erklärte dem Kapitän sogar, man müsse den Gefangenen erlauben, ihre eigenen Abfälle über Bord zu werfen. Sonst würde das Schiff bald wie ein Müllhaufen stinken, und eine böse Infektionskrankheit könnte die ganze Besatzung dahinraffen.

Trotz seiner mörderischen Veranlagung war Roderigo ein Reinlichkeitsfanatiker. Auf seine gepflegte äußere Erscheinung legte er ebenso großen Wert wie auf peinliche Sauberkeit an Bord. Diesen Wesenszug nutzte Manuel, um den Gefangenen das Leben zu retten, wenigstens vorerst. Wie seltsam ... Stets hatte Pierce geglaubt, er würde mit dem Schwert in der Hand sterben. Und jetzt sah es so aus, als würde er irgendwann in einer stinkenden Zelle dahinsiechen.

Aber in einer besonders heißen Nacht, während sie eine Bermuda-Küste entlangsegelten, wendete sich das Blatt. Nach stundenlanger Arbeit war er ins Gefängnis zurückgebracht worden. Sean, Joshua und Jay mußten sich immer noch an Deck abrackern. Wenig später hörte er gellendes Geschrei und wußte, daß man ein Schiff gesichtet hatte.

Dann wurde Sean in den kleinen Laderaum gestoßen und versuchte erfolglos, nach seinem Peiniger zu schlagen, der ihm Fesseln anlegte. »Ein gottverdammtes englisches Schiff!« rief er verzweifelt. »Ich sah die Flagge und die Galionsfigur!« Unglücklich sank er zu Boden. »Heiliger Jesus! Sogar den Namen konnte ich lesen. Die *Princess of Essex* aus London!«

In Pierces Körper spannten sich alle Nerven an. »Sie gehört mir!« erklärte er. Während unzähliger Stunden in Gesellschaft der drei Mitgefangenen hatte er seine Identität enthüllt, sein Schicksal geschildert und nur jene Einzelheiten verschwiegen, die Rose betrafen.

Verwundert runzelte Sean die Stirn. »Das ist dein Schiff?«

»Ja, und ich kenne den Kapitän und die Besatzung«, antwortete Pierce und schlug seine gefesselten Handgelenke gegen die Wand. »Diese Schlächter werden sie alle niedermetzeln.«

»Wie wollen wir das verhindern?« fragte Sean.

Indem wir uns in höchste Gefahr begeben, dachte Pierce, sah Sean im Halbdunkel grinsen und warnte ihn: »Dabei könnten wir sterben.«

»Und was ist unser jetziges Leben wert?«

Pierce hätte nicht gezaudert, dem Tod ins Auge zu blicken, aber seine Freunde wollte er keinem Risiko aussetzen.

»Bald müssen sie Jay und Joshua zurückbringen«, bemerkte Sean.

»Und dann müßten wir beide bereit sein . . .« Pierce zögerte kurz. »Hast du schon jemanden getötet?«

Der junge Mann schüttelte den Kopf. »Aber ich wurde auch nie zuvor entführt, ausgepeitscht und versklavt. Sag mir, wie ich vorgehen soll, und ich tu's!«

»Stürz dich so schnell wie möglich auf den Kerl, der Josh festhält. Du brauchst ihn nicht zu erwürgen, sieh nur zu, daß er für eine Weile die Besinnung verliert. Am besten schnürst du ihm mit deiner Kette die Luft ab, ehe er um Hilfe rufen kann. Inzwischen kümmere ich mich um Jays Bewacher.«

»Aber danach sind wir immer noch gefesselt.«

»Ein starkes Schwert kann uns befreien. Vertrau mir, ich werde dich nicht im Stich lassen«, versprach Pierce und schickte ein stummes Gebet zum Himmel. Hoffentlich konnte er Wort halten.

Und tatsächlich, in dieser Nacht stand ihm der Allmächtige zur Seite — und wenn schon nicht ihm, dann den Unschuldigen an Bord der *Princess of Essex*, die über das Meer segelten und nichts von der drohenden Gefahr ahnten.

Noch ehe die Tür des kleinen Laderaums aufschwang, donnerte die erste Kanone. Ein plötzlicher Ruck ging durch das Schiff, und Pierce fürchtete das Gleichgewicht zu verlieren, als er Jay, dicht gefolgt von Josh, herantaumeln sah. Aber er spannte alle seine Muskeln an und sprang hoch. Nur zu gut wußte er, wie viele Menschenleben von diesem Überraschungsangriff abhingen. Seine Arme umschlangen den Mann, der Jay vor sich her zu schieben versuchte. Der Spanier schnappte nach Luft, um zu schreien, doch da umschloß die Kette bereits seinen Hals und schnürte ihm die Luft ab.

»*Qué pasa* . . .«, begann der zweite Gefangenenwärter. Weiter kam er nicht. Trotz seiner Unerfahrenheit attakkierte Sean ihn rasch und erfolgreich. Wenig später lagen beide Matrosen reglos im kleinen Laderaum.

»Eine Meuterei?« fragte Jay ungläubig. »Wir vier — gegen wie viele?«

Sean achtete nicht auf seinen Freund, riß einem der Bewußtlosen das Schwert aus der Scheide und reichte es Pierce. »Befreie mich, DeForte, und ich diene dir, so lange — oder so kurz ich lebe.«

Ein schiefes Lächeln auf den Lippen, erwiderte Pierce seinen Blick und schwang das Schwert hoch. Klirrend prallte Metall gegen Metall, und Sean jubelte, als die Kette zerriß, die seine Handgelenke umschlossen hatte. Dann fiel er zu Boden, um auch seine Fußfessel zertrümmern zu lassen.

»Bei allen Heiligen, da mache ich mit!« rief Jay. »Aber sei barmherzig, DeForte, und erlaub mir, diese Papistenschweine zu erstechen!«

Wenig später hatte Pierce auch die beiden anderen befreit, und Jay erbot sich, ihm nun seinerseits diesen Gefallen zu erweisen, denn er könne großartig mit einer Klinge umgehen.

Pierce hielt sich zwar für einen tapferen Mann, schloß aber trotzdem die Augen, während Jay das Schwert hob. Dann war auch er frei und kniete nieder, um den Spaniern die Waffen abzunehmen. Das Schwert und eine Pistole behielt er selbst, Jay reichte er ein Messer, Sean die zweite Pistole und Josh einen scharf geschliffenen Säbel. Eifrig schauten alle drei ihn an und warteten auf seine Befehle.

»Während der Kanonenschüsse müssen wir sie hier herunterbringen, einen nach dem anderen, und einsperren«, erklärte er. »Wenn die *Princess of Essex* das Feuer erwidert — um so besser. Ihr Kapitän, Judson Becker, ist ein tüchtiger alter Haudegen und wird diese Bastarde das Fürchten lehren.«

»Nur noch eins, DeForte«, gab Sean zu bedenken. »In

England bist du tot. Und irgend jemand auf diesem Schiff, selbst wenn's dein eigenes ist, könnte dafür sorgen, daß du endgültig im Jenseits landest.«

Pierce zögerte. »Meine Kapitäne kenne ich, aber nicht alle Besatzungsmitglieder. Wenn wir Glück haben, wird nur Kapitän Becker merken, wer ich bin. Und er weiß, daß meine Identität geheim bleiben muß. Jetzt erledigen wir erst einmal die Spanier! Und falls wir die Nacht überleben, denken wir über den morgigen Tag nach.«

»Da kommt jemand!« warnte Jay.

Schritte polterten die Treppe herab, die zu den Laderäumen führte. »Ortega!« rief jemand. Pierce nickte den anderen zu und schlüpfte in den dunklen Gang hinaus.

Der Seemann, der nach Ortega suchte, rechnete nicht mit Schwierigkeiten. Blitzschnell schlug Pierce ihm den Pistolengriff auf den Kopf, und der große, kräftige Mann brach sofort zusammen.

Pierce schleifte ihn in den Laderaum und bedeutete Sean mit der Pistole, ihm zu folgen. Lautlos schlichen sie die Treppe hinauf. Die Nacht brach herein, schwarze Schatten gaben ihnen Deckung. In rasender Eile rannten die Männer umher, um eine weitere Salve aus den vier Kanonen vorzubereiten, die sich auf das englische Schiff richteten.

Anfangs ging alles erstaunlich gut. Pierce warf einen ahnungslosen Mann über Bord, Sean schlug einen anderen bewußtlos, und gemeinsam brachten sie ihn nach unten. Beim zweiten Angriff krochen Jay und Josh hinter ihnen her. Langsam, aber sicher wurde der Vorgang wiederholt, bis mindestens acht Spanier ertrunken und zehn gefangen waren.

Das Gefecht mit der *Princess of Essex* spitzte sich zu, mehrere Kanonenkugeln klatschten dicht vor dem spanischen Schiff ins Wasser. Das Schwert erhoben, lief Rodergo an Deck umher und verfluchte die Unfähigkeit seiner Leute. Sean trat gerade hinter einen Kanonier, als der Kapitän sich zufällig umdrehte, ihn entdeckte und mitten in der Bewegung erstarrte. Seine Augen verengten sich. »*Madre de Dios!* Du unverschämter Hund! Auf der Stelle wirst du sterben, noch vor dem nächsten Kanonendonner!«

Aber Pierce hatte die Gefahr rechtzeitig bemerkt und sprang zwischen die beiden. »Nehmt es mit mir auf, Roderigo! Mit einem Mann! Ihr werdet doch nicht gegen einen Jungen kämpfen, der Euer Sohn sein könnte.«

Roderigo hob die Brauen. »Diesen Jungen werde ich skrupellos töten. Er ist Engländer, nicht wahr? Aber auch Euch sehe ich nur zu gern sterben, wenn Ihr das wünscht. Ganz nach Eurem Belieben, Engländer!«

Die rauhen Deckplanken unter den nackten Füßen, begann Pierce, den Kapitän vorsichtig zu umkreisen und wartete auf den ersten Schwertstreich. Dieser erfolgte schnell, gezielt und kraftvoll, was ihn keineswegs erstaunte. Doch er parierte ihn ebenso geschickt, obwohl er schon seit einiger Zeit aus der Übung war. Kampflustig attackierte er, drängte Roderigo zur Kapitänskajüte und stach ihn beinahe nieder. Doch der Spanier schien den Tod nicht zu fürchten und wehrte sich verbissen.

Pierce sprang auf die Stufen, die zum Ruder führten, dicht gefolgt von Roderigo, umrundete den Großmast und zerschnitt die Segel. Immer wieder mußte er wilden Schwerthieben ausweichen, die seinen Füßen galten, hörte die Klinge zischen, die ihn nur knapp verfehlte.

Wie er aus den Augenwinkeln beobachtete, stießen die beiden Schiffe nun beinahe aneinander. Schreiend warfen die Spanier Enterhaken zur *Princess* hinüber, agierten aber langsam und ungeschickt, während ihr Kapitän in seinen privaten Kampf verstrickt war. »Vorwärts!« befahl er in seiner Muttersprache. »Bringt diesen englischen Kahn in eure Gewalt!«

Doch da schwang sich Sean auf die Backbordreling und rief seinen Landsleuten zu: »Mein Gefährte hat den Kapitän schon fast überwältigt! Werft euch auf die Spanier, meine guten Freunde, macht diese elenden Bastarde nieder!«

Mit einem wütenden Fluch attackierte Roderigo seinen Gegner, vernachlässigte seine Deckung, und darauf hatte Pierce gewartet. Er brauchte nur sein Schwert zu heben, und der Kapitän spießte sich selber auf.

Danach dauerte die Schlacht nicht mehr lange. Die Hälfte der Spanier lag im Laderaum gefangen, einige hatten ihr Grab in der Meerestiefe gefunden. Die restlichen wurden vom englischen Kapitän und seiner Besatzung besiegt.

Kurz bevor das Gefecht zu Ende ging, zog sich Pierce mit Sean in Roderigos Kabine zurück.

»Zum Glück hat mich keiner genau angeschaut.« Er strich über die dunklen Bartstoppeln an seinem Kinn. »Und wenn doch, hat er nicht viel gesehen. Sucht Judson Becker und schickt ihn zu mir!«

Wenig später erschien Becker, stieß einen Schrei aus und umarmte ihn. »Tod und Teufel, Mylord, wir dachten Ihr wärt ertrunken! Noch nie im Leben war ich so froh, einen Mann wiederzusehen . . .«

Ungeduldig fiel Pierce ihm ins Wort. »Was ist mittlerweile in England geschehen, mein Freund?«

»Nun, Mylord . . .« Becker trat zurück, ein kleiner Mann mit sorgsam gestutztem Schnurrbart, dunklen, seelenvollen Augen und einem kantigen eigenwilligen Kinn. »Man hält Euch immer noch für einen Mörder. Aber alle, die Euch kennen — und dazu zählt auch der König, glauben an Eure Unschuld. Großer Gott, Euer Gnaden! Jeder vernünftige Mensch weiß doch, daß Ihr das unmöglich getan haben könnt!«

Pierce verschränkte die Arme vor der Brust. »Wurden meine Ländereien konfisziert?«

»Nein, Mylord, die gehören jetzt Eurer Gemahlin, Lady Rose.«

Spöttisch hob Pierce die Brauen. »Also hat sie mein Vermögen und meinen Titel geerbt. Kommt sie oft in den Hafen?«

Kapitän Becker schüttelte den Kopf. »Nur einmal sah ich sie, Mylord. Was für eine schöne Frau! Sie sprach sehr freundlich mit mir und erklärte, bald würde sie in England Eure Geschäfte übernehmen. Weil ihr Vater ein Kaufmann sei, würde sie einiges von der Handelsschiffahrt verstehen. Aber sie wollte erst einmal nach Hause fahren. So bleich und traurig sah sie aus, Mylord.«

Traurig? Das bezweifelte Pierce, aber er behielt seine Gedanken für sich. »Hat sie England schon verlassen?«

»Schon vor einiger Zeit, Mylord. Soviel ich weiß, ist sie inzwischen zu ihrem Vater nach Virginia gefahren.«

»Danke, Kapitän Becker.«

»Was werdet Ihr jetzt unternehmen, Mylord?«

»Vorerst bitte ich Euch, niemandem von unserer Begegnung zu erzählen.«

Eifrig bekreuzigte sich Becker. »Das schwöre ich bei Gott!«

»Fragt Eure Männer, wer bereit wäre, an einem etwas fragwürdigen Unterfangen teilzunehmen. Ich möchte einige Schiffe kapern — natürlich ausländische, vor allem spanische. Versprecht jedem einen gerechten Anteil an der Beute und Freiheit auf jeder beliebigen Insel, sobald er das wünscht. Ich glaube, ich brauche eine neue Identität. Und vielleicht besitze ich schon eine.«

»Ihr riskiert Kopf und Kragen, Mylord . . .«

»Mein Leben habe ich ohnehin verwirkt, wenn ich entdeckt werde, ehe ich dazu bereit bin.«

Ernsthaft nickte Becker. »Der Allmächtige stehe Euch bei, Mylord. Meine besten Männer werden Euch dienen.« Er drückte seinem Herrn die Hand, dann verließ er die Kabine.

Pierce schaute sich um. Für seinen Geschmack war die Kapitänskajüte etwas zu pompös ausgestattet, aber das

Schiff war schnell und geschmeidig, in gutem Zustand und mit seinen zwölf Geschützen bestens bestückt. Es mußte eine wahre Freude sein, ein solches Schiff zu befehligen. Auf dem Schreibtisch stand eine Flasche mit bernsteinfarbenem karibischen Rum. Er zog den Korken heraus und nahm einen großen Schluck. Während der Alkohol in seiner Kehle brannte, erschauerte er. Erst jetzt kam ihm voll zu Bewußtsein, daß er lebte — und frei war. Mit seinen drei Freunden hatte er den Kampf gegen die ganze Besatzung gewonnen. Jetzt konnten sie ihr Schicksal wieder selbst in die Hände nehmen.

Für ihn gab es viel zu tun, doch er mußte sich Zeit lassen, durfte nicht überstürzt handeln. Jeder einzelne Schritt mußte überdacht werden.

Sean stürmte herein. »Die überlebenden Spanier haben sich Kapitän Becker ergeben. Er wird sie nach England bringen und vor Gericht stellen. Und Manuel möchte sich uns anschließen.«

»Schick ihn herein.«

Kurz darauf kehrte Sean mit Manuel zurück. Kein bißchen unterwürfig, hob der Hilfskoch sein Kinn. »Mir verdankt Ihr Euer Leben. Und jetzt bin ich Euer Mann.«

»Er ist Spanier!« warnte Jay, der sich ebenfalls hinzugesellt hatte.

Langsam musterte Pierce den Koch von Kopf bis Fuß. »Ein Spanier, ja — aber ein tüchtiger, und nur darauf kommt es an.«

Nun trat Josh vor. »Was willst du jetzt machen, DeForte?«

Pierce verschränkte die Hände hinter dem Rücken. »Eine Zeitlang werde ich der Piraterie frönen. Ein paar Spanier werden dran glauben müssen.« Während er in den Sessel hinter dem Schreibtisch sank, fügte er hinzu: »Natürlich werde ich stets ein Gentleman-Pirat bleiben. Ich verlange Lösegeld für meine Geiseln, und ich brauche einen Ohrring. Manuel, kannst du mir das Ohrläppchen durchstechen?«

Der Koch runzelte die Stirn, als zweifelte er am Verstand seines neues Herrn, dann zuckte er die Achseln. »*Si*, wann immer Ihr es wünscht.«

Grinsend wandte sich Pierce zu Sean. »Eine schwarze Augenbinde, ein goldener Ohrring, hohe schwarze Stiefel . . . Außerdem brauche ich noch einen großen Federhut, aber den finde ich sicherlich bei Roderigos Sachen. O ja, ich werde mich in einen Piraten verwandeln, wie er im Buche steht!«

Sean wechselte einen kurzen Blick mit Jay. »Und wozu das alles, DeForte? Verzeih mir die impertinente Frage, aber an Bord dieses Schiffes haben wir dich kennengelernt. Du bist ein ehrlicher Engländer. Und wenn du nun zu solchen Mitteln greifst, wie willst du dann deine Unschuld beweisen?«

»Zunächst muß ich Zeit gewinnen. Ich werde warten. Geduldig. So lange es sein muß.«

»Bis wann?« erkundigte sich Jay.

»Bis ich höre, daß Lady DeForte, die Herzogin von Werthingshire, zur See fährt.« Nach einer kurzen Pause fügte Pierce hinzu: »Bis ich sie in meiner Gewalt habe! Dann und nur dann kehre ich nach England zurück. Dort werde ich mich von jedem Verdacht befreien, meine lieben Freunde, und Rache üben — oder sterben, wenn es mir mißlingt.« Er griff wieder nach der Rumflasche. »Auf euch, meine guten Gefährten! Auf das Piratenleben!«

Sean nahm ihm die Flasche aus der Hand. »Auf das Piratenleben!«

Die Flasche machte die Runde, dann kehrte sie zu Pierce zurück, der die bernsteingelbe Flüssigkeit betrachtete. »Und auf dich, Rose!« flüsterte er. Die brennende Flüssigkeit rann durch seine Kehle. »Manuel, kannst du ein Bad für mich vorbereiten?«

»*Si*!« rief Manuel, sichtlich erfreut, weil er sich nützlich machen konnte. »Ein Bad! Danach seid Ihr so gut wie neu, Lord DeForte!«

So gut wie neu ... Ja, er war frei, körperlich und geistig gesund — und stark. Mit jedem Augenblick in der wiedergewonnen Freiheit würde seine Kraft wachsen. Nun brauchte er nur noch Zeit. Und die hatte er. Zeit — das war alles, was er nun auf dieser Welt besaß.

»Nur mich selbst und niemand anderen mache ich verantwortlich!« versicherte Ashcroft Woodbine seiner Tochter — mittlerweile *Sir* Ashcroft Woodbine, denn der König hatte sein Versprechen gehalten und den loyalen Kaufmann zum Ritter geschlagen. Aber das hat meinen Vater nicht verändert, dachte Rose. Um in seinem Reich zu herrschen, braucht er keinen Adelstitel.

Majestätisch schritt er vor dem Kamin in seinem Salon auf und ab, haderte wortgewaltig mit seinem und ihrem Schicksal, aber sie hörte nicht mehr zu. Sie blickte sich in dem schönen Raum mit den Tischen aus Kirschbaumholz und den kostbar gepolsterten Sofas und Sesseln um. Dieses Haus am James River war eleganter eingerichtet als Castle DeForte, wo die meisten Antiquitäten schon ziemlich abgenutzt wirkten. Ashcroft Woodbine hatte Wert auf eine Neuausstattung gelegt. Und im Gegensatz zur altehrwürdigen Atmosphäre des herzoglichen Schlosses erfüllte er sein Heim mit herzerwärmender Vitalität.

Rose beobachtete ihn liebevoll, während er sich immer mehr in seinen Zorn hineinsteigerte. Seine grünen Augen blitzten, sein Doppelkinn bebte. »Ja, kein geringerer als ein Herzog sollte dich zur Frau nehmen, meine Tochter. Und wie sich nun herausstellt, war dieser Mann nicht nur einer der ranghöchsten englischen Aristokraten, sondern auch ein gemeiner Mörder!«

Schon hundertmal mußte sie es gesagt haben, aber sie seufzte und wiederholte es noch einmal. »Er war unschuldig, Vater, das weiß ich.«

Ashcroft Woodbine eilte zu ihr, ließ sich auf ein Knie nieder und ergriff ihre Hände. »Meine liebe Tochter ...«

Obwohl die ganze Welt auf ihrer Seele zu lasten schien, zwang sie sich zu lächeln. »Glaub mir, er ist unschuldig. Das werde ich dem König und dir und dem Allmächtigen beweisen, ich schwöre es.«

»Sicher wirst du einen anderen Mann finden, der dich liebt, Rose. Nimm dir nur Zeit.«

»Du hast auch keine andere Frau gefunden«, erinnerte sie ihn.

Bedrückt schaute er auf ihre Hände hinab. »Jetzt bist du erst einmal zu Hause, und das freut mich. Du solltest hierbleiben, mein Kind. Eines Tages wird das Haus dir gehören, die Felder, die Schiffe . . .«

»Für immer kann ich nicht in Jamestown leben, Vater. Mein Kind wird Pierce DeFortes Titel und sein Vermögen erben. Und ich muß ihm zu seinem Recht verhelfen. Vor allem soll es einen Namen tragen, auf den es stolz sein darf. Deshalb ist es meine Pflicht, die Unschuld seines Vaters zu beweisen.«

»Ja, gewiß«, murmelte Ashcroft. »Doch nun bist du erst mal bei mir, und wir haben Zeit.«

»Viel Zeit«, bestätigte sie leise.

Plötzlich leuchteten seine Augen auf. »Bald werde ich Großvater! Ich kann es kaum erwarten! Oh, ich werde ihm alles beibringen, was ich über Schiffe weiß . . .«

»Und wenn es ein Mädchen wird, Vater?«

»Nun ja, dich habe ich doch auch unterrichtet, oder etwa nicht?«

Lächelnd nickte sie. »Und dann hast du mich nach England geschickt.«

»Damit du dir einen Aristokraten einfängst!« stöhnte er unglücklich. »Daran bin ich ganz allein Schuld.«

»Mach dir keine Vorwürfe. Ich . . .« Beinahe hätte sie gestanden, daß sie keineswegs aus kindlichem Gehorsam die Frau des Herzogs geworden war. Doch sie hielt sich gerade noch rechtzeitig zurück. »Das alles konntest du nicht vorhersehen, Vater.«

»Immerhin bist du jetzt *Lady* Rose«, meinte er, und das tröstete ihn sichtlich.

Wie wenig das zählt, dachte sie. Aber ihr sollte es recht sein, solange es ihren Vater beglückte . . .

Sie fand es wundervoll, wieder bei ihm zu wohnen, in ihrem Zimmer, betreut von Mary Kate. Die Zofe hatte ihr erzählt, wie niederträchtig sie von Jamison und Jerome behandelt worden war. »Sie schlugen mich auf den Kopf, und als ich wieder zu mir kam, war ich schon mitten auf dem Atlantik. Oh, diese gräßlichen Männer!«

»Jamison ist tot«, erklärte Rose müde. »Und Anne auch.«

»Oh, die Ärmste!« seufzte Mary Kate und bekreuzigte sich.

»Und Pierce . . .«, ergänzte Rose kaum hörbar.

»Meine liebe Kleine!« Mary Kate drückte sie tröstend an ihren üppigen Busen. »Euren Mann habt Ihr verloren, aber Ihr erwartet Euer Baby. Daran müßt Ihr stets denken. Dieses Kind wird ein Teil von ihm sein, in Fleisch und Blut, ein Geschöpf, das Ihr in die Arme nehmen und lieben könnt. Alles wird gut, wartet's nur ab!«

Und Rose wartete geduldig. Eines Morgens wanderte sie zum Fluß hinab, saß am Ufer, betrachtete die schöne Landschaft und entsann sich, wie sie Pierce von jenem Fleckchen Erde erzählt hatte, das noch schöner war als sein Lieblingsplatz in England. Im grünen Gras, unter dem blauen Himmel, hatte er sie geliebt . . . Dann war Geoffrey aufgetaucht, um sie diskret zu stören, und von diesem Moment an hatte die Tragödie ihren Lauf genommen.

An einem Baumstamm gelehnt, schloß sie die Augen. Tiefer Schmerz krampfte ihr das Herz zusammen. Wie sehr sie sich nach Pierce sehnte, nach seiner Umarmung, seinen Küssen, seinem Körper, mit ihrem verschmolzen . . . Der Kummer war kaum zu ertragen, doch sie zwang sich, ruhig zu atmen, das Leid zu überwinden, ihrem Kind zuliebe.

Ereignislos verstrichen die Monate. Und dann brach der Morgen an, wo die Wehen begannen. Es würde eine Weile dauern, erklärte Mary Kate. Das erste Baby einer jungen Mutter pflegte sich viel Zeit zu lassen. Ashcroft ließ seinen jüdischen Lieblingsarzt rufen, einen Mann, der die religiöse Toleranz des Kaufmanns zu schätzen wußte. Dieser gehörte nur aus politischen Gründen der Kirche von England an. Der Doktor, Abraham Golam, verfügte über ausgezeichnete Fähigkeiten.

Als die Niederkunft anfing, wollte Ashcroft keinen anderen Arzt in der Nähe seiner Tochter wissen. Rose erschien ihm schwach und hinfällig. Sie bereitete ihm schon seit Monaten Sorgen, aber er behielt seine Angst für sich.

Hingegen erkannte Abraham sofort, daß sie trotz ihrer scheinbaren Schwäche eine stählerne innere Kraft besaß.

Sobald die Wehen eintraten, atmete Rose erleichtert auf. Die lange Wartezeit ging zu Ende. Nun mußte sie das Gewicht des geliebten kleinen Wesens, das in ihrem Bauch strampelte, nicht mehr mit sich herumschleppen. Bald würde sie es in die Arme schließen. Doch ihre Freude verflog sehr schnell. Sie mußte wahre Höllenqualen ausstehen, die sich stetig verstärkten. »Das Baby will nicht kommen!« flüsterte sie Abraham verzweifelt zu, das Gesicht in Schweiß gebadet.

»Ganz ruhig!« erwiderte er beschwichtigend und lächelte ihr zu. »Im Augenblick geht's Euch noch recht gut. Bald wird's schlimmer.«

»Noch schlimmer!« klagte Rose und starrte Mary Kate an, die hilflos mit den Schultern zuckte. Sie selbst hatte nie ein Kind bekommen.

Und die Schmerzen verstärkten sich tatsächlich. Gellend schrie Rose auf und verlor die Besinnung. Wenig später wurde sie von einer neuen Wehe ins Bewußtsein zurückgeholt und begann, die ganze Welt zu verfluchen. Wie konnten Männer Frauen nur zumuten, Kinder zu gebären? Vergeblich versuchte die Zofe, ihr zu erklären, das liege nun einmal in der Natur aller Dinge. Für eine Weile vergaß Rose sogar, wie sehr sie sich auf ihr Baby gefreut hatte.

Der Tag verging, dann die Nacht, ein neuer Morgen graute, und Rose näherte sich dem Ende ihrer Kräfte.

»Ihr müßt pressen, Mylady!« flehte Abraham. »Ganz fest!«

»Helft mir doch!«

»Aber *Ihr* sollt *mir* helfen!« protestierte sie.

»Das versuche ich ja.«

»Wenn Ihr mir wirklich helfen wollt, erschießt mich einfach!« kreischte Rose, und Mary Kate wandte sich ab, um ein Lächeln zu verbergen.

»Oh, das Baby will einfach nicht kommen!«

»Doch«, versicherte der Doktor, »gleich ist es soweit.«

Und dann schrie sie lauter denn je, weil der Kopf ihres Kindes zum Vorschein kam und der Schmerz alles übertraf, was sie zuvor erduldet hatte.

»Noch einmal pressen, Rose!« bat Abraham.

Und sie gehorchte, bot ihre letzten Kräfte auf. Endlich war es überstanden. »Was ist es?« fragte sie mit schwacher Stimme.

»Ein Junge!« erklärte Mary Kate freudestrahlend, und wie aus weiter Ferne hörte Rose ein schrilles Gebrüll.

Ihr Sohn! Ein Teil von Pierce . . .

Die Zofe hatte das Baby gewaschen und legte es nun in die Arme der jungen Mutter, die es voller Bewunderung anschaute. So winzig, aber so schön und vollkommen!

Heiße Liebe durchströmte sie. Dieses kostbare Leben hatte sie geboren — einen starken Jungen. Seine kleinen Finger umklammerten ihren Daumen, während er lauthals gegen die Ungerechtigkeit der Welt protestierte, in die er soeben geraten war. Rose untersuchte ihn hastig. »O Mary Kate! Er hat alle seine Finger und Zehen!«

»Natürlich, meine Liebe. Er ist bildhübsch.«

»Oh, dem Himmel sei Dank!« wisperte Rose. »Ich bin so glücklich . . .« Und dann brach sie in Tränen aus. Warum war Pierce nicht hier, um seinen Erben zu begrüßen? Für immer hatte sie ihn verloren. Aber jetzt trug sie die Verantwortung für seinen Sohn, ihn und seine Rechte wollte sie schützen, bis zu ihrem letzten Atemzug.

14

In Rutgers Taverne im Jamestown-Hafen versammelten sich die verschiedensten Typen von Seefahrern, ehrliche und weniger ehrliche. Hier trafen sie einander, um ihr Ale zu genießen und Klatschgeschichten auszutauschen. Arm in Arm traten Sean und Jay ein. Sie schwankten ein wenig, als hätten sie schon mehrere Becher Rum getrunken.

Rauchschwaden, die aus dem Herd und einigen Dutzend Pfeifen drangen, benebelten den Raum. Rutger betrieb ein anständiges Lokal. Wer mit unlauteren Absichten hereinkam, dachte nie daran, den Wirt zu betrügen oder sonst sein Mißfallen zu erregen. Dafür konnte man hier zu gute Geschäfte machen.

Jay, weltgewandter als sein Begleiter, zeigte auf einen kleinen Brettertisch, wo es noch freie Plätze gab, und sie setzten sich zu ein paar alten Seebären. Mit seinem lässigen Charme brachte Sean sie mühelos zum Reden. »Was hört Ihr aus England, mein Freund?« fragte er einen der bärtigen Gesellen. »Ich war schon lange nicht mehr daheim. Wie geht's unserem König?«

»Bestens«, antwortete der Mann, der sich Sam nannte, und hob seinen Ale-Krug. »Auf seine Majestät, Charles II. von England!«

»Aye, darauf trinken wir!« stimmte Jay grinsend zu. Dann runzelte er die Stirn, als er sah, daß sich die Krüge seiner Tischgenossen fast geleert hatten. Er winkte der Kellnerin. »He, Miss, bringt meinen Freunden noch was von diesem Gebräu, und es soll Euer Schaden nicht sein!«

Sie verdrehte die Augen, aber die beiden Neuankömmlinge schienen ihr zu gefallen. Mit wiegenden Hüften schlenderte sie zum Tisch und schenkte nach. Sams Freund, ein alter Highlander namens Duff, bedankte sich für das Ale. »Auf welchen Schiffen segelt Ihr, meine Freunde?«

»In DeFortes Flotte«, erwiderte Jay.

»Ah, dann arbeitet Ihr jetzt für die Herzogin?«

Sean warf Jay einen raschen Blick zu. »Die Herzogin?«

»Ihr sagtet doch, Ihr fahrt in der DeForte-Flotte?« Mißtrauisch hob der grauhaarige Duff die Brauen.

»Nun, wir haben immer nur ein und demselben Kapitän gedient«, murmelte Jay. »Von ihm und dem Ersten Maat nehmen wir unsere Befehle entgegen. Falls sich in England irgendwas verändert hat, wissen wir's noch nicht.«

»Dann sollt Ihr's jetzt erfahren. Lady DeForte hat die Schiffe ihres verstorbenen Mannes übernommen.«

»Also ist sie wohlauf«, meinte Jay, »das freut uns. Gott segne die Herzogin!«

»Bald segelt sie wieder nach England«, berichtete der Highlander. »Sie wird angeblich wieder heiraten. Am nächsten Morgen geht sie hier an Bord der *Lady May* und nimmt erst mal Kurs auf die Bermuda-Inseln, um Geschäfte mit Sir Harold Wesley zu machen. Wie man hört, verwaltet sie das Unternehmen ihres Vaters ebenso tüchtig wie das Erbe des Herzogs, das allerdings nur durch glückliche Umstände in ihre Hände gefallen ist. Aber der König hat nun mal eine Schwäche für schöne Frauen.«

Sean beugte sich vor. »Also meint Ihr, Seine Majestät hätte DeFortes Besitz konfiszieren müssen? Ich dachte schon immer, man sollte den armen Mann rehabilitieren. Soviel ich weiß, hat er niemanden hinterrücks erstochen.«

»Wer kann das schon sagen?« Sam zuckte die Achseln. »Jedenfalls sprachen die Beweise gegen ihn. Königliche Beamte ertappten ihn bei den Leichen. Vielleicht ist er ein Mörder — vielleicht auch nicht.«

»Ganz sicher nicht!« Seans dunkle Augen verengten sich, und er erhob sich halb. Doch Jay drückte ihn hastig auf den Stuhl zurück.

»Sie segelt auf der *Lady May*? Ein DeForte-Schiff, nicht wahr?«

»Aye«, bestätigte Duff.

»Und wer ist der Kapitän?«

»Wollt Ihr bei ihm anheuern? Mit welchem Schiff seid Ihr hergekommen?«

Sean zögerte, und Jay mischte sich rasch ein. »Mit der *Lady Windsor.*« Dieses Schiff, das ebenfalls zur DeForte-Flotte gehörte, war an diesem Nachmittag im Jamestown-Hafen eingelaufen. »Wahrscheinlich bleibt sie eine Zeitlang hier, weil sie instand gesetzt werden muß. Und deshalb würden wir gern eine andere Arbeit annehmen. Ich mag die DeForte-Schiffe. Da wird man für ehrliche Arbeit gerecht bezahlt.«

»Versucht's doch auf der *Lady May*! Kapitän Niemens befehligt sie, ein anständiger Bursche. Er dient bei der Flotte, seit Lord DeForte mit dem König nach England heimgekehrt ist.«

Jay stand auf, zog Sean am Arm hoch und warf ein Goldstück auf den Tisch. »Ehe wir auf einem anderen Schiff anheuern, müssen wir uns erst mal ausschlafen«, erklärte er Sam und dem Highlander.

»Paßt bloß auf!« rief Sam ihnen nach. »In diesen Gewässern tummeln sich üble Piraten! Haltet Euer Pulver trocken und Augen und Ohren offen! Ganz egal, mit wem Ihr segelt!«

Obwohl Jay bereits zur Tür ging, drehte Sean sich noch einmal um. »Piraten, eh?« Nun blieb auch sein Gefährte stehen.

Der alte Mann nickte. »Seit einiger Zeit erzählt man sich wahre Schauergeschichten über einen gewissen Drachentöter, der die Meere unsicher macht. Die Spanier wagen sich kaum noch aus ihren Häfen. Und in Cartagena wurde eine junge Dame mit ihrer Duenna entführt. Der Drachentöter! Allein schon dieser Name läßt die tapfersten Männer erzittern.«

»Tatsächlich? Sie zittern?« Seans Lippen verzogen sich zu einem breiten Grinsen, aber er wurde sofort wieder ernst, als er Jays Fausthieb im Rücken spürte.

Mahnend hob Sam einen Finger. »Bei diesen Piraten kann man nie wissen, mein Junge . . . Seid auf der Hut! Womöglich hat der Drachentöter die Spanier und Holländer allmählich satt und stürzt sich nun auf Engländer. Noch kein Schiff konnte einen Kampf mit ihm unbeschadet überstehen. Wie ich höre, will Charles diesem Kerl die ganze königliche Flotte an den Hals hetzen. Aber das kündigt er jetzt schon monatelang an und tut's nicht. Wahrscheinlich wird er ihm kein Haar krümmen — solange der Drachentöter den Spaniern das Gold aus der Neuen Welt abnimmt. Offenbar beraubt er nur *capitáns,* die selber Diebe sind. Trotzdem, nehmt Euch in acht! Auf dem Atlantik lauern tödliche Gefahren!«

»Danke für die Warnung, mein Freund«, entgegnete Sean lächelnd.

Wenig später wanderte er mit Jay die Küste an der Flußmündung entlang, bis sie ihr Beiboot fanden. Während Sean kraftvoll ruderte, tadelte sein Gefährte: »Wir sind in die Taverne gegangen, um Informationen zu sammeln — und keineswegs, um welche zu liefern.«

»Nun, jetzt sind wir um einiges klüger, und ich habe nichts verraten.«

»Wie ein schlauer Kater hast du gegrinst, als der alte Knabe so ehrfürchtig vom Drachentöter sprach. Was soll er jetzt glauben?«

Sean lachte. »Wen kümmert das schon? Wir haben Neuigkeiten gehört. Und was für welche!«

Nach einer halben Stunde erreichten sie ihr Piratenschiff, das unverschämterweise in Küstennähe ankerte. Josh und Manuel halfen ihnen, an Bord zu klettern. Gefolgt von Jay, eilte Sean sofort zur Kapitänskabine und klopfte an.

»Herein!« rief Pierce. Er saß hinter dem Schreibtisch. Seine schwarze Augenbinde lag neben dem Federhut auf der Koje, damit er seine Logbücher besser lesen konnte. Das Piratenleben hatte seine Muskelkraft noch gestärkt, die Sonne, von Meereswellen widergespiegelt, sein Gesicht bronzebraun gefärbt. Mit scharfen Silberaugen fixierte er seine beiden Männer, die ihm so treue Dienste leisteten, ebenso wie Josh und Manuel.

Andere Seeleute von der DeForte-Flotte waren hinzugekommen, aber sie kannten seine wahre Identität nicht. Seine Mitgefangenen auf dem spanischen Schiff hatten den grausamen Roderigo als ›Drachen‹ bezeichnet. Und so war Pierce zu seinem Beinamen ›Drachentöter‹ gelangt. Jeder Mann auf seinem Schiff bekam einen Anteil von der Beute und allen Lösegeldern.

Er war ein hervorragender, gerechter Kapitän. Noch keinen Kampf hatten sie verloren — und keinen einzigen Spanier entkommen lassen. Mittlerweile waren alle Mann an Bord reich geworden, außerdem berühmt, weil sie die Geiseln stets höflich behandelten. Eine spanische Schönheit hatte vor lauter Abschiedsschmerz sogar geweint, als sie wieder der Obhut ihres Vaters übergeben worden war.

Die siegreiche Kampfkraft des Drachentöters genoß einen ebenso weitreichenden Ruf wie seine Menschlichkeit. Doch er fürchtete, seine Fairneß würde ihm eines Tages zum Verhängnis werden. Und so hatte er beschlossen, einen armen spanischen Kapitän an den Großmast zu fesseln. Langsam war er um den Mann herumgegangen, die Arme vor der Brust verschränkt, und hatte alle erdenklichen Folterqualen, die seinem Gefangenen drohen mochten, geschildert. Man könnte ihm die Augen mit glühendheißen Schürhaken ausstechen, erklärte Pierce seinem Gefangenen, oder ihn auspeitschen, nacheinander alle Finger abschneiden und die Haie damit füttern, ehe man den blutrünstigen Fischen seinen ganzen Körper zum Fraß vorwarf. Doch er ließ den Spanier am Leben, in der Gewißheit, der *capitán* würde anderen Seefahrern versichern, der Drachentöter wäre imstande, all diese grausigen Dinge zu tun.

Dieser Zwischenfall beschwor neue Gerüchte herauf. Was mochte der Drachentöter treiben? Vielleicht vergewaltigte er seine weiblichen Gefangenen und metzelte die Besatzungen der gekaperten Schiffe skrupellos nieder. Wer kannte schon die Wahrheit?

Nun schob er seine Logbücher beiseite und beugte sich vor, den Federkiel lässig zwischen Daumen und Zeigefinger. »Also? Erzählt mir die Neuigkeiten! Wurde ich in England für unschuldig befunden?«

Jay schüttelte traurig den Kopf. »Leider noch nicht«, erwiderte er und räusperte sich unbehaglich.

Erstaunt über die heftige Bitterkeit, die in ihm aufstieg, lehnte Pierce sich zurück. »Ich dachte, meine teure Gemahlin — oder Witwe — hätte aus eigennützigen Gründen versucht, meinen Namen reinzuwaschen. Wäre sie nicht mit diesem elenden Jerome im Bunde gewesen . . .«

»Das steht keineswegs fest, Pierce«, erinnerte ihn Jay.

Aber Sean war nicht so gut auf die Lady zu sprechen. »Inzwischen hat sie deine Flotte übernommen, DeForte!« rief er anklagend. »Sie ist hier in Virginia und führt deine Geschäfte von dieser Seite des Atlantik aus.«

Pierce zuckte zusammen, der Federkiel brach mitten entzwei.

»Anscheinend leistet sie gute Arbeit«, ergänzte Sean.

»Das ist immerhin ein Trost«, murmelte Pierce mit gepreßter Stimme. »Und wie komme ich an sie heran?«

»Jetzt erzähle die gute Nachricht«, verkündete Sean grinsend. »Am Montag verläßt sie Jamestown an Bord der *Lady May,* mit Kurs auf die Bermuda-Inseln. Man munkelt von einer zweiten Ehe . . .«

»Was?« stieß Pierce hervor.

»Nur ein Gerücht!« betonte Jay hastig und warf Sean einen vorwurfsvollen Blick zu, dann beschloß er, die restliche Geschichte selber zu erzählen. »Sie will Geschäfte mit einem gewissen Sir Harold Wesley machen. Von dem Mann habe ich schon gehört. Er besitzt eine große Plantage auf einer Bermuda-Insel. Wenn die Herzogin ihr Ziel erreicht . . .«

»Das glaube ich nicht«, fiel Pierce ihm leise ins Wort. Tag und Nacht plagten ihn die Erinnerungen an Rose. Und jetzt war sie in greifbarer Nähe. Wie er das Wiedersehen genießen würde! Die kleine Hexe hatte nicht einmal versucht, seine Unschuld zu beweisen. Und jetzt trug sie seinen Titel, spielte die Herrin der Flotte, die früher sein Eigentum gewesen war. »Niemals wird sie auf der Bermuda-Insel ankommen, meine Freunde.«

Am Montag ... So lange hatte er auf diesen Augenblick gewartet. Ein kaltes Lächeln lag auf seinen Lippen. Nun, angeblich war es am besten, kalten Blutes Rache zu üben.

»Das gefällt mir nicht!« erklärte Ashcroft Woodbine in energischem Ton, aber seine Tochter schien ihm nicht zuzuhören.

»Sicher kann ich Sir Wesley erklären, wie günstig es für ihn wäre, wenn er uns die Verschiffung seiner Produkte anvertraut.« Die Stirn leicht gerunzelt, beugte sie sich über ein Hauptbuch. »So, wie es aussieht, ist er auf den ständig wachsenden Umfang seiner Frachten schlecht vorbereitet. Diese Sorge werden ihm die Woodbine- und DeForte-Schiffe abnehmen. Oder soll er etwa selber ins Transportwesen einsteigen, Vater? Dann würde er uns Konkurrenz machen.«

Ashcroft seufzte. Natürlich, er hatte Rose von Anfang an mit einem Teil seiner Geschäfte betrauen wollen. Aber jetzt, wo sie die DeForte-Flotte besaß, leitete sie beide Unternehmen praktisch allein, und er konnte sich kaum noch einmischen. Wenn er ihren messerscharfen Verstand auch zur Genüge kannte — er machte sich trotzdem Sorgen um ihre Sicherheit. »Mein Kind, ich will nicht, daß du allein segelst. Überall treiben sich Piraten herum.«

»Unsere Schiffe sind mit Kanonen bestückt. Und in letzter Zeit erzählt man sich nur noch Geschichten über den Drachentöter, der ausschließlich spanische Schiffe angreift. Bitte, Vater! Ich muß Sir Wesley für meinen Plan gewinnen, bevor er unsere Geschäfte beeinträchtigt.«

»Wenn du meinst . . .« Kummervoll strich er über sein Kinn und bereute, daß er sie auf dieses Projekt hingewiesen hatte. Wie er von guten Freunden wußte, besaß Sir Harold Wesley eine ertragreiche Plantage auf einer Bermuda-Insel. Und was man über den Mann hörte, beeindruckte Ashcroft. Er war ein hervorragender Geschäftsmann, in den Kolonien reich geworden und vom König begünstigt, außerdem jung, attraktiv und charmant. Fürsorglich betreute er seine jüngeren Geschwister, und nun brauchte er eine Ehefrau, die ihm half, seinen Besitz zu verwalten.

Ashcroft wollte seine Tochter wieder verheiratet sehen, auch wenn sie dann einen Teil ihres Prestiges als DeFortes Herzoginwitwe verlieren würde. Aber niemand konnte ihrem Sohn den Titel streitig machen.

Mittlerweile war der kleine Lord Pierce Woodbine DeForte neun Monate alt und klammerte sich resolut an die mütterlichen Röcke, wenn er auf seinen wackeligen Beinchen zu stehen versuchte. Rose nannte ihn Woody, so wie alle anderen Leute. Offenbar widerstrebte es ihr, ihn mit seinem ersten Taufnamen anzusprechen, als könnte sie dadurch den Tod seines Vaters und seine Schande ungeschehen machen.

Glücklicherweise hat der Bursche dem König früher treu gedient, überlegte Ashcroft. Sonst wäre es der Krone leichtgefallen, DeFortes Besitz zu konfiszieren, da ein so schwerer Verdacht auf ihm lastete. Aber so, wie es aussah, würde der kleine Woody eines Tages die Macht eines bedeutsamen Herzogs ausüben. Der Großvater liebte den kleinen Jungen abgöttisch, und er sah ihn beglückt heranwachsen. Um so größere Sorgen machte er sich um seine Tochter.

Eine Zeitlang hatte sie sich für nichts interessiert, abgesehen von dem kleinen Woody. Um sie von ihren Depressionen abzulenken, hatte Ashcroft sie in seine neusten geschäftlichen Aktionen eingeweiht. Plötzlich sammelte sie eifrig alle Informationen, die sie nur bekommen konnte. Er erkannte zu spät, daß sie dieses Wissen bei ihrer Rückkehr nach England nutzen würde. Sie schrieb einem Mann namens Garth im Castle DeForte. Durch ihn begann sie, die Zügel auf den herzoglichen Ländereien in die Hand zu nehmen.

Sie hatte beschlossen, den Atlantik zu überqueren, sobald Woody ein Jahr alt war. Ashcroft versuchte, ihre Rückkehr nach England zu verhindern. Er wollte sie in seiner Nähe haben, ihr Lächeln sehen, den Glanz ihrer smaragdgrünen Augen.

Wenn sie doch wieder heiraten würde ... Ursprünglich war er mit ihrer Reise zu den Bermuda-Inseln einverstanden gewesen. Sicher würde sie Sir Wesley bezaubern. Wenn er so jung, hübsch und charmant war, wie man behauptete, würde auch er sie beeindrucken. Aber sie konzentrierte sich ausschließlich auf die Geschäfte, und das mochte einen Mann abschrecken.

»Vielleicht sollte ich dich begleiten«, schlug Ashcroft vor. »Einige Dinge könnte ich Sir Wesley besser erklären. Immerhin befasse ich mich schon viel länger mit diesen Geschäften als du, meine Tochter.«

Rose lehnte sich zurück und zog den kleinen Woody auf ihren Schoß. Sofort begann das Kind, mit den dicken kleinen Händchen auf dem Schreibtisch umherzutasten, auf der Suche nach interessanten Gegenständen. Rasch schob sie die wichtigen Papiere beiseite und ergriff die

Holzrassel, die ihr Vater geschnitzt hatte. Wenn sie geschüttelt wurde, erzeugte sie faszinierende Geräusche.

Mit seinen blaugrauen Augen und dem dunkelroten lockigen Haar war Woody ein bildhübscher Junge. Lächelnd schmiegte Rose ihr Kinn an sein Köpfchen. »Du mußt nicht mitkommen, Vater. Ich weiß genau, was ich tue.«

»Daran zweifle ich nicht . . .«

»Und ich weiß auch, daß Harold Wesley eine Braut sucht. Du willst mich wieder einmal verkuppeln.«

Würdevoll straffte Ashcroft die Schultern. »Eins scheinst du zu vergessen!« entgegnete er und drohte ihr mit erhobenem Zeigefinger. »Ich bin der freundlichste verständnisvollste aller Väter. Ohne an deine Gefühle zu denken, hätte ich einen Ehevertrag unterschreiben können. Statt dessen . . .«

»Statt dessen hast du mich nach England gesandt, damit ich einen Herzog umgarne. Durch irgendein seltsames Mißgeschick ist es mir auch tatsächlich gelungen, ihn einzufangen. Und dann habe ich ihn verloren. Ehe ich mir einen zweiten Ehemann suche, möchte ich die Angelegenheiten meines ersten regeln.«

»Pah! Du hast gar nicht die Absicht, wieder zu heiraten, Rose!«

»Vorerst nicht«, stimmte sie leise zu. »Ich muß . . .«

»Aye, aye! Du mußt DeFortes Unschuld beweisen. Warum, mein Mädchen? Der König legt dir keine Steine in den Weg, und mein Enkel wird sein Erbe unbehelligt antreten. Wenn du die Dinge auf sich beruhen läßt, werden sie bald in Vergessenheit geraten.«

Entschieden schüttelte sie den Kopf. »Niemals wird die Welt das alles vergessen. Wenn du das glaubst, hast du zu lange in deinem abgeschiedenen kleinen Kolonialreich gelebt. Nach meiner Überzeugung ist Jerome der Mörder Jamisons, vielleicht auch der armen Lady Anne. Nun schwelgt er in seinem Reichtum und verpraßt das Vermögen seiner toten Schwester. Das hat Garth mir zumindest geschrieben. Wie kann ich einen Mörder ungestraft davonkommen lassen?«

»Und wie willst du seine Schuld beweisen?«

Rose seufzte. »Das weiß ich noch nicht. Irgendwie muß ich ihn in eine Falle locken, wenn ich wieder in England bin.«

Ashcroft ging bekümmert zu ihr, lächelte aber sofort, als sein Enkel ihm die kleinen Ärmchen entgegenstreckte. Ernste blaugraue Augen musterten ihn. »Grandpa!« Wie mühelos der kleine Bursche das Herz des Großvaters erobert hatte. ›Grandpa‹ war das zweite Wort, das er nach ›Mum‹ gelernt hatte.

Liebevoll beugte Ashcroft sich hinab, hob Woody von Roses Schoß hoch und nahm ihn in die Arme. Aber der kleine Junge wand sich energisch umher. Viel lieber wollte er über den Boden krabbeln und seine Gehversuche fortsetzen. Schließlich gab sich der Großvater geschlagen und setzte ihn auf den Teppich. Das Kind umklammerte eifrig Grandpas Bein und zog sich daran empor. Es war sehr eigenwillig, genau wie sein Vater.

»Jedenfalls segle ich zu den Bermuda-Inseln«, bemerkte Rose, »und zwar allein. Soll ich Sir Wesley irgend etwas ausrichten?«

»Nein, meine Liebe. Aber du segelst nur allein, weil ich dir die Erlaubnis gegeben habe!« Mit einem abgrundtiefen Seufzer beobachtete er seinen Enkel. Wann genau hatte er eigentlich die Kontrolle verloren?

Abends beobachtete Mary Kate, wie Rose in ihrem schönen Schlafzimmer auf der Felldecke vor dem Kamin mit ihrem Baby spielte. Dieser Raum war ebenso schön eingerichtet wie alle anderen. Ashcroft hatte keine Mühen und Kosten gescheut, um schöne Glaswaren aus Italien zu importieren und elegante Vorhänge für alle Fenster, die zum Fluß hinausgingen.

Ebenso wie Woody trug Rose ein Nachthemd aus weicher Baumwolle. Lachend wälzten sich die beiden über das Eisbärenfell, und der Feuerschein ließ Funken im roten Haar der beiden sprühen.

Nun wurde es allmählich spät, und das Baby brauchte seinen Schlaf. »Hört jetzt mit diesem Spiel auf, Rose!« tadelte die Zofe sanft. »Ich muß den Kleinen ins Bett bringen. Während Eurer Abwesenheit wird mir das noch schwerer fallen als bisher. Deshalb wäre es besser, wenn er sich schon jetzt an mich gewöhnt.«

Wehmütig drückte Rose ihren Sohn an sich. »Ich zögere immer noch, ihn so lange allein zu lassen. Sicher, er kann schon recht gut aus seinem Becherchen trinken und auch essen. Aber ich werde ihm fehlen.«

»Mittlerweile stillt Ihr ihn immer seltener, und das ist ein Segen. Sonst würde Euch sein Appetit noch völlig auslaugen. Ihr bleibt ja nur zwei Tage weg, und das ist eine günstige Gelegenheit, ihn vollends zu entwöhnen.«

»Aber wie wird er zurechtkommen?«

»Oh, ich sorge schon dafür, daß er nicht verhungert«, versprach Mary Kate. »Der junge Herzog kann schon sehr gut mit seinem Becher umgehen. Bald wird er mit Eurem Vater Whisky trinken.« Darüber mußte Rose lachen, und Mary Kate beobachtete sie erfreut. Es tat so gut, das Mädchen wieder lachen zu hören.

»Vielleicht hast du recht«, stimmte Rose zu. »Aber bis jetzt habe ich mich höchstens für eine Stunde von ihm getrennt, wenn ich ausgeritten bin.«

»Dann wird's höchste Zeit, das zu ändern.«

»Ja, und es ist an der Zeit, nach England zurückzukehren.« Ihr Kind in den Armen stand Rose auf, um es zu stillen. Es genügte, wenn die Entwöhnung am nächsten Tag begann.

Die Zofe schaute zu, wie Rose ihrem Baby die Brust gab, und fragte versonnen: »Erinnert Ihr Euch an jenen

Abend, wo Ihr so temperamentvoll gegen einen elenden Lord DeForte gewettet habt?«

Die Augen geschlossen, lehnte Rose sich zurück und genoß die tröstliche Wärme, die sie jedesmal empfand, wenn Woody an ihrer Brust saugte. »Ja, ich entsinne mich.«

»Und Ihr habt ihn liebengelernt, nicht wahr?«

»Ja.«

»Dann gebt der Liebe wieder eine Chance!« drängte Mary Kate.

Sie verstehen es einfach nicht, dachte Rose. Wie soll ich der Liebe eine Chance geben, wenn ich Pierce nicht vergessen kann? Vor ihren Augen sah sie nur ein einziges Ziel — sie mußte seinen guten Ruf wiederherstellen. Vielleicht würde es ihr dann gelingen, ein normales Leben zu führen, wenn auch ohne die Liebe eines Mannes.

»Nun, wir werden sehen, Mary Kate«, erwiderte sie und heuchelte ein lautes Gähnen. »Woody wird bei mir schlafen — kein Widerspruch, bitte!«

Sie lehnte den Kopf an die Rückenlehne ihres Sessels, täuschte eine Erschöpfung vor, die sie nicht empfand. Trotz aller Zuneigung zu ihrer alten Freundin wollte sie allein sein. Allein mit all den schönen und schmerzlichen Erinnerungen . . .

Viel zu schnell graute der Morgen. Zärtlich hielt sie Woody im Arm, spielte mit ihm und stillte ihn ein letztes Mal. Dann gab sie ihn in Mary Kates Obhut.

»Sicher wird er die Trennung gut überstehen«, beteuerte Mary Kate. »Ihr seid es, um die ich mich sorge. Ich sollte Euch begleiten.«

»Nun bin ich eine Witwe, die keine Anstandsdame mehr braucht«, entgegnete Rose lächelnd, »und allem Anschein nach ein Barrakuda. Vater befürchtet, mein Geschäftssinn würde mir alle Heiratschancen verderben, selbst wenn ich eine noch so üppige Mitgift bekomme.«

»Im Ernst, Rose, es ist nicht richtig, daß Ihr allein reisen wollt . . .«

»Jetzt bin ich schon so lange verwitwet, Mary Kate. Und Sir Wesley gilt als vollendeter Gentleman. Gewiß werden mir in seinem Haus genug Anstandsdamen zur Seite stehen.«

»Aber einmal wurden wir überlistet«, wandte die Zofe ein.

»Inzwischen bin ich älter und klüger.«

»Viel älter nicht!«

»Aber unendlich viel klüger!« Nach einer kurzen Pause fügte Rose hinzu: »Niemand wird mich je wieder hereinlegen und zu irgend etwas zwingen, das schwöre ich. Keine Bange, Mary Kate, nichts wird mir zustoßen. Außerdem könnte ich Woody nicht hier zurücklassen, wenn du mit mir kämst.« Lächelnd umarmte sie ihre Zofe. »Bald kehren wir alle zusammen nach England zurück.« Auf dem Weg zur Tür blieb sie plötzlich stehen, ein eisiger Schauer rann über ihren Rücken. Irgend etwas schien sie zurückzuhalten und ihr zu raten, das Zimmer nicht zu verlassen . . . Dieses Gefühl war so beängstigend, daß ihr Atem stockte, doch sie kämpfte entschlossen dagegen an. Sie mußte es überwinden, an ihren Plänen festhalten.

»Rose?« rief Mary Kate besorgt.

»Alles in Ordnung. Bitte, paß gut auf meinen Sohn auf!« Hastig ergriff Rose die Flucht.

Vor dem Haus wartete die Kutsche, die sie zum Hafen bringen würde. Die Sonne schien, der Himmel leuchtete strahlend blau. Und es gab nichts zu befürchten. Überhaupt nichts.

Glasklar und kühl dämmerte der Morgen herauf.

Pierce eilte zum Bug seines Schiffes, spürte den Meereswind, und bald wärmten die ersten Sonnenstrahlen sein Gesicht.

Die Beine leicht gespreizt, die Arme in die Hüften gestemmt, hielt er auf den schaukelnden Planken mühelos sein Gleichgewicht und schaute nach Westen. Sein weißes Hemd flatterte in der Brise. Seine Augen verengten sich, als er einen winzigen Punkt am Horizont entdeckte.

Und dann hörte er die Stimme des Beobachtungspostens, der hoch oben in seinem Krähennest saß. »Da ist sie, Kapitän! Die *Lady May*! Sie segelt direkt auf uns zu!«

»Ja, da ist sie!« wiederholte Pierce leise. Er beorderte Jay zu sich, seinen Ersten Maat, und erteilte ihm die Befehle, die an die Besatzung weitergeleitet werden sollten. »Fertig machen zum Gefecht! Wir warten, bis sie nahe genug herangekommen ist. Dann feuern wir, aber ohne zu treffen. Wir werfen unsere Enterhaken hinüber und überwältigen Niemens. Aber vergiß nicht, das ist eins unserer Schiffe. Wir wollen keinen Kampf, nur die *Lady May.*«

Und Lady Rose, fügte er in Gedanken hinzu.

TEIL II

Ränkeschmiede

15

»Feuer!« Der erste Schuß krachte, und Pierce beobachtete den Mündungsblitz des Geschützes, die Kanonenkugel, die in hohem Bogen durch die Luft raste und ins Wasser klatschte. Eine weiße Fontäne spritzte empor, das Ziel war planmäßig verfehlt worden. »Gib mir das Fernglas!« rief er Sean zu.

Wenig später hielt er es vor die Augen und betrachtete das englische Schiff, über die aufgewühlte See hinweg. Sein Atem stockte. Da stand sie am Ruder, neben Niemens — Rose.

Sie hatte sich kaum verändert. Schön und stolz wie eh und je . . . Ihr kastanienrotes Haar schimmerte im Sonnenlicht. Und genauso temperamentvoll, wie Pierce sie kannte, stritt sie nun mit Niemens. Offenbar wollte sie es selber mit den Piraten aufnehmen.

Typisch Rose. Immer kampfbereit. Sicher empfand sie Angst, doch das zeigte sie nicht. Statt dessen versuchte sie, ihrem Kapitän irgend etwas klarzumachen — vermutlich, daß sie an Deck bleiben würde.

»Das darfst du nicht erlauben, alter Junge!« murmelte Pierce.

Dann lächelte er zufrieden, denn Niemens schien diesen Wunsch zu erfüllen. Beschwörend sprach er auf Rose ein. Kluger Bursche, dachte Pierce. Ein Befehl würde Rose sicher nicht veranlassen, unter Deck zu gehen, aber eine flehende Bitte mochte ihr Herz rühren.

Dicht vor dem Piratenschiff fiel eine Kanonenkugel ins

Wasser, weiße Gischt besprühte Pierce. »Erwidert das Feuer, gebt aber nur einen Warnschuß ab!«

Aha! Niemens löste das Problem auf seine Weise und packte Roses Arm. Ihr grüner Rock wehte hinter ihr her, als er sie zur Kajüttreppe führte. Wieder lächelte Pierce. Nun würde sie die weiteren Ereignisse in der Kapitänskabine abwarten — genau da, wo er sie haben wollte. Nun mußte er die *Lady May* nur noch kapern, ohne allzu großen Schaden anzurichten.

Die Engländer feuerten wieder auf die Piraten. Knapp vor der Backbordseite versank die Kugel im Wasser, und das Schiff schwankte heftig, aber Pierce hielt sein Gleichgewicht.

»Zwei Salven!« rief er Sean vor. »Eine steuerbords, die andere backbords! Dann gebt ihnen zu verstehen, daß wir ihr Schiff entern wollen.« Sofort krachten die Schüsse, und während der Kanonendonner verhallte, wurde das Piratenschiff geschickt um die *Lady May* herumgesteuert.

Zunächst sah es so aus, als würde die spanische Galionsfigur das englische Deck durchschneiden, doch dann legte das Piratenschiff längsseits an. »Enterhaken!« befahl Pierce und schob die schwarze Binde über ein Auge. Niemand an Bord der *Lady May* durfte ihn erkennen, bevor der richtige Zeitpunkt gekommen war.

Das Schwert gezückt, sprang er in den Bug. Einige Besatzungsmitglieder des englischen Schiffs waren über beide Relings geklettert und fochten verbissen mit den Piraten.

Rasch parierte Pierce einen Schwertstreich und jagte die Waffe seines Gegners hoch in die Luft. Der Mann wich zurück, die Augen voller Todesangst, aber der Drachentöter eilte an ihm vorbei, und seine durchdringende Stimme übertönte das Kampfgeschrei, das klirrende Metall.

»Meine guten Männer, ich wünsche an Bord dieser

Schiffe kein Blutvergießen! Hört zu kämpfen auf! Euren Mut habt ihr bereits bewiesen. Aber ich versichere euch, meine Leute werden euch alle niederstrecken, wenn ihr eine Schlacht erzwingt. Wir sind keineswegs gekommen, um zu morden oder um uns irgend etwas zu nehmen, was von Rechts wegen nicht mir gehört. Nun paßt gut auf! Ich muß mit Niemens sprechen. Danach wird er euch alles erklären, und ich bin sicher, wir können Frieden schließen.«

Zunächst herrschte tiefes Schweigen, dann schrie jemand: »Das ist ein verdammter Pirat, ihr Narren! Wir dürfen ihn nicht zu Kapitän Niemens lassen!«

»Dem guten Kapitän wird kein Leid geschehen! Das schwöre ich bei der Ehre des Drachentöters!« Pierce verneigte sich tief.

Noch immer zögerten die Engländer. Wie konnte er ihnen das verübeln? Von Kopf bis Fuß sah er wie ein Pirat aus, einen Ring mit einem goldenen Totenkopf im linken Ohrläppchen, mit der schwarzen Augenbinde, im weit geschnittenen weißen Hemd und der engen, nachtschwarzen Hose. Höflich nahm er den Hut ab. »Gentlemen! Bei meiner Ehre!«

Ehe einer der Matrosen sprechen konnte, trat Niemens vor. »Ich bin der Kapitän. Da Ihr noch nie ein englisches Schiff gekapert habt, traue ich Euch. Folgt mir in meine Kabine.«

»Die ist besetzt, kommt mit in meine.«

»Das wird er niemals tun!« schrie ein Seemann von der *Lady May,* und Sean bedrohte ihn mit seinem Schwert.

»Nicht so ungestüm!« mahnte Pierce. »Vergiß nicht, das sind unsere Freunde!«

»Hier ist niemand dein Freund, mein Kapitän, niemand außer den Männern, die mit dir segeln.«

»Niemens wird mir dienen, das wirst du schon sehen«, erwiderte Pierce leise.

Der Mann, der Sean herausgefordert hatte, zog sich zurück, und Niemens — für sein Alter erstaunlich behende — sprang über die Relings zwischen den beiden Schiffen. Als er zu Pierce ging, schnappte er verwirrt nach Luft.

»Kapitän!« rief einer seiner Männer erschrocken.

»Alles in Ordnung, meine Jungs!« erwiderte Niemens, dann schlug er Pierce auf die Schulter und ging zur Kapitänskajüte voraus. »O Allmächtiger, in Deiner unendlichen Weisheit! Euer Gnaden! Ihr seid also der Drachentöter? Da muß ich mich doch ernsthaft fragen, ob Seine Majestät das nicht weiß. Niemals bemühte er sich ernsthaft, Euch zu strafen. Beim Himmel! Ihr geltet für tot . . .«

»Aber ich bin sehr lebendig. Kann ich auf Euch zählen?«

»Bis zum Grab, Mylord!« beteuerte Niemens würdevoll.

»Ich hab's nicht getan, Gaylord. Das schwöre ich bei allen Heiligen. Ich bin unschuldig.«

»Daran zweifle ich nicht, Sir.«

Pierce schaute zur *Lady May* hinüber. »Und Eure Besatzung? Einige Männer werden mich wiedererkennen, andere sind sicher erst seit kurzer Zeit bei Euch. Wie steht es um ihre Loyalität?«

»Sie gehorchen mir, darauf könnt Ihr Euch verlassen. Doch das hängt natürlich von Euren Plänen ab.«

»Sagt ihnen, ich übernehme für die nächsten Stunden das Kommando der *Lady May*. Danach sind sie alle frei. Bald werde ich mit ihnen reden. Aber zuvor laßt mich meine Frau aufsuchen, Gaylord. Ihretwegen bin ich gekommen. Aber damit befassen wir uns später. Ich suche sie nur kurz auf, dann erkläre ich Euren Männern, was ich vorhabe, und sie werden mich sicher unterstützen.«

Niemens nickte. Er kannte seine Besatzung sehr gut, und er konnte sich nicht vorstellen, daß einer dieser Männer den Herzog von Werthingshire den Behörden übergeben würde. Schon gar nicht, wenn sich herausstellte, daß er der Drachentöter war, der so vielen Spanier Kummer bereitete . . . »Dann gebe ich Lady Rose Bescheid . . .«

»Nein, danke«, widersprach Pierce lächelnd. »Ich gehe

allein zu ihr. Versammelt inzwischen die Männer an Deck. Sean und Jay begleiten Euch, nur um mir den Rücken zu decken. Noch bin ich mir nicht sicher, ob alle Eure Leute Frieden halten werden.«

Wieder nickte Niemens und folgte Pierce zurück an Deck. Dort rief er seinen Männern zu, der Drachentöter wolle demnächst seine Absichten bekanntgeben und einen Kampf vermeiden. Immerhin seien sie keine Spanier.

Pierce sprang über die beiden Relings und eilte zu Niemens Kabine hinab. Nun war der große Augenblick seiner Rache gekommen. Doch im Grunde wollte er nichts weiter, als Rose wieder in den Armen halten, ihren warmen, weichen Körper spüren ... Er biß die Zähne zusammen, dann stieß er die Tür mit einem Fußtritt auf.

Reglos blieb er auf der Schwelle stehen, um ihren Anblick zu genießen. Das grüne Kleid betonte die Smaragdfarbe ihrer Augen. Ein rosiger Hauch überzog ihre Elfenbeinwangen, das Haar hatte sich aus den Nadeln gelöst, als sie von den heftigen Wellen durch die Kabine geschleudert worden war. Nichts hatte sich an der klassischen Schönheit ihres Gesichts verändert, und ihre Taille erschien ihm so schlank wie zuvor. Nur die Brüste wirkten etwas größer.

Angst und Zorn kämpften in ihrem Blick. Noch hatte sie ihn nicht erkannt. Im Gewirr ihrer Röcke gefangen, lag sie auf dem Bett, taumelnd kam sie auf die Beine. Plötzlich merkte Pierce, daß sie ihn nicht mehr anschaute. Ihre Augen glitten zum Schreibtisch des Kapitäns, wo ein Brieföffner lag. Und da sprang sie auch schon hinüber, packte ihn, bedrohte den Eindringling mit erhobener Klinge.

Ein Brieföffner. Gegen sein Schwert? O Rose, dachte er und trat in die Kabine. Der Wind frischte ein wenig auf, und Pierce — an die schlingernden Bewegungen eines Schiffs gewöhnt — hielt mühelos sein Gleichgewicht. Aber Rose schwankte, und die Tür fiel hinter ihm ins Schloß.

Sie waren allein. Endlich. Obwohl ihn noch einige Schritte von ihr trennten, roch er den verlockenden Rosenduft.

»Ich töte Euch!« rief sie plötzlich. Süße, süße Rose ... »Rührt mich nicht an! Ihr werdet ein beträchtliches Lösegeld erhalten, wenn Ihr ...«

Das reichte. Lächelnd ging er zu ihr, und sie verstummte entsetzt. Mit großen Augen starrte sie auf sein erhobenes Schwert.

Rache, endlich! Das grüne Kleid mit der schwarzen und weißen Spitze war ein kleines Kunstwerk. Geschickt schob Pierce die Stahlspitze in die Verschnürung des Oberteils, um sie zu durchschneiden. Roses Brüste quollen hervor, und er betrachtete sie fasziniert. Verdammt, er erinnerte sich nicht, daß sie so üppig gewesen waren. Eine süße Qual erfaßte ihn, und er wünschte, er wäre tatsächlich ein grausamer Pirat. Wie gern würde er seiner Frau alle Kleider vom Leib reißen, sie nackt vor sich sehen ...

Hastig wich sie zurück und versuchte, ihr Kleid zusammenzuhalten. Mit der anderen Hand zückte sie den Brieföffner. »Ich töte Euch!« drohte sie. Herausfordernd begegnete sie seinem Blick. »Habt Ihr nicht gehört? Mein Vater wird Euch ein Vermögen bezahlen, wenn ich wohlbehalten heimkehre. Wißt Ihr, wer ich bin? Seid Ihr taub? Versteht Ihr nicht Englisch?«

Ob er wußte, wer sie war? O ja! Rose, wild und trotzig wie eh und je, entschlossen und mutwillig ... Sie lief zu ihm, und die Klinge des Brieföffners zielte direkt auf sein Herz.

Dann stieß Rose einen leisen Schrei aus, als Pierce ihr Handgelenk packte und verdrehte, bis ihr die kleine Waffe aus den Fingern glitt. Ein Fußtritt schleuderte sie ans andere Ende der Kabine.

Noch gab sie sich nicht geschlagen. Wütend riß sie sich los, sprang nach hinten, und ehe er ihr folgen konnte, flogen verschiedene Wurfgeschosse in seine Richtung — das Logbuch, eine Flasche, alles, was sie zwischen die Finger bekam. Sogar die Schreibtischschublade zog sie hervor, um sie nach ihm zu schleudern. Doch er wich allen Angriffen geschmeidig aus, kam unbeirrt näher, und diesmal hielt er die Schwertspitze an Roses Hals. Oh, diese leuchtenden grünen Augen . . . Im Schatten des Pulverrauchs, der die beiden Schiffe umgab, hatte sie Pierce noch immer nicht erkannt.

»Tötet mich doch, elender Schurke!« schrie sie.

Da brach er sein Schweigen. »Glaubt mir, Madam, ich weiß, wer Ihr seid. Ihr wollt Euch also mit DeFortes Geld freikaufen? Das wird Euch nicht gelingen.« Mit seinem Schwert drängte er sie zum Bett, und sie sank darauf.

Jetzt hatte sie seine Stimme gehört und mußte wissen, wer er war. Aufmerksam beobachtet er sie, doch er konnte ihren Blick nicht deuten. Was lag in diesen betörenden smaragdgrünen Tiefen? Angst? Oder Trotz, wider alle Vernunft? Abrupt riß er sich die Augenbinde vom Gesicht und warf sie aufs Fußende des Betts.

Dann verneigte er sich in höhnischer Ehrerbietung und nahm seinen Kavaliershut mit dem Federschmuck ab. Zur Hölle mit dieser fast überwältigenden Sehnsucht, sie zu berühren, zu küssen . . . Hatte sie ihn vermißt? Nur ein kleines bißchen in dunklen Nächten?

»Du siehst aus, als hättest du einen Geist gesehen, Rose.«

»Ja, ein Geist aus den Tiefen der Hölle!« Offensichtlich hatte sie ihn nicht vermißt.

»In der Tat. Und du wirst noch merken, daß du einen Dämon heraufbeschworen hast.«

Ungläubig starrte sie ihn an. »Ich dachte, du wärst tot.«

»Tut mir leid, daß ich dich enttäuschen muß.«

»Aber — der Drachentöter . . .«

»Man glaubte tatsächlich, der Tod hätte mich ereilt. Aber das Glück stand auf meiner Seite. Ein Spanier, der ein Hühnchen mit den Engländern zu rupfen hatte, las mich auf und holte mich an Bord seines Schiffes. Tag und Nacht wurde ich geschlagen und gepeinigt. Auf diese Weise wollte man mir ewige Dankbarkeit für meine Rettung einbleuen. Sobald ich mich des Kapitäns entledigt und meine Freiheit wiedergewonnen hatte, verschrieb ich mich der Piraterie, um die Spanier auszurauben.«

»Dies ist ein englisches Schiff«, betonte sie.

»O ja, ich weiß.« Wie konnte sie es nur wagen, dies war sein eigenes Schiff, verdammt noch mal! Er neigte sich hinab, stützte sich auf das geschnitzte Fußteil des Betts, wollte die Finger um ihren Hals legen — ihre Lippen kosten ... »Aber ich habe erfahren, daß du an Bord bist. Außerdem gehört das Schiff mir.«

»Was willst du?« fauchte sie.

Mehr wußte sie nicht zu sagen, nachdem sie herausgefunden hatte, daß er noch lebte? Hatte sie damals seinen Tod geplant? Oder doch nicht? Warum beteuerte sie nicht ihre Unschuld? Am liebsten hätte er sie geschüttelt und gezwungen, die Wahrheit zu gestehen.

Aber Niemens und die Männer warteten, und so mußte er das klärende Gespräch mit seiner Frau verschieben.

Er sah sie zittern. Waren es Tränen, die in ihren Augen glänzten? »Was ich will?« wiederholte er leise. Die Schwertspitze zerschnitt das restliche Oberteil ihres grünen Kleides. Aber Rose rührte sich nicht. Stolz hielt sie seinem Blick stand. »Was sich jeder gute Pirat wünscht«, fuhr er fort. »Reiche Beute. Schiffe mitsamt ihrer Fracht und Geiseln. Und — Rache.« Wie gern würde er diese weichen Wangen streicheln, die verführerischen nackten Brüste berühren . . . Jetzt sah er die geröteten Spitzen, und auch sie erschienen ihm größer als zuvor. Ein wilder Puls begann, in seinen Schläfen zu hämmern, in seinen Lenden.

Kaltblütig schob Rose das Schwert beiseite. »Du bist ein Narr, Pierce DeForte! Die Leute, die dich verraten haben, sind immer noch in England. Wärst du nur ein bißchen klüger, wüßtest du, daß ich unschuldig ...«

»Einmal habe ich an deine Unschuld geglaubt. Diese Dummheit mußte ich bitter büßen.« O Gott, endlich war der Augenblick seiner Rache gekommen, und er empfand nur tiefen Schmerz.

Schon bald nach der Hochzeit hatte er die Überzeugung gewonnen, seine Frau wäre nicht an Annes Entführung und allen damit verbundenen Ereignissen beteiligt gewesen. Doch dann hatte er die beiden Leichen gefunden, und bei seiner Rückkehr zu Rose war er von den Soldaten angegriffen worden. Einer der Männer hatte ihre Nachricht an den Constable erwähnt ... Wie sollte er jemals wieder an ihre Unschuld glauben?

»Du willst die Wahrheit einfach nicht zur Kenntnis nehmen«, warf sie ihm vor. »Aber obwohl du so ein Schwachkopf bist, werde ich dein Geheimnis nicht preisgeben und niemandem erzählen, wer du bist.«

»Wie großmütig!« Dachte sie, er würde einfach davonsegeln und sein Piratenleben genießen? Offenbar erkannte sie nicht, daß er erst einmal mit ihr abrechnen wollte, ehe er sich an Jerome und allen anderen Schuldigen rächte.

»Laß mich zu meinem Vater zurückkehren und ...«

»Hast du den Verstand verloren?«

»Er wird dich gut bezahlen. Und du sagtest doch soeben, du würdest großen Wert auf reiche Beute legen.«

»Und auf meine Rache. Die erscheint mir noch viel süßer.«

Wütend sprang sie vom Bett und stampfte mit einem Fuß auf. »Laß mich gehen! Du hast kein Recht ...«

»Doch!« Er hatte sie nicht anrühren wollen, noch nicht. Aber die Versuchung war zu groß. Die Nähe ihrer nackten Brüste, das zerzauste seidige Haar, das seine Hände streifte ...

Überwältigt zog er sie an sich, trotz ihrer erbitterten Ge-

genwehr. »Du warst schon immer eigensinnig. Aber diesmal wird dir deine Willenskraft nichts nützen. Vielleicht schenke ich dir irgendwann deine Freiheit — wenn ich meiner Rache müde bin. Und keinesfalls, um Lösegeld zu erbeuten.«

»Bastard!«

»Ganz recht, Rose. Dieser Bastard wird dich so behandeln, wie es dir gebührt. Und ich werde nach England zurückkehren, um auch die anderen zur Rechenschaft zu ziehen. Das verspreche ich dir.«

»Bist du wahnsinnig? Du kannst nicht nach England zurückkehren. Man wird dich hängen.«

»Was macht es schon für einen Unterschied, ob ich wegen eines Mordes, den ich nicht verübt habe, am Galgen baumle oder ob ich als Pirat getötet werde? Und glaub mir, meine Rache ist mir jedes Wagnis wert. Es gab Zeiten, wo mich nur der Gedanke an meine Rache am Leben erhielt. Aber vorerst muß sie noch warten. Ich habe andere Geschäfte zu erledigen. Keine Bange, Rose, ich komme zurück.« Widerstrebend ließ er sie los, wandte sich blindlings zur Tür.

»Elender Schuft!« kreischte sie. »Du hast kein Recht, mich festzuhalten . . .«

Kein Recht? Nun konnte er sich nicht länger beherrschen. Er rannte zu ihr zurück, packte sie und warf sich mit ihr aufs Bett. Endlich spürte er sie, haßte sie, begehrte sie, liebte sie. Mit aller Kraft wand sie sich umher und wollte nach ihm schlagen, aber er hielt ihre Handgelenke fest. »Reiz mich nicht zu sehr, Rose!«

»Verdammt, du hast kein Recht . . .«

»Da täuschst du dich. Ich kenne meine Rechte.« Er mußte ganz einfach über ihre zarte Wange streichen — doch dann riß er seine Hand weg, als hätte er sich verbrannt. »Oder hast du vergessen, daß du meine Frau bist?«

»Wie könnte ich?«

»Aber du dachtest wohl, du wärst eine steinreiche Witwe. Tut mir leid, Liebste, ich bin noch am Leben.«

»Narr!« flüsterte sie. »Bastard!«

»Und immer noch dein Ehemann.« Er fühlte, wie sie unter ihm zitterte. Aus Angst? Oder vor Zorn? Oder steckte noch mehr dahinter? Er zwang sich aufzuspringen. So schnell wie möglich mußte er von hier verschwinden. Mit langen Schritten verließ er die Kabine und warf die Tür hinter sich zu. Lautlos schob er den Riegel davor und wartete. Nun würde Rose einen Fluchtversuch unternehmen. Und da hörte er auch schon, wie sie sich gegen das Holz warf.

»Oh, ich hasse dich!« rief sie.

Ein kalter Schauer lief ihm über den Rücken. Ja, jetzt konnte er ihr alles heimzahlen. Aber plötzlich schmeckte die Rache nicht mehr so süß. Roses verzweifeltes Schluchzen krampfte ihm das Herz zusammen.

Nein, er wollte sich nicht rächen, er wollte nur seine Frau, den Sturm heißer Liebe. Und beglückenden Frieden.

16

Rose lag auf dem Bett und holte tief Atem, um ihr heftig pochendes Herz zu besänftigen. *Er lebte!* Das Glück dieses Wiedersehens verdrängte ihre Wut. Natürlich müßte sie ihm grollen, weil er ihr nicht glaubte — obwohl sie ihn nie verraten und immer nur für ihn gekämpft hatte. Und was plante er jetzt? Jedenfalls konnte sie ihre Ehe unmöglich fortsetzen, solange er die Wahrheit nicht zur Kenntnis nahm.

Aber er lebte! Und sie sehnte sich so sehr nach seinen Liebkosungen . . . Plötzlich öffnete sich die Tür wieder, und Rose setzte sich rasch auf. Pierce betrat die Kapitänskabine und schloß nachdrücklich die Tür hinter sich.

Ohne die Augenbinde und den gefiederten Kavaliershut sah er beinahe so aus wie der Mann, den sie gekannt hatte, bis auf die dunkel gebräunte Haut. Und der Glanz seiner Silberaugen erschien ihr noch schärfer. Kein Wunder. Inzwischen hatte er andere Schlachten geschlagen als zuvor an der Seite des Königs, war das Opfer eines heimtückischen Betrugs und von einem Spanier gefoltert worden.

Er setzte sich an den Schreibtisch und legte die gestiefelten Füße darauf. Verächtlich musterte er seine Frau, dann lächelte er so kalt, daß sie fröstelte. »Nun sind wir endlich wieder vereint, Rose. Und stell dir vor! Diesmal wird niemand hereinstürmen, um mich zu verhaften.«

Mühsam beherrscht und so würdevoll, wie sie es in ihrem zerfetzten Kleid vermochte, saß sie auf dem Bett. »Was hast du mit Kapitän Niemens gemacht?« fragte sie eisig.

Pierce schwang die Beine vom Tisch. Als er zu ihr kam, rutschte sie auf dem Bett nach hinten, bis sie gegen die

Wand stieß. Er beugte sich herab und stützte die Hände zu beiden Seiten ihrer Hüften auf die Matratze. Wie nahe sein Gesicht war ... Sie spürte seinen warmen Atem, seine innere Anspannung.

»Sorgst du dich um den guten Kapitän, meine Liebe?«

»Was geschieht mit ihm?«

Abrupt richtete er sich auf und begann, in der Kabine umherzuwandern, wie ein Tiger in einem Käfig. Schließlich setzte er sich auf die Schreibtischkante. »Du vergißt, daß dies mein Schiff ist. Vor meinem — eh — Hinscheiden zählte Niemens zu meinen Kapitänen. Jahrelang. Und seltsamerweise freute er sich, als er mich lebend vor sich stehen sah.«

Daran zweifelte sie nicht. Aber die Besatzung? Sie hatte den Kanonendonner gehört, die knirschenden Enterhaken, die klirrenden Schwerter. »Und die Männer? Ihr habt gekämpft ...«

»Natürlich durfte ich meine Identität nicht verraten, ehe ich mit Niemens zusammentraf. Ich mußte die *Lady May* kapern, und glücklicherweise konnte ich ihrer Besatzung klarmachen, ich müßte mit dem Kapitän verhandeln. Und so unterwarf ich das Schiff meinem Kommando, ohne ein einziges Menschenleben zu verlieren.«

»Und jetzt?«

»Wir segeln nach England.«

»England!« Rose sprang auf und vergaß ihre derangierte Kleidung. Wie sollte sie schon jetzt nach England zurückkehren? Sie konnte Woody nicht im Stich lassen. »Nein, unmöglich!«

»Offensichtlich verkennst du deine Lage, meine Liebe. Du hast keine Wahl. Dies ist mein Schiff, und wir steuern das Ziel an, das mir beliebt.«

»Du versteht nicht!« Verzweifelt lief sie zu ihm. »Mein Vater ...«

»Ja, ich weiß«, unterbrach er sie, »der illustre Kaufmann Ashcroft Woodbine hat dich zu den Bermuda-Inseln geschickt, wo ein weiterer argloser Bewunderer geködert werden sollte. Sir Wesley, nicht wahr? Also wirklich, Rose, dein Vater benimmt sich geradezu unverschämt, wenn er von einer Herzogin verlangt, einen schlichten ›Sir‹ zu heiraten.«

Ohne zu überlegen, schlug sie ihm ins Gesicht, und es war ein wundervolles Gefühl, die klatschende Ohrfeige zu hören, das Brennen in ihrer Hand zu spüren, die roten Fingerabdrücke auf Pierces Wange zu sehen. Doch die Freude verflog sofort, als sie den hellen Zorn in seinen Silberaugen sah. Er riß sie in die Arme und hob sie hoch. Sie wehrte sich verbissen, aber vergeblich, während er sie zum Bett trug. »Laß mich runter, du Pirat! Sofort!«

Da wurde sie tatsächlich herabgelassen, landete aber auf seinem Schoß, das Gesicht nach unten. Er legte sie quer über seine Knie, dann kämpfte er mit der gebauschten Masse ihrer Unterröcke. »Schon bei unserer ersten Begegnung dachte ich, wie gut dir eine Tracht Prügel täte. Wenn ich bloß einen Weg durch dieses Gewirr fände . . .«

»Hör auf!« Wütend biß sie in seinen Schenkel.

Pierce stieß einen wilden Fluch hervor, und als er sie herumdrehte, zerriß ihr Kleid vollends. Unsanft zerrte er an ihrer Unterwäsche. Seine rücksichtslosen, kraftvollen Hände machten ihr angst, und gegen ihren Willen flehte sie um Gnade. »Bitte . . .«

Da ließ er sie sofort los. »Verdammt, Rose, reiz mich nicht zu sehr!« Atemlos kroch sie von seinem Schoß herunter, rückte so weit wie möglich von ihm weg. Die Beine angezogen, die Arme um die Knie geschlungen, kauerte sie unglücklich auf dem Bett. Nach einer Weile bemerkte er leise: »Wir waren lange getrennt.«

»Sehr lange.«

»Gib mir deine Hand.«

»Nein!«

»Komm her zu mir, Rose. Du bist immer noch meine Frau.«

»Ja, aber ich war für anderthalb Jahre deine Witwe. Und nach dieser ganzen Zeit weißt du nichts Besseres, als mich anzuklagen, zu verhöhnen, zu mißhandeln und meinen Vater zu beleidigen. Wenn du glaubst, ich würde nun nach deiner Pfeife tanzen, irrst du dich. Ich lasse mich nicht von dir anfassen, das schwöre ich.«

»Du bist meine Frau!« wiederholte Pierce mit rauher Stimme.

»Dann solltest du dich entschuldigen, und wenn du das einigermaßen glaubhaft schaffst, werde ich dir vielleicht verzeihen.«

»Du — mir verzeihen?« rief er entgeistert. »O Lady!« fügte er hinzu und lächelte, aber es sah eher so aus, als würde er die Zähne fletschen. »Ich kann nur hoffen, du machst alles, was du mir angetan hast, wieder gut — wenigstens einigermaßen.«

»Ich habe nichts getan! Aber das geht wohl nicht in deinen bornierten Schädel. Und wenn du mich auch nur mit einer Fingerspitze anrührst, schreie ich so laut, daß sogar deine Piratenbande hereinstürmen und meine Befreiung fordern wird.«

»Das bezweifle ich«, erwiderte er grinsend. »Meine Piraten sind mir treu ergeben, und selbst wenn ich dich erdrosselte und den Haien vorwürfe, würden sie sich nicht einmischen.«

»Und Kapitän Niemens und seine Besatzung?«

»Jeder da draußen weiß, daß wir verheiratet sind.«

»Aber wie kannst du eine Frau begehren, die dich haßt?«

Er neigte sich herüber und strich mit einem Finger über ihre Wange. »Haßt du mich wirklich?«

»Was bleibt mir anderes übrig, nachdem du mich der schrecklichsten Dinge bezichtigst?«

»Beweise mir doch, daß ich unrecht habe.«

»Beweise meine Schuld!«

»›Pierce — komm zu mir zurück!‹« zitierte er ihre Worte in jener grauenhaften Nacht. »Wie gut ich mich daran erinnere! Auch an meine Entdeckung im Huntington Manor, an die Ereignisse nach meiner Rückkehr in den Gasthof, wo du abgestiegen warst . . .«

»Ich hatte keine Ahnung von Annes Tod«, unterbrach sie ihn erbost. »Sonst hätte ich dich niemals dorthin geschickt. Und wie sollte ich wissen, daß die Soldaten über dich herfallen würden?«

»Ja — wieso? Weil du mit Jerome im Bunde warst! Sagtest du nicht, du hättest ihn getroffen?«

»Oh, du bist einfach niederträchtig!« Tränen drohten ihre Stimme zu ersticken. »Wie kannst du so reden und von mir erwarten, ich würde bereitwillig in deine Arme sinken? Nie wirst du das erleben! Und ich segle auch nicht nach England. Diesmal falle ich nicht mehr auf deine Verführungskünste herein . . .«

»Auch nicht auf deine eigene Begierde?«

Die sanfte Frage wühlte sie noch heftiger auf als die vernichtende Anklage, die er zuvor ausgesprochen hatte. O ja, sie entsann sich so vieler schlafloser Nächte voller Sehnsucht nach seinen Zärtlichkeiten . . . Sie starrte ihn an, verblüfft über die betörende Wirkung seiner tiefen Stimme, seines Blicks. Mochte er fordern oder schmeicheln — es blieb einerlei, denn letzten Endes würde er immer bekommen, was er anstrebte.

Er wartete nicht, bis sie ihm die Hand reichte, griff einfach danach, und ehe sie protestieren konnte, lag sie in seinen Armen, auf seinem Schoß. Die Glut in seinen Silberaugen wärmte ihr Blut. Obwohl sich ihr Verstand dagegen sträubte, weckte seine Leidenschaft unerwünschte Gefühle.

Aber sie wollte sich nicht kampflos ergeben, holte tief Luft, um zu schreien — zu spät. Ein fieberheißer, bezwingender Kuß verschloß ihr die Lippen. Nur halbherzig versuchte sie, Pierces Zunge abzuwehren, die ihren Mund hungrig zu erforschen begann und mit ihrer spielte — so sinnlich und aufreizend, daß Roses letzte klare Gedanken dahinschwanden.

Die Augen geschlossen, genoß sie die Hitze, die von seinem Körper in ihren überging. Sie hatte ihn für tot gehalten, und ein Teil von ihr war gestorben. Aber er lebte, und die Magie erwachte von neuem. Wenn sie auch keine Erfahrungen besaß — sie wußte, daß kein anderer Mann ein so mitreißendes, überwältigendes Verlangen hervorrufen konnte.

Doch als er den Kopf hob, öffnete sie die Augen, schüttelte den Kopf, bestritt alles, was sie empfand. »Nein, Pierce . . .«

Seine Lippen wanderten über ihren Hals, fanden den heftigen Puls, dann umkreiste seine Zunge eine ihrer Brustwarzen. Nein . . . Verzweifelt biß Rose die Zähne zusammen und bekämpfte das Feuer, das er in ihr entfacht hatte und unbarmherzig schürte.

So lange war es her — und er flüsterte so betörend an ihrer Brust: »Meine Liebe, du hast dich verändert.«

Wenn sie ihm jetzt nicht Einhalt gebot, war sie verloren.

»Wie süß sich deine Haut anfühlt, Rose!« Seine Zunge flackerte über die Brustwarze. »Und wie süß du schmeckst . . .« Begierig nahm er die dunkelrote Spitze in den Mund und saugte daran. Plötzlich fuhr er hoch. »O Gott!« Tausend Dolche schienen aus seinen grauen Augen zu sprühen. »Du — schmeckst nach Milch!« rief er ungläubig.

Brennend stieg ihr das Blut in die Wangen, und sie versuchte, sich von seinen Armen zu befreien, aber er schlang die Finger in ihr Haar und hielt sie eisern fest.

»Ja!« schrie sie. »Natürlich schmecke ich nach Milch! So ist das nun mal, wenn eine Frau ein Baby bekommen hat.«

Seine Augen verengten sich. »Und von wem ist das Kind?«

»Oh, wie kannst du es wagen!« fauchte sie. »Jetzt werde

ich deine Beleidigungen nicht länger hinnehmen. Schlag mich, vergewaltige mich, wirf mich über Bord! Aber diese Schmähungen dulde ich nicht mehr, das versichere ich dir!«

Pierce richtete sich ein wenig auf, dann schüttelte er verwirrt den Kopf. »Mein Kind?« flüsterte er.

»Was denn sonst!«

»Schwörst du es?«

Wütend versuchte sie, sich von seinem eisenharten Griff zu befreien, ohne Erfolg. »Warum sollte ich schwören? Du glaubst mir ja doch kein Wort! Laß mich los! Lieber springe ich ins Meer, zu den Haien, ehe ich das ertrage!«

»Junge oder Mädchen?«

»Das geht dich nichts an ...«

»Junge oder Mädchen?« donnerte er.

»Ein Sohn ...«

»Ich habe einen Sohn.« Wie betäubt starrte er vor sich hin und hielt Rose nicht mehr fest.

Sie stand auf und floh hinter den Schreibtisch.

»Ein Sohn ...« Seine Stimme war nur ein Flüstern. »Und er ist am Leben – und gesund?«

Gegen ihren Willen erwärmte sich ihr Herz. Nein, sie würde ihm nichts verzeihen, ehe er sie darum bat.

Wieder schüttelte er langsam den Kopf, als könnte er es immer noch nicht begreifen. »Wie alt ist er?«

»Neun Monate und ein paar Tage«, erklärte sie widerwillig.

Nun stand Pierce auf, und sie wich nervös zurück, aber er kam nicht zu ihr. Statt dessen öffnete er ein Schubfach des Schreibtisches, dann ein zweites, und darin fand er, was er suchte. Eine Schnapsflasche. Nach einem großen Schluck wiederholte er: »Ein Sohn.«

Vielleicht hatte er inzwischen nachgerechnet und erkannt, daß dieses Kind höchstwahrscheinlich von ihm stammte.

»Deshalb kann ich nicht mit dir nach England fahren.« Rose beschloß, die Gunst des Augenblicks zu nutzen. Vielleicht war Pierce in seiner jetzigen Stimmung zu Zugeständnissen bereit. »Ich muß nach Hause. Er ist noch zu klein, und ich kann ihn nicht so lange allein lassen.«

»Immerhin hast du dich von ihm getrennt, um die Bermuda-Insel anzusteuern«, erinnerte er sie in scharfem Ton.

»Nach dem Abschluß meiner Geschäfte wollte ich sofort zurückkehren.«

»Und Sir Wesley, der grandiose Heiratskandidat?«

»Dafür interessiere ich mich nicht. Ich hatte schon einen Ehemann, und das reicht mir vollauf. Für mein ganzes Leben!«

»So?«

»Jedenfalls muß ich nach Hause fahren, zu Woody.«

»Zu wem?« stieß er hervor.

»Zu Woody, meinem Baby.«

»Du hast meinen Sohn, den künftigen Herzog von Werthingshire, Woody genannt?« fragte er ungläubig.

Seufzend verdrehte sie die Augen. »Er heißt Pierce Woodbine DeForte, und wir nennen ihn Woody.«

»Woody . . .«, wiederholte er langsam und angewidert.

»Verstehst du jetzt, warum ich nicht nach England segeln kann?«

»Castle DeForte ist sein Zuhause.«

»Von Anfang an hatte ich vor, ihn eines Tages nach England zu bringen. Aber er ist erst neun Monate alt. Eine so lange Schiffsreise würde seiner Gesundheit sicher schaden. Deshalb möchte ich sie erst nach seinem ersten Geburtstag antreten. Wenn du mir nicht glaubst, erkundige dich bei Niemens. Ich habe ihn bereits zu meinem Kapitän für meine Fahrt nach England ernannt. So glaub mir doch . . .«

Brüsk fiel er ihr ins Wort. »Darüber reden wir später.«

»Pierce . . .«

Aber er beachtete sie nicht mehr. Mit großen Schritten verließ er die Kabine und warf die Tür hinter sich zu.

An Deck blieb er stehen und starrte aufs Meer. Er konnte es noch immer nicht fassen. In all den langen Tagen seiner Gefangenschaft und der Piraterie hätte er sich niemals träumen lassen, daß er Vater geworden war. Eine sonderbare, zitternde Wärme durchströmte seine Adern. Ein Sohn. Woody! Welch ein Name für einen Aristokraten! Doch dann mußte er lächeln. Der künftige Herzog war erst neun Monate alt. Vielleicht paßte der Name zu dem Kleinen.

Sean eilte zu ihm. »Kapitän! Nehmen wir jetzt Kurs auf England?«

»Was?« Verständnislos schaute Pierce ihn an.

»Segeln wir nach England?«

»Nein. Ich habe einen Sohn.«

»Wie bitte?« rief Sean verwirrt.

Plötzlich packte Pierce ihn lachend an den Schultern. »Ich habe einen Sohn! Und den muß ich erst mal holen. Ich sage ihr . . . Nein! Sean, geh in die Kabine hinunter und . . .« Erschrocken verstummte er. Rose war halbnackt. Kein anderer außer ihrem Ehemann durfte sie in diesem Zustand sehen. Er räusperte sich. »Frag Niemens, wo Myladys Truhen verwahrt werden, und bring eine davon zu mir. Schnell! Ich muß noch einmal mit ihr sprechen, dann trommeln wir die Besatzung zusammen. Beeil dich!«

»Ja, Eile tut not, DeForte. Am Horizont sind Segel aufgetaucht. Die Flagge ist noch nicht zu erkennen, aber wir sollten schleunigst von hier verschwinden.«

Pierce nickte. »Natürlich.«

Wenig später kehrte Sean mit einer schweren Truhe zurück, die Pierce in die Kapitänskabine hinuntertrug. Als er eintrat, nahm Rose gerade einen Schluck Whisky, um den Aufruhr ihrer Gefühle zu beschwichtigen. Schuldbewußt stellte sie die Flasche auf den Tisch.

»Oh, hast du in der Zwischenzeit eine Vorliebe für harte Getränke entwickelt?« fragte er.

»Mit der Zeit könntest du mich sicher zur Trunksucht treiben!«

»Nun, dann solltest du dir noch etwas Whisky genehmigen, denn das Schlimmste an diesem Tag hast du noch nicht überstanden.« Er stellte ihre Truhe auf den Boden. »Aber zieh dir erst mal was Anständiges an.«

Gelassen setzte sie sich auf die Schreibtischkante. »Ich soll mich also nicht an Deck zeigen — in dem Zustand, in den du mich versetzt hast?«

Er ging auf sie zu, die Arme vor der Brust verschränkt. »Wenn du willst, kann ich dir auch noch die restlichen Fetzen vom Leib reißen. Auf so etwas verstehen wir Piraten uns sehr gut.«

»Das habe ich gehört. Ich nehme an, während der letzten Monate hast du dich dieser Kunst ausgiebig gewidmet.«

»Angesichts der Information, die du mir vorhin gegeben hast, wollte ich eigentlich warten, bis ich genug Muße finde, um dich ganz langsam und genüßlich auszuziehen. Aber wenn du dich außerstande fühlst, das selber zu tun, werde ich eben die Zeit opfern . . .«

»Vielen Dank, ich kann mich sehr gut allein umkleiden.«

»Dann tu's. Schnell!«

»Vorher mußt du mir verraten, ob du nach Virginia zurückfährst.«

Pierce hob die Brauen. »Oh, meine Liebe, du scheinst es noch immer nicht zu verstehen. Ich bin es, der hier Forderungen stellt. Und jetzt zieh dich endlich an!« Mit diesen Worten stürmte er wieder aus der Kabine.

»Zum Teufel mit dir!« fluchte sie wütend. Wann würde sie endlich erfahren, ob er sie nach Jamestown bringen wollte?

Hastig wühlte sie in ihrer Truhe und zog ein schlichtes

graues Baumwollkleid mit schmalem Fransenbesatz hervor. Während sie den Unterrock auszog, begann sie, einen Plan zu schmieden. Diesmal hatte er sie nicht eingesperrt. Sie würde sich an Deck schleichen und in einem Beiboot fliehen. Aber wohin? Zu einem anderen Schiff. Ein tollkühnes Vorhaben, aber nicht unrealistisch.

Sobald sie angekleidet war, rannte sie aus der Kabine. Zu ihrer Verblüffung nahm niemand von ihr Notiz. Offensichtlich hatten alle Mann an Bord den Verstand verloren. Hektisch rannten sie umher, zerrten an der Takelage, lauschten den Befehlen, die ihr Mann schrie. Was um Himmels willen ging da vor?

Aber mit dieser Frage durfte sie keine Zeit verschwenden. Sie lief zur Backbordseite und schaute zu den Tauen hinab, die eines der Beiboote festhielten. Würde sie es schaffen? Ja, sie konnte hinabsteigen, dann die Stricke vorsichtig hinunterlassen. Das würde eine Weile dauern, aber die Besatzung war zu beschäftigt, um sie zu beachten.

Entschlossen sprang sie hinab, im selben Augenblick, wo ein Geschütz krachte. Mit einem Schreckensschrei landete sie im Boot, das heftig schaukelte.

»Die Spanier beschießen uns Kapitän!« rief jemand.

O Gott, nein! Ein drittes Schiff war aufgetaucht, ausgerechnet hier, wo man doch genug Platz auf diesem riesigen Meer fand ... Ein Spanier, dessen Geschütze krachten!

»Feuer!« brüllte Pierce.

Als die Kanonen der *Lady May* donnerten, begann das kleine Boot noch gefährlicher zu schwanken. In hohem Bogen wurde Rose hinausgeschleudert, schlug so hart auf dem Wasser auf, als wäre sie gegen eine Mauer geprallt, dann versank sie in eiskalter Schwärze. Ihre Lungen brannten. Verzweifelt strampelte sie. Das Licht! O Gott, wo war das Tageslicht?

An Deck verfolgte Pierce aufmerksam die Manöver des

Spaniers. Zunächst hatte die Besatzung nur die Piratenflagge des Drachentöters gesehen, aber nicht das englische Schiff, das dahinter lag. Sobald sie es entdeckte, begann sie zu feuern.

Wir könnten den Kahn mühelos kapern, dachte er. Aber verdammt, im Augenblick brauchte er kein spanisches Schiff. Er wollte nach Virginia segeln, seinen Sohn holen, nach England zurückkehren.

»Beide Schiffe feuern!« befahl er. Sowohl auf der *Lady May* als auch auf seinem Piratenschiff krachten die Kanonen.

Und dann hörte er einen angstvollen Ruf. »Mann über Bord! Mann über Bord! Mann — o nein! Kapitän, *Frau* über Bord! Lady DeForte!«

Rose! Was zum Teufel trieb sie jetzt schon wieder? War sie aus der Kabine geflohen, um einen Fluchtversuch zu wagen? Mitten auf dem Atlantik? Kalte Angst krampfte sein Herz zusammen. »Gib die Befehle!« beauftragte er Sean.

Rose . . . Würde er sie verlieren, nachdem er sie eben erst wiedergefunden und von seinem Sohn erfahren hatte? Er raste die Reling entlang, sah den Wasserwirbel, wo sie untergegangen war, und sprang hinterher.

Eiswellen umarmten ihn, Salzwasser stach ihm in die Augen. Suchend schaute er nach allen Seiten, schwamm durch die Tiefe, bis seine Lungen zu bersten drohten. Dann tauchte er auf, um nach Luft zu schnappen, und da sah er sie, ganz in der Nähe. Sie versuchte, zum Schiff zurückzuschwimmen. »Rose!« schrie er.

Sie wandte sich zu ihm, und ihre Smaragdaugen erschienen ihm so stürmisch wie die aufgewühlte See. Plötzlich knallte eine Kanonenkugel zwischen ihnen ins Wasser, eine weiße Kaskade explodierte, und Pierce konnte seine Frau nicht mehr sehen. »Rose!« brüllte er und trat verzweifelt Wasser. So schnell er konnte, schwamm er zu der Stelle, wo sie versunken war, tauchte unter, und im aufgewirbelten Dunkel umschlang sein Arm ihre Taille. Er zerrte sie mit sich nach oben und bemühte sich, ihr Gesicht über Wasser zu halten. Würgend rang sie nach Atem. »Halt dich fest!« keuchte er.

Ein Beiboot wurde herabgelassen, und Sean ruderte mit aller Kraft zu ihnen. Rasch zog er Rose zu sich hinauf, während Pierce aus eigener Kraft in den Kahn kletterte. »Rose! Rose!« Er nahm sie in die Arme, und sie lehnte an seiner Brust, die Augen geschlossen. Immer wieder rief er ihren Namen, rieb ihre Handgelenke, strich über ihre Wangen. Jetzt würgte sie nicht mehr, sondern atmete normal. Nach einer Weile hob sie die Lider. »Großer Gott!« flüsterte er. »Was ist dir da bloß eingefallen? Du wolltest dein Leben riskieren — nur um mir zu entfliehen!«

»Nein . . .«

»Beinahe wäre es dir gelungen!«

»Nein! Ich sprang ins Boot, und alles wäre in bester Ordnung gewesen, hättest du dich mit einem einzigen gekaperten Schiff pro Tag begnügt.«

»Unsinn, ich griff den verdammten Spanier nicht an! *Er* eröffnete das Feuer.«

»Geschieht dir ganz recht! Warum mußt du auch mit aller Macht den Piraten spielen?«

»Hättest du nicht zu fliehen versucht . . .«

»Dazu wäre ich nicht gezwungen worden, hättest du mir versprochen, mit mir nach Virginia zu segeln, zu meinem Baby!«

Plötzlich räusperte sich Sean. »Vielleicht könnte man diese Diskussion später fortsetzen, DeForte. Im Augenblick haben wir immer noch Probleme.«

Das stimmte. Inzwischen hatte das englische Schiff längsseits am Spanier angelegt, und die Besatzung der *Lady May* holte die Geiseln an Bord.

»Kümmere dich um Mylady, Sean!« befahl Pierce hastig. »Großer Gott! Keine Augenbinde, kein Hut, nichts!«

»Der nackte Pirat«, murmelte Rose.

Nachdem er ihr einen warnenden Blick zugeworfen hatte, sprang er ins Netzwerk an der Schiffseite und zog sich zur Reling hoch. Einer seiner Männer stand mit dem Schwert und dem Hut des Kapitäns bereit, Manuel reichte ihm die Augenbinde. Wenn Pierce auch triefnaß war — er sah wieder wie der Drachentöter aus.

Hoch aufgerichtet trat er vor seine Geiseln, mehrere spanische Damen und Herren auf dem Weg nach Cartagena, wie ihm der *capitán* erklärte, ein alter Mann mit gekräuseltem grauem Schnurrbart.

»Warum habt Ihr uns angegriffen?« fragte Pierce auf spanisch.

»Nun, ich sah einen gewissen Vorteil darin, das Feuer zu eröffnen.«

Pierce wollte die übliche Rede halten und den Mann dann laufenlassen, doch da hörte er einen leisen Ruf. »Drachentöter!«

Rose stand hinter ihm. Das klatschnasse Kleid klebte an ihrem Körper, zeigte überdeutlich alle verführerischen Formen.

»Mylady!« preßte er zwischen zusammengebissenen Zähnen hervor. »Wenn du mir freundlicherweise gestatten würdest, meine Angelegenheiten selber zu erledigen . . .«

»Bitte!« flehte sie. »Bitte, laß sie alle frei!«

Was zum Teufel dachte sie denn, was er mit den Gefangenen tun wollte? Oder glaubte sie den Gerüchten, die er absichtlich heraufbeschworen hatte? Herr im Himmel, er mußte diese Farce möglichst schnell beenden. Im Augenblick interessierte ihn nichts anderes als seine Frau und sein Sohn. Lächelnd hob er sein Schwert und verbeugte sich galant. »Wie du wünschst, meine Liebe.« Dann wandte er sich zu seinen Männern.

»Bringt unsere Gäste auf ihr Schiff zurück.«

Der alte *capitán* beherrschte die englische Sprache. Verwundert schaute er von Pierce zu Rose, dann fiel er vor ihr auf die Knie und küßte ihre Hand. »Die Heilige Jungfrau wird Euch segnen, Mylady . . .«

»Ja, ja«, unterbrach Pierce ihn ungeduldig, »aber jetzt verschwindet, ehe ich mich anders besinne!«

Während die Spanier auf ihr Schiff zurückkehrten, ging er langsam zu Rose.

»Danke«, flüsterte sie.

»Bist du mir wirklich dankbar?«

Wortlos nickte sie.

»Dankbar genug, um an Bord dieses verdammten Schiffes zu bleiben?«

Lächelnd erwiderte sie: »Du hast mir das Leben gerettet. Aber das war nur wegen dieser Kanonenkugel nötig. Normalerweise schwimme ich ganz ausgezeichnet . . .«

»So gut wie du reitest?«

»Weißt du, Pierce . . .« Sie senkte die Wimpern. »Es war *mein* Versehen, daß ich damals auf der Jagd mit deinem Pferd zusammenstieß. Wie lange ist das jetzt schon her ... Daran trage ich die Schuld — aber an nichts anderem. Mit Annes Entführung hatte ich nichts zu tun. Und ich schwöre beim Leben meines Sohnes — als ich dich zu ihr ins Huntington Manor schickte, schwankte mein Herz zwischen Angst und Eifersucht. Ich wollte dich nicht verlieren. Aber ich mußte doch versuchen, Annes Tod zu verhindern. Jerome bedrohte uns alle — dich, mich, sogar Jamison. Und ich bedaure zutiefst, was geschehen ist.«

Schmerzhaft schlug sein Herz gegen die Rippen, und er ballte die Hände. So lange hatte er mit dieser bitteren Wut in seiner Brust gelebt. Und nun löste sie sich plötzlich in Nichts auf. Rose wartete keine Antwort ab. Tropfnaß — und immer noch würdevoll — kehrte sie in die Kapitänskabine zurück. Pierce wandte sich zu Sean, der schweigend auf seine Befehle wartete.

»Wir segeln nach Virginia, mein Freund«, erklärte Pierce und folgte seiner Frau.

Fröstelnd stand sie vor dem Schreibtisch. Pierce nahm

eine Decke vom Bett und legte sie um ihre Schultern. »Zieh dich rasch um!« bat er. »Und dann überleg dir, welche Geschichte du deinem Vater erzählen willst.«

Verwundert drehte sie sich zu ihm um. »Wir segeln nach Virginia?«

»Wohin denn sonst, Rose?« fragte er seufzend.

»Ich habe nicht vor, meinen Vater zu belügen.«

»Dann mußt du dich anders besinnen. Ich will keinen Ärger mit ihm haben.«

»Also gut. Und was soll ich ihm erzählen?«

»Auf hoher See hast du ein DeForte-Schiff getroffen und von gewissen Schwierigkeiten im Schloß des Herzogs erfahren. Du mußt sofort nach England segeln, um einige Papiere zu unterzeichnen, die das Erbe deines Sohnes sichern. Also bist du gleich wieder nach Jamestown gefahren, um das Baby zu holen. Am nächsten Morgen wirst du auf die *Lady May* zurückkehren, die weiterhin unter Kapitän Niemens' Kommando steht. Wir brauchen Vorräte für die lange Reise, aber dein Vater wird dir sicher helfen, alles Nötige zu beschaffen.«

Es dauerte eine Weile, bis sie antwortete. »Und wenn ich ihm ganz einfach die Wahrheit sage . . .«

»Nein!« stieß Pierce hervor. »Ich traue ihm nicht.«

»Aber wenn er dich erwischt, hält er dich womöglich für den Drachentöter und läßt dich hängen!«

»Dann mach dich auf das Schlimmste gefaßt, mein Engel. Als Pirat habe ich viele treue Freunde gewonnen. Und wenn mir etwas zustößt . . .«

»Was dann?«

»Willst du das wirklich herausfinden?« fragte er lächelnd.

»Also gut, ich werde verhindern, daß man deine wahre Identität feststellt.«

Pierce betrachtete ihr schönes Gesicht, und plötzlich konnte er seine Gefühle nicht länger unterdrücken. »Wußtest du, daß ich mich in dich verliebt habe?«

Ungläubig hielt sie den Atem an. Er liebte sie? Aber warum hatte er dann an ihr gezweifelt? War es ihr mit der Schilderung jener Ereignisse endlich gelungen, sein Herz zu erweichen? »Und ich liebe dich schon lange«, flüsterte sie und kämpfte gegen ein Schluchzen an, das in ihrer Kehle aufstieg. »Als man mir mitteilte, du seist tot, wurde ich fast wahnsinnig.« Und nun begannen die Tränen zu fließen, obwohl sie sich dagegen wehrte. »Oh, wie konntest du nur glauben, ich hätte all diese schrecklichen Dinge getan und mich mit Jerome und Jamison verschworen! Du mußt meine Verzeihung erbitten, das bist du mir schuldig . . .«

»O Rose!« Ungestüm riß er sie in die Arme, sein Mund suchte ihren.

Wärme und Liebe, wachsende Leidenschaft, heißes Verlangen . . . Hingebungsvoll erwiderte Rose den Kuß und wünschte, dieser Augenblick würde niemals enden. Und sie wollte noch viel mehr . . .

»Mylord!« Kraftvoll wurde gegen die Tür gehämmert. »Mylord DeForte! Wir nähern uns dem Hafen!«

Widerstrebend riß sich Pierce von seiner Frau los. »Später haben wir mehr Zeit«, versprach er heiser, dann eilte er aus der Kabine.

Rasch vertauschte sie ihr nasses Kleid mit einem trockenen und wartete klopfenden Herzens auf Pierces Rückkehr. Doch er kam erst wieder, als sie den Hafen fast erreicht hatten. »Nun müssen wir sehr vorsichtig sein, Rose.«

»Du hast mich noch immer nicht um Verzeihung gebeten . . .«

»Mach mir jetzt keine Schwierigkeiten!« unterbrach er sie. »Wir trennen uns nur für diese eine Nacht, dann haben wir genug Zeit füreinander.«

Er schob sie durch die Kabinentür. Draußen wurde sie von Kapitän Niemens erwartet, der sie freudestrahlend anlächelte. »Ist das nicht ein Wunder, Mylady?«

»O ja, ein Wunder«, bestätigte sie tonlos.

»Kapitän, da ich nur ein einfacher Matrose auf Eurem Schiff bin — würdet Ihr meine Frau zu Ihrem Vater geleiten?« bat Pierce.

»Mit dem größten Vergnügen!« Niemens verneigte sich, bot Rose den Arm, und sie ließ sich von ihm an Deck führen, gefolgt von Pierce.

Am Kai wartete Ashcroft Woodbine. Irgend jemand mußte ihn über die Rückkehr der *Lady May* informiert haben. Besorgt runzelte er die Stirn. Als Rose ihn entdeckte, riß sie sich von Niemens los und rannte die Laufplanke hinab. Sie wußte, daß ihr Mann sie beobachtete. Sollte er sich doch besorgt fragen, was sie ihrem Vater erzählen würde! So sehr das Wiedersehen sie auch beglückte — sie grollte Pierce immer noch, weil er es bisher versäumt hatte, sich bei ihr zu entschuldigen. Und während sie eine einsame Nacht verbrachte, würde er sich mit seinen Freunden in einer Taverne betrinken und womöglich noch andere Vergnügungen suchen. Irgendwie mußte sie das verhindern . . .

Erleichtert atmete ihr Vater auf, dann bestürmte er sie mit Fragen. »Was ist geschehen, mein Kind? Geht es dir gut? Und die Besatzung? Seit das Schiff gesichtet wurde, war ich außer mir vor Angst und stellte mir die schlimmsten Dinge vor. Du bist doch unverletzt?«

»Ja, Vater. Unterwegs traf ich ein anderes DeForte-Schiff, das mir eine Nachricht überbrachte. Ich muß so schnell wie möglich nach England reisen und mich um Woodys Erbe kümmern — sonst könnte er es verlieren. Unsere Geschäfte auf den Bermuda-Inseln kann ich vorerst leider nicht erledigen.«

Ashcroft Woodbine schüttelte den Kopf. »Das ist unwichtig, solange du nur wohlauf bist . . . Aber du willst nach England fahren? Das gefällt mir gar nicht.« Sein Blick streifte die Seeleute, die hinter seiner Tochter von Bord gegangen waren. »Wer ist denn dieser junge Bursche?«

Rasch drehte sie sich um und sah Pierce bei der Laufplanke stehen. Er sprach mit dem jungen Seefahrer, den er Sean nannte. Plötzlich lächelte sie. Die Frage ihres Vaters brachte sie auf eine großartige Idee. »Dieser Bursche?« entgegnete sie laut genug, so daß ihr Mann es hören konnte. »Der mit den unsteten Augen? Oh, das ist nur ein Strafgefangener, der uns verkauft wurde. Soviel ich weiß, muß er Kapitän Niemens sieben Jahre lang dienen. Dafür bleibt ihm Newgate erspart.«

»Ein Sträfling!« rief Ashcroft verblüfft.

Rose nickte. »Aber er hat nichts Schlimmes verbrochen, nur ein bißchen Brot gestohlen. Da Kapitän Niemens seine Besatzung immer gut verpflegt, muß er nicht befürchten, daß dieser Kerl rückfällig wird.«

Ihr Vater, ein mitfühlender Mann, was er allerdings zu verbergen suchte, schüttelte betrübt den Kopf. »Sieben Jahre Zwangsarbeit! Nur weil er gestohlen hat, um seinen Hunger zu stillen!«

»Du brauchst ihn nicht zu bedauern, Vater. Ein unangenehmer Bursche . . .«

»Wie heißt er?«

Rasch erfand sie einen Namen. »Ford — Peter Ford. Übrigens, ich dachte, wir sollten ihn in unser Haus mitnehmen. Dort könnte er sich nützlich machen.« Sie senkte ihre Stimme. »Und er würde Niemens nicht zur Last fallen. Die ganze Nacht müßte der arme Kapitän von einer Taverne zur anderen laufen, voller Angst, daß Peter Ford sich wieder einmal vollaufen läßt.«

»Und wenn du morgen früh mit diesem Menschen an Bord gehst — bist du dann sicher vor ihm?« fragte Ashcroft besorgt.

Bestimmt nicht, dachte sie. »O ja, Vater. Er hat ja nur Brot gestohlen und sonst nichts Böses angestellt. Kapitän Niemens mag ihn sehr gern. Also scheint sich Peter Ford auf dem Weg der Besserung zu befinden.«

»Also gut, meine Tochter, dann wollen wir Niemens zu

einer geruhsamen Nacht verhelfen.« Er wandte sich zu Pierce. »He, mein Junge! Kommt mal her! Bringt das Gepäck meiner Tochter in die Kutsche da drüben! Ich werde Kapitän Niemens mitteilen, daß Ihr heute abend ehrliche Arbeit für mich leisten werdet. Dafür will ich Euch anständig verköstigen. Vielleicht steckt sogar ein Goldstück für Euch drin. Das könnt Ihr Euch für den Tag aufbewahren, wo Ihr Euch Eure Freiheit verdient habt. Am besten gehe ich sofort zu Niemens . . .«

»O nein«, fiel Rose ihm ins Wort, »das übernehme ich, Vater.« Sie schaute Pierce nach, als er notgedrungen eine ihrer Truhen davonschleppte. Dann rannte sie zu Niemens, der neben Sean stand. Oh, wie sie diese Nacht genießen würde! Sie schenkte den beiden ein strahlendes Lächeln. »Kapitän, ich mußte eine Geschichte über meinen Mann erfinden, weil mein Vater nach ihm fragte. Da erklärte ich, er sei ein Sträfling, der Brot gestohlen hat und nun Zwangsarbeit leisten muß. Da beschloß Vater, für heute abend Pierces Dienste in Anspruch zu nehmen.«

»Aber Mylady . . .«, begann Niemens vorwurfsvoll.

»Irgendwas mußte ich doch erzählen!« verteidigte sie sich unschuldig. »Oh! Vater wartet auf mich. Keine Bange, morgen früh segeln wir pünktlich los!«

Sie folgte Pierce, der sich mit einer zweiten Truhe abmühte. Inzwischen war Ashcroft zur Kutsche vorausgegangen, und sie flüsterte ihrem Mann honigsüß zu: »Fällt es dir sehr schwer, den Dienstboten zu spielen? Es tut mir ja so leid! Aber was sollte ich Vater erzählen? Ich mußte doch deine Identität geheimhalten.«

Seine Silberaugen warfen ihr einen vernichtenden Blick zu. »Für mich ist es ein Kinderspiel, diese Truhen zu tragen.«

»Mag sein, aber in unserem Haus gibt es noch viel mehr für dich zu tun.«

»Was immer du mir zumutest — ich gebe es dir hundertfach zu zurück.«

Ashcroft war stehengeblieben und rief besorgt: »Rose?«

»Ja, Vater, ich komme schon!« Herausfordernd fragte sie Pierce: »Ist das eine Drohung oder ein Versprechen?«

»Das kannst du so auffassen, wie du willst. Jedenfalls werde ich dir bald nichts mehr androhen, sondern nur noch halten, was ich dir versprochen habe.«

»Heute nacht bin jedenfalls *ich* die Herrin!« Beinahe hätte sie laut gelacht, als sie zu ihrem Vater lief.

17

Als die Kutsche das Ziel erreichte, war Rose bester Laune. Welch eine erfreuliche Abwechslung, daß Pierce ihr völlig ausgeliefert war ... Nahezu alles konnte sie mit ihm anstellen, denn im Haus ihres Vaters waren ihm die Hände gebunden. Eine lange Nacht stand bevor. Endlich würde sie die Oberhand gewinnen und ihrem Mann alles mit gleicher Münze heimzahlen.

Zunächst befahl sie ihm, mehrere Boxen gründlich zu reinigen. Natürlich blieb sie außerhalb seines Blickfelds und ließ ihm ihre Anordnungen durch den Oberreitknecht ausrichten. Nachdem das erledigt war, mußte Pierce Pferdegeschirr polieren und einölen. Ashcroft wollte ihm eine Dachkammer zuweisen, aber Rose meinte, eine Strohmatte auf dem Heuboden würde genügen, und erteilte dem Reitknecht entsprechende Befehle.

Nach harter Arbeit würde ein so großer, kräftiger Mann wie ›Peter Ford‹ gewiß einen gesunden Appetit entwickeln. In Ashcrofts kleinem Königreich bekam jeder gut zu essen, denn er war großzügig und hatte eine ausgezeichnete Köchin namens Lucy. Vor allem die Unterdrückten und Geknechteten behandelte sie sehr freundlich. Sobald sie hörte, ›Peter‹ sei ein zur Zwangsarbeit verdammter Sträfling — verurteilt, weil er ein bißchen Brot gestohlen hatte —, servierte sie ihm das Beste, was sie in ihrer Küche fand.

Rose überlegte, ob sie ihm vielleicht eine zu sympathische Identität verliehen hatte. Sie hätte ihn für einen Pferdedieb ausgeben sollen. Aber für solche Überlegungen war es jetzt zu spät. Das merkte sie, als sie die Laube entlangschlich, die zur Küche führte, und durch ein Fenster spähte. Pierce holte gerade Wasser für Lucy, die ihm erklärte: »Heute abend brauchen wir eine ganze Menge, junger Mann. Ihre Gnaden, die Herzogin, ist unerwartet zurückgekehrt, und da will sie ihre Sitzbadewanne haben und weiß Gott was. Dafür sorgen die Hausdiener. Wenn Ihr nur die Wassereimer hereinbringen würdet. Warum Ihr Euch immer noch so abrackern müßt, nachdem die Sonne untergegangen ist, werde ich nie begreifen!« Mißbilligend schnalzte sie mit der Zunge.

»Das ist wirklich nicht schlimm«, erwiderte Pierce und stellte die Eimer ab, die er an einem Tragjoch in die Küche geschleppt hatte. »Ich arbeite gern.«

»Sonst sind der Master und seine Tochter immer so gütig«, seufzte die rundliche Köchin mit den rosigen Wangen. Offenbar fand sie ihn sehr nett, und es gefiel ihr, sein kraftvolles Muskelspiel zu beobachten. Sein weißes Hemd stand vom Hals bis zur Brustmitte offen und enthüllte schwarzes Kraushaar, das einen sinnlichen Kontrast zur goldbraunen Haut bildete. Da er ganz anders aussah als die Hausdiener und Stallknechte, die Lucy normalerweise zu Gesicht bekam, faszinierte er sie. »Keine Bange, junger Mann. Macht nur alles, was man Euch aufgetragen hat! Zur Essenszeit bekommt Ihr dann wunderbare saftige Schweinekoteletts mit meinem Spezialgemüse.«

Höflich lüftete Pierce seinen Federhut, bedankte sich und grinste belustigt. Rose biß sich auf die Lippen und beschloß, ihm die Freude an den Schweinekoteletts zu verderben.

Später ging sie in die Küche. Auf einem Teller neben dem Herd lagen mehrere Knochen und Knorpel. Wahrscheinlich wollte Lucy eine Suppe daraus kochen. Rose entdeckte auch das Tablett, das in den Stall gebracht werden sollte, wo Pierce arbeitete.

Es war ganz einfach, die beiden Teller zu vertauschen. Als die Köchin an den Tisch trat, fiel Rose ihr um den Hals. »O Lucy, ich werde dich so vermissen!« rief sie und drehte sich mit ihr im Kreis, so daß die dicke Frau dem Küchenmädchen, das mit dem Tablett hinauseilte, den Rücken kehrte. »England ist zwar nicht übel, aber dort kann niemand so gut kochen wie du.«

Sichtlich zufrieden lächelte Lucy und erwiderte die Umarmung. Nachdem Rose sich verabschiedet hatte, dauerte es eine ganze Weile, bis die Köchin die Schweinekoteletts neben dem Herd entdeckte. Nachdenklich strich sie über ihr Kinn und fragte sich, ob ihr die Küchendünste vielleicht zu Kopf gestiegen waren.

Für den Fall, daß Pierce seine derzeitigen Aufgaben schon fast erfüllt hatte, lief Rose zum Oberreitknecht. »Randolph, wie ich festgestellt habe, müssen einige Pferde dringend gestriegelt werden. Ich glaube, das sollte dieser junge Sträfling übernehmen.«

»Mylady, Ihr habt ihm schon viele Aufträge erteilt ...«

»Sicher kann er gut mit Pferden umgehen. Am besten fängt er mit Blaze an.« Dieses Pferd war fast einenmetersechzig hoch — und störrisch wie ein Esel.

Aus sicherer Entfernung beobachtete Rose, wie Blaze aus dem Stall geführt und der ›Sträfling‹ angewiesen wurde, ihn zu striegeln. Um nicht in lautes Gelächter auszubrechen, preßte sie eine Hand auf den Mund.

Unruhig tänzelte der Hengst umher und schlug mit allen vieren aus. Pierce fluchte, behielt ihn aber unter Kontrolle. Trotzdem — Blaze zu striegeln und ihm die Füße zu reinigen, war eine Plage, die er nicht so bald vergessen würde.

Nachdem er noch zwei Stuten und drei große Zugpferde bearbeitet hatte, schlenderte Rose an ihm vorbei, ohne ihn eines Blickes zu würdigen, und begutachtete zusammen mit Randolph die Boxen. »Ja, diese fünf sind in Ordnung, aber ich fürchte, Blaze muß noch einmal gestriegelt werden. Und wurden seine Füße auch wirklich gesäubert?«

»Mylady, es ist schon spät. Sicher kann das bis morgen warten ...«

»Nein, unmöglich«, seufzte sie. Diesmal blieb sie in der Nähe, während Blaze wieder aus seiner Box geführt und Pierce, der gerade einen anderen Teil des Stalls ausmistete, wieder herbeigeholt wurde. Entzückt musterte sie seine wütende Miene. »Leider müßt Ihr das noch einmal machen, Peter. Mein Vater verlangt absolute Perfektion, und Ihr habt den Hengst ein bißchen zu nachlässig behandelt.«

Pierce zuckte leicht zusammen. Aber dann verneigte er sich tief, den Striegel in der Hand. Er schaute dem Oberreitknecht nach, der bereits davonging, und fauchte: »Und ich verlange, daß dieses Spiel ein Ende findet, Herzogin!«

Mit einem honigsüßen Lächeln flüsterte sie: »Du scheinst etwas sehr Wichtiges zu vergessen. Jetzt stelle *ich* die Forderungen!«

Seine Augen verengten sich bedrohlich. »Nur für eine Nacht!«

Überspannte sie den Bogen? Vielleicht, aber sie konnte nicht anders. Mutwillig rief sie den Oberreitknecht wieder zu sich. »Peter leistet ausgezeichnete Arbeit — und so schnell! Wenn er hier fertig ist, soll er essen, Randolph, und danach dieses kleine Feld umgraben . . .«

»Heute abend, Mylady?«

Sie schaute Pierce unschuldig an. »Natürlich heute abend! Dort will ich nämlich während meiner Abwesenheit ganz bestimmte Blumen pflanzen lassen.«

»Mylady, der armer Kerl wird die ganze Nacht schuften müssen«, gab Randolph leise zu bedenken.

»Ja, vermutlich«, stimmte sie ungerührt zu. »Kommt mit, ich will Euch das Feld zeigen.«

Als sie zurückkehrten, hatte Pierce den Hengst gestriegelt, und der Oberreitknecht erklärte ihm, nun dürfe er seine Essenspause einlegen.

Um ihren Triumph zu krönen, stand Rose neben dem Stalltor und hörte den Deckel klirren, der das Tablett verhüllt hatte. Sehr gut — jetzt würde ihr Mann seine ›Schweinekoteletts‹ anstarren. Randolph kam zu ihr, und sie dankte ihm für seine Unterstützung. Dann eilte sie zum Haus.

Pierce saß auf einer roh gezimmerten Bank beim Stalltor und beobachtete, wie sie den Hof überquerte. Sein Blick fiel wieder auf die Knochen und Knorpel. »Du kommst auch noch dran, meine Liebste, das verspreche ich dir«, flüsterte er vor sich hin. Andererseits mußte er ihr die süße Rache zugestehen, die sie nun auskostete. Felsenfest war er von ihrer Schuld überzeugt gewesen, ohne zu überlegen, daß Jerome — erwiesenermaßen ein Schurke und zu allem fähig — dem Constable die Botschaft selbst oder in Roses Namen geschickt haben mochte.

Und er, Pierce, war nie auf den Gedanken verfallen, sie könnte ihn aufrichtig lieben. Lieber Gott, betete er stumm, gib uns eine Chance . . .

Er schaute zum Haus hinüber, wo sich sein Sohn befand. Eine ganze Nacht sollte er sich noch gedulden? Nein, er würde sich hineinschleichen. Ob es nun klug war oder nicht — er mußte seinen Erben sehen.

Rose fand ihre Rache längst nicht so süß, wie er glaubte. Und das Glücksgefühl, Woody wieder in den Armen zu halten, konnte ihre Sorgen nicht verdrängen. Sie fürchtete, Mary Kate könnte das Haus verlassen, den Herzog erkennen und seine wahre Identität ausplaudern.

Wenn ihr Vater davon erfuhr, würde er Pierce womöglich vor Gericht bringen, obwohl Rose mehrmals die Unschuld ihres Mannes beteuert hatte. Nein, das konnte sie sicher verhindern. Aber vielleicht würden sich andere Leute einmischen. Auf schmerzliche Weise hatte sie gelernt, daß man nicht jedem trauen konnte.

Und nicht zuletzt lastete die neuerliche Trennung von ihrem Vater schwer auf ihrer Seele. England lag so weit entfernt . . .

Während sich Pierce draußen abrackerte, saß sie bei Ashcroft und versuchte, Konversation zu machen.

»Du hast diesen armen Sträfling wirklich ein bißchen zu hart herangenommen, meine Tochter«, meinte er. »Willst du ihn nicht doch in der Dachkammer einquartieren. Er hat sich ein gutes Bett verdient. Und vor der morgigen Seereise braucht er seinen Schlaf.«

Leichthin winkte sie ab. »Keine Bange, Vater. Der Oberreitknecht hat ihm einen Schlafplatz auf dem Heuboden zugeteilt. Sicher hat der Mann seine Arbeit inzwischen erledigt und schläft tief und fest.« Sie zögerte kurz. Dann fügte sie leise hinzu: »Ich würde gern noch zum Fluß gehen.« Wann sie in ihre Heimat zurückkehren würde, wußte sie nicht. Und sie wollte ein letztes Mal den Mond sehen, der sich im Wasser spiegelte, den sanften Nachtwind auf den Wangen spüren. Ihrem Mann hatte sie erklärt, dies sei der schönste Ort auf Erden. Eigentlich müßte sie ihn zusammen mit Pierce aufsuchen.

Sie hatte erwartet, ihr Vater würde protestieren, aber er antwortete: »Tu das, meine Tochter.« Er schaute ihr nach und blieb sitzen, bis ihre Schritte verklangen. Dann sprang er auf und eilte zum Stall hinaus.

Mittlerweile hatte Pierce das kleine Feld neben dem Haus umgegraben. Lächelnd stützte er sich auf die Schaufel. Ein Sträfling! Wie geistesgegenwärtig Rose dieses Märchen erfunden hatte! Und ironischerweise kam es ziemlich nahe an die Wahrheit heran.

Er schaute zum Haus auf, das er schon seit einiger Zeit beobachtete. Vorhin hatte er sie an einem Fenster vorbeigehen sehen, ein Baby in den Armen, sein Sohn . . .

Plötzlich hörte er ein Geräusch hinter sich, fuhr herum und hob instinktiv die Schaufel, zum Kampf bereit. Ashcroft Woodbine, der Herr der großen Kolonialländereien, wich nicht zurück. Er zuckte nicht einmal mit der Wimper, denn er wußte, daß der junge Mann ihn nicht angreifen würde.

Pierce ließ die Schaufel fallen und musterte ihn wachsam.

»Peter, eh?« fragte Ashcroft skeptisch.

»Wie bitte, Sir?«

»Peter, daß ich nicht lache!«

»Sir, ich . . .«

»Sträflinge sehen anders aus als Ihr, mein Freund. Ein paar sind mir schon begegnet. Und die pflegen nicht so selbstsicher aufzutreten wie Ihr.«

»Sir, ich habe . . .«

»Nein, mein Junge, es liegt nicht an Eurem Benehmen oder Eurer Ausdrucksweise, sondern an Eurem Gang, Eurer Haltung. Ein Blick hat mir genügt, um Bescheid zu wissen. Eure adelige Herkunft steht Euch ins Gesicht geschrieben. Schwere Zeiten liegen hinter Euch, aber offensichtlich habt Ihr Euer Schicksal wieder in die eigenen Hände genommen, Peter — Pierce.« Nach einer kurzen Pause fügte Ashcroft hinzu: »Ich nehme an, du hast die *Lady May* auf hoher See in deine Gewalt gebracht?«

»Ja«, bestätigte Pierce leise.

»Also bist du der berüchtigte Drachentöter?«

»Niemals haben wir unseren Gefangenen auch nur ein Haar gekrümmt. Aber ich mußte ein paar Gerüchte in Umlauf bringen, sonst wäre ich in Schwierigkeiten geraten. Ein Pirat muß glaubwürdig wirken.«

Ashcroft Woodbine grinste belustigt. »Der Drachentöter! Nie wäre ich darauf gekommen! Als ich erfuhr, was geschehen war, glaubte ich ebenso wie halb England an deine Schuld. Aber Rose versicherte, du seist kein Mörder. Das weiß sie, ganz einfach, weil sie dich kennt.«

Beschämt senkte Pierce den Kopf. Also hatte sie ihn verteidigt, während er so versessen auf seine Rache gewesen war. »Ich bin froh, daß du ihr glaubst.«

»Meiner Tochter habe ich immer vertraut.«

Genau das hätte ich auch tun sollen, dachte Pierce. »Also wirst du mich nicht verraten, Ashcroft?«

»Meinen eigenen Schwiegersohn? Ganz bestimmt nicht! Aber warum wollt ihr morgen nach England segeln? Denk an die Gefahren, die dir dort drohen, mein Junge! Bleib doch hier! Eines Tages wird dieses Imperium Rose gehören — und dir.«

»Vielen Dank, aber das ist nach wie vor eine englische Kolonie. Wenn ein Mann, der eine politische Karriere anstrebt, irgendwann über mich stolpert, könnte er versuchen, eine Schlinge um meinen Hals zu legen. Nein, ich muß nach Hause zurückkehren und meine Unschuld beweisen.«

Ashcroft schwieg eine Weile, dann nickte er nachdenklich. »Das kann ich verstehen.«

»Und du wirst uns nicht zurückhalten?«

»Nein. Zuvor suchte ich dich wegen deines Adelstitels, deines Ansehens und deiner Königstreue für meine Tochter aus. Jetzt bin ich froh über meine Wahl — wegen des Mannes, der du bist. Ich werde euch nicht zurückhalten, wenn mir die Sorge auch den Schlaf rauben wird. Paß gut auf meine Rose auf, Pierce.«

»Natürlich. Ich danke dir.«

Ashcroft schaute zum Stall hinüber. »Warum mußtest du dich heute so schrecklich plagen? Hast du ein Hühnchen mit meiner Tochter zu rupfen?«

Seufzend zuckte Pierce die Achseln. »Frauen . . . Manchmal macht es ihnen Spaß, ihre Macht zu zeigen.«

Ashcroft lachte leise. »Und dein Kind hast du wohl noch nicht gesehen?«

Ein seltsamer Schmerz erfüllte Pierces Brust, und er schüttelte den Kopf.

»Ein wunderbarer Junge«, meinte sein Schwiegervater. »Er sieht euch beiden ähnlich. Hellwach und bildhübsch.« Grinsend fügte er hinzu: »Vielleicht war's ganz gut, daß du bei seiner Geburt nicht hier warst. Rose bedachte uns alle mit unaussprechlichen Namen, und vielleicht hätte sie den allerschlimmsten für dich reserviert.«

»Vermutlich.« Voller Sehnsucht wandte sich Pierce zum Haus.

»Das dritte Fenster im ersten Stock.« Ashcroft räusperte sich. »Unter dem Balkon findest du ein Spalier. Sicher wäre es besser, wenn du mich nicht erwähnst ... Jedenfalls finde ich, daß Rose heute abend schon genug Spaß hatte. Die Stallboxen sind makellos sauber. Außerdem habe ich das Gefühl, du würdest auch ohne meinen Segen ins Zimmer deiner Frau klettern.«

»Auf diesen Gedanken bin ich tatsächlich gekommen, Ashcroft«, bestätigte Pierce lächelnd.

»Also, dann gute Nacht.« Sein Schwiegervater reichte ihm die Hand. »Es war mir eine Freude, mit dir zu reden, Pierce. Wir sehen uns sicher bald wieder.«

»Das will ich hoffen.« Pierce erwiderte den festen Händedruck. »Auch ich bin froh, daß wir uns endlich kennengelernt haben.«

Sein Schwiegervater nahm ihm die Schaufel ab, und Pierce lief durch den nächtlichen Jasminduft zum Spalier, an dem er zum Balkon hinaufkletterte. Zu seiner Frau — und zu seinem Kind.

Als Rose nach oben ging, schlief das Baby bereits in seiner Wiege. Sein Zimmer grenzte an ihr Schlafgemach, und auf dessen anderer Seite teilten sich Jenny, das irische Kindermädchen, und Mary Kate einen schönen Raum. Liebevoll umsorgten sie den Kleinen und machten der jungen Mutter das Leben leicht.

Rose wollte beide nach England mitnehmen. An Bord des Schiffs würde es keine Rolle mehr spielen, wenn Mary Kate den Herzog erkannte. Nachdem sie Jamestown verlassen hatten, konnte sich niemand an die Behörden wenden, um ihn anzuzeigen.

Lächelnd küßte Rose ihre Fingerspitze und legte sie behutsam auf Woodys Stirn. Dann betrat sie ihr eigenes Zimmer. Mary Kate hatte die Sitzbadewanne mit Wasser füllen lassen und zwei Kessel übers Feuer gehängt. Voller Vorfreude goß Rose einen Eimer in die Wanne, zog sich aus und ließ ihre Kleider einfach fallen, dann stieg sie in ihr Bad.

Plötzlich hatte sie das Gefühl, daß sie beobachtet wurde. Und als sie Pierce entdeckte, schrie sie beinahe auf. Stundenlang hatte sie ihn zur Arbeit angehalten. Nun müßte er erschöpft sein und auf dem verdammten Heuboden schlafen. Aber da lag er lang ausgestreckt auf ihrem Bett, halb verdeckt von den Vorhängen. Träge stützte er sich auf einen Ellbogen und betrachtete ihren nackten Körper.

»Was machst du hier!« zischte sie.

Langsam stand er auf, kam zu ihr und kniete neben der Wanne nieder. »Du hast mich hergeholt.«

»Nicht in mein Zimmer!«

»Ja, aber nun habe ich die reizvollen Aufträge ausgeführt, die du mir zugeteilt hast.«

Unbehaglich senkte sie die Wimpern. »Meine Geschichte mußte doch glaubwürdig auf Vater wirken.«

»Ja, natürlich«, entgegnete Pierce spöttisch.

»Du darfst nicht hierbleiben.«

Lässig glitten seine Finger durchs Badewasser. »Ich dachte, ich könnte mich auch hier nützlich machen.«

»Wie denn?«

Er ging zum Herd und holte den zweiten Kessel. »Vielleicht ist dein Bad zu kühl geworden.«

Rasch zog sie die Knie an, während er das dampfende Wasser in die Wanne goß, und flüsterte: »Danke.«

»Und dein Rücken . . .«

»Was?«

»Ich könnte dir den Rücken waschen.«

»Wirklich, das ist nicht nötig . . .«

Doch da kniete er bereits hinter ihr, nahm die Seife und den Schwamm aus dem Wasser und hob ihr langes Haar hoch. Langsam und hingebungsvoll strichen seine Hände über ihren Nacken, ihre Schultern. Diese Berührung erweckte unglaubliche Gefühle. So lange war es her . . . Alles in ihr schien ein neues Leben zu gewinnen. »Ich finde, für heute abend hast du genug geleistet«, wisperte sie atemlos.

»Oh, ich habe eben erst angefangen.«

»Nun solltest du dich hinlegen . . .«

»Genau das habe ich vor.«

»O Pierce, warum bist du hier heraufgekommen?«

Für einen kurzen Augenblick stockte seine Hand, die den Schwamm über ihren Rücken gleiten ließ. »Ich mußte meinen Sohn sehen.«

»Und wie bist du hereingekommen?«

Darauf gab er keine Antwort. »Was dachtest du denn? Daß ich bei diesem Spiel mitmachen würde, ohne meinen Sohn aufzusuchen?«

»Morgen hättest du ihn ohnehin kennengelernt.«

»Zu lange mußte ich auf zu viele Dinge warten. Und heute abend verlor ich die Geduld.«

»Aber — wenn man dich hier findet! Es ist zu gefährlich.« Sie drehte sich um und sah ihn sorglos lächeln.

»Diese Gefahr nehme ich gerne in Kauf. Was für hübsche kupferrote Locken Woody hat, meine Liebe! Und typische DeForte-Augen.«

»Du hast seine Augen gesehen? Also hast du ihn geweckt?« Ärgerlich schüttelte sie den Kopf. »Jetzt mußt du endlich verschwinden! Wie leichtsinnig von dir, hier einzudringen . . .«

»Großer Gott!« unterbrach er sie. »Jeder Mann, der von seiner Vaterschaft erfährt, will sein Kind sehen! Wenn du das nicht begreifst, bist du verrückt! Du konntest seine Finger und Zehen schon vor langer Zeit zählen. Aber ich war nicht dabei. Und deshalb mußte ich heute nacht hier heraufkommen.«

»Du — du hast ihn im Arm gehalten?« stammelte sie entgeistert.

»Allerdings.«

Welch eine Dreistigkeit! Also hatte er Woody geweckt und dann wieder in die Wiege gelegt? »Hat er nicht — geweint?«

Pierce hob die Schultern. »Nun ja, ich muß zugeben — anfangs war er nicht gerade erfreut, als er ein fremdes Gesicht sah. Aber deine Zofe besänftigte ihn mühelos, dann bat sie mich, am Feuer zu sitzen und Woody in den Schlaf zu wiegen.«

Wütend biß Rose die Zähne zusammen. Immer wieder schaffte es dieser Mann, auf den Füßen zu landen. »Mary Kate hat dich also im Kinderzimmer ertappt?« Zum Teufel mit der Frau! Von Anfang an hatte sie für DeForte geschwärmt.

»Ja, aber mach dir keine Sorgen. Sie weiß, wie wichtig mein Geheimnis ist. Und sie war sehr nett. Natürlich verstand sie, daß ich mein Kind und meine Frau sehen mußte.« Unbefangen lächelte er, dann sprang er plötzlich auf, hob Rose aus der Wanne und preßte ihren nassen Körper an sich. »Ich hatte solche Sehnsucht nach dir, meine Liebste«, flüsterte er und trug sie zum Bett. Nachdem er sie hingelegt hatte, schlüpfte er aus seinem Hemd, dem immer noch der Stallgeruch anhaftete.

Pierces Absicht war unmißverständlich, und Rose holte tief Atem, um zu protestieren, aber sie brachte kein Wort hervor. Ihr Herz schlug wie rasend.

Dann lag er neben ihr und nahm sie in seine kraftvollen Arme. »Willst du dich wehren?«

»Ja«, log sie.

»Auch wenn ich dich demütig um Verzeihung bitte?«

Rose glaubte, in seinen Silberaugen zu ertrinken. »Du? Demütig? Das werde ich wohl nie erleben.«

»Dann versuch eben, dir's einzubilden«, schlug er grienend vor. »So lange habe ich gewartet. Jetzt kann ich nicht mehr.« Ein heißer Kuß verschloß ihr den Mund, und die Sehnsucht wuchs zu leidenschaftlichem Verlangen.

18

Es wäre anders gewesen, hätte sie nicht so lange mit Träumen und Erinnerungen gelebt. Was für lebhafte, betörende Träume — von Pierces Küssen, den erotischen Liebkosungen seiner Zunge, die aufreizend über ihren Hals wanderte ... Von seinem Körper, der sich in forderndem Rhythmus über ihrem bewegte, seinen Händen, die ihre Brüste umfaßten, seinen Fingern zwischen ihren Schenkeln ...

Aber jetzt war es kein Traum mehr, und die Wirklichkeit übertraf alles, was ihr die Fantasie vorgegaukelt hatte. Erfahren in der Liebeskunst, fand Pierce sofort wieder den empfindsamsten Punkt ihrer Sinnlichkeit, erregte ihn zuerst mit seiner Hand, dann mit seiner Zunge.

Vergeblich protestierte sie. Noch nie hatte er auf ihren Widerspruch geachtet. Warum sollte er's jetzt tun?

Und er hatte recht, es war so lange her. Wieder wuchs die Magie in ihr, schwang sich empor wie der nächtliche Jasminduft. Rose grub ihre Finger in Pierces muskulöse Schultern, schlang sie zitternd in sein Haar und glaubte, in einem silbernen Sternenregen zu sterben. Gleich würde sie das Paradies erreichen, die süßeste Ekstase ...

Aber noch schenkte Pierce ihr keine Erfüllung, Er drang ungeduldig in sie ein und hielt erschrocken inne, als sie leise aufschrie und das Gesicht an seine Brust preßte. Zerknirscht verfluchte er sich selbst, denn er hätte bedenken müssen, daß sie zum erstenmal seit der Niederkunft mit ihm schlief.

»Ganz ruhig, meine Liebste, ich will dir nicht weh tun — niemals!« beteuerte er heiser. Während er Rose zärtlich umarmte, wagte er sich behutsam noch weiter vor. Sein Mund suchte ihren, dann flüsterte er an ihrem Hals: »So schmerzlich habe ich dich vermißt! Keine Folter, keine Zwangsarbeit — nichts war schlimmer als die Trennung von dir.«

Voller Verlangen umschlang sie seinen Hals, hob die Hüften hoch, als er anfing, sich zu bewegen. Die Lust übermannte ihn, obwohl er versuchte, seiner Erfüllung Einhalt zu gebieten — aus Angst, Rose würde ihn auf seinem Weg zum süßen Gipfel nicht begleiten. Doch das brauchte er nicht zu befürchten, denn er fühlte die wilden Erschütterungen, die ihren Körper durchströmten.

Danach lag er neben ihr, zog sie in seine Arme und achtete nicht auf ihren Widerstand. »O Rose, das war der Himmel! Viel zu lange mußte ich warten.« Sie schwieg, und er streichelte den schönen Körper, der ihn so beglückt hatte. Beinahe sah sie unverändert aus, bis auf die Brüste, die größer geworden waren, die etwas breiteren, aber immer noch formvollendeten Hüften. Im Flammenlicht entdeckte er zwei winzige weiße Linien, die sich vom Nabel zum dunkelroten Venusberg hinabzogen, und berührte sie vorsichtig. Da hielt Rose seine Hand fest. »Was hast du? Wenn ich nicht sanft genug war . . .« Auf einen Ellbogen gestützt, schaute er ihr forschend in die Augen.

»Verstehst du's denn nicht?« Ihre Finger glitten über seine Schultern, seinen Rücken, ertasteten die Narben, die von den Peitschenhieben zeugten, der neunschwänzigen spanischen Katze, und sie schluckte. »Man hielt dich für tot, aber du bliebst am Leben und wurdest von Spaniern gefangengenommen . . .«

»Ja, das stimmt«, fiel er ihr ungeduldig ins Wort, stand vom Bett auf und begann umherzuwandern. Rötlicher Feuerschein tanzte auf seinem nackten Körper. »Worauf willst du hinaus?«

»Du hast dir die Freiheit erkämpft und bist ein Piratenkönig geworden — der Drachentöter. Das geschah vor vielen Monaten. Und ich bezweifle, daß du tatsächlich auf mich gewartet hast.«

Grinsend wandte er sich zu ihr, und sie hätte am liebsten in sein arrogantes Gesicht geschlagen. »Unglaublich! Du bist ja eifersüchtig.«

»Ich möchte nicht eine von vielen sein«, entgegnete sie kühl.

»Falls du eifersüchtig bist ...« Pierce trat ans Fenster, die Hände in seine schmalen Hüften gestemmt. »Dazu hast du keinen Grund. Als Drachentöter hatte ich zahlreiche Gelegenheiten, und manche meiner weiblichen Geiseln waren sogar enttäuscht, weil ich nicht den gewalttätigen Piraten hervorkehrte.«

»Eingebildeter Schurke!«

»Da tust du mir unrecht. Einige dieser Damen näherten sich bereits dem siebzigsten Lebensjahr, und jeder beliebige Mann, der sich an ihnen vergriffen hätte, wäre hochwillkommen gewesen.«

»Und du hast in dieser ganzen Zeit keine Frau angerührt?« fragte Rose skeptisch.

Nach einer kleinen Pause entschloß er sich zu einer ehrlichen Antwort. »Einmal. Vor lauter Zorn gegen dich, vor Empörung über deinen vermeintlichen Betrug wurde ich fast krank, und schließlich suchte ich Vergessen. Sie war jung und hübsch — eine Hure.« Seufzend setzte er sich aufs Fensterbrett und starrte zur langen, geschwungenen Auffahrt hinab.

»Nur — ein einziges Mal?«

»Ja.«

»Warum?«

»Das sagte ich doch. Ich war verbittert ...«

»Nein, ich meine, wieso du die Ehe nur einmal gebrochen hast.«

Ja, warum? Auch diese Frage verdiente eine aufrichtige Antwort. »Weil ich bei jener anderen Frau keine Befriedigung fand, keinen süßen Lohn. Ich fühlte mich leer.«

»Wie kann ich dir glauben? Du hast Anne heiß geliebt und trotzdem mit mir geschlafen.«

Pierce zuckte die Achseln. »Wenn wir schon mal bei all diesen Geständnissen sind, will ich dir noch etwas anvertrauen. Ja, ich glaubte, Anne zu lieben. Aber . . .« Zögernd fuhr er fort: »Seit ich dich zum erstenmal sah, begehrte ich dich. Obwohl du mich damals aus dem Sattel warfst . . .«

» . . . und du mich fast ertränkt hättest.«

»Schon damals geriet ich in deinen Bann. In meinem ganzen Leben kannte ich keine Frau, die mich so fasziniert hätte wie du.«

Als er sich wieder zu ihr wandte, senkte sie den Blick, um ihre heiße Freude zu verbergen.

»Aber du glaubtest, Anne zu lieben — und brachtest es fertig, mit mir zu schlafen.«

Stöhnend schüttelte er den Kopf. »Jeder Mann würde es *fertigbringen*, mit dir zu schlafen! Sicher, Anne und ich paßten gut zusammen. Sie war unabhängig, sehr klug, reif und erfahren. Und — das habe ich nie bestritten — sie bedeutete mir sehr viel. Aber ich glaube, bevor ich dich traf, wußte ich nicht, was Liebe ist. Sobald ich dich liebengelernt hatte, gab es nur noch dich.« Er zeigte zur Tür des Kinderzimmers. »Und das ist die reine Wahrheit, ich schwöre es beim Leben unseres Sohnes. Genügt dir das?«

Rose biß sich auf die Unterlippe und zog die Decke über ihren bebenden Körper. Noch immer wagte sie nicht, an das Wunder dieser Nacht zu glauben. »Also — liebst du mich?«

»Von ganzem Herzen.«

»Und du hast mich wirklich nur einmal betrogen?«

»Das sagte ich doch!«

»Nun, dann muß ich's dir nur ein einziges Mal vergelten, denn ich habe dir unerschütterlich die Treue gehalten.« Sie drehte den Kopf zur anderen Seite, damit Pierce ihr Lächeln nicht sah. Sein Seitensprung kränkte sie. Aber es war vor so langer Zeit geschehen. Und damals hatte er erkannt, daß er nur sie liebte.

Plötzlich schnappte sie erschrocken nach Luft. Wie ein Panther war er vom Fensterbrett gesprungen, um sich auf Rose zu werfen. »Daran darfst du nicht einmal denken!«

»Woran?«

»An Vergeltung — egal, in welcher Form.«

»Und warum nicht?«

»Weil ich dich grün und blau schlagen und dir jedes einzelne Haar ausreißen würde!« warnte er. »Und den Mann würde ich natürlich umbringen.«

»Du steckst ohnehin schon wegen zweifachen Mordes in Schwierigkeiten.«

»Dann würde ein dritter keine Rolle spielen.«

»Red nicht solchen Unsinn!«

Ihre Worte brachten ihn zur Besinnung. Er stand auf, kehrte zum Fenster zurück und blickt in die Nacht. Großer Gott, er war immer noch ein Gesetzloser, in seiner Heimat des Mordes angeklagt. Jeromes Schuld und seine eigene Unschuld mußte er erst noch beweisen. So vieles hatte er erlitten. Aber er durfte sich glücklich schätzen, weil es Rose in seinem Leben gab, die ihn trotz allem liebte. Beinahe hätte er sie verloren, in seinem Haß und in seiner Bitterkeit. Doch sie war immer noch seine Frau, und er hatte — dafür dankte er dem Himmel — einen wunderbaren Sohn.

Impulsiv kehrte er zum Bett zurück, ergriff Roses Hand und küßte die Fingerspitzen. »Verzeih mir — ich muß dich noch einmal darum bitten, in aller Demut.«

»Habe ich mich verhört? Spricht da der grandiose Herzog?«

»Oh, du hast ganz richtig gehört.« Er schlüpfte unter die Decke und streckte sich neben ihr aus. Sie schmiegte sich in seine zärtlichen Arme. »O Gott, Rose, monatelang habe ich jene Ereignisse in meinen Gedanken noch einmal erlebt. Ich hätte dir vertrauen sollen. Aber so vieles sprach gegen dich.«

»Ja, das weiß ich. Jerome ging sehr raffiniert zu Werke.«

»Zunächst mit Jamisons Unterstützung. Noch jemand muß ihnen geholfen haben. Es wird eine Weile dauern, bis wir die ganze Wahrheit herausfinden. Und dann werde ich mich an Jerome rächen.«

Der eisige Klang seiner Stimme jagte ihr einen Schauer über den Rücken. »Pierce!« Beschwörend schaute sie in seine Augen. »Ich verstehe deinen Zorn, deinen Haß. Bei Annes Begräbnis war ich nahe daran, Jerome umzubringen und ihm vor der versammelten Trauergemeinde die Kehle zu durchschneiden. Glücklicherweise hielt Geoffrey mich zurück, sonst wäre ich auf dem Schafott gelandet. Du darfst nicht mit der Absicht nach England zurückkehren, ihn zu töten!«

Ausdruckslos starrte er zur Zimmerdecke hinauf. »Er muß sterben.«

»Ja, aber im Namen der Gerechtigkeit«, erwiderte sie und preßte seine Hand an die Wange. »Jerome hat uns mit üblen Tricks in die Falle gelockt. Jetzt müssen wir *ihm* eine stellen. Zorn und Bitterkeit helfen uns nicht weiter.« Liebevoll küßte sie seine rauhe Handfläche. »Nur Tücke!«

Er stieß einen tiefen Seufzer aus, dann stützte er sich auf einen Ellbogen und schaute ihr in die Augen. »Nun, während unserer langen Seereise werden wir genug Zeit finden, um unsere Rache zu planen.«

Seine Lippen näherten sich ihren, aber sie drehte den Kopf zur Seite. »Diese andere Frau ...« Als er einen Fluch ausgestoßen hatte, fuhr sie in majestätischem Ton fort: »Eine Herzogin kann nicht so leicht verzeihen. Wenn ich bedenke, was ich deinetwegen alles durchmachen mußte ...«

»Willst du mich noch einmal auf den Knien sehen?«

»Ja, das würde mir gefallen.«

»Also gut.« Blitzschnell richtete er sich auf, und ehe sie wußte, wie ihr geschah, kniete er zwischen ihren Beinen. »Verzeih mir!« flüsterte er, und sie hörte das Gelächter, das in seiner Kehle mitschwang.

Mit seinen Händen und seinem Mund erforschte er ausgiebig alle empfindsamen Regionen ihres Körpers, erst die Brüste, dann den Bauch, die Innenseiten der Oberschenkel. Atemlos erklärte sie, dies sei keine echte Entschuldigung, vergaß aber sehr schnell, was sie sagte. Weil er sie liebte und niemals eine andere wirklich geliebt hatte. Und weil die süße Qual unerträglich war. Sie küßte seine Schulter, erwiderte lächelnd seinen Blick, und während er mit ihr verschmolz, wiederholte er leise, dicht an ihrem Ohr: »Verzeih mir!«

Und das genügte. Sie verzieh ihm, von ganzem Herzen, und das verschwieg sie ihm nicht.

Später lagen sie eng umschlungen nebeneinander, rangen immer noch nach Luft.

»Schlaf jetzt, meine Liebste«, bat Pierce. »Morgen müssen wir zeitig aufstehen, und der neue Tag bricht schon an.« Ihre Wange schmiegte sich an seine Brust, ihr seidiges Haar kitzelte sein Kinn, und er strich es aus ihrer Stirn. »O Rose, wie sehr ich dich liebe . . .«

Vergeblich wartete er auf eine Antwort. Er hob den Kopf und schaute in ihr Gesicht. Ein sanftes Lächeln auf den Lippen, schlief sie tief und fest.

Noch nie waren ihm ihre Züge so schön erschienen, so friedlich. Seine Worte hatte sie nicht gehört, aber er weckte sie nicht. Sie brauchte ihre Ruhe, ihre Kraft. Eine lange Fahrt lag vor ihnen. Eine Reise zur Wahrheit.

19

Nie hätte Rose gedacht, daß sie sich einmal so glücklich und zufrieden fühlen könnte. Sie genoß die Seereise, das milde Wetter. Oft saß sie stundenlang an Deck im warmen Sonnenschein und ließ ihre Wangen vom sanften Wind streicheln.

Vielleicht waren der Himmel und das Meer schon immer so kobaltblau gewesen, und die Sonne hatte schon zuvor diesen strahlenden Glanz verbreitet. Aber vielleicht empfand Rose das alles jetzt ganz anders, weil sie endlich wieder mit ihrem Mann zusammenlebte.

Jeden Morgen trat er zu seinem alten Freund Niemens ans Ruder, wo sie den Seegang und die Windverhältnisse erörterten. Die beiden verstanden einander großartig, und das gefiel ihr. Doch sie freute sich noch viel mehr, wenn sie Pierce und Woody beobachtete. Sie hätte sich niemals träumen lassen, daß ein Mann wie der große, kraftvolle, gebieterische und manchmal sehr ungeduldige Herzog ein so wunderbarer Vater sein konnte. Immer wieder lag er in der Kapitänskabine auf dem Bett, und das Baby krabbelte auf ihm herum. Wenn er es in die Luft schwenkte, kreischte es vor Entzücken. Eifrig schnitzte er winziges Spielzeug aus Holz, und es störte ihn nicht im mindesten, wenn ihm das Kind die Sachen ins Gesicht warf. Hätte Rose ihn nicht ohnehin schon geliebt, beim Anblick des Lächelns, das er seinem Sohn schenkte, wäre ihr Herz endgültig verloren gewesen.

Aber sie nahmen sich auch Zeit für ihre Zweisamkeit, saßen nebeneinander in der Sonne, während Mary Kate und Jenny mit dem Baby spielten. Und die wundervollen Nächte, wo das Meer wie schwarzer Samt schimmerte und die Kabine nur schwach von einer Kerze erleuchtet wurde ... Meistens lag Rose schon im Bett, wenn Pierce hereinkam. Erwartungsvoll schaute sie zu, wie er sich auszog, bewunderte seine wohlgeformte Gestalt. Und dann lag er neben ihr, preßte sie an seinen erregten, erhitzten Körper, und sie schwelgten in ihrem Liebesglück.

Mit jeder Nacht erfuhren sie mehr voneinander. Er schilderte die schrecklichen Tage in der spanischen Gefangenschaft. Und Rose erzählte, wie verzweifelt sie gewesen sei, als sie ihn für tot gehalten und den König angefleht habe, den Namen DeForte von dem furchtbaren Makel zu befreien. Schließlich habe sie beschlossen, in ihre Heimat zu reisen und neue Kräfte zu sammeln, ehe sie nach England zurückkehren und Pierces Unschuld beweisen würde.

»Mein Vater war wirklich großartig«, seufzte sie eines Nachts, an ihn geschmiegt. »Er ist so ein gütiger Mensch. Übrigens, ich habe eine Überraschung für dich.« Sie stützte sich auf ihren Ellbogen, und im Dunkel suchte ihr Blick seine Augen. »Stell dir vor, er wußte schon Bescheid! Ehe er zum Abschied meine Wange küßte, zwinkerte er mir zu und bat mich, meinen Mann zur Vorsicht zu ermahnen.«

Grinsend entblößte Pierce seine Zähne und verschränkte die Hände hinter dem Kopf. »Auch ich habe eine Überraschung für dich. Dein Vater wußte es schon längst. In jener Nacht schickte er mich zu dir.«

»Nein!«

»Ja!«

»Oh ... Und du hast mich glauben lassen ... Alle Haare könnte ich dir ausreißen und die schrecklichsten Dinge mit dir machen!«

Lachend nahm er sie in die Arme. »Tu's doch!« Seine tiefe, sinnliche Stimme sandte einen wohligen Schauer durch ihren Körper. »Ich warte darauf ...« Bis zum nächsten Morgen vergaß sie ihren Vater.

Und dann entdeckten sie ein Schiff, das ihnen folgte —

Pierces Piratenschiff mitsamt der Besatzung. Erstaunlicherweise befand sich auch Ashcroft Woodbine an Bord.

Pierce gab keineswegs vor, seinen Schwiegervater nicht zu kennen, und beobachtete mit strenger Miene, wie der Mann winkte und verlangte, die *Lady May* betreten zu dürfen.

»Was soll das, Ashcroft?«

»Ist es etwa ein Fehler, wenn ein Vater seine Tochter nach England begleitet? Vergiß nicht, daß du tot bist! Ich kann Rose besser schützen. Außerdem, mein lieber Junge — du darfst nicht mir nichts, dir nichts an Land gehen.«

»Das habe ich auch nicht vor.«

»Und was wirst du tun?« fragte Rose besorgt.

Pierce rieb sich das Kinn. »Nun, ich verkleide mich als Mönch.«

»Als Mönch!« rief Ashcroft, brach in schallendes Gelächter aus, und Pierce warf ihm wieder einen mißbilligenden Blick zu.

»Ich schließe mich Rose als ein Bruder vom Kloster Llewellyn an, der von einer Reise in die Kolonien zurückkehrt und eine Zeitlang im DeForte-Haushalt leben wird. Die Mönche dieses Ordens tragen weite Umhänge mit Kapuzen. Ich lasse mir einen Bart wachsen, also dürfte mich niemand erkennen.«

»Und wenn man dir in die Augen schaut?« gab Ashcroft zu bedenken.

»Das wird sicher schiefgehen«, meinte Rose.

»Nein, denn ich werde stets im Hintergrund bleiben«, versicherte Pierce.

Trotzdem ängstigte sie sich. Ashcroft kam an Bord der *Lady May,* und das Piratenschiff kehrte nach Virginia zurück, um dort auf weitere Befehle zu warten.

Wie sich herausstellte, hatte Ashcroft die Besatzung seines Schwiegersohns mit Grundstücken bestochen und veranlaßt, ihn zur *Lady May* zu bringen. Verschmitzt erklärte er, nun seien die Männer Kolonisten.

Abends bemerkte Rose, im Bett an ihren Mann geschmiegt: »Warum willst du als Mönch auftreten? Als Diener würdest du mir besser gefallen. Dann könnte ich dir unentwegt befehlen, den Stall auszumisten und Pferde zu striegeln, und du würdest nicht in Gefahr geraten.«

»Ich werde vorsichtig sein«, versprach er und küßte sie. »Aber ich muß dir an den Hof folgen können und herausfinden, was während meiner Abwesenheit geschehen ist. Glaub mir, ich werde mich in acht nehmen.« Doch dieses Versprechen konnte ihre Sorgen nicht verscheuchen.

Viel zu schnell gingen die schönen Tage auf hoher See zu Ende, und sie erreichten England. Auf der Themse segelten sie nach London.

Erleichtert atmete Rose auf, als sie zuerst nach Castle DeForte ritten. Im nächtlichen Dunkel trafen sie ein. Garth, Geoffrey und der gesamte Haushalt begrüßten Pierce in fassungslosem Staunen. »Ja, meine Freunde, ich bin es wirklich«, versicherte er.

Der dürre alte Garth und der große, kräftige Geoffrey umarmten ihn glückstrahlend. Auch die Freude aller anderen Diener erwärmte Roses Herz.

Sofort fühlte Ashcroft sich heimisch und wählte ein schönes Zimmer aus, wie es dem Großvater des kleinen Lords gebührte. Aber so sehr er seinen Aufenthalt im herzoglichen Schloß auch genoß, er machte sich immer noch große Sorgen um seine Tochter. Das wußte sie, und darum liebte sie ihn um so mehr.

Wegen der Frage, wo Woody wohnen sollte, entbrannte ein heftiger Streit zwischen Mary Kate und Garth.

Seit fast einem Jahr betreue ich den jungen Mylord DeForte, teilte Mary Kate dem alten Mann hochmütig mit. »Deshalb wird er auch hier bei mir schlafen.«

»In Euren heidnischen Kolonien könnt Ihr ja treiben, was Ihr wollt, gute Frau. Aber in England hat Lord DeForte sein eigenes Zimmer. Das war schon immer so, und dabei wird es auch bleiben.«

»Das Baby ist noch nicht einmal ein Jahr alt! Neben dem Herrschaftsgemach liegt ein sehr hübsches Kinderzimmer . . .«

»Sollen Seine und Ihre Gnaden etwa nachts gestört werden?« rief Garth empört.

Rose beschloß, Frieden zu stiften. »Ich glaube, vorerst wäre Woody am besten im Kinderzimmer untergebracht, Garth. Nur für ein paar Monate, einverstanden? Da können sich Mary Kate und Jenny nachts um ihn kümmern, und Seine Lordschaft wird nicht geweckt.«

Nur zu gern stand Pierce nachts auf, wenn das Kind schrie und beruhigte es. Aber das verschwieg sie lieber.

Wenn Garth auch gekränkt schnüffelte, so gab er doch klein bei. Als sie nachts neben Pierce im Bett lag, erzählte sie ihm von dem Zank.

Lachend meinte er, es sei großartig, daß sie den Streit geschlichtet habe, ohne Garths Gefühle allzutief zu verletzen. Dann wurde er ernst und berichtete: »Im letzten Jahr führte Jerome ein munteres Leben. Inzwischen hat er die Hälfte von Annes beträchtlichem Vermögen verspielt. Bei jeder Gelegenheit beklagt er den Tod seiner Schwester. Und jedem, der ihm zuhören will, erklärt er, welch ein grauenvoller, kaltblütiger Mörder ich sei.«

Beklemmende Angst stieg in Rose auf, und sie dachte voller Wehmut an die schönen Tage auf hoher See zurück. Hier, in England, drohte ihr Glück zu entschwinden.

Aber trotz aller Gefahren — Pierce mußte seinen guten Ruf wiederherstellen. Das wußte sie, so gern sie die Vergangenheit auch vergessen hätte. Und sie würde alles tun, was in ihrer Macht stand, um ihm zu helfen. »Auf welche Weise werden wir vorgehen?«

»Wir warten.«

»Wie lange?«

»Bis der König dich an den Hof beruft. Sicher bestellt er auch Jerome zu sich. Der Schurke wird die Einladung annehmen, denn mittlerweile wird er nicht mehr an meinem Tod zweifeln. Außerdem müßte er jetzt glauben, daß man ihm nichts mehr nachweisen kann. Bestimmt freut er sich, dich wiederzusehen, und wird dir unter die Nase reiben, wie raffiniert er dich hereingelegt hat.«

»Aber wie können wir ihn des Mordes überführen?«

»Das weiß ich noch nicht, aber ich werde einen Weg finden.«

»Und was machen wir bis dahin?«

Zärtlich streichelte er ihr Haar. »Komm in meine Arme!«

Das ließ sie sich nicht zweimal sagen.

Tatsächlich wurde Rose noch in derselben Woche an den Hof eingeladen. Charles II. wollte sein Patenkind sehen, den kleinen DeForte, der in den Kolonien getauft worden war, im Beisein eines königlichen Stellvertreters. So brach sie nach London auf, begleitet von ihrem Vater, Mary Kate, Garth — und ihrem neuen Mentor, Bruder Peter vom Kloster Llewellyn.

Pierce sah wie ein echter Mönch aus, das mußte Rose zugeben. Die Kapuze des weiten braunen Umhangs fiel ihm tief in die Stirn, und darunter trug er eine Kutte mit hohem Kragen. Ein dichter Bart verbarg die Wangen, das Kinn und die Oberlippe. Nur die Augen waren zu sehen, blieben aber stets überschattet.

Trotzdem konnte Rose kaum atmen, als sie mit ihrem Gefolge durch den langen Flur zu den königlichen Gemächern ging. Charles war nicht allein. Seine Königin, sein Bruder James, dessen Frau Anne und ihr Vater, Edward Hyde, saßen bei ihm.

Der König erhob sich, um Rose zu begrüßen. Nach französischer Sitte küßte er sie auf beide Wangen. »Lady DeForte! Wir freuen uns, Euch willkommen zu heißen und das Baby zu sehen, nicht wahr, meine Liebe?« wandte er sich freundlich an seine Frau.

Lächelnd trat die Königin neben ihn und warf einen

sehnsüchtigen Blick auf DeFortes Erben. »Ein hübsches Kind. Und ein Sohn!«

»Dem Himmel sei Dank«, sagte Rose leise.

Nachdem der König den Kleinen ausgiebig begutachtet hatte, reichte er Roses Vater die Hand. »Ah, Sir Ashcroft Woodbine! Wie schön, daß Ihr endlich zu uns gekommen seid!«

Noch nie hatte Rose ihren Vater sprachlos gesehen. Leicht belustigt beobachtete sie, wie sein Gesicht feuerrot anlief, wie er die Lippen bewegte, ohne auch nur ein einziges Wort hervorzubringen. Aber Charles blickte bereits an ihm vorbei, auf den Mönch in der braunen Kutte. Fragend hob er die Brauen.

»Majestät, das ist Bruder Peter vom Llewellyn-Kloster«, erklärte Rose und versuchte, das Zittern in ihrer Stimme zu unterdrücken. »In Virginia war er Gast meines Vaters, und er fragte, ob er uns nach London begleiten dürfe. Ich habe ihn mitgenommen, denn er ist sehr belesen und kann mir viel über die Weltgeschichte erzählen.«

»Ah«, murmelte Charles nach einer kurzen Pause.

Bruder Peter verneigte sich tief. »Eure Majestät . . .«

»Nun — eh — willkommen an meinem Hof, Bruder Peter.«

Dann war der gefürchtete Augenblick überstanden. Charles quartierte Rose in Pierces alten Gemächern ein, und ihr Gefolge wurde woanders untergebracht. Mary Kate, die Woody im Arm hielt, Garth und der Mönch entfernten sich, während Rose und ihr Vater noch eine Weile bei der königlichen Familie blieben.

Endlich fand Ashcroft seine Sprache wieder. In den höchsten Tönen schwärmte er von Virginia, was den König faszinierte. Das konnte Rose nur recht sein, denn so mußte sie sich kaum an der Konversation beteiligen.

Erleichtert seufzte sie, als sie sich zurückziehen konnte. Eine Stunde lang wanderte sie rastlos durch Pierces elegante Räume. Dann kroch sie ins Bett.

Sie mußte eingenickt sein, denn als sie erwachte, war sie nicht mehr allein. Leise schrie sie auf. Pierce stand vor ihr, nackt im Feuerschein. »Hast du im Kloster gelernt, dich so verstohlen in die Zimmer anderer Leute zu schleichen?« fragte sie.

»Leider war mir das mönchische Leben zu beschwerlich«, erwiderte er lächelnd.

»Und wenn man dich hier erwischt?«

»Das wird nicht geschehen.«

»Aber du bist ein Klosterbruder!«

»Nur tagsüber — niemals bei Nacht.«

Da erwiderte sie sein Lächeln, und es blieb ihr auch gar nichts anderes übrig, denn er war fest entschlossen.

Später, als das Feuer herabgebrannt war, schlief sie in seinen Armen ein.

Am Morgen war er verschwunden, und sie sah ihn den ganzen Vormittag nicht. Vor lauter Sorge fühlte sie sich elend. Der König spielte Tennis, und der ganze Hof schaute zu. Plötzlich entdeckte sie Jerome. Er war hochelegant gekleidet, in seidene Kniehosen und einen langen, mit Pelz und Samt besetzten Mantel. Juwelen schmückten die Schuhspitzen. Als seine wasserblauen Augen ihren Blick erwiderten, lächelte er. Dann beobachtete er sie unentwegt, während die anderen den Tennisball verfolgten, der zwischen dem König und dem Herzog von York hin- und herflog.

Höhnisch verbeugte sich Jerome vor Rose, ehe er in der Menge verschwand.

Das Dinner sollte im großen Saal stattfinden. Mary Kate half ihrer Herrin bei der Toilette. Inzwischen war Rose nervöser denn je. Sie hatte Pierce noch immer nicht gesehen.

Als sie fast fertig war, erschien Garth, und sie fragte hoffnungsvoll: »Seid Ihr ihm begegnet?«

Er schüttelte den Kopf. »Heute morgen sprach er mit einem Küchenmädchen, dann ging er fort. Seither habe ich ihn nicht getroffen. Aber keine Angst, er weiß, was er tut.«

»Wenn er erkannt wird, wirft man ihn ins Gefängnis!« rief sie.

Warnend legten Garth und Mary Kate die Finger an ihre Lippen.

Rose holte tief Atem, dann nickte sie. »Ja, schon gut! Bitte, Garth, wenn Ihr ihn findet, kommt sofort zu mir!«

»Natürlich, Mylady.«

Nachdem die Zofe das Haar ihrer Herrin gebürstet hatte, wandte sich Rose zur Tür. Im selben Augenblick begann Woody, im Nebenraum zu quengeln, und sie drehte sich sofort wieder um.

»Wenn Ihr gestattet, Mylady . . .« Garth eilte hinüber, um den kleinen Jungen aus dem Bettchen zu heben.

»Geht nur!« Mary Kate schob Rose ungeduldig zur Tür. Dann folgte sie Garth ins Kinderzimmer. »Nun wißt Ihr endlich, wie man's macht, alter Kauz!« meinte sie in fast liebevollem Ton.

Rose, die auf der Schwelle stehengeblieben war, mußte lächeln. Garth und Mary Kate? Da schien sich etwas anzubahnen. Während sie davoneilte, sagte sie sich, daß sie möglichst normal erscheinen mußte, trotz ihrer Sorge um Pierce.

Im großen Saal wurde sie von ihrem Vater erwartet. Sie erinnerte sich an ihren ersten Abend in diesem Raum. Damals hatte sie nicht an der großen Tafel gesessen, wo die Aristokratie Platz zu nehmen pflegte. Und jetzt gehörte sie dazu. Aber wie sie längst wußte, hing das Glück eines Menschen nicht von seiner gesellschaftlichen Stellung ab. Das wohnte im Herzen . . .

»Mylady Rose!« Ein junger Mann, der ihr bekannt vorkam, ergriff ihre Hand. Vergeblich versuchte sie, sich seines Namens zu entsinnen. »Wie schön, daß Sie wieder bei uns sind!« Er war hoch gewachsen, mit dichten braunen Locken.

»Nach dem Dinner will der König ein Tanzfest geben. Und ich hoffe, Ihr seid so liebenswürdig und versprecht mir den ersten Tanz.«

»Oh — ich ...«, begann sie und fuhr mit der Zunge über ihre Lippen.

Ihr Vater trat an ihre Seite und rettete sie. »Lord Yerby! Welch ein Vergnügen! Ich bin Ashcroft Woodbine. Leider ist meine Tochter immer noch in Trauer und wird vorerst nicht tanzen. Unter anderen Umständen würde sie Euren Wunsch sicher sehr gern erfüllen.«

Höflich verneigte sich Yerby und akzeptierte Ashcrofts Erklärung. »Mylady ...« Er küßte Roses Hand, dann entfernte er sich.

»Vater!« murmelte Rose kichernd. »Wo hast du gelernt, dich so gewählt auszudrücken?«

»Vielleicht ist es eine Schande, daß ich ein erfolgreicher Kaufmann wurde«, meinte er selbstgefällig. »Ich hätte zur Bühne gehen sollen.«

Sie setzten sich an die Tafel, und während der Mahlzeit blieb ihr plötzlich ein winziger Bissen Fleisch im Hals stecken. Soeben war Pierce hereingekommen und ging mit einem anderen Mönch zu einem Tisch im Hintergrund des Raums, weit von der Aristokratie entfernt. Angeregt begann er, sich mit einem jungen Priester zu unterhalten. Rose beobachtete ihn erbost. Vor Sorge war sie halb krank gewesen, und er schien sich köstlich zu amüsieren.

Nach dem Dinner entschuldigte sie sich bei ihrem Vater, suchte den jungen Lord Yerby auf und lächelte ihn verführerisch an. »Ich glaube, Mylord, ein einziger Tanz läßt sich mit der Schicklichkeit vereinbaren.«

Seine Augen leuchteten auf, und sobald die Musik erklang, legte er seine Fingerspitzen an ihre. Sehr diskret flirtete sie mit ihm.

Zum nächsten Tanz wurde sie vom König aufgefordert, was sie ein wenig überraschte. Noch einmal fragte er, wie es ihr ergangen sei, beglückwünschte sie zu ihrem Sohn, dann trat ein ernster Ausdruck in seine dunklen Augen. »Nun seid Ihr schon fast einen ganzen Tag hier, Mylady, und Ihr habt mich noch immer nicht gebeten, den Namen Eures Mannes reinzuwaschen.«

»Darum ersuche ich Euch jetzt.«

»Jerome ist hier. Also kann das Spiel beginnen.«

»Ich weiß nicht, was Ihr meint, Majestät.«

»Oh, ich denke schon«, entgegnete er und grinste schief. »Andernfalls solltet Ihr nicht mehr mit jungen Burschen tanzen, meine Liebe, sonst wird sich Bruder Peter die Kutte vom Leib reißen und irgend jemanden erdrosseln. Entschuldigt mich jetzt ...« Lässig schlenderte er davon.

Verwirrt biß sich Rose in die Lippen. Er wußte es. Oder er hatte es erraten. Aber er würde das Geheimnis bewahren.

Danach tanzte sie nicht mehr. Statt dessen floh sie in ihr Zimmer, kleidete sich um und sah nach ihrem schlafenden Sohn. Nervös unterhielt sie sich mit ihrer Zofe.

Um Mitternacht zog sich Mary Kate in ihr Zimmer zurück, und Rose wartete. Kurz vor ein Uhr schlüpfte Pierce in ihr Gemach, und sie sprang auf. Mit langen Schritten lief er zu ihr und umarmte sie. »Nun, wie hat dir Lord Yerby gefallen, dieser junge Spund?«

»Du warst den ganzen Tag verschwunden!« warf sie ihm vor.

»Und du hast mich sehr schnell vergessen. Deshalb muß ich deine Erinnerung auffrischen.« Ein heißer Kuß weckte das vertraute Feuer in Roses Adern.

Später flüsterte sie ihm zu, sie würde ihn niemals vergessen. Das sei unmöglich. »Und wo hast du die ganze Zeit gesteckt?«

Er lag auf dem Rücken und starrte zur Zimmerdecke hinauf. »Im Wald, bei einer alten Hexe.«

»Was?« rief sie.

»Pst!« warnte er, dann zog er sie an sich. »Ich brachte ein Küchenmädchen zum Reden, und sie erzählte mir von Jamisons Geliebter, einer hübschen, rundlichen jungen Frau namens Beth. Nach seinem Tod war sie völlig verzweifelt und schien zu glauben, er wäre von seinem Helfershelfer betrogen worden.«

»Jerome?«

»Genau. Das Küchenmädchen konnte mir nicht sagen, wo Beth zu finden sei, entsann sich aber, daß die junge Frau öfter zu einer Hexe gegangen war und beschrieb mir den Weg. Also suchte ich diese sogenannte Zauberin auf und sprach so lange auf sie ein, bis sie zugab, sie habe Beth einen besonderen Trank gegeben, der den Verstand raubt — und die Sinne betört.«

»Die Droge, die uns allen verabreicht wurde — dir, mir, Anne!«

Bitter nickte er. »Ja, jene Droge.«

»Gehen wir jetzt zum König?«

»Nein. Vorerst kann ich nur beweisen, daß wir alle unter dem Einfluß der Droge standen. Deshalb müssen wir abwarten. Die alte Hexe beabsichtigt, Beth mitzuteilen, Lady DeForte würde nach ihr suchen und interessante Informationen großzügig bezahlen. Hör jetzt gut zu! Wenn du Beth triffst, bleibe ich in deiner Nähe. Sobald du etwas erfahren hast, kommst du sofort zu mir. Versprichst du mir das?«

»Natürlich«, stimmte sie unbehaglich zu.

»Sei vorsichtig!« mahnte er. »Ich möchte nicht, daß dir etwas zustößt.«

»Und ich will dich nicht hängen sehen«, flüsterte sie.

Liebevoll küßte er ihre Lippen. »Man wird mich nicht festnehmen.«

»Und wann verständigt mich Beth?«

»Das weiß ich nicht. Wir müssen uns in Geduld fassen.«

Die Nachricht kam schneller, als sie es vermutet hatten. Am Morgen brachte Garth seiner Herrin ein Frühstückstablett, auf dem ein Briefchen lag. »Woher habt Ihr das?« fragte sie.

»Ein junges Mädchen, das ich nicht kenne, sprach mich im Flur an, Mylady. Sie sagte, diese Nachricht stamme von einer Freundin und sei sehr wichtig.«

Mit bebenden Fingern öffnete Rose den unversiegelten Brief. Das Papier war von schlechter Qualität. »Mylady«, las sie, »heute nachmittag um drei erwarte ich Euch im Rosengarten.«

Rose schaute zu dem alten Diener auf. »Wir müssen Pierce finden und ihm Bescheid geben.«

Er nickte, verließ das Zimmer, und wieder einmal wartete sie stundenlang auf ihren Mann.

Beunruhigt wanderte sie durch die Flure, unterhielt sich mit anderen Frauen. Schließlich schlenderte sie zum Fluß hinab, wo ein Wettrennen zwischen Ruderbooten stattfand. Jubelnd winkte sie den Mannschaften zu und versuchte, eine junge Witwe zu spielen, die sich allmählich mit ihrem Schicksal abfand. Unter den Zuschauern traf sie ihren Vater. Sie wollte ihm von dem Brief erzählen, aber dann besann sie sich anders.

Während die Zeit viel zu langsam verstrich, wuchs ihr Unbehagen. Am frühen Nachmittag rief sie Mary Kate zu sich. »Du mußt jetzt mit Garth, meinem Vater und Woody ins Castle DeForte zurückkehren.«

»Und ich soll Euch allein lassen?« rief die Zofe entsetzt.

»Wenn ich auch nicht weiß, warum — ich habe Angst um meinen Sohn.«

»In der Nähe des Königs?« fragte Mary Kate erstaunt.

»Auch du wurdest praktisch vor den Augen des Königs entführt«, erinnerte Rose ihre Zofe.

Das brachte Mary Kate für eine Weile zum Schweigen. Dann seufzte sie laut auf. »Also gut, Mylady, aber das wird Seiner Gnaden, dem Herzog, gar nicht gefallen.«

»Seine Gnaden, der Herzog, ist derzeit außerstande, an meinen Entscheidungen herumzunörgeln.«

Ihr Vater leistete viel energischer Widerstand als Mary Kate. Er weigerte sich, sie zu verlassen, bis sie betonte, sein Enkel würde ihn brauchen und Pierce bleibe ja in ihrer Nähe.

Auch Garth protestierte heftig. »Aber Seine Lordschaft ist nicht da. Wer soll denn auf Euch aufpassen? Ich habe Seine Gnaden noch immer nicht gefunden.«

»Sicher werde ich meinen Mann bald aufspüren. Bitte, Garth! Mein Sohn muß unbedingt in Sicherheit gebracht werden.«

Nachdem sie alle abgereist waren, eilte Rose zu ihren Gemächern, weil sie einen Mantel holen wollte. Sie bog um eine Ecke, und da sah sie ein dunkle Gestalt aus ihrer Tür treten. Verwundert preßte sie sich an die Wand. Pierce ... Nein, doch nicht! Ihr Herz pochte wie rasend.

Welch ein Glück, daß sie Woody nach Castle DeForte zurückgeschickt hatte ... Entschlossen bekämpfte sie ihre Angst, um der dunklen Gestalt zu folgen, die in einen anderen Korridor bog und hinter einer Ecke verschwand. Aber als Rose dort ankam, war niemand zu sehen. Eine Uhr begann zu schlagen. Es war Viertel vor drei und höchste Zeit, den Rosengarten aufzusuchen.

Eine hübsche, vollbusige Frau kam ihr entgegen. Sie sah etwas gewöhnlich aus, mit harten Gesichtszügen, aber in ihren Augen lag eine tiefe Trauer, die Rose aus eigener Erfahrung kannte. »Beth?« fragte sie leise.

Vorsichtig schaute die Frau sich um und nickte.

»Ich bin Rose DeForte ...«

»Ja, ja, Mylady, ich weiß, wer Ihr seid. Immerhin habe ich Euch dazu gemacht.« Herausfordernd starrte sie Rose an. »Damals kleidete ich Euch aus und steckte Euch in dieses Bett. Nur deshalb dürft Ihr Euch jetzt Herzogin nennen. Aber falls Ihr das den Behörden erzählt, werde ich alles abstreiten, das schwöre ich. Ihr solltet nur dankbar sein . . .«

»Um solche Dinge zu erörtern, bin ich nicht hierhergekommen«, fiel Rose ihr ins Wort. »Was wißt Ihr über den Doppelmord?«

In einem anderen Teil des Gartens erklang lautes Gelächter, und Beth zuckte beunruhigt zusammen. »Euer Mann hat Anne und Jamison nicht getötet. Das wußte ich sofort. Jerome, dieser Bastard, plante das Komplott. Schon immer war er hinter dem Geld seiner Schwester her. Deshalb wollte er sie mit Jamison verheiratet sehen. Leider kann ich ihn nicht des Mordes überführen. Aber ich würde liebend gern nach Newgate gehen, wenn er mit mir käme!«

Offensichtlich hat sie Jamison geliebt, dachte Rose. Auch sie will Rache üben. »Wie könnte man Beweise gegen Jerome finden?«

Beth zögerte nur kurz. »An jenem Tag beobachtete ein Dienstmädchen im Huntington Manor den Mord. Aus lauter Angst machte sie vor den Behörden keine Aussage. Aber sie erzählte dem übrigen Personal, was sie zum Zeitpunkt von Lady Annes und Jamisons Tod gesehen und gehört hatte.«

»Oh, mein Gott!« hauchte Rose. »Und das würde sie beschwören?«

»Nur, wenn sie wüßte, daß sie von einer einflußreichen Person wie Euch beschützt wird, Mylady.«

»Ja, natürlich!« wisperte Rose und sah Beth erbleichen. Plötzlich spürte sie, daß jemand hinter ihr stand, und fuhr herum. Jeromes Anblick nahm ihr fast den Atem.

»Nun, Beth, plauderst du unsere kleinen Geheimnisse aus?« fragte er. Blitzschnell trat er an Rose vorbei. Sie bemerkte die Klinge in seiner Hand nicht. Um so deutlicher sah sie das Blut, das Beths fadenscheiniges Baumwollkleid tränkte.

Sie öffnete den Mund, doch der Schrei blieb ihr in der

Kehle stecken, denn Jerome wandte sich zu ihr und bedrohte sie mit dem blutigen Messer. »Ursprünglich hatte ich vor, Euren Sohn zu entführen, um mir Euer Stillschweigen zu sichern, Mylady. Aber der liebe Junge ist verschwunden, wie schade! Nun muß ich Euch mitnehmen.«

»Pierce ist am Leben!« wisperte sie. »Und er wird Euch zur Rechenschaft ziehen!«

Seine wasserhellen Augen verengten sich. »Das glaube ich Euch nicht.«

»Es ist die reine Wahrheit . . .« Verwirrt unterbrach sie sich, als in einiger Entfernung Stimmen erklangen.

»Er hat sie getötet!« schrie jemand. »Ich habe es gesehen! Es war Jerome Cherney!«

Wilde Panik verzerrte Jeromes Gesicht, doch er faßte sich sofort wieder und packte Roses Hand. »Kommt mit mir!«

»Nein! Nicht einmal, wenn Ihr droht, mich hier und jetzt zu ermorden!«

»Wie Ihr wollt, Mylady!« Zu ihrer Überraschung steckte er das Messer in die Scheide, und sie holte wieder tief Luft, um zu schreien. Aber da legte er die Hände um ihren Hals und drückte zu. Sie wehrte sich verzweifelt, zerrte vergebens an seinen starken Fingern. Bewußtlos erschlaffte sie in seinen Armen, und er trug sie rasch davon, ehe die Zeugen ihn erreichen konnten.

Pierce hatte die Information über das Dienstmädchen in Huntington Manor aus einer anderen Quelle erhalten, von einem Küchenmädchen am königlichen Hof.

Als Mönch konnte er in der Küche ein und aus gehen, ohne Aufsehen zu erregen. Er erklärte den Leuten, er habe mächtige Freunde, die immer noch versuchen würden, die Wahrheit über den Mord an Jamison und Lady Anne herauszufinden. Zögernd schaute das Mädchen in seine Augen und beschloß dann, ihm zu vertrauen. Sie schickte ihn zu jener Dienerin aus dem Huntington Manor, die jetzt in einer Londoner Bäckerei arbeitete — möglichst weit von der Aristokratie entfernt. Es gelang ihm, auch das Vertrauen dieser jungen Frau zu gewinnen, weil er eine Mönchskutte trug und ihr von einer Freundin empfohlen worden war. Wegen seiner Tarnung quälten ihn Gewissenbisse, doch er hatte keine Wahl. Indem er ihr eine beträchtliche Summe und den Schutz des Königs versprach, entlockte er ihr alles, was sie wußte. »Solltet Ihr schweigen, seid Ihr erst in Sicherheit, wenn Jerome tot ist.«

»O Gott!« rief sie und begann zu zittern. »Damals wäre ich zu DeForte gegangen, aber er starb in derselben Nacht.«

Da beschloß er, ihr die Wahrheit zu gestehen. »Ich bin DeForte. Bitte, seid still! Vorerst dürft Ihr mein Geheimnis nicht verraten, und ich schwöre, Euch zu beschützen. Erzählt mir, was geschehen ist!«

Stockend berichtete sie von Annes Entschluß, eine gute Ehe mit Jamison zu führen, der seine Frau aufrichtig geliebt habe, so verworfen er auch gewesen sei. An jenem Morgen habe Lady Anne einen tödlichen Unfall erlitten. »Sie stürzte die Treppe hinab. Und dann tauchte der andere auf und erstach seinen Freund, ohne mit der Wimper zu zucken. Grauenvoll ... Vor lauter Entsetzen rannte ich davon. Und als ich später erfuhr, was sich ereignet hatte, war es zu spät.«

Pierce nickte und riet ihr, in der Bäckerei zu bleiben. Dann fügte er hinzu, er würde den König sofort einweihen.

Als er an den Hof zurückkehrte, herrschte helle Aufregung. Beth, Jamisons frühere Geliebte, war im Rosengarten ermordet worden. Vergeblich suchte er nach Rose und ihrer Begleitung. In wachsender Panik eilte er zum Stall. Dort traf er Geoffrey an, der ihm nach London gefolgt war. »Euer Gnaden! Wir konnten Euch nicht finden!

Garth wollte Euch etwas ausrichten lassen. Eure Lady sprach mit der Frau, die später ermordet wurde, und ist jetzt verschwunden. Jerome auch.«

»Um Himmels willen, Rose! Wohin hat er sie gebracht?« Kalte Angst ließ Pierce frösteln. Jerome hatte nichts mehr zu verlieren, denn es gab mehrere Zeugen seines Mordes an Beth.

Spürte er bereits, wie die Falle zuschnappte? Was würde er jetzt tun? Wohin würde er sich wenden? Wollte er über den Kanal fliehen?

Ja, das ergab einen Sinn. Er mußte England verlassen. In der Normandie lebten seine Verwandten. Irgend jemand würde ihn sicher verstecken.

Aber warum nahm er Rose mit? Sollte sie ihm als Schutzschild dienen?

Pierce wagte nicht, diesen Gedanken noch länger nachzuhängen. »Rasch, hol die Pferde!« drängte er Geoffrey. »Zuerst reiten wir nach Hause. Ich muß sehen, ob Woody in Sicherheit ist. Und dann . . .«

»Dann?« fragte Geoffrey mit gepreßter Stimme.

»Dover. Jerome wird versuchen, nach Frankreich zu fliehen. Wir müssen ihn einholen, ehe er an Bord eines Schiffes geht. Das ist meine einzige Hoffnung.«

Schnell wie der Wind galoppierten sie nach Castle DeForte. Im Hof tummelten sich mehrere Männer und Pferde. Pierce stieg ab und eilte an ihnen vorbei. Niemand hielt die Gestalt in der Mönchskutte auf.

20

In der Halle hielt er verblüfft inne. Der König stand vor dem Kamin und schaukelte die Wiege, in der Woody schlief. Ohne aufzublicken, bemerkte er: »Ein strammer kleiner Junge, Pierce! Nur ich bringe einfach keinen Erben zustande . . .«

Pierce räusperte sich. »Nun, Majestät, Ihr habt ja . . .« Er zögerte, suchte nach einem Wort, das besser klang als ›Bastarde‹, und fuhr dann fort: »Ihr habt mehrere Kinder. Sicher werdet Ihr bald . . .«

»Inzwischen bin ich lange genug verheiratet, um zu erkennen, daß mir die Königin keinen Sohn schenken wird. Aber sie ist eine gute Frau, und ich möchte sie nicht kränken.«

Mühsam bezwang Pierce seine innere Anspannung. Mit jedem Augenblick, den er hier vergeudete, würden sich Jerome und Rose weiter entfernen. Nun wußte er, warum es im Schloßhof von Männern und Pferden wimmelte. Charles wurde von seinem Gefolge begleitet und konnte ihn jederzeit festnehmen lassen.

Pierce durchquerte den Raum und kniete vor seinem Monarchen nieder. »Bei allem, was mir heilig ist, Charles, ich beschwöre Euch! Einige Sünden habe ich in meinem Leben begangen, aber niemals einen Mord verübt. Jerome ist mit Rose geflohen, und Ihr müßt mir erlauben, ihm zu folgen!«

»Erhebt Euch, mein Freund, und bettelt nicht!« erwiderte der König. »Das paßt nicht zu Euch, und Ihr verschwendet nur kostbarer Zeit. Reitet ihm nach! Ich stelle Euch Männer zur Verfügung . . .«

»Nein, bitte!« unterbrach Pierce ihn hastig. »Er soll nicht merken, daß er verfolgt wird. Deshalb nehme ich nur

Geoffrey mit. Man kann nicht vorhersehen, was Jerome tun wird, wenn er sich in die Enge getrieben fühlt.«

»Also gut«, stimmte Charles zu und beschloß insgeheim, den beiden ein paar Leute nachzuschicken.

Erleichtert sprang Pierce auf. »Ich kam nur zurück, um für die Sicherheit meines Sohnes zu sorgen . . .«

»Er ist mein Patenkind«, fiel Charles ihm ins Wort, »und wird bestens geschützt. Auch sein Großvater ist hier und bereit, Woody zu verteidigen. Falls irgend jemand während Eurer Abwesenheit versucht, sich an dem Baby zu vergreifen, wird er das bitter bereuen. Selbst wenn ich mich nicht persönlich um den kleinen Burschen kümmern würde!« Pierce lächelte ihn dankbar an und eilte in seinen wehenden braunen Gewändern zur Tür, aber der König rief ihn zurück. »Jetzt müßt Ihr Euch nicht mehr verkleiden. Jerome hat das arme Mädchen vor einem Dutzend Zeugen getötet und sein wahres Wesen gezeigt. Vermutlich müßt Ihr Euch trotzdem vor Gericht verantworten, aber nur, um Euren Namen auch vom allerletzten Makel zu befreien.«

»Das alles spielt keine Rolle, wenn ich nicht mit meiner Frau zurückkehre, Majestät«, entgegnete Pierce leise.

»Dann beeilt Euch!« drängte der König.

Pierce nickte und rannte durch das Gedränge im Hof zu Geoffrey zurück, der vor dem Schloß wartete und ihm Beowulfs Zügel reichte. Seite an Seite sprengten sie nach Süden.

Wie groß mochte Jeromes Vorsprung unterdessen sein? Und was genau plante er? Wollte er Rose nur gefangenhalten, bis er den Kanal erreichte, mit ihr nach Frankreich segeln — oder sie beseitigen wie so viele andere, sobald sie ihren Zweck erfüllt hatte? Kalter Schweiß perlte auf Pierces Stirn, und er spornte seinen Hengst noch unbarmherziger an. Er durfte den Schurken nicht entkommen lassen, sonst würde es nicht das geringste ausmachen, wenn er am Galgen baumelte.

Bald erreichten sie Dover, galoppierten am Schloß vorbei und zum Hafen. Geoffrey zog Erkundigungen ein und erfuhr, seit diesem Morgen sei kein Schiff ausgelaufen. Bei Tagesanbruch, mit Beginn der Ebbe, sollten zwei Schiffe lossegeln, die *Blue Hawk* und die französische *Bonjour.* Während der nächsten Stunden würden die Passagiere an Bord gehen.

»Sicher entscheidet sich Jerome für ein ausländisches Schiff«, meinte Pierce, »weil er in England geächtet ist.«

»Wollen wir warten?« fragte Geoffrey.

Entschlossen schüttelte Pierce den Kopf. »Das kann ich nicht. Nur Gott weiß, was er Rose antun wird, nachdem sie ihm die ehrbare Maske vom Gesicht gerissen hat. Wir müssen die beiden aufstöbern.«

Und so ritten sie durch die Straßen der Hafenstadt, suchten alle Tavernen auf und boten für die ersehnte Information Goldstücke an. Die Zeit lief ihnen davon, und die Zeit war ihr Feind. Bisher hatten sie nichts erfahren.

Verzweifelt lenkte Pierce sein Pferd durch die stille schwarze Nacht.

Dunkle Wolken verdeckten den Mond, ein Gewitter braute sich zusammen. Vielleicht würde sich die Abfahrt der Schiffe verzögern. Dadurch konnte Pierce wertvolle Stunden gewinnen.

Aber was mochte inzwischen mit Rose geschehen. Die Angst lag bleischwer auf seiner Seele, und er bekam kaum noch Luft. »Geoffrey, wir müssen sie aufspüren!« würgte er hervor. »Es gibt hier mehrere Tavernen und Gasthöfe, wo wir noch nicht waren.«

Langsam kam sie zu sich und nahm zunächst nur unwichtige Einzelheiten wahr. Ihre Finger berührten rauhen Wollstoff, ein übler Geruch hing in der Luft. In den Wänden ringsum sah sie Risse. Sie versuchte sich zu erinnern. Ihr Hals schmerzte, das Schlucken tat weh.

Aber sie lebte. Jerome hatte sie nicht erdrosselt und sie

statt dessen in dieses kleine Zimmer gebracht, wo sie auf einem Bett mit kratziger Decke lag. Aber wo?

Und Pierce ... Was würde er denken? Sie war einfach verschwunden. Sicher würde er sich schreckliche Sorgen machen, ebenso wie ihr guter Vater. Und Woody — o Gott, wie mochte es ihm ergehen?

Sie blinzelte und versuchte, sich im Halbdunkel umzuschauen, das hin und wieder von einem Blitz erhellt wurde. In der Ferne grollte leiser Donner. Als sie schreien wollte, merkte sie, daß ein Knebel in ihrem Mund steckte. Ihre Hände waren am Rücken gefesselt, und sie lag auf der Seite.

Plötzlich starrte sie in Jeromes höhnisches Gesicht, in die bösartigen wasserblauen Augen. Strähniges blondes Haar klebte ihm an der Stirn.

»Ah, Mylady, Ihr habt die Besinnung wiedererlangt! Das freut mich! Ich dachte schon, ich hätte Euch getötet, und das wollte ich nicht. Noch nicht. Nun bringe ich Euch nach Frankreich, Lady Rose. Dort habe ich gute Freunde und Verwandte, und in ihrer Mitte werden wir vorerst unser Leben genießen.«

Eine passende Antwort brannte ihr auf der Zunge, aber wegen des Knebels, der schmerzhaft in ihre Mundwinkel schnitt, konnte sie nicht sprechen.

»Ihr könnt es wohl kaum erwarten, was, Mylady?« spottete Jerome. »Nun, ich auch nicht ...«

Halberstickte Laute durchdrangen den Knebel, und Roses Peiniger entfernte ihn.

Offensichtlich fand er es interessant, was sie zu sagen hatte. »Wie, bitte, Mylady?«

»Niederträchtiger, dummer Bastard!« zischte sie. »Glaubt Ihr wirklich, Ihr würdet von hier wegkommen? Niemals! Pierce ist am Leben und ...«

»Das ließ ich dem König mitteilen. Deshalb wird DeForte uns nicht folgen.«

»Ihr habt Charles eine Nachricht geschickt?« rief sie.

»So wie damals dem Constable in meinem Namen — um ihm zu erklären, wo man Pierce finden würde! In der Nacht, wo Ihr Euren besten Freund erstochen habt!«

»Ja, es ist ganz einfach, den Leuten solche Botschaften zu senden«, erwiderte er leichthin. »Schade, daß Euer Mann nicht gestorben ist! Sonst hättet Ihr in den Kolonien noch einmal heiraten und ein neues Glück finden können.«

Heftig schüttelte sie den Kopf. »Bis zu meinem letzten Atemzug hätte ich Euch verfolgt.«

»Nehmt Euch in acht, meine Schöne! Eure letzte Stunde könnte schon sehr bald schlagen.«

Die Zähne zusammengebissen, kämpfte sie mit Tränen der Verzweiflung. Mochte sie ihm auch noch so wütend drohen — sie war gefesselt und in seiner Gewalt. Trotzdem wagte sie einen neuen Vorstoß. »Ihr seid beobachtet worden, als Ihr die arme Beth ermordet habt!«

»Ja, was für ein Pech . . .«

»Nie wieder werdet Ihr unbeschwert in England leben können.«

»Das habe ich auch gar nicht vor, teure Rose. Wir fahren nach Frankreich, sobald die Segel gehißt sind.«

Schweren Herzens versank sie in Schweigen. Pierce, der König und all seine Männer würden sie niemals finden, sobald sie ausländischen Boden betreten hatte. Also mußte sie schon vorher etwas unternehmen.

Jerome berührte ihre Wange, und sie erschauerte, als würde Ungeziefer über ihre Haut kriechen. »Im Grunde wollte ich das alles nicht, Rose. Ich habe Anne nicht getötet. Sie rutschte aus und stürzte die Treppe hinab. Aber Jamison Bryant war schon immer ein Narr. Er hätte sich und mich verraten. Wäre er nicht so albern gewesen, würde Anne noch leben.«

»Sicher hat Euch ihr Tod zutiefst betrübt!« stieß Rose ironisch hervor.

Er zuckte die Achseln. »Keineswegs! Immerhin fiel ihr

gesamtes Vermögen in meine Hände. Im Augenblick beschäftige ich ein Dutzend Söldner, die besten, die ich mit dem Geld meiner Schwester kaufen konnte. Sie werden uns beschützen, bis wir an Bord der *Bonjour* gehen, meine Liebe, und dann fahren wir in die Normandie.«

»So leicht werdet Ihr nicht entkommen. Pierce wird Euch folgen.«

»Und wie will er mich finden?« Jeromes Finger strichen ihr das Haar aus dem Gesicht.

Die Zeit wurde knapp. Irgendwie mußte sie ihn veranlassen, ihre Fesseln zu lösen. Und so gab sie vor, sie hätte seine Frage nicht gehört. »Mir wird übel ...«, flüsterte sie.

»Was?«

»Ich — kann nicht atmen. Bitte, laßt mich aufstehen — nur für einen Moment. Ich brauche frische Luft.«

Nach kurzem Zögern befreite er ihre Handgelenke von den Stricken, und sie setzte sich auf. Breit grinsend warnte er sie: »Da unten in der Taverne halten meine gutbezahlten Leute Wache, Rose. Falls Ihr schreit, töte ich Euch möglicherweise. Und solltet Ihr fliehen, brauche ich nur meine Befehle zu erteilen. Sofort wird man Euch wieder einfangen und Eure Kehle durchschneiden. Habt Ihr mich verstanden?«

Sie gab keine Antwort, erhob sich rasch und ging zum Tudor-Fenster mit dem dünnen Holzgitter. Tief holte sie Atem und spähte zur Straße hinab. »Warum wollt Ihr mich nach Frankreich mitnehmen?«

»Nun, Mylady, Ihr seid eine reizvolle Frau. Das wißt Ihr doch sicher.«

»Und Ihr habt Euch unsterblich in mich verliebt?« fragte sie und wandte sich zu ihm.

Grinsend schüttelte er den Kopf. »Ich möchte nur Euren Mann unglücklich machen.«

»So sehr haßt Ihr ihn?«

Er trat neben Rose ans Fenster. Als er einen Finger unter ihr Kinn legte, ballte sie die Hände, um seine widerwärtige Nähe zu ertragen. Sie wußte, daß er Menschen ebenso kaltblütig töten konnte, wie er Fliegen erschlug.

»Mylady«, entgegnete er, »die halbe englische Aristokratie haßt ihn aus diesem oder jenem Grund. Nicht zuletzt, weil man ihm seine Stellung als Favorit des Königs neidet.«

»Diese Position nimmt er zu Recht ein. Lange genug hat er mit Charles das Exil erduldet und für ihn gekämpft.«

»Der wackere Krieger! Der vollendete Ritter!« spottete Jerome. »Aber als er Anne verlor, war er machtlos. Ebenso wie jetzt, wo er den Verlust seiner Ehefrau beklagen muß.«

Das durfte sie nicht zulassen. Aber wie sollte sie diesem Schicksal entrinnen? Ihre Gedanken überschlugen sich. Vielleicht konnte sie fliehen, bevor er sie an Bord des Schiffs brachte. Wie zufällig strich sie über das Holzgitter des Fensters. Und wenn sie zu schreien anfing? Die Diebe und Halsabschneider, die sich in der Schankstube betranken, würden nicht darauf achten. Aber sie konnte das Gitter zertrümmern und versuchen, die Aufmerksamkeit irgendwelcher Leute unten auf der Straße zu erregen . . .

Plötzlich hörte sie Hufschläge. Sobald sie schrie, würde Jerome sie wahrscheinlich töten. Doch das hatte er wohl ohnehin vor. Sie bedeutete ihm nichts, abgesehen von einer Waffe, die er gegen Pierce verwenden wollte.

Ihr Entschluß stand fest. Wie rasend klopfte ihr Herz, als sie die Faust hob und mit aller Kraft das Gitter zertrümmerte. Splitter flogen nach allen Seiten, und sie streckte den Kopf aus dem Fenster. »Hilfe! Großer Gott, helft mir! Ich wurde entführt! Der König selbst wird . . .«

Jeromes Hände packten sie, rissen sie nach hinten, schleuderten sie quer durch den ganzen Raum. Dann kam er auf sie zu, das Gesicht von heller Wut verzerrt. Beide erstarrten, als ein Ruf in der Nacht erklang. »Rose! Rose!«

Pierces Stimme! Rose nutzte die Verblüffung ihres Feindes, um an ihm vorbeizulaufen, ans Fenster. Da sah sie ihren Mann auf Beowulfs Rücken. »Pierce! Er hat Wachen in der Taverne postiert! Paß auf! Er wird dich töten . . .«

Nach einem schrillen Schrei verstummte sie, denn Jerome hatte wieder nach ihr gegriffen. Diesmal umschlossen seine Hände ihren Hals und schnitten ihr die Luft ab. »Ich erwürge sie, DeForte, vor Euren Augen!« brüllte er. »Reitet weg!«

Blitzschnell rammte Rose einen Ellbogen gegen sein Kinn, worauf sich seine Finger, die ihre Kehle umspannten, ein wenig lockerten. »Hol die Männer des Königs, Pierce! Mich wird er ohnehin töten. Aber laß ihn nicht davonsegeln — er darf nicht entkommen . . .«

Wieder umklammerten die starken Hände ihren Hals.

»Ihr seid bereits jetzt ein toter Mann, Jerome!« drohte Pierce.

Und dann hörte Rose nichts mehr. Verbissen wehrte sie sich gegen den mörderischen Griff, doch sie war zu schwach, und sie wußte es. Es sei denn . . . Um ihm vorzugaukeln, sie wäre bereits bewußtlos oder tot, erschlaffte sie, und er sank mit ihr zu Boden. Doch er ging kein Risiko ein. Gnadenlos drückten seine Finger zu, und die Welt färbte sich wieder schwarz.

Zufrieden stand Jerome auf. In der Schankstube ertönte gellendes Geschrei. Während seine Söldner den Herzog erledigten, würde er mühelos fliehen können. Siegesgewiß packte er sein Schwert und verließ das Zimmer.

Pierce und Geoffrey stürmten in die Taverne, die sie schon einmal betreten hatten — vor langer Zeit, auf der Suche nach Informationen über Jamison und Anne. Nun wurde Pierces Frau an diesem Ort gefangenhalten, von Jerome. Zunächst sah Pierce nur nebelhafte Gestalten im verrauchten Raum — Kellnerinnen, Seeleute, Betrunkene, Piraten und Diebe. Dann fiel sein Blick auf die wackelige Holztreppe, die in den Oberstock führte. Er wollte hinüberlaufen, konnte aber nur einen Schritt tun, ehe ihn zwei Männer mit gezückten Schwertern ansprangen, wilde Mordlust in den Augen.

»Zum Teufel mit Euch!« schrie er. Mit einem gewaltigen Schwertstreich schlug er seinem ersten Gegner die Waffe aus der Hand und stieß ihn zu Boden. Sofort fuhr er herum, und seine Klinge schnitt in den Arm des zweiten, der sofort zusammenbrach, das Gesicht schmerzverzerrt.

Drei Männer rannten die Stufen hinab. An der Tür focht Geoffrey mit einem hochgewachsenen rothaarigen Mann, während ihn ein schwarzhaariger von hinten anzugreifen versuchte.

»Geoffrey!« rief Pierce warnend, und sein Freund drehte sich gerade noch rechtzeitig um, so daß er die Klinge zwischen die Rippen des Schwarzhaarigen zu bohren vermochte. Im nächsten Augenblick landete sein Schwertgriff mit vernichtender Kraft auf dem Kopf des zweiten Gegners.

Nun konnte Pierce nicht länger auf seinen Begleiter achten, denn er mußte sich gegen einen Söldner mit dunklen Locken und prächtigem Schnurrbart wehren. Mit der flachen Schwertschneide streckte er ihn zu Boden, eilte den beiden anderen auf der Treppe entgegen und warf einen übers Geländer hinab.

Und da sah er Jerome, der aus einem Zimmer schlüpfte und den Flur entlanglief, um durch einen anderen Ausgang zu entkommen. Nur noch ein Mann stand zwischen ihnen, das Schwert erhoben. Heftig pochte der Puls im Hals des blonden Burschen. Er hat Angst, dachte Pierce. Mit einem ohrenbetäubenden Schrei schwang er seine Waffe hoch, und zu seiner Erleichterung wich der Junge einfach zur Seite.

Mit langen Schritten eilte Pierce hinter seinem Feind her. Ehe Jerome durch eine Tür am Ende des Flurs verschwinden konnte, wurde er herumgewirbelt und gegen die Wand gepreßt.

Aber er ließ sein Schwert fallen, sah Pierce mit seinen sonderbaren wasserblauen Augen an und lächelte. »Tötet mich! Schnell! Dann geht zu Eurer Frau. Vielleicht kommt Ihr noch zur rechten Zeit . . .«

Ungläubig runzelte Pierce die Stirn. »Wenn Ihr Rose etwas zuleide getan habt, werde ich Euch keinen schnellen Tod vergönnen.« Als er Geoffrey die Treppe heraufstürmen sah, wußte er, daß Jerome nicht entfliehen konnte.

Er lief in das Zimmer, das der Mörder soeben verlassen hatte, und sah Rose verkrümmt am Boden liegen, in einem smaragdgrünen Kleid. Rings um ihre Gestalt bauschte sich der weite Seidenrock, viel zu kostbar für diese schäbige Umgebung. Ihr loses Haar verdeckte das Gesicht wie eine feurige Kaskade.

»Rose!« klagte er in tiefster Verzweiflung und fiel auf die Knie. »O Gott, nein!« Er nahm sie in die Arme, starrte in ihr aschfahles Gesicht, berührte die zarten Wangen, küßte die Lippen. Und dann entdeckte er die violetten Flecken an ihrem Hals. »Rose!« schrie er in heißem Zorn.

Wunderbarerweise hörte sie diese Stimme, die das Dunkel ringsum durchdrang — eine Finsternis, die dem Tod glich. Jemand rief nach ihr, holte sie ins Leben zurück. Sie war in einen schattenhaften, eiskalten Abgrund hinabgestürzt, aber nun spürte sie wieder die Wärme des Lebens, vernahm Pierces Stimme, fühlte seine Arme, die sie umfingen.

Er hob sie hoch und legte sie aufs Bett. Sie versuchte zu atmen, zu sprechen, die Augen zu öffnen. »Rose!« Wieder stieß er ihren Namen hervor, drückte sie an sich, küßte ihre Stirn, ihre Wangen, ihre Finger.

Vergeblich bemühte sie sich zu antworten. Sie mußte sich konzentrieren, ihre ganze Kraft aufbieten . . . Aber plötzlich entfernte sich Pierce, verfluchte den Himmel und die Erde und gelobte, Jerome zu töten.

Er rannte den Flur entlang, seine bebenden Hände umklammerten das Geländer, als er zum Gedränge in der

Taverne hinabstarrte. Sofort entdeckte er Jerome, dessen Brust von Geoffreys Schwert bedroht wurde.

Wild entschlossen, schwang Pierce sich über das Geländer, sprang hinab und landete neben Geoffrey. »Bis in alle Ewigkeit sollt Ihr in der Hölle schmoren!« herrschte er Jerome an. Der übermächtige Zorn in seinen Augen ließ Geoffrey erschrocken zurückweichen.

Pierces Faust traf Jeromes Kinn, der Mann taumelte nach hinten und stürzte zu Boden, aber seine blutigen Lippen verzogen sich zu einem Lächeln. »Seid Ihr zu spät gekommen, Mylord?«

Wortlos packte Pierce ihn am Kragen, zerrte ihn auf die Beine, hob mit der anderen Hand sein Schwert, um es in die Brust seines Feindes zu stoßen — mochte dieser bewaffnet sein oder nicht. Doch da hörte er seinen Namen.

»Pierce!«

Für einen Augenblick stand er wie gelähmt da, dann drehte er sich ungläubig um. Rose stand am Geländer des Oberstocks, wachsbleich, mit ernsten Augen. Großer Gott im Himmel, sie lebte!

»Du mußt ihn dem Gericht des Königs überantworten, Pierce«, beschwor sie ihn und griff sich an die schmerzende Kehle.

Immer noch hielt er Jerome eisern fest. Auf dem Schlachtfeld hatte er viele Männer getötet, aber noch niemals einen Mord begangen. So sehr es ihn auch drängte, seinen Feind ins Jenseits zu befördern, es wäre grundfalsch.

»Pierce, ich flehe dich an!« Wie schön und sanft ihre Stimme klang ... »Er muß vor Gericht gestellt werden. Nun hast du Anne gerächt. Sie würde nicht wünschen, daß du deine Seele opferst. Bitte, Pierce, übergib ihn den königlichen Wachen! Tu's für dich, für mich, für Woody!«

Offenbar verstand sie nicht, was in ihm vorging. Nicht um Annes willen wollte er Jeromes Blut fließen sehen, sondern wegen des Leids, das dieser Mann Rose angetan hatte, wegen des Kindes, dem er beinahe die Mutter genommen hätte. Wie einfach wäre es, das Schwert in diese verhaßte Brust zu stoßen ... Dieser Mörder verdiente den Tod.

Mit schmalen Augen beobachtete Jerome das Gesicht des zornigen Rächers. Nur zu gut wußte er, welches Schicksal ihn vor Gericht erwartete. »Warum zögert Ihr, DeForte? Tötet mich! Bringen wir's hinter uns!«

»Pierce!« Verzweifelt versuchte Rose, ihren Mann von der mörderischen Tat abzubringen — nicht Jerome, sondern ihrem Sohn und der gemeinsamen Zukunft zuliebe.

Ganz langsam lockerten sich die Finger, die Jeromes Hemd festhielten, und der zitternde Mann fiel zu Boden. Ehe Pierce zur Treppe rannte, sah er die Männer des Königs hereinstürmen, die sich auf Jerome stürzten. Sie sind mir nach Dover gefolgt, dachte er, gesegnet sei Charles.

Er lief zu Rose hinauf, küßte behutsam ihre Lippen, berührte die dunklen Flecken an ihrem Hals. »Oh, mein Gott!« Seine Stimme brach.

Lächelnd umfaßte sie seine Hände. »Jetzt ist alles gut.«

Noch nicht ganz — doch die Wunden würden heilen, die seelischen und körperlichen. »Reiten wir nach Hause.« Er hob sie auf die Arme und trug sie hinaus, in die klare Nachtluft, die dem Gewittersturm gefolgt war.

»Ich kann die Sterne sehen«, flüsterte Rose.

»Ja, der Himmel ist wieder klar und schön.«

Hinter Pierce räusperte sich jemand, und er drehte sich um.

»Er wird jetzt ins Dover Castle gebracht, Lord DeForte«, erklärte ein königlicher Wachtposten.

»Danke«, erwiderte Pierce, dann setzte er Rose in Beowulfs Sattel und stieg hinter ihr auf. Als sie den Heimweg antraten, ritten Geoffrey und einige Männer des Königs hinter ihnen her, in diskretem Abstand. Offensichtlich hatte Charles eine Eskorte für den Herzog und die Herzogin abkommandiert.

Deshalb brauchte Pierce nicht auf Gefahren zu achten, durfte sich voll und ganz seiner Frau widmen. »Habe ich dir jemals gesagt, wie sehr ich dich liebe, Rose?«

»Wie sehr? Nein, das nicht.« Sie wandte sich zu ihm und streichelte seine Wange. »Über ein Jahr sind wir jetzt nun schon verheiratet, und ich habe dir einen Sohn geschenkt, aber das Ausmaß deiner Liebe kenne ich bis heute nicht.«

Lachend nahm er sie noch fester in den Arm. »Ich liebe dich so sehr, daß ich eher den Tod ertragen würde als ein Leben ohne dich. Von ganzem Herzen liebe ich dich, aus tiefster Seele.«

»Und du, Pierce bist mein Leben.«

Überwältigt schaute er in ihre schönen Augen. »Meine tapfere Rose! Heute nacht wärst du beinahe für mich gestorben.«

Ihre Finger wanderten über seinen Hals, spürten den warmen Puls. »Einmal habe ich dich verloren. Ein zweites Mal hätte ich das nicht verkraftet.«

Unter einem schattenspendenden Baum in der sternenhellen Nacht zügelte Pierce den Hengst, um Rose zu küssen — sehr zärtlich, voll verhaltener Leidenschaft. Ihre Lippen schmeckten unendlich süß. Auch die Eskorte hielt in einiger Entfernung an, und Pierce flüsterte: »Wir sollten warten, bis wir daheim sind. Das heißt — wenn du dich gut genug fühlst . . .«

»O ja, ich sehne mich so sehr nach dir.«

»Und ich dachte schon, ich würde dich nie wieder in den Armen halten.«

»Aber ich lebe. Und du hast mich ins Leben zurückgeholt. Ich hörte, wie du meinen Namen riefst.«

»Jetzt wollen wir nur noch in die Zukunft blicken.« Pierce spornte sein Pferd an, und die anderen Reiter folgten ihnen wieder.

Als sie im Hof von Castle DeForte abstiegen, schwang die Tür auf. Ashcroft stürmte heraus und eilte besorgt zu seiner Tochter. Liebevoll umarmte sie ihn. »Alles in Ordnung, Vater.«

»Mylady!« Nun lief Mary Kate zu ihr, Garth auf den Fersen. Und dann erschienen alle Dienstboten, um ihre Herrschaft willkommen zu heißen.

Plötzlich erklang eine spöttische Stimme in der Tür. »Lord und Lady DeForte, es macht mir wirklich nichts aus, mein Patenkind zu betreuen! Doch der kleine Pierce brüllt wie am Spieß. Der Anblick meines königlichen Gesichts scheint ihm zu mißfallen. Und Ihr müßt bedenken — ich bin der Monarch und kein Kindermädchen!«

Rose und Pierce drehten sich zu Charles um, wechselten einen kurzen Blick, dann brachen sie in Gelächter aus.

»O Majestät!« rief Rose, ging zu Charles und knickste. »Verzeiht uns! Jetzt sind wir wieder da, und wir erwarten gewiß nicht von Euch, die Windeln unseres jungen DeFortes zu wechseln.«

»Meine Tochter, was redest du da!« mahnte Ashcroft entsetzt.

Doch der König lächelte belustigt und befahl ihr: »Marsch, hinein zu Eurem Sohn, Madam!« Dann streckte er Pierce die Hand entgegen. »Mein lieber Freund!«

»Jerome wird im Dover Castle gefangengehalten«, berichtete Pierce und ergriff die Hand seines Königs. »Dort bleibt er, bis er vor Gericht gestellt wird.«

Charles nickte. Aus seinen Augen sprühte der ganze Stuart-Charme. »Das freut mich, mein Freund, von ganzem Herzen. Wollen wir Wein trinken?« Er wandte sich zu Garth und schlug ihm auf die Schulter. »Aber nur das Beste, was der Keller des Herzogs zu bieten hat, mein guter Mann!«

Eifrig stimmte Garth zu, und alle betraten die Halle. Ehe die Tür ins Schloß fiel, kehrte Pierce in den Hof zurück, um Geoffrey und die königliche Eskorte aufzusuchen, die im Hintergrund geblieben waren. Unter den

Wachtposten erkannte er die Sirs Neville und Paine, die Lords Denoncourt und Mobley. »Trinkt Wein mit uns, meine Freunde!«

»Ein ausgezeichneter Vorschlag — nach diesen anstrengenden nächtlichen Stunden!« meinte Neville. »Aber dann müßt Ihr uns in Eurer Halle schlafen lassen, De-Forte.«

»Meinetwegen — solange Ihr Euch nicht nach oben wagt ...«, erwiderte Pierce grinsend. Die Männer stiegen lachend ab und folgten ihm ins Schloß.

Obwohl schon beinahe der Morgen graute, wurde ein fröhliches Fest gefeiert, und der Wein floß in Strömen. Auch Garth, Mary Kate und Geoffrey und viele andere Dienstboten fanden sich in der Halle ein.

Verstohlen beobachte Rose ihre Zofe und Garth. So, wie die beiden miteinander flüsterten, mußten sie sich ineinander verliebt haben. Darüber freute sie sich ebenso wie Pierce. Dieses Paar würde ihnen sicher großartig den Haushalt führen.

Als der Morgen heraufdämmerte, beschloß der König, in Begleitung einiger seiner Leute davonzureiten. Wieder schüttelte Pierce ihm die Hand, und Rose wollte sie voller Dankbarkeit küssen. Doch das verhinderte der galante Charles. »O nein, Madam, laßt *mich* Eure schöne Hand küssen!« Das tat er formvollendet, dann verließ er die Halle, wo mehrere vornehme Herren vor ihren Weinkelchen oder auf dem Boden eingeschlafen waren. Manche schnarchten laut, ein paar hatten ihre Arme im Liegen um die Wolfshunde geschlungen.

Mary Kate und Garth eilten in den Oberstock, um nach Woody zu sehen. Suchend schaute Rose sich nach ihrem Vater um und entdeckte ihn auf dem Stuhl am Kopfende der Tafel, wo er friedlich schlummerte. »Soll ich ihn wecken?« wisperte sie.

»Besser nicht«, entgegnete Pierce, hob sie hoch und trug sie zur Treppe. »Hier in unserem Heim muß ich mich nicht mit Worten begnügen, um dir meine Liebe zu beteuern.«

Zärtlich schlang sie die Arme um seinen Hals. »Aber ich höre dir sehr gern zu.«

Die rosigen Strahlen der aufgehenden Sonne schienen durch das bunte Fenster am Treppenabsatz, wo Pierce stehenblieb, um dramatisch zu verkünden: »Ich liebe dich mehr als den Tag, mehr als das Licht, mehr als die Luft, die ich atme, mehr als mein Leben.«

»Und ich liebe dich mehr als die Welt.«

»Mehr als die Erde, das Meer, als den Himmel . . .«

Ein heiseres Lachen unterbrach Pierce. »Ich hab's dir ja gesagt, meine Tochter!« rief Ashcroft aus der Halle herauf. »Mit diesem Herzog würdest du einen wunderbaren Fang machen!«

Verwirrt blinzelten sie, schauten nach unten, und dann befahlen sie wie aus einem Mund: »Geh schlafen!«

Lächelnd schaute Pierce in die Augen seiner Frau. »Nur noch ein paar Stufen, dann *zeige* ich dir, wie sehr ich dich liebe.«

»Oh, ich kann's kaum erwarten!« flüsterte sie und strich ihm eine widerspenstige rabenschwarze Haarsträhne aus der Stirn.

Ungeduldig trug er sie ins Schlafgemach, wo er sein Versprechen voller Leidenschaft und Zärtlichkeit erfüllte.